EVA FÜRST

BLUTTÄNZER

PSYCHOTHRILLER

blanvalet

MIX
Papier aus verantwortungsvollen Quellen
FSC® C014496

Verlagsgruppe Random House FSC® N001967
Das FSC®-zertifizierte Papier *Holmen Book Cream*
für dieses Buch liefert Holmen Paper, Hallstavik, Schweden.

1. Auflage

Dieses Werk wurde vermittelt durch die Literarische Agentur
Thomas Schlück GmbH, 30827 Garbsen.
Umschlaggestaltung: © Johannes Wiebel | punchdesign,
unter Verwendung eines Motivs von Shutterstock.com
Redaktion: Eva Seifert
Herstellung: sam
Satz: DTP Service Apel, Hannover
Druck und Einband: GGP Media GmbH, Pößneck
Printed in Germany
ISBN: 978-3-442-38243-9

www.blanvalet.de

Wolfskinder sind Kinder, die aufgrund zeitweiliger kürzer oder länger dauernder Isolation ein verändertes Verhalten ausbilden.

Wolfskinder haben entweder allein oder unter Tieren in der Wildnis gelebt oder wurden von anderen Menschen eingesperrt, isoliert und misshandelt. Man kennt drei Arten von Wolfskindern: »Wilde Kinder«, welche von Tieren »adoptiert« worden sein sollen; »isolierte Kinder«, die allein und ohne Kontakt zu anderen Menschen in der Wildnis lebten und »eingesperrte Kinder«, welche isoliert von der Außenwelt in meist finsteren Räumen wie Ställen oder Kellern eingeschlossen wurden.

Aus vergangenen Jahrhunderten sind etwa 50 Fälle solcher Wolfskinder belegt, darunter Victor von Aveyron, Kaspar Hauser, die indischen Mädchen Kamala und Amala oder die tschechischen Koluchová-Zwillinge Andrei und Vanya.

1

Tommy schrie.

Kein Ton kam aus seinem aufgerissenen Mund. Es war totenstill. Totenstill und friedhofsschwarz.

Der lautlose Schrei verhallte, brach sich an den steinernen Wänden, kehrte zurück und bohrte sich in seinen Kopf. Ein fast unhörbares Kratzen ließ ihn erstarren, und er presste die Lippen hastig wieder zusammen. Im gleichen Moment durchfuhr ein unkontrolliertes Beben den kleinen Körper, während der schnappende Widerhall des sich schließenden Mundes überlaut durch den Raum trieb.

Er durfte keine Geräusche machen. Und schon gar nicht durfte er den Mund offen lassen. Etwas würde erwachen. Die namenlose Gefahr würde durch die Dunkelheit zu ihm schleichen oder sich von der Decke herablassen, um sich seiner zu bemächtigen.

Sein gesamter Unterkiefer brannte von der minutenlangen Anspannung. Tommy wusste, dass die Dämonen der Finsternis Körperöffnungen nutzten, um in die Menschen einzudringen.

Einmal, als Mutter und Vater das Kind unter dem Tisch vergessen zu haben schienen und beide vor dem Fernseher eingeschlafen waren – der Vater schnarchend, mit zur Seite gekipptem Kopf, die Mutter anmutig in die Sofaecke drapiert –, da hatte der kleine Tommy es in einem Film gesehen. Ein Wesen mit glühenden Augen, das sich schwarzem

Nebel gleich winden und umherschweben konnte, war zu einem schlafenden Kind gekrochen, hatte sich durch den offenen Mund gedrängt, um schließlich ganz in dem Jungen zu verschwinden. Nur Sekunden später war das Kind erwacht, hatte fürchterlich zu schreien begonnen, die Augen waren ihm aus den Höhlen getreten, und gleich darauf platzte die Haut über der Stirn auf und gab ein Gewimmel winziger dunkelroter Spinnen frei. Daraufhin hatte auch Tommy zu schreien begonnen, Mutter und Vater waren fast gleichzeitig erwacht, Mutter hatte ihm mit dem Absatz ihres Pantoffels einen heftigen Tritt versetzt, um ihn dann unter dem Tisch hervorzuzerren und ihm die Handfläche ins Gesicht zu klatschen.

Das Ganze war lange her, und Tommys Gedächtnis hatte nicht gespeichert, wann sich diese Szene abgespielt hatte; nur, dass es *vor* Grit gewesen war.

Woran sich Tommy aber nur zu gut erinnerte, war, dass er sich in den Monaten und Jahren darauf den Nebeldämon schmerzhaft *hierher* gewünscht hatte, damit das Ungetüm des Nachts in Vater und Mutter eindringen und sie mit seinen kleinen scharfen Zähnen von innen auffressen konnte; aber ihm fehlte die Fähigkeit, es herbeirufen zu können.

Eine Träne löste sich aus seinem Augenwinkel und rollte heiß über die Wange in Richtung Kinn. Im Innern seines Körpers war im Gegensatz zur Umgebung noch Wärme. Tommy schob die Hände unter die Achseln und presste die verschlungenen Arme an seine magere Brust.

Es war überlebenswichtig, den Nachtmahren keine Einschlupfmöglichkeiten zu bieten. Obwohl er sich, wenn er hier war, immer bemühte, das Gesicht zu bedecken und den Mund fest geschlossen zu halten, musste sich dieser vorhin wie von selbst im Schlaf geöffnet haben, um einen Schrei herauszulassen.

Tommy wusste, dass seine Angst vor den Geschöpfen der Finsternis kein Hirngespinst war. Er war schließlich nicht zum ersten Mal hier. Das Schlimmste waren nicht die Kälte oder der von Stunde zu Stunde quälender werdende Durst. Das Schlimmste waren die Geräusche. Das Rascheln, Surren, Schwirren. Das leise Trippeln winziger Füße. Das Schaben aus der Wand neben ihm.

Manchmal, wenn er in einen unruhigen und traumleeren Schlaf gefallen war, weckten ihn feine Berührungen. Hauchzarte Fädchen, die über seine Arme tasteten, oder ein feines Kribbeln, das über sein Gesicht glitt. Und dann presste sich Tommy die Faust in den Mund, um nicht lauthals loszuschreien. Und natürlich, um seine Schwester nicht zu wecken.

Erst jetzt fiel ihm Grit wieder ein, und er schämte sich, dass er eine scheinbare Ewigkeit lang nicht an seine Schwester gedacht hatte. Sie war noch so winzig und brauchte ihn die ganze Zeit. Er war der Einzige, der sie behütete und ihr Wärme zu geben versuchte.

Vom ersten Tag an hatte er sie geliebt. Schon, als sie noch ein Baby gewesen war, als die Mutter sie mit nach Hause gebracht hatte, eingewickelt wie eine Puppe, das runzlige Gesichtchen mit den großen wasserblauen Augen ängstlich dreinschauend.

Er war derjenige gewesen, dem Grit ihr erstes Lächeln geschenkt hatte, er hatte ihr das erste glucksende Lachen entlockt. Und er war es auch, der ihr die Tränen aus dem kleinen Puppengesicht wischte und die roten Stellen mit Salbe einrieb, wenn die Mutter wieder einmal zu heftig zugeschlagen hatte.

Er schaukelte sie und summte ihr Lieder vor. Er war ihr Beschützer.

Tommy löste die verschränkten Arme. Seine Finger waren jetzt etwas wärmer als vorhin. Grit sollte sich nicht vor der Kälte seiner Hand erschrecken. Von den Nachtmahren wusste sie noch nichts, und er wollte, dass das noch eine Weile so blieb. Es reichte schon, wenn ihr Beschützer sich fürchtete. Zum Glück besaß Grit die Gabe, schnell einzuschlafen, und sie schlief auch längere Zeit durch. Wenn sie hier waren, wiegte er sie zuerst immer sanft und lauschte dabei ihrem ruhiger werdendem Atem. Erst, wenn er seine Arme schon fast nicht mehr spürte, legte er sie vorsichtig neben sich und deckte sie mit seinem Pullover zu. Und dann schlief sie. Lange, tief und fest. Während Tommy über sie wachte und die Dämonen fernhielt.

Tommy hatte keine Ahnung, zum wievielten Mal man ihn und Grit hier eingesperrt hatte. Die Tage und Wochen waren zu ähnlich, Abwechslungen gab es selten. Nur eines war sicher: Dass es jedes Mal gleich begann …

Mutter war wegen irgendetwas wütend. Tommy wusste nie, was er falsch gemacht hatte, was es gewesen war, das sie so aufgebracht hatte, und auch sein Vater schien es nicht zu wissen. Bis auf wenige Ausnahmen war Mutter eigentlich *immer* wütend. Vorhersehen konnte man die Ausbrüche nicht. Von einer Minute auf die andere brach das Unwetter los und fegte alles und jeden hinweg.

Dann schrie und tobte sie, trat nach ihm, zerrte ihn an den Haaren und schlug ihm mit der Handfläche so ins Gesicht, dass ihre zahlreichen Ringe ihn auch richtig trafen, wobei sie mit einer Hand seine Arme festhielt, damit er sich nicht wehren konnte. Der Vater war dabei entweder nicht daheim oder stand hilflos daneben, um sich schließlich abzuwenden und hinauszugehen. Später war er ganz verschwunden und nie wieder aufgetaucht.

Irgendwann stieß Mutter Tommy schließlich zu Boden

oder gegen eine Wand, wobei sie Verwünschungen und Flüche über das »nutzlose Balg« ausstieß. Das Ganze endete damit, dass sie ihn packte und hinauszerrte, weil sie seinen Anblick »nicht mehr ertrug«.

Tommy konnte ihre Wut dabei körperlich spüren. Sie flackerte und loderte aus dem verzerrten Gesicht hervor und übertrug sich auf ihre Finger, die sich um sein Handgelenk krallten.

Mutter schleifte ihn über den Hof, an den verfallenen Kaninchenställen vorbei zum Pferdestall, dessen Oberboden früher zur Lagerung von Heu und Stroh benutzt worden war.

Sie trieb ihn die schmale Stiege nach oben und warf die Tür hinter ihm ins Schloss. Das Letzte, was er hörte, waren das rostige Knirschen des Schlüssels und ihr hämisches »Sieh zu, dass du dich beruhigst!«, gefolgt von ihren sich schnell entfernenden Schritten.

Als Grit hinzugekommen war, hatten sich die Anfälle kurzzeitig abgeschwächt. Irgendwann, als seine Schwester gerade die ersten tapsigen Schritte gemacht hatte, waren sie von einem Tag auf den anderen wiedergekehrt. Nur, dass die Mutter ihre Tobsucht diesmal auf zwei Kinder verteilte. Zwar versuchte Tommy, ihren wiedergekehrten Zorn komplett auf sich zu lenken, sie auf *sich* aufmerksam zu machen, konnte es jedoch nicht verhindern, dass auch Grit hin und wieder etwas abbekam. Und natürlich gab es keinen Zweifel daran, dass seine Schwester mit ihm zur »Beruhigung« hier oben eingesperrt werden musste.

Tommy atmete tief ein und wieder aus, um das Flirren in seinem Kopf zu vertreiben. Die kalte Luft schmeckte staubig. Hunger und Durst hatten sich davongemacht, sein Kopf fühlte sich leicht und schwerelos an. Er streckte vorsichtig die Beine aus und lauschte dann auf Grits Atem. Heute Nacht schlief sein Schwesterchen besonders ruhig.

Dieses Mal waren sie länger als sonst hier eingesperrt. Die Schwäche in seinen Beinen und das taube Gefühl im Bauch bewiesen es, auch wenn er keine Uhr hatte und nicht wusste, ob es Tag oder Nacht war. Fenster gab es hier drinnen keine. Wozu auch – Heu und Stroh brauchten kein Licht. Von den kurzen Momenten, wenn die Mutter die Tür öffnete oder schloss, wusste Tommy, dass ihr Verlies ein leerer Raum war, dessen Wände aus unverputzten Ziegeln bestanden. Die Reste des Heus aus den Ecken hatte er nach und nach alle an einer Stelle zusammengescharrt, um für sich und Grit ein wärmendes Polster zu schaffen. Ansonsten war der Raum ungefährlich. Nichts, was einem Angst machen konnte. Außer, dass Tommy keine Ahnung hatte, was sich hinter der Holztür am rückwärtigen Ende des Raumes befand. Ganz weit oben über der Zwischendecke aus Brettern befand sich an der Stirnseite ein winziges spinnwebverhangenes Fenster. Man konnte es vom Hof aus sehen. Die Scheibe war eingeschlagen, und niemand hatte es je für nötig gehalten, sie zu reparieren.

Wer garantierte ihm, dass die Dämonen nicht im Dunkeln durch das gezackte Loch schlüpften und sich anschließend die Tür da hinten lautlos öffnete und sie hereinließ, zu den zarten kleinen Kinderkörpern?

Tommy hörte seine Zähne leise aufeinanderklacken. In seinem Kopf ließ er das vertraute Mantra ertönen. *Bald kommt der Tag zurück. Bald kommen wir wieder ans Licht, können uns aufwärmen und etwas essen.*

Irgendwann kam die Frau zurück, die seine und Grits Mutter war. Sie würde wie aus heiterem Himmel auftauchen und mit ihrem hämischen Gesicht zur Tür hereinschauen, um zu fragen, ob sie sich endlich beruhigt hätten.

Das wusste Tommy ganz sicher. Sie waren schließlich schon oft hier gewesen.

Er rieb noch einmal die Hände aneinander, um sie zu erwärmen, und tastete dann nach Grit, um durch die Berührung ihrer weichen Kleinkindhaut Trost zu suchen.

Er und Grit waren schon oft hier gewesen. Doch diesmal war etwas anders …

2

Jennifer schaltete den Laptop aus. Auf dem Weg ins Bad ging sie in Gedanken ihren Kleiderschrank durch und sortierte die Klamotten. Ihr pinkfarbenes Carmen-Shirt zeigte viel Dekolleté, und wenn sie das Bändchen am oberen Rand schön locker schnürte, konnte sie den Stoff wie zufällig über eine Schulter herabrutschen lassen. Das war sehr sexy, wie Roberto ihr früher immer gesagt hatte. Für Anfang Mai war es schon recht warm, und man konnte auch an den Abenden schon ohne Jacke draußen sitzen.

Jennifer zwinkerte sich selbst im Spiegel zu und zog dann mit dem dicken schwarzen Eyeliner eine schwungvolle Linie über den oberen Wimpernkranz. Dunkel umrandete Augen kamen auch immer gut.

Zur Carmen-Bluse würde sie die neue weiße Jeans anziehen. Gut, sie war etwas eng und quetschte den Bauch ziemlich, weil Jennifer, in der Hoffnung abzunehmen, eine Größe kleiner genommen hatte, aber das Shirt hing ja darüber und verdeckte etwaige Speckfalten. Denn spätestens, wenn es zur Sache ging, war es den Typen egal, ob der Hosenbund der Frau, mit der sie gerade herummachten, einschnürte oder nicht.

Jennifer hielt im Tuschen der Wimpern inne, wedelte drohend mit der Mascarabürste hin und her und ermahnte sich selbst: »Du wolltest doch nicht mehr so denken. Diesmal, liebe Jennifer Breithaupt, diesmal wird nämlich alles anders!« Die Sätze widerhallten von den hellen Fliesen, als seien sie von einer fremden Frau gekommen, und Jennifer kicherte. Sie musste diese Gedanken an früher verbannen, weil sie jetzt die *neue* Jennifer war. Eine Frau, die wusste, was sie wollte, und sich nicht mehr von irgendwelchen Kerlen einwickeln ließ, die alle nur das eine im Sinn hatten.

Mit streichenden Bewegungen verrieb sie das Rouge. Hier, im grellen Neonlicht, sah sie etwas pickelig und bunt aus, aber bei Mondschein würde das alles ganz natürlich wirken. Und die roten Flecken am Hals, die von der Aufregung kamen, würde er im Dunkeln auch nicht sehen können.

Mit einem Klick erlosch die grelle Lampe, und Jennifer zog die Badezimmertür zu. Ein schneller Blick auf ihr Handy zeigte ihr, dass es kurz nach acht war, bis zum Treffen blieb ihr noch eine knappe Stunde.

Jeans und Bluse über dem Arm musterte Jennifer ihre Unterwäsche in dem mannshohen Spiegelschrank und schüttelte den Kopf. Sehr sexy sah das Beige nicht gerade aus, aber sie hatte es nicht mehr geschafft, sich einen neuen BH zuzulegen. Andererseits sollte es dieses Mal auch nicht gleich beim ersten Rendezvous dazu kommen, dass er ihre Wäsche zu Gesicht bekam. Die neue Jennifer hatte sich vorgenommen, sich nicht mehr so leicht herumkriegen zu lassen. »Du musst dich rar machen«, hatte ihre Freundin Malou gesagt, »das macht die Kerle ganz wuschig. Bloß nicht zu schnell nachgeben. Lass sie zappeln.«

Jennifer zog den Reißverschluss zu, ließ die Bluse über den Hosenbund rutschen und checkte ihr Outfit. Sah doch gar nicht so übel aus.

Zu guter Letzt fehlte noch der Duft zum Date. Sie schüttelte den Flakon und sprühte sich reichlich mit dem neuen Parfüm von Britney Spears ein. Es war teuer gewesen, und sie verwendete es sparsam. Aber für heute Abend musste es schon das Beste vom Besten sein.

Und jetzt würde sich die neue Jennifer einen Wodka-Cola gönnen. Nur einen selbstverständlich, nur um ihre Aufregung zu dämpfen. Wodka-Cola hinterließ keinen Alkoholgeruch. Sie marschierte in die Küche, starrte kurz auf die Eistee-Kartons im Kühlschrank und fand die Coladosen dann oben hinter der Bärchen-Wurst.

Die Kohlensäure prickelte an ihrem Gaumen, und Jennifer unterdrückte ein Niesen, bevor sie einen weiteren tiefen Schluck nahm. Ihr war nach einer Zigarette zumute, aber *das* würde er mit Sicherheit riechen, und da sie in ihrem Profil »Nichtraucher« angegeben hatte, konnte sie nun schlecht ankommen und nach Qualm stinken.

Obwohl noch Zeit war, beschloss Jennifer, sich auf den Weg zu machen. War sie eben etwas eher da. Dann konnte sie auch mental runterkommen, ehe er erschien, und würde ganz relaxed wirken.

Die Verwunderung darüber, dass sie sich gerade auf dieser abgelegenen Bank am Waldrand treffen würden, war längst der Vorfreude gewichen. Im Frühjahr konnte es in der Natur sehr romantisch sein, und er *war* ein Romantiker, das hatte sie schon nach den ersten Chats mit ihm erkannt.

Jennifer stellte das Glas ab und spürte, wie sich ihr Atem erneut beschleunigte. Wie er wohl küsste? Ein Schauer überlief sie, und sie beschloss, eins ihrer Tücher mitzunehmen. Wenn es zu kühl wurde, konnte sie es sich um die Schultern legen. Oder er borgte ihr seine Jacke. Das machten Kavaliere so. Jennifer hatte noch nie einen echten Kavalier kennengelernt, aber in den Filmen, die sie gesehen hatte, lief das so ab. Die Frau an seiner Seite fröstelte, und er zögerte nicht, sie zu wärmen. Sie konnte es förmlich vor sich sehen: Wie sie dort auf dieser Bank saßen und ins Tal schauten, über ihnen der gelbe Mond; er hatte einen Arm um sie gelegt, und seine Finger strichen sanft über ihre nackte Schulter.

Jennifer fühlte ihre Mundwinkel nach oben gleiten, während sie die Turnschuhe zuband. Die hochhackigen Pumps würde sie erst kurz vor dem Ziel anziehen. Man musste ja nicht unnötig leiden und womöglich käme noch einer von den Nachbarn auf dumme Gedanken, wenn er sie die Straße entlangstöckeln sah.

Ein letzter Blick auf ihr Handy, ehe sie es auf Stumm schaltete. Ihre Mutter hatte es drauf, am Wochenende abends mehrfach anzurufen. Wahrscheinlich um die Tochter zu kontrollieren. Das fehlte noch, dass mitten im ersten Kuss dieses blöde Telefon klingelte! *Wir wollen uns doch unser Date nicht durch irgendwelche bescheuerten Anrufe versauen lassen!* Jennifer kicherte ihr Kleinmädchen-Lachen und machte sich auf den Weg.

3

Tommy streckte den Arm nach Grit aus. Als die Finger den kleinen Körper ertastet hatten, ließ er die Hand wie einen zarten flaumigen Vogel auf dem winzigen Bauch landen. Zuerst spürte er die kratzige Wolle seines Pullovers, mit dem er die Schwester als Ersatz für die fehlende Decke umhüllt hatte. Er sandte seine Gedanken bis in die weichen Ovale der Fingerspitzen und wartete auf die Rückmeldung ihrer Empfindungen.

Grit schlief tief und fest. Sie schlief schon endlos so. Stunden um Stunden, und Tommy war froh darüber. So musste sich die Kleine nicht mit Hunger, Durst und Ängsten quälen, konnte im Traumland umherstolpern und sich von der Sommersonne wärmen lassen. Fast vermeinte er, ihr glückliches Lachen zu hören.

Dass sich die Brust seiner kleinen Schwester nicht hob und senkte, schrieb er zuerst ihrem tiefen Schlaf zu. Ihr Atmen war meist kaum zu spüren, so seidig und geräuschlos strich die Luft in sie hinein und wieder heraus. Dieses Mal jedoch fühlten seine Fingerspitzen nichts. Kein feines Heben und Senken, keinen noch so unmerklichen Hauch.

Noch hatte sich die schreckliche Erkenntnis nicht Bahn gebrochen, noch glitt seine Hand suchend zu ihrem Gesicht, strich über den weichen Hals nach oben, legte sich vorsichtig auf die samtige Wange. Erst, als die Finger die Kühle ihrer Haut wahrnahmen, diese unsägliche Kälte; als die Hand begann, das kleine Gesicht zu tätscheln, und

Grits Kopf zur Seite rollte, erst als Tommy den halboffenen Mund mit den eisigen Lippen ertastete, schlug die Wahrheit wie ein Meteorit in seinem Kopf ein. Grit würde nie wieder sanft neben ihm atmen, nie mehr würde ihr glucksendes Lachen seine Scherze begleiten. Grit, seine kleine Schwester, das geliebte Püppchen, war gegangen. Sie hatte ihn heimlich im Schlaf verlassen und würde nie wiederkommen. Er war wieder allein, so wie all die Jahre vor ihr.

Minuten nach dem Meteoriteneinschlag öffnete sich sein Mund zu einem weiteren lautlosen Schrei. Hinter seinen Augen brannten ungeweinte Tränen, ein fester Reif umschnürte seine Brust.

Der schneidende Schmerz ließ Tommy erwachen. So, wie jedes Mal, wenn er von den Aufenthalten auf dem Heuboden und Grit träumte. Er lauschte noch einen Augenblick lang den stummen Schreien nach, ehe er mühsam die verklebten Augen öffnete und sich umsah. Das Nachtlicht tönte den Raum mit einem gelben Schein. Er ließ es immer brennen.

Die Kindheit war viele Jahre her, und doch weckten ihn die grauenvollen Träume fast jede Nacht. Wieder und wieder befand er sich in dem eisigen Verschlag, hörte die Nachtmahre über sich flattern, ertastete Grits weiches Gesicht, fühlte die Kälte ihrer Haut, den geöffneten Mund mit den froststarren Lippen. Er wusste nicht, wie alt Grit gewesen war. Geburtstage wurden von der Frau, bei der er Kind gewesen war, einfach übergangen. Älter als zwei, zweieinhalb konnte die Schwester aber nicht gewesen sein. Eine Zweijährige die ganze Nacht auf einem ungeheizten Heuboden einzusperren, bloß weil sie sich angeblich »ungezogen« verhalten hatte, war ein Verbrechen.

Tommy griff nach der Colaflasche auf seinem Nachttisch

und trank. Noch immer bevorzugte er Süßes. Der Heißhunger nach Zucker, das stete Verlangen nach Nahrung war ihm über all die Jahre geblieben, auch wenn er heute jederzeit essen und trinken konnte, was ihm beliebte.

Er nahm noch einen Schluck, wälzte ihn im Mund herum, um den bitteren Geschmack zu übertünchen. Der Albtraum endete jedes Mal an der gleichen Stelle. Vielleicht deswegen, weil er sich nur noch undeutlich an das Danach erinnerte. Irgendwann war er dort auf diesem Heuboden eingeschlafen, Grit in seinen Armen, wissend, dass es keinen Sinn mehr hatte, sie zu wärmen; Tränen waren auf seinem Gesicht getrocknet. Es lohnte sich nicht mehr zu kämpfen, wach zu bleiben, der Beschützer wurde nicht mehr gebraucht.

Nur den letzten Gedanken, bevor er in der Hoffnung, nie wieder aufzuwachen, eingeschlafen war, hatte Tommys Gehirn all die Jahre über aufbewahrt: In seinen Träumen würde der Nebeldämon die Mutter bestrafen. Er würde sich heranpirschen, bis es zu spät war, um zu fliehen, Mutter mit seinen rot glühenden Augen betrachten und ihr seinen stinkenden Schwefelatem ins Gesicht hecheln, ehe er von ihrem Körper Besitz ergreifen und sie mit seinen nadelspitzen Reißzähnen bei lebendigem Leib von innen auffraß.

Mit dieser Vorstellung konnte Tommy den Heuboden verlassen und ins süße Traumland gleiten, wo schon Grit rotbäckig und fröhlich kichernd auf ihn wartete.

Tommy trank die Cola aus und schob die Beine aus dem Bett, um pinkeln zu gehen. Er hieß jetzt anders. Niemand wusste um seine Vergangenheit. In seinen Träumen jedoch war er noch immer der Tommy vom Heuboden, sechseinhalb Jahre alt.

4

Den Blick auf den Boden gerichtet, tappte Jennifer vorwärts. Es war dunkler, als sie gedacht hatte, und sie wünschte sich eine Taschenlampe. Oder besser noch – dass der Mond doch noch richtig hervorkam. Sie sah kurz nach oben. Im Moment schimmerte nur ab und zu ein diffuser gelber Schein durch die langsam dahingleitenden Wolken. Mit Mond war so ein Rendezvous doch viel romantischer.

Wenn er mitdachte, brachte er etwas zu trinken mit. Eine Flasche Sekt zum Beispiel, damit sie auf ihr erstes Date anstoßen konnten. Sekt verlieh Jennifer im Gegensatz zu den härteren Drogen ein schwebendes Gefühl. Ihr Kopf fühlte sich dann leicht an, die Gedanken glitten schwerelos dahin. Außerdem machte Sekt sie ziemlich geil.

»Solche Worte wollten wir doch nicht mehr verwenden.« Jennifer lauschte ihrer eigenen Stimme und kicherte dann kurz. Wenn jemand ihre Selbstgespräche hörte, würde derjenige das wohl ziemlich komisch finden. Aber hier war keiner. Nur Bäume und vielleicht ein paar Tiere. Sie nestelte nach ihrem Handy und schaute, wie spät es war.

Noch fast eine halbe Stunde Zeit bis zu ihrer Verabredung. Kaum anzunehmen, dass er schon da war. Genau deshalb hatte sie sich ja so zeitig auf den Weg gemacht – um in Ruhe die Vorfreude genießen zu können.

Wie bestellt wichen die Wolken plötzlich, einem Theatervorhang gleich, beiseite und gaben den Blick auf die große silbrige Mondscheibe frei. Im Zwielicht konnte Jennifer weiter oben vor den schwarzen Stämmen der Fichten schemenhaft die Umrisse der Bank erkennen, die ihr Ziel war. Ihre Schritte beschleunigten sich wie von selbst, und sie keuchte den Berg hinauf. Oben angekommen, sah sie sich um und ließ sich dann auf die Bretter plumpsen. Sehr bequem war das hier nicht, aber sie hatte ja auch nicht vor, sich gleich hier auf dieser zusammengezimmerten Aussichtsbank von ihm ficken zu lassen. *Sich von ihm vernaschen zu lassen*, berichtigte sich Jennifer. Oder besser noch: *sich ihm hinzugeben*. Ja, das klang doch gleich viel eleganter.

Das Blut rauschte in ihren Ohren, während sie aus den Turnschuhen schlüpfte und die Pumps aus dem Beutel nahm. Dunkelrote Püppchenschuhe mit Mörderabsätzen. Sie schlug probehalber die Beine übereinander und wippte mit dem Fuß. Im Mondlicht wirkte das Rot fast schwarz. Jennifer warf die Tüte mit den Turnschuhen hinter sich und lehnte sich an. Unten im Tal funkelten die Lichter, weit entfernt bellte ein heiserer Hund, dann war es wieder still. Sehr still. Nur ihr eigener Atem durchwebte die heranziehende Nacht. Fast hätte man sich ein wenig fürchten können. Jennifer kicherte wieder und fand, dass es sich nervös anhörte. Von wo würde er kommen? Wie sie selbst aus dem Tal herauf oder von der anderen Seite, die durch den Wald hinüber nach Schwarzenberg führte?

Wie mochte er gerade auf diesen Treffpunkt gekommen sein? Hatte er hier womöglich schon mehrere Verabredungen gehabt? Sie schüttelte den Kopf und checkte die Uhrzeit. Das wollte sie sich dann doch lieber nicht ausmalen.

Ein leiser Hauch war aufgekommen und fächelte süßen Duft nach Maiglöckchen und Flieder heran. Jennifer atmete tief ein, stellte sich vor, wie er neben ihr saß und sie mit Sekt anstießen. Probehalber ließ sie das Carmen-Shirt von ihrer linken Schulter rutschen.

Sie hatte niemandem von dem Treffen erzählt. Mutter nicht und auch nicht ihren Freundinnen. Zu oft schon hatte sie sich vertan, und irgendein mieser Typ, den sie am Anfang für die große Liebe gehalten hatte, war einfach verschwunden oder hatte sich der Nächsten zugewandt. Obwohl es ihr schwergefallen war, hatte sie sogar Malou gegenüber nicht geplaudert. Niemand sollte Zweifel säen.

Dieses Mal war alles anders. Sie würde ihnen schon noch sagen, dass sie endlich den Richtigen gefunden hatte – demnächst. Zuerst einmal gehörte er ihr ganz allein.

Ein kalter Windzug streifte ihre nackte Schulter, und Jennifer erschauerte. Noch zehn Minuten. Wenn er kam, würde er sofort sehen, dass ihr kalt war und ihr gleich seine Jacke anbieten.

Nicht wie Roberto, Dustin oder ihr letzter Fehlgriff Steve. Denen war es doch glatt egal, ob eine Frau fror oder nicht. Wahrscheinlich merkten diese Proleten es nicht einmal!

Jennifer hielt die Luft an und lauschte. Die Nacht war still, und sie würde es hören, wenn er sich näherte.

Hoffentlich kam er pünktlich. Wenn sich die Typen gleich beim ersten Date verspäteten, war das kein gutes Zeichen. Sie schielte auf ihr Handy. Er hatte noch knapp fünf Minuten. Weitere fünf würde sie ihm zugestehen. Maximal zehn. In ihrem Rücken drückten die kratzigen Holzbretter.

Jennifer hörte ihren eigenen Atem. Überlaut hallte er durch die samtige Finsternis. Viel zu hektisch. Sie musste sich beruhigen. In ihrem Kopf summte es. Über ihr funkelten ein paar Sterne. Die Wolken hatten sich verzogen. Gelb leuchtete der Mond auf die Szenerie herab.

In Jennifers Unterleib breitete sich wohlige Wärme aus. Erneut fragte sie sich, wie er wohl küsste. Und ob er dem Foto ähnelte, das er ihr geschickt hatte.

In den nächsten Tagen würde er sich eine Webcam besorgen, hatte er ihr versprochen. Dann könnten sie sich endlich jeden Tag sehen, auch wenn er auf Montage war. Jennifer unterdrückte ein Seufzen.

Ein leises Rascheln hinter ihr ließ sie für ein paar Sekunden erstarren. Dann drehte sie vorsichtig den Kopf und versuchte, in den Wald zu spähen. Aber die Finsternis war undurchdringlich. *Wahrscheinlich ein Tier*, versuchte Jennifer sich zu beruhigen. Irgendein putziges kleines Häschen oder Eichhörnchen auf der Suche nach Futter. Wieder raschelte es, und gleichzeitig strich ein kühler Luftzug über ihren Hals, als bliese jemand ihr seinen sanften Atem über die Haut. Die feinen Härchen in Jennifers Nacken richteten sich auf.

Kam er etwa durch den Wald? Aber wie war das möglich? Unter dem dichten Dach der Nadelbäume sah man die Hand vor Augen nicht, und die verfilzten Äste machten ein Durchkommen fast unmöglich.

Jetzt hätte sie gern eine geraucht. Einfach nur, um etwas in der Hand zu haben, den würzigen Geschmack zu inhalieren und den leichten Schwindel zu spüren, der sich bei den ersten tiefen Zügen in ihr ausbreitete.

Jennifer sah dem schwarz glänzenden Püppchenschuh beim Wippen zu. Abgelenkt von den Geräuschen, hatte sie ganz vergessen, zur Uhr zu sehen. Kurz nach neun. Die Enttäuschung, dass er nicht pünktlich war, breitete sich wie ein großer dunkler Klumpen in ihrem Bauch aus. Vielleicht stimmte die Uhr nicht. *Mach dir nichts vor. Er kommt zu spät.* Jennifer schluckte trocken. Es würde eine Erklärung geben. Das Ganze konnte einfach kein Irrtum gewesen sein.

All die Gespräche. Jeden Tag hatten sie gechattet. Seit Wochen. Sie hatte es kaum erwarten können, den Rechner anzumachen und zu sehen, dass er online war. Dieses Kribbeln in ihrem Bauch, wenn sein erster Satz auf dem Bildschirm erschien: »Hallo, Süße!«

Hallo, Süße. Damit hatte es immer begonnen. Danach hatte er sie nach ihrem Tag gefragt, was sie erlebt hatte und was sie am Abend tun würde. *Mit dir chatten*, hatte sie ihm dann geantwortet, und ihr Herz hatte dabei in der Brust geklopft wie ein kleiner Dampfhammer.

Stundenlang ging das so, hin und her, Unwichtiges, belanglose Worte, und doch schien alles mit einer seltsamen Bedeutung aufgeladen. Sie hatte den Haushalt vernachlässigt, um nur für ihn da zu sein. Jennifer seufzte leise und ließ den Blick umherschweifen.

Fünf Minuten noch. Dann machst du dich auf den Heimweg. Wenn er nicht pünktlich sein kann oder will, ist er es nicht wert.

Im Wald raschelte es erneut. Es schien näher zu kommen. Und es klang jetzt auch nach etwas Größerem als einem putzigen Häschen. Hoffentlich war es kein Wildschwein. Wildschweine waren gefährlich, besonders im Frühjahr, wenn sie Junge hatten.

Ihre Nase kribbelte, und Jennifer schniefte. Wie gut, dass sie keinem von ihrem Date erzählt hatte. So würde morgen wenigstens keiner fragen, wie es gewesen war. Auf dem Heimweg musste sie darüber nachdenken, ob dieses Flirtportal wirklich zum Erfolg führte. Sie rieb sich die Nasenspitze. Es wäre ja auch zu schön gewesen. Aber es gab noch genügend andere Typen, und sie war noch jung. Und nun würde sie ihre Turnschuhe wieder anziehen und sich auf den Heimweg machen.

Und dieser Chris konnte bleiben, wo der Pfeffer wächst.

5

Maja Heuberger seufzte leise. Hannah sah bezaubernd aus. Mit dem kurzen zartgrünen Rock und dem altrosa Shirt, das an einer Schulter herabgerutscht war, glich sie ein wenig einem Hippiemädchen, aber das war genau richtig so. Die langen Haare hatten durch die Sommersonne jenen goldblonden Ton angenommen, den sich so viele Frauen teuer beim Friseur erkaufen mussten. Maja spürte, wie sie lächelte. Ihre Tochter war eine Schönheit, und obwohl sie gerade erst achtzehn Jahre alt geworden war, wusste sie bereits ganz genau um ihre Wirkung auf andere.

Caspar hatte den Arm um Hannahs Schultern gelegt. Eine vorwitzige Locke ringelte sich an ihrer Wange vorbei bis auf seine Hand. Es war ein entzückendes Bild. Wie die beiden da so standen, widerspiegelten sie die komplexe Schönheit und Sorglosigkeit junger Menschen, denen die Tore in die Zukunft weit offen stehen.

Hannah Heuberger – ihre einzige Tochter. Das Beste, was Jörg und ihr hatte passieren können. Das perfekte Kind.

Ein leises Läuten mischte sich in Majas glückselige Welt, und sie wollte die Hand heben, um die Störung mit einer wegwerfenden Geste zu beenden, doch die Finger reagierten nicht. Unterdessen verstärkte sich der Ton, entwickelte sich zu einem bohrenden Klingeln, das von einem permanenten Surren begleitet wurde.

Es dauerte schier endlose Sekunden, bis Maja begriff,

was die Geräusche hervorgerufen hatte; und noch bevor ihr schlaftrunkener Arm nach dem Handy auf dem Nachttisch tasten konnte, verfärbte sich das Bild von Hannah und Caspar vor der Fischerbastei in Budapest gelblich, die leuchtenden Farben verloren ihre Brillanz, verblassten und wichen einer graubraunen Unschärfe, bis schließlich das gesamte Motiv in die Ferne glitt und Schwärze Platz machte.

Der Schwärze von Majas nächtlichem Schlafzimmer.

Das Diensthandy schrillte noch immer, laut und fordernd. Maja ließ ihre Finger mit geschlossenen Augen über den Nachttisch gleiten und stöhnte dabei unwillig. Erst, als sie das kühle Gehäuse ertastet hatte, öffnete sie die Lider und blinzelte. Ohne auf das Display zu schauen, nahm sie das Gespräch an. Sie musste nicht nachsehen, wer um diese nachtschlafene Zeit anrief. Es gab nur eine Möglichkeit.

»Heuberger.« Maja kam ihre eigene Stimme fremd vor. Sie klang erschöpft.

»Kommissariat 11. Sie haben Rufbereitschaft.«

»Ja klar. Was sonst. Sonntagnacht, und ich habe Dienst.«

»Es ist zwar schon Morgen, aber alles andere stimmt.« Der Mann am anderen Ende der Leitung lachte meckernd.

»Was gibt es denn?« Allmählich wurde Majas Kopf klarer. Sie hätte sich die Frage sparen können. Wenn Beamte des Kommissariats 11 »Leben/Gesundheit/Mordkommission« einen Rechtsmediziner anriefen, gab es nur einen Grund dafür.

»In Schwarzenberg am Markt wurde eine tote Frau gefunden. Ein Tötungsdelikt ist nicht auszuschließen. Wann können Sie hier sein?«

Maja überschlug die Fahrzeit. »Halbe bis Dreiviertelstunde. *Direkt* am Markt?«

»An der Königseiche, die mitten auf dem Unteren Markt steht. Nicht zu verfehlen.«

»Gibt es etwas, das ich vorab wissen sollte?«

»Lassen Sie sich überraschen, Frau Heuberger. Wir haben mehrere auffällige Besonderheiten. Sie bringen ja wie immer Ihr gesamtes Equipment mit, nicht?«

»Ja sicher. Dann bis gleich.« *Was denn sonst.*

Sie brachte *immer* ihr »gesamtes Equipment« mit. Für wie unprofessionell hielt dieser Typ sie eigentlich? Der Kripobeamte beendete das Gespräch. Am Telefon gaben die Kollegen nie konkrete Einzelheiten preis. Die Anrufe waren nicht verschlüsselt, aus diesem Grund hielten sich die Kripobeamten bedeckt.

Maja setzte sich auf und schwang mit einer einzigen gleitenden Bewegung die Beine aus dem Bett. Hatte der Mann eigentlich seinen Namen genannt? Während sie zum Fenster ging, um es zu schließen, dachte sie darüber nach, was mit »auffälligen Besonderheiten« gemeint sein könnte. Eigentümlichkeiten am Fundort? An der Leiche?

Draußen wurde es schon hell. Die Vögel zwitscherten.

Erst jetzt bemerkte Maja, dass auf ihren Wangen Tränen trockneten. Genauso wie in ihrem Traum eben hatte Hannah auf dem letzten Foto ausgesehen – Majas Augen schmerzten noch immer von den leuchtenden Farben: dem Mintgrün des Rocks, dem brüchigen Rosa des Shirts, dem Gold der Haare. Seit fast vier Jahren kehrte der Traum wieder und wieder, und er endete stets gleich. Mit einem fröhlichen Winken ihrer Tochter, bevor Caspar Hannah einen Kuss auf die Wange drückte.

Der erste gemeinsame Urlaub mit dem Freund. Hannah war voller Vorfreude gewesen, hatte wochenlang organisiert, Sachen ein- und wieder ausgepackt, Reiseführer über Ungarn studiert und ihr und Jörg abends die schönsten Stellen daraus vorgelesen.

Maja betrachtete ihr Gesicht im Spiegel. Die Haut hatte eine graue Tönung, unter den Augen lagen bläuliche Schatten. Das rotblonde Haar stand struppig nach allen Richtungen und ließ sich nur schwer bändigen. Sie hatte eindeutig zu wenig Schlaf abbekommen.

Du bist doch selbst daran schuld.

Neun Rechtsmediziner teilten sich den Rufbereitschaftsdienst. Der Dienstplan wurde immer einen Monat im Voraus erstellt, und jeder trug sich ein, sooft er mochte. Sie stand öfter als die anderen im Plan.

Weil mir die Tätigkeit eben Spaß macht.

In Wirklichkeit willst du doch nur der Realität entfliehen. Dich durch ein Zuviel an Arbeit ablenken. Maja sah, wie ihr Spiegelgesicht verächtlich den Mund verzog, ehe sie das Licht im Bad ausschaltete.

Kurz nachdem sich Hannah und Caspar von einem Touristen vor der Fischerbastei hatten fotografieren lassen, war ihre Tochter bei einem Einkaufsbummel mitten in Budapest verschwunden. Caspar hatte sie überall gesucht, aber Hannah blieb unauffindbar. Auch die Behörden, die Mitarbeiter der Deutschen Botschaft und Maja und Jörg, die noch am selben Abend in Ungarns Hauptstadt angekommen waren, hatten keine Spur von ihr entdeckt. Nicht nach einem Tag; nicht nach einer Woche; nicht nach einem Monat. Bis heute nicht. Im Sommer jährte sich das Verschwinden ihrer Tochter zum dritten Mal.

Caspar war zwei Wochen später nach Deutschland zurückgefahren, und Jörg folgte ihm drei Tage später – die Arbeit könne nicht mehr länger warten, hatte er ihr erklärt. Sie hingegen hatte noch weitere zehn Tage in der Augusthitze zugebracht, verzweifelt auf Anrufer gewartet, die auf ihre Aushänge reagierten, wieder und wieder mit brennenden Füßen alle Boutiquen, in denen Caspar und Hannah zuletzt gewesen waren, abgeklappert und Passanten vom Vörösmarty-Platz die Váci utca hinunter bis hin zur Megyeri-Brücke befragt.

Hannah jedoch – ihre wunderbare, unvergleichliche Tochter – war nie wiedergekehrt. Es gab keinerlei Anhaltspunkte, was mit ihr geschehen war. Nie hatte es ein Lebenszeichen gegeben, in all den vier Jahren keinen noch so winzigen Beweis dafür, dass sie noch lebte.

Aber auch keine Anhaltspunkte, dass sie tot ist. Vergiss das nicht, Maja.

Konrads Worte von gestern Abend hallten in ihrem Kopf wider. Er hatte das schon so oft wiederholt. Wahrscheinlich nervte sie ihn seit Ewigkeiten mit der ewig gleichen Leier, aber er hörte ihr immer aufs Neue zu, wenn der Kummer sie übermannte. Gestern hatte Konrad leider wenig Zeit gehabt. Es hatte geklungen, als sei er gerade »auf Tour« gewesen. Wahrscheinlich wieder mit einem seiner »Kumpel«. Er hatte jedoch versprochen, heute Abend bei ihr vorbeizuschauen.

Mit herabgezogenen Mundwinkeln betrachtete Maja die drei leeren Weinflaschen neben der Spüle. Ihr war gar nicht bewusst gewesen, dass sie die dritte Flasche auch noch komplett geleert hatte.

Sie hatte ein bisschen über die Stränge geschlagen, na und? Es war niemand hier, der ihre Ausschweifungen hätte verurteilen können, Jörg war schon vor zweieinhalb Jahren ausgezogen. Nach Hannahs Verschwinden war die Ehe zerbröckelt wie vertrockneter Teig, und die Liebe von einst war ihnen abhanden gekommen, als hätte es sie nie gegeben, genau wie in dem Erich-Kästner-Gedicht.

Hastig warf sie die Beweise für ihren Alkoholexzess in

den Müll. Wie hieß es doch so schön: Aus den Augen, aus dem Sinn. Waren die Flaschen erst weg, konnte sie vor sich selbst so tun, als sei der gestrige Abend ganz normal verlaufen.

Ein schneller Blick zur Uhr belehrte sie, dass sie sich beeilen musste. Von Zwickau bis Schwarzenberg fuhr sie mindestens vierzig Minuten. Wenn es tatsächlich ungewöhnliche Dinge bei der aufgefundenen Toten gab, würde die Spurensicherung stundenlang arbeiten, ehe sie selbst die Leiche untersuchen durfte. Und trotzdem war sie gern so zeitig wie möglich am Fundort.

Maja unterdrückte ein Gähnen und goss kochendes Wasser in die Stabfilterkanne. Der starke Kaffee würde sie wieder auf Trab bringen. Dazu eine *Paracetamol* gegen die Kopfschmerzen. Vielleicht besser gleich zwei.

Auf der Fahrt würde sie dann ein paar Pfefferminzpastillen gegen den Mundgeruch lutschen, dann war alles wieder im Lot. Der Leichenfund und die damit verbundene Arbeit würden sie von ihren Erinnerungen ablenken.

»Totenschein, Skizzenblätter, Leichenschauprotokoll …« Maja murmelte die Worte vor sich hin, während sie ihren Einsatzkoffer checkte. Nach jedem Gebrauch ergänzte sie zwar die Verbrauchsmaterialien, aber es schadete nichts, vor der Abfahrt noch einmal alles zu kontrollieren.

»… Gummihandschuhe, Einmalschutzanzug, Thermometer, Reflexhammer, Reizstromgerät, Taschenlampe, Fotoapparat.« Auch die Ampullen mit dem *Miochol* waren an Ort und Stelle. Allmählich beruhigte sich das Hämmern in Majas Kopf. Die beiden *Paracetamol* taten ihre Wirkung.

Vielleicht sollte sie Caspar mal wieder anrufen. Ab und an telefonierte sie mit dem Freund ihrer Tochter, einmal im Vierteljahr gingen sie gemeinsam essen. Einfach nur, um die Erinnerungen nicht allzu sehr verblassen zu lassen. Caspar war seit Hannahs Verschwinden allein geblieben, hatte sich nicht neu verliebt. Wahrscheinlich vermisste er Hannah noch genauso wie sie selbst. Maja schüttelte heftig den Kopf. Sie musste diese Gedanken jetzt loswerden, ihr Augenmerk auf etwas anderes richten. Mit einem Klicken schnappten die Kofferschlösser ein.

Was mochte der Kripobeamte bloß mit »auffällige Besonderheiten« gemeint haben? War es »auffällig«, dass man eine Frauenleiche mitten auf dem Marktplatz gefunden hatte? In ihrer bisherigen Tätigkeit hatte es schon oft Leichen gegeben, die im Freien aufgefunden worden waren, mitten in einer Kleinstadt jedoch noch nie. Oder gab es noch andere Details, die man ihr am Telefon nicht hatte verraten wollen?

6

»Das muss aufhören!« Tommy erwachte von seinem Aufschrei. Das nass geschwitzte Bettzeug klebte an seinem Rücken, auf der Stirn trocknete der Schweiß. In den letzten Wochen hatten sich die Albträume verstärkt, kamen jetzt fast jede Nacht auf immer gleiche Weise wieder und quälten ihn. Er hatte es mit starken Schlafmitteln versucht und mit Alkohol, mit heißem Tee und opulentem Essen, mit autogenem Training und Sport bis zur völligen Erschöpfung. Nichts brachte ihm den ersehnten traumlosen Schlaf.

Der Traumfilm endete immer an der gleichen Stelle – er fühlte Grits Kopf zur Seite rollen und erkannte, dass sie tot war. Dann ließen ihn die eigenen Schreie aufwachen. Auf dem Heuboden hatte er nie geschrien. Es wäre auch nutzlos gewesen. Die Frau, die sich seine Mutter nannte, hätte ihn nicht gehört. Sie war längst weg.

Als man ihn und Grit drei Tage später gefunden hatte, war auch er dem Tode nahe gewesen. Tommy hatte keine Erinnerungen daran. Außer an gedämpftes Rufen und undeutliches Getrappel konnte er sich an gar nichts entsinnen. Nicht daran, wie einer der Nachbarn nach stundenlangem Suchen die Stiege zum Heuboden erklommen hatte, nicht an dessen Bestürzung, als er die beiden abgemagerten Kinderkörper in einer Ecke des Verschlages entdeckt hatte, nicht daran, wie der Mann ihn sanft auf seine Arme gebettet und zu den Frauen hinuntergebracht hatte, nicht an ihre verstörten Gesichter und die Tränen, die lautlos aus ihren Augenwinkeln gerollt waren.

Sein Gedächtnis musste durch den Wasser- und Nahrungsmangel gelitten haben, es hatte nichts von dem gespeichert, was danach geschehen war, warum die Mutter fort war, was mit dem toten Körper seiner kleinen Schwester passiert war oder warum die Nachbarn überhaupt auf den Hof gekommen waren, um nach den Kindern zu sehen. Und auch später hatte niemand ihm ernsthaft darüber Auskunft geben können oder wollen, das meiste hatte er sich aus Andeutungen und belauschten Gesprächen selbst zusammenreimen müssen.

Die ersten unklaren Erinnerungen setzten erst viel später wieder ein, die gedächtnislose Zeit konnte Tage oder auch Wochen lang gewesen sein, über den verstrichenen Zeitraum fehlte Tommy ebenfalls die Vorstellung. Verwischte Fetzen überbelichteter Bilder tauchten ab und an aus dem Nebel auf und verschwanden ebenso schnell wieder: Ein weiches warmes Bett, weiße Wäsche, das besorgte Rund eines mütterlichen Mondgesichts, das über ihm schwebte, Schläuche, die in seinen Arm führten, leises Piepsen.

Die Stunden waren an ihm vorübergeglitten wie Schäfchenwolken über einen Sommerhimmel. Später hatte Tommy sich diese Zeit zurückgewünscht, das Fehlen von Schmerzen, Hunger und Durst, das Nichts-Denken-Müssen, die Leere.

Als Grits kleines Mausgesicht plötzlich direkt über ihm aufgetaucht war, hatte Tommy aufgeschrien. Die mondgesichtige Frau war hereingerannt gekommen und hatte ihm eine warme Handfläche auf die Stirn gelegt. Auf seine gestammelten Fragen nach seiner Schwester hatte sie ihm keine Antworten gegeben, sondern versucht, ihn mit nichtssagenden Sätzen zu beruhigen.

Niemand hatte ihm erzählt, was aus Grit geworden war, wer sie beerdigt hatte und wo sich ihr Grab befand. Auch später nicht. Er wusste erst seit wenigen Jahren, wo ihre Leiche begraben war.

Jeden Tag seines Lebens hatte Tommy darüber nachgedacht, ob er sie hätte retten können. Vielleicht, wenn er den Heuboden eher verlassen hätte, nicht schicksalsergeben auf die Rückkehr der Mutter gewartet hätte, wenn er sie hinuntergetragen, seine Kräfte zusammengenommen hätte und mit ihr zum Nachbarn gelaufen wäre, wenn er um Hilfe gerufen oder sie besser gewärmt hätte. All die Male vorher war es doch auch gut gegangen. Und nur, weil er dieses eine Mal nicht richtig achtgegeben hatte, war Grit von ihm gegangen. Die Dämonen der Nacht hatten sich ihrer in einem Moment seiner Schwäche bemächtigt, waren in sie hineingekrochen und hatten es sich in der Wärme des kleinen Körpers gemütlich gemacht; sie hatten sich von ihrem warmen Blut genährt, bis sie nur noch eine leblose Hülle gewesen war.

Als sein Körper sich erholt hatte, brachte man ihn aus dem Krankenhaus fort in ein Heim für elternlose Kinder. Er war nicht lange dort. Jüngere Kinder wurden gern genommen, die Pflegefamilien hielten die Kleinen wohl für formbarer als die Älteren.

Ein Paar holte ihn probehalber zu sich nach Hause, und als sie feststellten, dass er offenbar ihren Vorstellungen entsprach, behielten sie ihn. Zumindest hatte Tommy es so empfunden. Sie testeten seine Kompatibilität mit ihren eigenen drei Kindern und befanden ihn für geeignet.

Sicher hatten sie es gut gemeint. Barmherzige Samariter, dem Gedanken der Nächstenliebe verpflichtet.

Sie gaben sich alle Mühe mit ihm. Über Monate und Jahre hinweg. Aber ein zerbrochenes Gefäß kann man nicht wieder ohne Makel zusammenfügen. Die geklebten Brüche waren wie wulstige Narben immer sichtbar, und an einigen Stellen waren winzige Stückchen herausgebrochen, die für immer verschwunden waren.

Als er älter geworden war, hatte er durchaus zu schätzen gewusst, was sie für ihn taten. Sie ernährten und kleideten ihn, gaben Geld für seine Bildung aus, versuchten stets, das Adoptivkind und die Stiefgeschwister gleich zu behandeln. Dass der Sohn aus dem Kinderheim anders war als ihre eigenen drei Kinder, konnte jeder sehen. Aber damit hatten sie sich abgefunden. Der liebe Gott würde sie für ihre gute Tat belohnen. Daran glaubten sie fest.

Tommy fröstelte, zog die Decke über den Körper und schloss die Augen. Vielleicht kam der Schlaf noch einmal zurück. Er würde sich die Bank am Waldrand vorstellen und das Flittchen, das dort mit ihren billigen roten Schuhen auf ihn wie auf einen Erlöser gewartet hatte.

Zuerst war sie den Berg hinaufgeschnauft wie ein asthmatisches Walross, das Stampfen ihrer Schritte hatte man wahrscheinlich bis Neuwelt gehört. Oben angekommen, hatte sie sich auf die Bank plumpsen lassen und fünf Minuten vor sich hin gekeucht. Dann hatten die Selbstgespräche angefangen.

Was sie aus einer mitgebrachten Plastiktüte nahm, hatte er nicht sehen können, weil ihm ihr massiger Rücken die Sicht versperrte, und als der Beutel kurz darauf über die Lehne nach hinten geflogen war, hatte er sich gerade noch einen erschrockenen Ausruf verkneifen können. Erst im Gehen war ihm der Beutel wieder eingefallen, und als er ihn aufgehoben und hineingeschaut hatte, war ein leises Lachen aus ihm herausgequollen wie ein kleiner Sturzbach. Turnschuhe! Sie war in ausgelatschten Tretern heraufgelaufen und hatte diese dann, um ihm zu gefallen, gegen diese lächerlichen gelackten Püppchenschuhe getauscht. Das Ganze war so armselig!

Als er sich sicher gewesen war, dass sie ihm keine Falle stellte, dass niemand in ihrer Nähe war, der sie und ihn beobachten würde, hatte er beschlossen, sich ihr zu zeigen. Ein paar leise Schritte zurück und dann mit lautem Getrappel schnurstracks zur Bank. Nie würde er ihr Herumfahren und die Panik in ihren aufgerissenen Augen vergessen, als sein geflüstertes »Hallo, Süße!« ihren Nacken traf. Ein kurzer Kreischlaut entfuhr ihr. Das Erschrecken wich erst aus ihren Gesichtszügen, als er sich für sein Zuspätkommen entschuldigte.

Tommy grinste in die Dunkelheit. Der Schweiß war getrocknet, ihn fröstelte, und er zog die Decke wieder über den Körper.

Natürlich hatte er zuerst ein bisschen mit ihr gespielt. Es war schöner so. Aufregender, als sie gleich zu betäuben und mit der Arbeit zu beginnen. Das Wissen darum, dass die Schlampe keine Ahnung hatte, was gleich mit ihr geschehen würde, war erregend.

Außerdem sollte sie gefügig sein. Zumindest anfangs. Er hatte keine Lust, sie mit Gewalt und unter Geschrei zum Auto zu zerren. Deshalb war es angebracht, anfangs nett zu ihr zu sein. Genauso, wie die kleine dicke Jennifer es sich von ihrem Traumdate erhofft hatte.

Auf seine Frage, ob ihr kalt sei, hatte sie genickt und ihr Gesicht hatte einen dümmlich seligen Ausdruck angenommen, als er ihr seine Jacke um die Schultern gelegt hatte. Alles lief wahrscheinlich exakt wie in ihren Träumen. Der mitgebrachte Sekt schließlich – ein Piccolo für ihn, einer für sie, schon süß, das mochten die Weiber – hatte den letzten Argwohn erstickt. Sie hatte mit ihm angestoßen und einen tiefen Zug genommen. Über alldem schien ihr nicht aufzufallen, dass ihr Traumpartner seinem Foto nicht sonderlich ähnlich sah. Aber sie selbst hatte bei ihrem Bild ja auch reichlich geschummelt.

Tommy fuhr mit der Zunge unter der Oberlippe entlang. Fast vermeinte er, einen Nachgeschmack des widerlichen Prickelwassers zu erspüren.

Ihr Gesichtsausdruck, als sie den Sekt im Mund herumwälzte – wie ein Frosch, der gerade die Augen geschlossen hatte –, hatte ihn angeekelt. Wahrscheinlich hatte sie gehofft, dass er sie jetzt küsste. Wie in den alten Schnulzen, die sie ganz sicher heimlich abends ansah, wenn ihre Kinder endlich schliefen.

Tommy unterdrückte den aufkeimenden Widerwillen. Jennifer würde nie mehr jemandem ihren Froschmund anbieten. Als er keine Anstalten machte, ihren Wunschvorstellungen nachzukommen, hatte sie die Augen wieder geöffnet, noch einmal mit ihm angestoßen und einen weiteren kräftigen Schluck genommen.

Ihre Augen waren dabei schon etwas glasig gewesen, und er hatte gewusst, dass er nun nicht mehr lange würde warten müssen.

Das Betäubungsmittel wirkte zwar nicht sofort, aber relativ schnell. Zuerst wurde man schläfrig und fühlte sich wie betrunken. Er hatte es wieder und wieder getestet, auch an sich selbst. Der Betreffende konnte mit Unterstützung noch gehen und wirkte lediglich etwas benommen. Im Kopf allerdings herrschte zu diesem Zeitpunkt schon Chaos.

Als er seiner kleinen Eroberung die Flasche wegnahm, hatte sie gekichert und dann etwas Unverständliches gelallt. An seinem Arm war sie bis zum Auto gewankt und hatte sich, inzwischen fast bewusstlos, auf dem Beifahrersitz festschnallen lassen. Die ganze Fahrt über hatte er einen Ständer gehabt.

Die Erinnerungen hatten sein aufgewühltes Gemüt beruhigt. Er würde jetzt gut schlafen können, dessen war sich Tommy sicher. All das, was er mit der Schlampe gemacht hatte: die umfangreichen Vorbereitungen, der eigentliche Akt, die aufwendige Nachsorge, hatten sich gelohnt. Sie gaben ihm Seelenfrieden. Tommy drehte sich mit einem Seufzen zur Seite und schob das Kissen unter dem Kopf zu einem Wulst zusammen. Er hoffte nur, dass die Wirkung nicht schon nach kurzer Zeit nachließ.

7

»In zweihundert Metern rechts abbiegen.« Maja schaute auf das Display des Navigationsgerätes. Zehn nach sechs an einem wunderbaren Frühlingsmorgen. Ohne die herrische Frauenstimme hätte sie die Zufahrt zur Innenstadt von Schwarzenberg nie gefunden. Es war von zahlreichen verwinkelten Gässchen und Einbahnstraßen durchzogen. Sehr idyllisch das Ganze. Sie blinkte rechts und sah nach dem Abbiegen schon von Weitem den Menschenauflauf vor dem rot-weißen Flatterband, das die Schutzpolizei gespannt hatte.

Entweder stand man in Schwarzenberg sehr zeitig auf, oder der Leichenfund hatte sich trotz der frühen Stunde schnell herumgesprochen. Oder beides. Sie bremste und hupte dann. Die Gaffer wichen nur unwillig zur Seite. Ein älterer Mann zeigte ihr einen Vogel. Maja lächelte und schüttelte leicht den Kopf. Einer der Polizisten, die den Fundort absicherten, erkannte sie und hob das Absperrband hoch, sodass sie durchfahren konnte.

Vor dem Ratskeller parkten mehrere Polizeifahrzeuge. Sie stellte ihren Mazda daneben, stieg aus und beobachtete den großen schlaksigen Mann, der sich ihr mit schnellen Schritten näherte. Seine braune Lederjacke sah aus, als stamme sie aus der Kleidersammlung.

Einen Meter vor ihr blieb er stehen. »Sie sind die Rechtsmedizinerin?« Nachdem sie bestätigend genickt hatte, trat er einen Schritt näher. »Preck.«

»Maja Heuberger.« Maja versuchte ein Lächeln, das sofort erstarb, als der Mann ihre Hand so heftig drückte, als wolle er sie zermalmen.

»Ich bin der zuständige Kriminaloberkommissar. Wir hatten bisher noch nicht das Vergnügen.« Er schien keine Antwort zu erwarten, sondern fuhr fort, während Maja unauffällig ihre malträtierten Finger massierte. Die meisten Kripoleute kannte Maja. Dieser hier war wahrscheinlich durch die Polizeireform in Sachsen neu hinzugekommen.

»Sie kennen ja das Prozedere, Frau Doktor. Die Spurensicherung hat noch zu tun. Inzwischen dürfen Sie einen ersten Blick auf die Leiche werfen, aber noch nichts anfassen. Der diensthabende Staatsanwalt ist auch noch nicht da.«

»Wie üblich. Dann lasse ich den Einsatzkoffer erst einmal im Auto.«

»Gut. Einen Schutzanzug haben Sie mit?«

»Sicher doch.« Noch einer, der sie für minderbemittelt hielt. Maja fuhr mit der Zunge über die obere Zahnreihe und tastete in ihrer Jackentasche nach der Schachtel mit den Pfefferminzbonbons. »Es handelt sich also um ein Tötungsdelikt.« Die Einmalanzüge wurden nur bei nicht natürlichen Todesfällen übergezogen, an »normalen Leichenfundorten« trugen die Rechtsmediziner ihre Zivilkleidung. Kriminaloberkommissar Preck schien eine Antwort nicht für nötig zu halten, sondern drehte sich auf dem Absatz um und marschierte den Berg hinab. Maja stellte dem Rücken des Mannes ihre nächste Frage. »Wo ist denn die Leiche? Der Beamte, der mich angerufen hat, sagte etwas von einer Eiche auf dem Unteren Markt.«

»Gleich um die Ecke. Kommen Sie einfach mit.«

Was für ein unfreundlicher Typ! Sie hatte endlich die Schachtel mit den Lutschpastillen aufbekommen und schob sich zwei Bonbons in den Mund. Womöglich traf sie noch auf Bekannte. Eine Alkoholfahne war das Letzte, was sie gebrauchen konnte. Maja stolperte hinter dem Kriminaloberkommissar an einer Buchhandlung vorbei über bucklige Pflastersteine. Dann bogen sie um die Ecke.

Das Erste, was ihr auffiel, war das zarte Grün der Eiche, die mitten auf dem Platz ihre knorrigen Äste in den maiblauen Himmel streckte. Dann erst glitt ihr Blick nach unten, und sie registrierte das geschäftige Durcheinander von Männern in weißen Anzügen rund um den Baum herum.

Das Ganze wirkte wie das Gewimmel eines Ameisenhaufens, und doch folgte alles einer streng festgelegten Choreografie: Ein Beamter schoss Fotos, ein anderer nahm alles auf Video auf, mehrere Kollegen verteilten Spurennummern oder tüteten Beweise ein.

»Dort am Baum.« Kriminaloberkommissar Preck zeigte auf die Eiche. »Sie können gleich bis an den Zaun gehen und sich die Tote anschauen. Danach lassen Sie uns unsere Arbeit machen. Ich sage Ihnen Bescheid, wenn Sie dran sind.« Mit einer einzigen Handbewegung brachte er die vor der Eiche herumwuselnden Kollegen dazu, beiseite zu treten.

Die Leiche war mit einer Einmaldecke aus einem Rettungswagen verhüllt. Dies geschah meist durch den Notarzt, welcher den Tod festgestellt hatte. Wurde eine Leiche gefunden, traf fast immer zuerst die Schutzpolizei ein, welche den Fundort absicherte und den diensthabenden Notarzt rief, damit dieser den Tod feststellte. Bei Tötungsdelikten rückte anschließend die Kripo an, die wiederum die Rechtsmedizin zur polizeilichen Leichenschau anforderte. Um Neugierigen nicht zu viel Einblick zu bieten, wurden die Leichen, die man an öffentlich zugänglichen Stellen auffand, abgedeckt, bis der Rechtsmediziner eintraf.

Ein kniehoher Metallzaun bildete in etwa zwei Metern Abstand einen Kreis um den Stamm der Eiche, Löwenzahnblüten reckten ihre gelben Köpfe vorwitzig in Richtung der ungebetenen Eindringlinge.

Kriminaloberkommissar Preck stieg über den Zaun und kontrollierte die Umgebung nach Gaffern, ehe er die Decke von der Toten zog. Im selben Moment offenbarte sich Maja die Antwort auf die Frage nach den »auffälligen Besonderheiten«.

Die Tote war nackt und in einer aufrechten Position am Stamm befestigt worden. Langsam trat Maja näher heran und versuchte, sich jede Einzelheit der Umgebung einzuprägen. Natürlich würde sie nachher noch Fotos machen, hatte später Zugriff auf die Videos der Kriminalpolizei und die Akten und würde die Tote im Institut untersuchen, und doch ging nichts über einen ersten Eindruck.

Die Leiche war so am Baum befestigt worden, dass sie in Richtung eines Hauses mit der Aufschrift »Hut- und Brautmoden« blickte, das sich eine schmale Gasse hinauf befand. Vielleicht hatte die Position eine Bedeutung, war die Befestigung am Stamm nicht willkürlich gewählt worden, vielleicht auch nicht. Dies zu ergründen, war nicht ihre Aufgabe.

Süßer Fliederduft wehte heran und kitzelte sie in der Nase. Kleine Vögel zwitscherten ihre Freude über das Ende der kalten Jahreszeit über die Dächer, während die Morgensonne Majas Haare und die Schultern erwärmte.

Bei der Toten handelte es sich um eine junge Frau. Recht füllig. Dass sie keine echte Blondine war, sah man an ihrem Schamhaar. Das Kinn war in Richtung Brust abgesackt, die weit geöffneten Augen blickten starr auf die leuchtend gelben Blütenköpfe des Löwenzahns. Seitlich am Hals befanden sich tiefrote Wundmale, die Maja aus der Entfernung nicht zuordnen konnte. Die Arme waren zu beiden Seiten überkreuz über den Kopf gereckt, die Füße berührten den Boden. Am rechten Unterarm fand sich eine weitere, länglich klaffende Wunde. Ein Suizid schien äußerst unwahrscheinlich. Die Kripo ging von einem Tötungsdelikt aus. Das war auch augenscheinlich.

Erst als sie noch zwei Schritte auf die Leiche zugegangen war, erkannte Maja, woher die aufrechte Haltung kam. Menschen verloren nach Eintritt des Todes fast sofort ihre Muskelspannung; alles erschlaffte, meist leerten sich Darm und Blase, und der Tote sackte wie eine Gliederpuppe in sich zusammen. Die Totenstarre setzte bei Zimmertemperatur frühestens nach ein bis zwei Stunden zuerst an kleinen Muskeln wie Augenlidern ein und war nach höchstens zwölf Stunden voll ausgeprägt. Kälte verzögerte den Prozess. Fixierte man eine Leiche vor dem Einsetzen der Starre, behielt sie die Position bis zum Beginn erster Zersetzungsprozesse bei.

Es war also durchaus möglich, dass der Täter die tote Frau so lange in einer gestreckten Haltung verwahrt hatte, bis die Leichenstarre voll ausgeprägt war, um sie dann hier am Baum aufzustellen. Die zweite Variante war, dass er sie hier vor Ort entsprechend arrangiert hatte, bevor die Leichenstarre einsetzte.

Maja kniff die Augen zusammen und fixierte den bleichen Körper. Die Arme überkreuzten sich an den Handgelenken, beide Handflächen wiesen zum Betrachter. Wenn sie sich nicht völlig täuschte, war das, was aus der Kreuzungsstelle herausragte, ein großer Metallstift, vielleicht ein Sattlernagel. Damit war auch klar, weshalb man einen Selbstmord sofort ausgeschlossen hatte – niemand war in der Lage, sich selbst in dieser Position an einen Baumstamm zu nageln.

Abrinnspuren – so nannte man Blutrinnsale, die aus Wunden herabgeronnen waren, gab es nicht. Maja notierte sich die Beobachtung in Gedanken. Ein sicheres Zeichen dafür, dass der Metallstift erst nach Eintreten des Todes durch die Gelenke getrieben worden war. Tote bluteten nicht. Eventuell sickerte der Schwerkraft folgend noch etwas von dem roten Lebenssaft aus offenen Wunden, aber da das Herz nicht mehr pumpte, fehlte der Antrieb für die Flüssigkeit.

Und der Mörder war ein Profi gewesen. Jesus am Kreuz wurde oft mit durch die Handflächen getriebenen Nägeln dargestellt, doch diese Art der Kreuzigung funktionierte nicht, weil die feinen Mittelhandknochen dem Gewicht des Körpers nicht standhielten. Schon nach wenigen Minuten riss das Gewebe und der solcherart Gekreuzigte fiel herab. Wissenschaftler waren sich einig, dass frühchristliche und mittelalterliche Darstellungen von Menschen am Kreuz ungenau sein mussten. Die Kreuze hatten früher entweder wie ein »T« ausgesehen, bei dem man die Arme über beide Querstreben gelegt und dann erst die Nägel hindurchgetrieben hatte; oder es war tatsächlich wie in diesem Fall gewesen, dass man Hand- und Fußgelenke übereinandergelegt und die Fixierung an den stabilen Gelenken vorgenommen hatte.

Eine Amsel setzte sich auf einen Zweig über der toten Frau und schaute mit ihren schwarzen Knopfaugen fragend auf die Leiche herab, als wolle sie die Anwesenden fragen, was das Theater auf ihrem Lieblingsbaum solle.

Ungeachtet der Fixierung der Handgelenke hatte der Täter noch weitere Maßnahmen ergriffen, um die tote Frau in einer aufrechten Position zu halten. Um den Körper führte ein dickes Tau, das in mehreren Lagen um Brust und Bauch gewickelt war und das weiße Fleisch zu breiten Wülsten einschnürte. Den Blick auf die Tote gerichtet, ging Maja im

Halbkreis um den Stamm herum. Erst jetzt bemerkte sie die Schilder, die den Touristen die Bedeutung der Eiche erklärten. Eines war auf einem Pfahl vor dem Baum befestigt, ein zweites hing direkt am Stamm.

»Können wir jetzt mit der Spusi weitermachen?« Maja zuckte zusammen und verschluckte den Rest ihres Pfefferminzbonbons. Der Mann hatte sich, ohne dass sie es bemerkt hatte, dicht neben sie gestellt. Er lächelte verschmitzt. »Du hast doch nachher noch alle Zeit der Welt.«

»Entschuldigung. So etwas hier haben wir nicht alle Tage, aber das weißt du besser als ich. Wir haben zwar pro Jahr in Leipzig und Chemnitz insgesamt siebenhundert Sektionen, darunter auch immer sechs bis zehn Mordfälle, aber solch öffentlich zur Schau gestellte und arrangierte Leichen sind äußerst selten dabei.« Maja lächelte den Kripobeamten an. Sie kannte Egbert Knoll seit Jahren. Er war etwa so groß wie sie, also eher klein für einen Mann. Der runde Kopf mit der Halbglatze, der buschige braune Schnurrbart, dazu die kurzen Arme, die neben dem beachtlichen Bauch herunterbaumelten, verliehen ihm das Aussehen einer Seerobbe. Sie unterdrückte ein Grinsen.

»Es geht den Menschen wie den Leuten. Trotzdem, liebe Maja … Sei nicht böse, aber die Kollegen wollen mit der Spurensicherung fortfahren. Du kennst das doch.«

»Na klar. Ich bin schon weg. Sagt mir Bescheid, wenn ihr so weit seid, ich sehe mich inzwischen ein bisschen um.«

»Fein.« Egbert Knoll winkte den Kollegen in den weißen Anzügen zu weiterzumachen und lief neben Maja her in Richtung der Buchhandlung. »Kennst du eigentlich Wulf Preck und Andreas Melzer schon?« Sein Arm schwenkte zu den beiden Männern, die vor der Sparkasse standen und sich unterhielten. Als ein dritter hinzutrat, ergänzte er: »Und Kriminaloberkommissar Uwe Barnert nicht zu vergessen.«

»Mit Kriminaloberkommissar Preck hatte ich vorhin schon das Vergnügen.« Maja malte bei dem Wort »Vergnügen« mit den Fingern Gänsefüßchen in die Luft. Wulf hieß der unfreundliche Typ mit der speckigen Lederjacke also mit Vornamen. Das passte ja. Wulf wie Wolf. »Die anderen habe ich noch nicht getroffen.«

»Dann stelle ich dich mal vor. Ihr werdet euch in Zukunft sicher öfter begegnen.« Egbert Knoll wartete nicht auf ihre Zustimmung, sondern watschelte bereits zu den Kollegen hinüber. Maja nestelte ein weiteres Pfefferminzbonbon aus ihrer Jackentasche und schob es unauffällig in den Mund. Nachdem Egbert Knoll sie den drei Beamten noch einmal »offiziell« vorgestellt hatte, winkte er ihr mit seinen Wurstfingern zu, grinste, dass der Schnauzer wackelte und marschierte hinüber zu den Männern in den weißen Anzügen.

»Sie sind also die zuständige Rechtsmedizinerin?« Andreas Melzer versuchte sein Glück mit Small Talk, während Wulf Preck mit mürrischer Miene schwieg und Uwe Barnert, die Hände in den Taschen, die Spurensicherer beobachtete. Maja nickte.

»Wie lange schon?«

»Was meinen Sie?«

»Wie lange arbeiten Sie schon als Rechtsmedizinerin?«

»Seit fast fünfzehn Jahren.« Wollte er herausfinden, wie alt sie war?

»Das ist ja beachtlich.« Andreas Melzer schob anerkennend die Unterlippe vor. »Da haben Sie bestimmt schon allerhand erlebt.«

»So ziemlich *alles*, was man sich vorstellen kann.« Zum ersten Mal, seit sie einander vorgestellt worden waren, betrachtete Maja ihr Gegenüber genauer. Er sah nett aus. *Nett ist die kleine Schwester von Scheiße, Maja.* Na gut, dann eben attraktiv. Etwa eins achtzig, schlank mit leichtem Bauchansatz – aber wen störte das schon –, kurze Haare, kein Bart. Seine Augenfarbe konnte sie nicht definieren. Ein dunkles Grau mit einem Hauch Grün vielleicht. Nur die Zigarette in seiner Linken störte sie. Jetzt dachte *sie* darüber nach, wie alt dieser Andreas Melzer sein mochte. Auf der Stirn, in den Augenwinkeln und am Mund bildeten sich Fältchen, wenn er lächelte. Die Haare waren dunkel, an den Schläfen jedoch bereits grau. Mitte vierzig. Genau wie sie.

Was tust du da, Maja Heuberger? Seit wann interessieren dich Kerle wieder? Sieh zu, dass das sofort aufhört! »Das hier allerdings ist auch für einen erfahrenen Rechtsmediziner ungewöhnlich.« Maja zeigte auf die Eiche.

»Für uns auch. Aber so etwas ist auch spannend. Immer nur Routine wird schnell langweilig.« Andreas Melzers Mundwinkel zogen sich noch ein wenig mehr in die Breite. Unmissverständlich – der Mann flirtete.

Neben ihm schnaufte Wulf Preck unwillig, bevor er tief Luft holte und ein: »Wir müssen, Leute. Die Arbeit wartet«, hervorpresste. Der Kriminaloberkommissar hatte entschieden, dem Gespräch ein Ende zu bereiten. Er schien es nicht zu mögen, dass sich sein Kollege so gut mit Maja unterhielt.

»Na dann! Man sieht sich.« Andreas Melzer trat die Kippe aus und hob sie auf, dann kniff er das rechte Auge zu, bevor er sich umdrehte, um den beiden Kollegen zu folgen.

Maja sah ihm noch einen Moment lang nach. Schöner fester Hintern. Mit einem Kopfschütteln rief sie sich zur Räson. Seit wann starrte sie fremden Männern aufs Hinterteil? War es, weil die Sonne schien, die Vögel zwitscherten und die Luft verheißungsvoll nach Kastanienblüten roch?

Konrad hätte das sicher lustig gefunden. Konrad liebte knackige Männerpopos. Maja beschloss, ihrem Freund heute Abend von ihren Anwandlungen zu erzählen. Konrads

Kommentare konnten sehr heilsam sein. Sie bog um die Ecke und marschierte zum Parkplatz. Bis die Spurensicherung abgeschlossen war, konnte sie ein paar Fotos schießen und sich mit den Leuten vor Ort unterhalten. Das Wetter war einfach zu schön, um im Auto ein Schläfchen zu halten.

Eine tiefe, kratzige Frauenstimme, die »Hallo, Frau Doktor Heuberger« sagte, riss Maja aus ihrer Versunkenheit. Sie schaltete die Digitalkamera aus und drehte sich um.

»Lisa Rotsamt. Ich bin die zuständige Staatsanwältin.« Die Frau streckte Maja die Hand entgegen. Lisa Rotsamt war groß und sehr dünn. Sie trug eine schwarze Bikerjacke über einem roten Shirt, braune Jeans und dazu passend kniehohe Stiefel mit flachen Absätzen. »Wir kennen uns bereits.«

»Richtig.« Noch ein knochenbrechender Händedruck an diesem Morgen.

»Da es sich um ein Tötungsdelikt handelt, sollte die Leiche noch heute seziert werden. Sobald die Spurensicherung sie freigegeben hat.«

»Wie immer. Ich bemühe mich.« Maja notierte sich in Gedanken, gleich im Anschluss an das Gespräch ihren Kollegen Oliver anzurufen, um ihn von der bevorstehenden Sonntagsarbeit zu informieren. Olli würde sich um einen Sektionsassistenten für die Obduktion kümmern und im Institut alles vorbereiten. Das würde ein langer Tag werden. Außerdem musste sie nachher Konrad anrufen und ihm Bescheid sagen, dass das mit ihrem Treffen heute nichts wurde.

»Noch eine halbe Stunde, sagt das Spusi-Team. Dann können Sie loslegen, Frau Doktor.« Wulf Preck, der inzwischen herangekommen war, schüttelte der Staatsanwältin die Hand und stellte sich ihr vor. Dann fuhr er fort: »Der

Dienststellenleiter hat Egbert Knoll zum Ermittlungsleiter für diesen Mordfall ernannt. Er kommt nachher mit zur Sektion nach Chemnitz.«

»Fein.« Mit »Seerobbe« Egbert kam sie bestens zurecht. Maja sah auf die Uhr. Kurz vor elf. Seit ihrem Eintreffen waren fast fünf Stunden vergangen. Manchmal dauerte die Spurensicherung den ganzen Tag. Sie ärgerte sich, dass sonntags keine Studenten im Praktischen Jahr oder Famulanten zur Unterstützung am Tatort zur Verfügung standen, aber das war nicht zu ändern.

»Ein Sonntag, der keiner ist. Trotz des Sonnenscheins.« Lisa Rotsamt schien Majas Gedanken gelesen zu haben. »Wir treffen uns dann alle im Institut wieder. Haben ja nichts Besseres zu tun bei dem tollen Wetter.« Die Staatsanwältin deutete nach oben ins Himmelsblau.

»Ich hole schon mal meinen Einsatzkoffer aus dem Auto und werfe mir den Anzug über. Dann kann es gleich losgehen.« Maja hatte keine Lust mehr auf Geplauder.

»Hebt mal die Decken ein bisschen höher, Kollegen.« Egbert Knoll war unbemerkt von den anderen dazugekommen und stand jetzt seitlich hinter Maja. »Da drüben gibt es Zuschauer.« Er zeigte auf das Gebäude neben der Sparkasse. Die Polizisten hatten zwar den gesamten Unteren Markt weiträumig abgesperrt, damit niemand unbefugt den Fundort betreten konnte, aber man konnte den Anwohnern schlecht verbieten, aus den Fenstern ihrer Häuser zu schauen.

»Können wir die Tote jetzt abnehmen?« Einer der Kripobeamten sah Maja fragend an.

»Zwei Fotos noch.« Die Digitalkamera piepste. »So, das war's. Entfernen Sie jetzt bitte zuerst den Metallstift aus den Handgelenken. Wenn es geht, ohne dabei das Gewebe zu verletzen.« Maja, die inzwischen ihren Einmalanzug übergestreift hatte, legte den Fotoapparat beiseite und nahm die Handschuhe aus ihrem Einsatzkoffer. »Danach die Stricke um Brust und Bauch. Seien Sie vorsichtig. Die Leiche ist noch nicht starr, wird also mit dem Oberkörper nach vorn kippen. Jemand muss sie halten.« Die Männer nickten. »Dann legen Sie sie auf die Plane hier.« Maja zeigte auf die Folie, die sie auf den buckligen Pflastersteinen ausgebreitet hatte. »Den Rest übernehme ich.« Sie beobachtete, wie zwei Beamte über den Zaun stiegen. Einer von ihnen war mit einer großen Wasserrohrzange bewaffnet, die er wie eine Krebsschere nach oben richtete.

Hinter ihr dokumentierte ein weiterer Kripobeamter das Vorgehen mit Fotos. Der Richter musste später während des Prozesses die Chance haben, jeden Schritt exakt nachzuvollziehen. Sobald man den oder die Täter gefunden und festgenommen hatte.

Hoffentlich bald. Maja seufzte unhörbar und schob sich ein weiteres Pfefferminzbonbon in den Mund, bevor sie die Handschuhe überstreifte. Der Kollege mit der Zange ächzte, während er an dem Sattlernagel zog und zerrte. Sein Kollege drückte die Leiche an den Schultern gegen den Stamm, wobei er den Kopf abgewandt hielt und angewidert dreinschaute.

»Die ist richtig festgetackert, was?« Egbert Knoll hatte sich neben Maja gestellt. »Hoffentlich machen die nichts kaputt.«

»Ich hoffe es, aber manchmal geht es nicht anders.« Sie drehte kurz den Kopf zur Seite, schaute aber gleich wieder nach vorn. »Außerdem habe ich vorher alles genau dokumentiert. Damit kann ich etwaige Verletzungen durch das Werkzeug spater ausschließen.«

Endlich hatte der Kollege es geschafft und hob triumphierend die Zange mit dem Metallstift. Sein Leidensgenosse hielt noch immer die Schultern der Toten fest, während ein dritter Polizist über den Zaun stieg. Er hatte bereits eine große Schere gezückt, um dem Seil zu Leibe zu rücken, als Egbert Knoll ein: »Im Ganzen, wenn's geht!« dazwischen donnerte. Zu Maja gewandt, fügte er ein leises »Anfänger!« hinzu. Auch das Seil musste noch auf Spuren untersucht werden. Es konnten sich besondere Knoten, Abschürfungen oder Schnittstellen daran befinden. Die Spurensicherung wurde in den Laboren der Kriminalpolizei fortgesetzt und dauerte manchmal Wochen.

Kaum hatte der zerstreute Mann vier Runden um den Baum gedreht und den Kollegen, der die tote Frau festhielt, dabei jedes Mal über das aufgewickelte Knäuel steigen lassen, klappte – genau wie Maja es vorhergesagt hatte – der gesamte Oberkörper der Leiche nach vorn. Gleichzeitig kippte ihr Kopf auf die Schulter des Mannes, der sie stützte. Das Ganze glich einer bizarren Tanzpose. Hinter Maja kicherte Egbert Knoll, und auch sie konnte sich ein Grinsen nicht verkneifen.

»Bringen Sie sie herüber, damit Frau Doktor Heuberger ihre Arbeit machen kann.« Egbert Knoll wies auf den Boden und wartete, bis man die Tote rücklings auf die Plane gelegt hatte.

»Dann wollen wir mal. Wer kann mir nachher beim Wenden helfen? Praktikanten oder Famulanten sind heute leider nicht dabei, wie Sie unschwer feststellen können.« Maja, die ihren Fotoapparat wieder zur Hand genommen hatte, sah, wie Andreas Melzer, der sich bisher im Hintergrund gehalten hatte, wie in der Schule die Hand hob und näher kam. »Ich. Mir macht das nix.«

»Dann wollen wir mal. Bis auf den protokollierenden Beamten gehen bitte alle etwas beiseite.« Es war immer das

Gleiche. Obwohl die meisten der Anwesenden schon mehrfach bei Leichenfunden dabei gewesen waren, musste man sie jedes Mal aufs Neue an die Regeln erinnern.

Maja schoss mehrere Fotos von der gesamten Leiche. Detailbilder kamen später. Dann begann sie mit den Untersuchungen, kommentierte für die Staatsanwältin und Egbert Knoll einige Details und diktierte dem Protokollanten die Befunde.

»Was machen Sie da?« Andreas Melzer, der die Untersuchungen aufmerksam beobachtet hatte, zeigte auf die Spritze in Majas Hand.

»Das ist *Miochol.*« Sie brachte die Trockensubstanz und das Lösungsmittel in der Injektionsspritze zusammen und setzte die dünne Nadel auf. »Das spritze ich jetzt in die Bindehaut des Augapfels. Man verwendet es ab und an bei Tötungsdelikten. Die supravitalen Reaktionen, also die mechanische, elektrische und chemische Erregbarkeit der Muskulatur habe ich gerade geprüft, wie Sie gesehen haben.« Maja setzte die feine Spitze vorsichtig seitlich an den Augapfel und stach unter die Bindehaut, um die Flüssigkeit zu injizieren. Hinter ihr sog Lisa Rotsamt scharf die Luft ein. »Mit dem *Miochol* kann man in einem Intervall von 14 bis maximal 46 Stunden die Sterbezeit eingrenzen, weil es durch das Mittel im Verlauf weniger Minuten zu einer Verengung der Pupille kommt.« Während sie noch erklärte, legte Maja die Spritze beiseite und leuchtete mit einer kleinen Taschenlampe in das Auge der Toten. »Und da haben wir es auch schon.«

»Das heißt, die Frau ist maximal 46 Stunden tot?« Egbert Knoll konnte es mal wieder nicht abwarten.

»Du kriegst gleich deine vorläufige Zusammenfassung. Ich möchte nur noch die äußeren Verletzungen dokumentieren.«

»Das da sieht aus wie Bissspuren.« Lisa Rotsamts Zeigefinger deutete auf den Hals der toten Frau.

»Könnte sein.« Maja, die ein Lineal neben die roten Male gelegt hatte, zoomte mit der Kamera die blutunterlaufenen Flecken heran. Im Fokus sahen sie tatsächlich wie Zahnabdrücke aus. Von *sehr großen* Zähnen. Aber das würde sie vorerst für sich behalten. »Da müsst ihr schon die Obduktion abwarten, Leute.«

»Hoppla, was ist das denn?« Vorsichtig fuhr Maja mit dem behandschuhten Finger über die fest geschlossenen Lippen und versuchte es noch einmal. »Das ist seltsam.«

»Was denn?« Uwe Barnert, der sich zu seinem Chef gesellt hatte, und Egbert Knoll hatten synchron die gleiche Frage gestellt.

»Der Mund lässt sich nicht öffnen.« Maja schüttelte den Kopf und versuchte es ein drittes Mal. »Nein, keine Chance. Geht nicht auf. Gewalt werde ich jedenfalls hier draußen nicht anwenden.« Sie sah hoch und zuckte entschuldigend die Schultern. »Ich fand es gleich merkwürdig, dass der Unterkiefer nicht herabgesackt war, habe das aber auf die Position der Leiche geschoben, schließlich ruhte das Kinn fast auf der Brust. Aber jetzt, auf dem Rücken liegend, müsste man zumindest die Lippen auseinanderbekommen, auch wenn das Kiefergelenk schon starr wird.«

»Was könnte dahinterstecken?« Uwe Barnert schien aufgeregt zu sein.

»Kein Kommentar, keine Spekulationen. Das müssen wir im Institut klären.«

»Eine nackte Frauenleiche, angenagelt an der Königseiche, mit Zahnabdrücken am Hals und fest verschlossenem Mund.« Egbert Knoll rieb sich mit den Fingern über die Stirn. »Ich bin gespannt, was da noch alles zum Vorschein kommt.«

8

»Sie hat den vorläufigen Todeszeitpunkt auf plus/minus drei Stunden um Mitternacht festgelegt.« Egbert Knoll schnallte sich an und drehte gleichzeitig den Zündschlüssel. »Auf jeden Fall hat der Mörder heute Nacht zugeschlagen.« Er wartete, bis einer der Schutzpolizisten das Absperrband hochhob, damit er durchfahren konnte.

»Falls die Obduktion nicht noch etwas anderes ergibt.« Andreas Melzer schien skeptisch, und auch Uwe Barnert, der hinten neben ihm Platz genommen hatte, hatte einen zweifelnden Gesichtsausdruck aufgesetzt.

»Die Körperkerntemperatur lag bei 27 Grad.« Wir wissen natürlich nicht, wann genau er die Leiche dort aufgehängt hat, aber Maja hat gesagt, bei der Statur der jungen Frau und den Nachttemperaturen von etwa 13 Grad müsste sie gegen 24 Uhr gestorben sein. Ich bin gespannt, ob Maja noch mehr merkwürdige Dinge entdeckt. Als Arbeitshypothese können wir das jedenfalls gelten lassen.« Der Motor heulte auf, und die Männer wurden in die Sitze gedrückt.

»Fahr vernünftig, bitte.« Wulf Preck, der neben ihm auf dem Beifahrersitz saß, tippte auf das Armaturenbrett. Egbert bremste kurz, hatte aber kurz darauf die guten Vorsätze schon wieder vergessen und trat erneut aufs Gas. »Wer kommt mit in die Rechtsmedizin?«

»*Du* bist der Ermittlungsleiter. Was denkst du?« Wulf Preck schob sein Nussknackerkinn vor und drehte sich nach hinten um. »Ich muss das nicht haben. Möchte einer von euch?«

»Andreas findet den Fall anscheinend faszinierend. Es schadet nichts, wenn ein zweites Mitglied der Mordkommission dabei ist.« Uwe Barnert schien auch keine Lust zu haben. »Und die kleine Rechtsmedizinerin gefällt dir doch, oder habe ich das falsch beobachtet?«

»Blödsinn!« Andreas Melzer versetzte seinem Kollegen einen Stoß.

»Gut, dann fahren Andreas und ich in die Rechtsmedizin und Wulf und Uwe ins Büro.« Egbert bremste, ehe das Auto über die Puffer holperte, die übereifrige Stadtväter zur Verkehrsberuhigung auf der Straße angebracht hatten. Natürlich würde die Moko von Maja Heuberger einen ausführlichen schriftlichen Bericht bekommen, aber es war immer noch etwas anderes, wenn man persönlich im Sektionssaal anwesend war. Mehr für sich als für seine Beifahrer wiederholte er die Zusammenfassung der Rechtsmedizinerin von eben. »Frau, Mitte zwanzig, ungefähr eins fünfundsechzig groß, Gewicht geschätzte 80 Kilogramm. Todesursache äußerlich nicht feststellbar, die Spuren am Hals ähneln Gebissabdrücken, die Wunde am Unterarm ist ein glatter Schnitt. Warum sich der Mund nicht öffnen ließ, weiß Maja noch nicht.«

»Das werden wir ja hoffentlich nachher erfahren. Ziemlich abgefahren das Ganze, findest du nicht?« Andreas Melzer schien sich verpflichtet zu fühlen, Kommentare abzugeben, da er nun derjenige war, der mit ihm ins Institut fuhr.

»Wie ich vorhin schon sagte: der Fall ist außergewöhnlich.« Egbert schaute kurz zu Andreas, der schon die nächste Frage formulierte.

»Wo ist denn die Rechtsmedizin in Chemnitz?«

»Dresdner Straße. Du warst noch nicht dort?«

»Nein. Haben die ein eigenes Institut?«

»Früher war es eigenständig. 1997 wurden sie dem Leipziger Institut angegliedert.«

»Danke für die Aufklärung.« Andreas Melzer hüstelte kurz, ehe er fortfuhr. »Diese Maja Heuberger … ist sie gut?«

»Meinst du das dienstlich?« Jetzt grinste Egbert kurz, und die anderen drei Männer taten es ihm nach. »Sie ist die Beste. Ich habe schon einige Fälle gehabt, in denen sie die zuständige Rechtsmedizinerin war. Sie übersieht nichts. Und auch vor Gericht ist sie souverän. Lässt sich durch nichts und niemanden einschüchtern oder aus der Ruhe bringen.«

»Toll.«

»Wir sind uns doch einig, dass die Königseiche nicht der Tatort ist, oder?« Egbert sah aus den Augenwinkeln, wie Wulf Preck neben ihm nickte, und setzte fort: »Uwe hat die Spurensicherung ausgequetscht. Und auch Maja hat gesagt, wenn sie auf dem Markt getötet worden wäre, hätte man deutlich mehr Blut finden müssen.«

»Was glaubt ihr, wo er sie umgebracht hat? Sicher nicht weit weg, bestimmt an einem geschützten Ort, vielleicht in seiner Wohnung oder auf seinem Grundstück. Und diese Bissspuren …« Andreas Melzer klappte seine Zigarettenschachtel auf und sah nach, wie viele Kippen noch darin waren.

»Ich möchte wirklich nicht spekulieren. Das nimmt uns die Unvoreingenommenheit.« Egbert wirkte nachdenklich.

»Hast ja recht. Ich habe Hunger.« Uwe Barnert gähnte, ohne sich die Hand vor den Mund zu halten.

»Na, bei dir ist es gestern wohl spät geworden?« Egbert grinste und dachte darüber nach, ob der Kollege irgendwann einmal von einer Freundin erzählt hatte. Verheiratet war er jedenfalls nicht.

»Dieses frühe Aufstehen ist wirklich nicht mein Ding. Ich bin eine Nachteule.«

»Konnte ja keiner wissen, dass wir heute so früh zu einem Einsatz müssen.« Egbert bog auf die B 101 ab und beschleunigte. »Gleich sind wir in Aue, da können wir uns bei *McDonald's* schnell etwas zum Mittag holen. Maja fängt nicht vor fünfzehn Uhr an, hat sie gesagt.«

»Gute Idee. Ich bin zwar nicht so für Fast Food, aber es wird Zeit, dass wir etwas zwischen die Zähne bekommen.« Wulf Preck presste, kaum dass er gesprochen hatte, die Zähne wieder aufeinander.

»Kannst ja einen Salat essen.«

»Wissen wir eigentlich schon, wer die Tote ist?« Uwe Barnert, der sich am Griff über der Tür festhielt, schaute drein, als sei ihm übel. Der Fahrstil seines Chefs schien ihm Angst einzujagen.

»Noch nicht. Es wurden keinerlei Papiere und keine persönlichen Dinge gefunden.« Egbert dachte gar nicht daran, das Tempo zu zügeln.

»Ist ja auch schwierig, bei einer nackten Frau. Am Hintern hat sie ein Arschgeweih.« Andreas Melzer klang belustigt.

»Wann hast du das denn gesehen?«

»Ich habe Frau Doktor vorhin beim ›Wenden‹ geholfen, schon vergessen?«

»Ein Arschgeweih …« Vor Egberts innerem Auge tauchte die Rückansicht einer jungen Frau auf, die sich nach vorn beugte. Aus dem nach unten gerutschten Hosenbund ringelten sich zwei Tribals nach links und rechts. »Irgendwie hatte ich angenommen, solche Tattoos wären bei der Jugend out.«

»Damit hast du auch vollkommen recht. Hier im ländlichen Raum ist man wahrscheinlich der Zeit mehrere Jahre hinterher.«

»Solche Vorurteile solltest du lieber für dich behalten, Andreas. Die Erzgebirger sind sehr gutmütig, aber ihre regionale Identität ist ihnen heilig. Ich rechne die Bemerkung deiner Unwissenheit zugute. Drive in?« Egbert blinkte. Die Kollegen waren erst vor wenigen Monaten hierher versetzt worden. Er mochte Andreas Melzer, aber manchmal fehlte ihm das Feingefühl.

»Wir hätten theoretisch genug Zeit, uns reinzusetzen. Und was die Rückschrittlichkeit der Bewohner hier betrifft, meinte ich das nicht so. Tut mir leid.«

»Ist schon gut.« Egbert bog auf den Parkplatz des *McDonald's*-Restaurants ab.

9

»So, es kann losgehen.« Maja blickte von der Staatsanwältin zu den beiden Kripobeamten. Egbert Knoll trug einen neugierigen Gesichtsausdruck zur Schau, Andreas Melzer – der Neue aus dem Kripo-Team – wirkte ein bisschen verstört. Auch wenn er erst ein paar Monate hier in Sachsen war, konnte das doch unmöglich seine erste Obduktion sein. »Alles in Ordnung mit euch?«

Lisa Rotsamt schaute kurz zur Seite und nickte dann militärisch. Egbert grinste und versetzte seinem Kollegen einen leichten Stoß. »Wir sind gespannt wie die Flitzebogen.«

Maja lächelte flüchtig und wandte sich dann dem ersten der Sektionstische zu. Doktor Oliver Brand, ihr Kollege, den alle nur »Olli« nannten, stand neben ihr, der Sektionsassistent Lutz Hortenbach hatte die Leiche bereits »aufgelegt«, wie sie es im Fachjargon nannten, und alles für die Sektion vorbereitet. Es gab heute nur diese eine Tote, alle anderen Leichen warteten in der Leichenaufbewahrung darauf, dass die Arbeitswoche begann. Maja ging einmal um den Tisch herum und checkte die Instrumente. Die Leiche roch fast nicht, aber sie war ja auch noch frisch. Außerdem gab es eine Klimaanlage, sodass starke Geruchsentwicklungen nur bei Toten auftraten, die vor dem Auffinden längere Zeit ungestört vor sich hin verwest waren. Niemand brauchte sich Mentholcreme unter die Nase zu schmieren, wie man es in Filmen sah. Alles würde klinisch und sauber ablaufen, fast wie bei einer Operation.

Das immer gleiche Vorgehen glich einer Liturgie. Die Wandfliesen reflektierten das weiße Licht der Deckenstrahler. Wie riesige Spinnen reckten halbrunde Lampen, Monitore und Kameras ihre schwenkbaren Fangarme über die geneigten Edelstahltische.

»Normalerweise würden wir jetzt zuerst die Kleidung ansehen, aufgelagerte Spuren sichern, Korrespondenzen von Beschädigungen mit den Verletzungen der Toten feststellen und dann alle Kleidungsstücke entfernen.« Maja betrachtete die nackte Frau. Ihre Haut wirkte auf dem Edelstahltisch fahl. »Aber das erübrigt sich hier. Deshalb fangen wir gleich mit der Besichtigung der Leiche an.« Ein schneller Blick zu Egbert Knoll. »Soll ich die Erklärungen weglassen?«

»Nein, erzähl ruhig weiter. Ist zwar nicht mein erster Besuch hier, aber vielleicht fällt uns dabei etwas auf, was für die Ermittlungen von Bedeutung sein könnte.«

Andreas Melzer nickte zu den Worten seines Kollegen, Lisa Rotsamt hingegen verzog keine Miene. Es war, als sei sie erstarrt. Aber so wirkte die Staatsanwältin eigentlich immer.

»Olli, vielleicht kannst du ein bisschen kommentieren.« Maja sah ihren Kollegen nicken, und während sie damit begann, Geschlecht, Alter, Konstitution, Körpermaße und Ernährungszustand der toten Frau festzustellen, erklärte Olli den Anwesenden, dass man sich zuerst immer einen allgemeinen Eindruck vom äußeren Zustand der Leiche verschaffte. Dazu gehöre auch die Dokumentation der Leichenveränderungen wie Totenstarre, Totenflecke, Fäulniszeichen, Mumifikation oder Fettwachsbildungen. »Die hier ist noch nicht lange genug tot, als dass sie mumifiziert oder verfault sein könnte. Dafür haben wir einen voll ausgeprägten *Rigor mortis.*« Oliver Brand schaute in die Runde, aber niemand erwiderte seinen Blick, und so setzte er fort. »*Rigor mortis* ist der Fachausdruck für Leichenstarre oder Totenstarre. Der Zustand tritt ein, weil die Muskeln nach dem Tod nicht mehr mit Sauerstoff und Traubenzucker versorgt werden und sich dadurch versteifen. Bei Zimmertemperatur beginnt die Totenstarre etwa ein bis zwei Stunden nach Eintritt des Todes zuerst an den Augenlidern, dann folgen die Kaumuskeln und die kleinen Gelenke. Nach sechs bis zwölf Stunden ist sie im gesamten Körper ausgeprägt.«

»Jetzt haben wir es …« Egbert Knoll sah zu der großen Uhr, die an der Wand über der Tür hing, »… kurz nach halb vier. Das unterstützt also deine Angabe zum Todeszeitpunkt um Mitternacht.«

»Plus, minus drei Stunden, so wie ich es vorhin in Schwarzenberg schon gesagt hatte. Genaueres erfährst du nachher.« Maja hatte nicht aufgeblickt. Jetzt ließ sie ihre Hände zur Nasenwurzel der Toten gleiten. »Das Schädelskelett ist intakt, das Nasengerüst ebenso. Lider, Pupillen und Augäpfel ohne Petechien.«

»Was ist das?« Andreas Melzers Stimme klang kratzig.

»Punktförmige Blutungen, die auf Würgen oder Drosseln hindeuten.« Oliver stand jetzt wieder neben Maja und sah zu, wie sie die Ohren untersuchte. »Allerdings stimmt mit den oberen Augenlidern etwas nicht. Sie lassen sich nicht bewegen.«

»Die Leichenstarre?« Andreas Melzer war anscheinend der Einzige, der ab und an etwas fragte. Die anderen hörten nur zu.

»Eher nicht. Ich denke, da steckt etwas anderes dahinter. Das werden wir gleich noch genauer untersuchen. Und nun zum Mund.« Maja betrachtete die Lippen und fuhr dann mit den Fingerspitzen darüber, während Oliver den Anwesenden erklärte, dass sie nun zuerst die Lippenschleimhaut auf Vertrocknungen und Einrisse und dann den Mund und Rachenraum untersuchen würde. »Wir beurteilen die Zähne, suchen nach Fremdinhalt und prüfen auf atypischen Mundgeruch. Dazu wird Frau Doktor Heuberger jetzt gleich auf den linken Rippenbogenrand drücken.« Er zeigte auf den Brustkorb der Frau. »Dadurch wird Luft aus der Lunge gedrückt.«

»Das täte Frau Doktor Heuberger im Normalfall auch.« Maja sah hoch, ihre Hände schwebten über der unteren Gesichtshälfte.

»Aber?« Lisa Rotsamt war aus ihrer Erstarrung erwacht, hatte einen Schritt nach vorn gemacht und runzelte die Stirn.

»Obwohl auch das Kiefergelenk starr ist, müssten sich die Lippen trotzdem etwas öffnen lassen. Aber hier bewegt sich gar nichts.«

»Wenn ich das mit der Totenstarre richtig verstanden habe, hätte sich doch heute früh der Mund noch öffnen lassen müssen?« Andreas Melzer hatte gut zugehört.

»Das Fortschreiten der Starre ist immer von der Umgebungstemperatur abhängig. Kälte verzögert den Prozess. Da es heute Nacht recht kalt war, könnte das Gelenk heute Morgen noch beweglich gewesen sein. Warum fragen Sie?« Olli konnte es nicht lassen. Er liebte es, Leute zu belehren.

»Weil Frau Doktor Heuberger schon am Fundort gesagt hat, dass sich die Lippen nicht öffnen lassen.«

»Tatsächlich?« Oliver Brand stemmte kurz die behandschuhten Hände in die Seiten. »Das hast du mir vorhin gar nicht erzählt, Maja.«

»Ich hab's vergessen.« Maja hatte inzwischen begonnen, die Wangen abzutasten. »Von außen sind keine Abnormitäten feststellbar. Der Halsbereich unter dem Kinn steht etwas hervor.«

»Könnte sie etwas im Mund haben?« Olli beugte sich neben Maja über die Leiche. Sie konnte sein Aftershave riechen. Irgendetwas mit Vetiver und Holz.

»Möglich. Dokumentieren wir das von außen, dann schauen wir mal, ob wir die Lippen auseinanderkriegen. Es sieht aus, als hätte der Täter sie genau wie die Oberlider verklebt. Ich werde schneiden müssen.« Sie betrachtete die Instrumente und entschied sich für ein Fingerskalpell. Im Obduktionssaal war es totenstill geworden. Mit angehaltenem Atem beobachteten die Kripomänner und die Staatsanwältin, wie Maja vorsichtig mit dem Skalpell zwischen die Lippen fuhr und dann den Mund aufspreizte. »Leuchte mal da rein, Olli.« Der Kollege zog die halbrunde Lampe dichter über den Kopf der Toten, und dann schauten beide in die Mundhöhle.

»Das glaub' ich nicht.« Oliver Brand räusperte sich und richtete sich auf. Maja sah in die erwartungsvollen Gesichter, während Olli weiterredete. »Was zum Teufel hat sie da drin?«

10

»Ein Leichenfund in Schwarzenberg. Die Staatsanwältin hat eine sofortige Obduktion angeordnet. Du hast Glück, dass ich schon wieder daheim bin.« Maja beobachtete Konrad, der aus ihrer Küche hereingekommen war und im Gehen die Papierserviette um den Hals der Rotweinflasche festzog. Nachdem er neben ihr auf dem Sofa Platz genommen hatte, goss er einen Schluck in sein Glas, schwenkte die dunkelrote Flüssigkeit im Kreis herum und schnupperte dann daran. »Du machst vielleicht ein Theater. Das ist ein einfacher Dornfelder aus dem Supermarkt.«

»Ich weiß.« Konrad nahm einen Schluck und wälzte ihn im Mund hin und her, bevor er weitersprach. »Aber das Ritual ist mir heilig. Ich trinke keinen Wein, ehe ich ihn nicht geprüft habe. Du kennst mich doch.« Er setzte das Glas ab und schlug theatralisch eine Handfläche an den Ausschnitt. »Das können Minderbemittelte und Ungebildete, neudeutsch auch ›bildungsferne Schichten‹, gern so machen. Flasche auf und rein in die hohle Birne. Aber nicht Konrad Funk. Nicht der Redakteur der *SENTA*. Wenn man einmal damit anfängt zu schludern, kann das schnell ungeahnte Ausmaße annehmen. Man verliert schleichend seine Manieren und vergisst sich immer öfter. Nein, nein und nochmals nein.« Die Nasenflügel seiner schmalen Nase bebten empört.

»Ist ja gut. Du kannst damit aufhören. Ich sag nichts mehr.« Maja lächelte zu ihren Worten. Die *SENTA* war eine Frauenzeitschrift und Konrad der Chefredakteur. Nach langen Jahren als freier Journalist war es ihm endlich gelungen, in einer angesehenen Redaktion Fuß zu fassen. Zuerst als kleiner Angestellter, der über jedes verfügbare Thema schrieb und dessen Name nicht einmal unter den Artikeln stand, hin zum Ressortleiter von »Menschen der Woche« bis zur rechten Hand der leitenden Chefredakteurin. Als Anne Isenburg vor vier Jahren in Rente gegangen war, hatte er ihren Posten übernommen. Maja stieß mit ihrem Freund an. »Sag mal, gehst du etwa zur Maniküre?«

»Aber sicher doch, Schatz. Dass dir das erst jetzt auffällt … ts, ts. Man muss auf sich achten. Deine Heterobekannten haben wahrscheinlich keine Ahnung, wie ein gepflegter Mann aussieht und riecht.« Eine wegwerfende Handbewegung unterstrich Konrads gespielten Abscheu, und Maja spürte, wie ihre Mundwinkel sich noch mehr in die Breite zogen. Er nahm noch einen Schluck und stellte sein Glas neben ihres.

Sie legte eine Hand auf seinen Unterarm und fühlte die Wärme seiner Haut. »Ich kann heute nicht mit dir bis in die Puppen zechen. Du fängst ja später an, aber ich muss morgen früh pünktlich im Institut sein. Und mit klarem Kopf.«

»Wir haben montags Redaktionskonferenzen. Da kann ich auch nicht erst um elf kommen. Außerdem arbeite ich abends oft lange.«

»Das war doch kein Vorwurf, Konrad. Fühl dich nicht gleich angegriffen.« Maja tippte mit dem Fingernagel auf das Zifferblatt ihrer Armbanduhr. »Wir trinken gemütlich den Dornfelder, und um zehn machen wir Schluss.«

»O.K.« Konrads Unterlippe, die eben noch nach vorn geschoben gewesen war, kehrte in ihre Ausgangslage zurück. »Gestern Abend warst du jedenfalls ganz schön angeschickert, als wir telefoniert haben.«

»Es war Sonnabend. Ich konnte ja nicht ahnen, dass die vom Kommissariat 11 mich heute früh um halb sechs rausklingeln. Auch wenn ich Bereitschaft habe, heißt das noch lange nicht, dass ich die ganze Zeit Gewehr bei Fuß stehen muss.« Das stimmte so nicht, und Maja wusste das. Bereitschaftsdienst zu haben, bedeutete, dass jederzeit ein Anruf kommen konnte, der sie zu einem Einsatz rief. Sie musste fahrtüchtig sein, denn als diensthabender Rechtsmediziner fuhr man mit dem Privat-PKW zum Einsatzort.

»Willst du noch mal über gestern reden?« Konrad konnte manchmal zickig sein, aber er war gleichzeitig auch ein guter Freund. Immer, wenn der Kummer wegen Hannah sie übermannte, war er zur Stelle. Er hatte ihr in den Wochen nach ihrer Rückkehr aus Budapest beigestanden, er hatte ihr moralische Unterstützung geleistet, nachdem Jörg sich von ihr getrennt hatte. Sie konnte ihn jederzeit anrufen, er hörte zu und versuchte, sie zu trösten.

»Nicht unbedingt. Es ist doch eh immer das Gleiche. Ich vermisse Hannah immer noch so sehr, dass es schmerzt. Hier.« Maja legte eine Hand über ihre linke Brust. »Ich träume von ihr und wache tränenüberströmt auf. Sehe Hannah mit Caspar in Budapest, höre sie lachen, schmecke das Eis, an dem sie leckt. Ich spüre die Sonne auf ihrem Haar. Nein, ich muss jetzt nicht darüber sprechen. Danke für das Angebot, mir zuzuhören.« Maja schniefte und schob dann die Erinnerung an das Bild ihrer Tochter vor der Fischerbastei mit Macht beiseite.

»Gut. Sag mir einfach Bescheid, wenn du reden möchtest.« Konrad goss Rotwein nach. »Was war denn das für ein Einsatz heute? Du hast vorhin gesagt, ihr hattet eine Tote in Schwarzenberg? Ein Mord?«

»Sonst wäre ich wohl kaum angerufen worden. Bei natürlichen Todesfällen stellt der herbeigerufene Arzt den Tod fest und schreibt den Totenschein aus, fertig. Ich möchte keine Interna ausplaudern, aber du wirst es morgen eh in allen Nachrichten hören. Wahrscheinlich steht jetzt schon alles bis aufs Kleinste im Internet.« Maja hielt ihr Glas gegen das Licht. Der Wein hatte die Farbe von venösem Blut. Tiefrot, im Licht der Stehlampe fast schwarz.

»Das Blöde an diesen öffentlich zugänglichen Fundorten ist, dass immer jemand von der Bevölkerung vor uns dort ist, bevor der Fundort abgesperrt wird. Handyfotos werden geschossen, Bekannte angerufen. Aus allen Fenstern hängen Neugierige und gaffen. Irgendjemand gibt dann die Daten weiter oder stellt Fotos ins Netz. Seit es das Internet gibt, kannst du eigentlich nichts mehr geheim halten. Manche veröffentlichen solche Dinge sogar in ihrem Facebook-Profil. Aber ich werde dir trotzdem nichts Konkretes erzählen.«

»Ich will auch gar keine Einzelheiten wissen.« Konrad schüttelte sich demonstrativ. »Sonst kann ich heute Nacht nicht schlafen. Jedenfalls gab es allerhand zu tun?«

Maja nahm noch einen großen Schluck und spürte, wie der Wein die Kehle und kurz darauf ihren Bauch von innen erwärmte. Wahrscheinlich hatte er die Frage nur gestellt, um sie abzulenken. Konrad war in solchen Dingen eher zart besaitet.

»Die Obduktion ist durch, das haben Olli und ich heute Nachmittag gemacht. Jetzt müssen wir die Laborergebnisse abwarten. Kann sein, dass im Nachgang noch einmal etwas von der Staatsanwaltschaft angefordert wird. Ansonsten beginnen wir morgen mit der alltäglichen Montagsroutine. Vorbereitung der Woche, Aufteilung der anstehenden Sektionen und so weiter. Wir haben noch drei Leichen von letzter Woche.«

»Halt, halt, das reicht schon! Keine Details.« Konrad wedelte mit beiden Händen in der Luft herum. »Ich habe nur der Form halber gefragt.«

Maja lächelte und hob ihr Glas, um den letzten Schluck zu trinken. Der Fuß hatte einen kreisrunden Wasserfleck auf der Oberfläche des Couchtisches hinterlassen, doch bevor sie den Fleck auch nur richtig registriert hatte, war Konrad auch schon dabei, ihn mit einem Papiertaschentuch wegzutupfen. Sie stellte das Glas ab und erwog, eine weitere Flasche zu öffnen, wenn Konrad weg war. Ein kleiner Absacker vor dem Schlafengehen konnte nichts schaden. Es war noch früh am Abend, und bis morgen war der Alkohol in ihrem Blut längst verstoffwechselt.

»Drei leere Flaschen.« Konrad kam aus der Küche zurück und blieb im Türrahmen stehen, eine Hand an das Holz gestützt, die Augenbrauen hatte er hochgezogen. »Mit der von eben vier.«

»Wie?«

»Drei Rotweinflaschen in deinem Mülleimer. Ich hoffe, die sind nicht alle von gestern.«

»Nein. Außerdem bin ich dir keine Rechenschaft schuldig.« Ein kleiner Zorn regte sich in Majas Brust. »Ich bin erwachsen und kann tun und lassen, was ich will.«

»Ich meine ja nur. Muss ich mir Sorgen machen?« Konrad ließ sich auf die Couch sinken, schlug die Beine übereinander und zupfte den Stoff an den Knien zurecht.

»Natürlich nicht.« Das Klingeln des Telefons erlöste Maja. Hastig sprang sie auf, um das Gerät zu holen, verfolgt von Konrads fragendem Gesichtsausdruck.

Die Stimme am anderen Ende klang heiser. »Spreche ich mit Maja Heuberger? Hier ist Edgar Wallace!«

»Ach ja. Guten Abend, mein Herr.« Maja ahnte die Runzeln auf Konrads Stirn, bevor sie erschienen. »Ich habe Sie vermisst.«

»Ich dich auch. Wollte mich zurückmelden.« Peter Holzing lachte. Tief und gluckernd.

»Wo warst du?« Während sie sprach, war Konrad aufgestanden und ging nun zur Tür. Seine Unterlippe war schon wieder nach vorn geschoben. War er etwa eifersüchtig?

»Hier und da.« Peter verriet nur selten, wo er seine »Auszeiten«, wie er es nannte, verbrachte. Meist machte er nur lapidare Angaben oder gab Gemeinplätze von sich. Maja hatte es aufgegeben, brauchbare Antworten zu erwarten. Wenn er wollte, dass sie es erfuhr, würde er es ihr sagen.

»Bleib mal dran.« Sie folgte Konrad in den Flur. »Ich möchte etwas mit dir besprechen.«

»Etwas Kriminelles?« Peters Stimme war jetzt höher.

»Ein sehr seltsamer Fall. Ist erst heute früh passiert. Gleich.« Jetzt hatten sich Konrads Augen verengt. Er hängte den Schuhanzieher zurück, nahm seine schwarze Umhängetasche vom Haken und zischte ein: »Ich möchte keine Interna ausplaudern, ha, ha!« heraus, bevor er den Kopf zurückwarf, hinausmarschierte und die Wohnungstür hinter sich zuwarf.

»Was war das denn eben?«

»Konrad ist gegangen. Wir haben einen Schluck Wein getrunken und geschwatzt.« Maja löschte das Licht im Flur und ging in die Küche. »Nun ist er wahrscheinlich beleidigt, dass ich mit *dir* die Details besprechen will, die er nicht erfährt. Eigentlich wollte er sie auch gar nicht wissen, hat er vorhin gesagt. Aber mach dir nichts draus. Morgen hat er das wieder vergessen. Er braust schnell auf, fängt sich dann aber auch schnell wieder.« Im Vorratsschrank standen noch drei Flaschen Dornfelder.

»Also wirklich, Maja! Ein herber Vertrauensverlust. Der Ärmste!« Es klang ironisch. Peter Holzing mochte Konrad nicht. Peter Holzing mochte überhaupt keine Schwulen, hatte er Maja einmal erklärt. Er akzeptierte, dass sie mit Konrad befreundet war, konnte und wollte sich aber nicht mit ihm abgeben. »Was willst du denn so Geheimnisvolles mit mir besprechen?«

»Ich habe etwas für deine kriminelle Fantasie.« Maja klemmte den Hörer zwischen Ohr und Schulter fest, nahm eine der Rotweinflaschen aus dem Schrank, wog sie prüfend in der Hand und suchte dann nach dem Korkenzieher. Während sie Peter erzählte, was sie heute früh auf dem Unteren Markt in Schwarzenberg gefunden hatten, goss sie ein und nahm einen großen Schluck.

Peter Holzing und sie kannten sich seit der Gymnasialzeit. Eine Zeit lang hatte Maja geglaubt, dass er etwas von ihr wolle, aber nachdem sie Jörg kennengelernt hatte, war das Gefühl verpufft. Peter und sie hatten beide in Berlin im Grundstudium Medizin studiert, sich jedoch unterschiedlich spezialisiert. Seine Passion war die Psychologie gewesen und das auch nur eingeschränkt. Peter hatte nur an einem Gegenstand *wirkliches* Interesse: am kranken Geist, wie er ihr eines Tages erklärt hatte. Im Gegensatz zu ihr hatte er nach dem Diplom weder als Arzt gearbeitet noch sich habilitiert. Eigentlich war Peter trotz seiner außerordentlichen Intelligenz – zu Studienzeiten hatte er bei Tests einen IQ von 160 erreicht – das Paradebeispiel einer verkrachten Existenz.

Er sprach mit niemandem über seine Kindheit, auch mit Maja nicht; und doch hatte sie im Lauf der Jahre einiges erfahren. Schreckliche Dinge, die zumindest zum Teil erklärten, warum Peter Holzing war, wie er war. Wahrscheinlich hatte er keine Ahnung davon, aber sie kannte Details über seine Eltern; wusste, dass er Jahre in verschiedenen Kinderheimen zugebracht hatte und jeder Vermittlungsversuch gescheitert war. Vielleicht hatte all dies dazu geführt, dass Peter, wenn man es recht betrachtete, lebensuntüchtig war. Er lebte von der Hand in den Mund, nahm Gelegenheitsjobs wahr und verschwand von Zeit zu Zeit für Wochen oder Monate. Niemand wusste, wohin, niemand konnte ihn in der Zeit erreichen.

In einem jedoch war Peter Holzing unübertrefflich: im Sich-Hinein-Versetzen und Beurteilen von Psychopathen. Mörder und ihre Motive konnte er durchschauen wie kein anderer. Und deshalb war Peter Holzing der Einzige, dem Maja Details aus ihrer Arbeit anvertraute, auch wenn dies gesetzeswidrig und wider die ethischen Regeln war. Er plauderte nicht, niemals und zu niemandem, bei ihm waren die dienstlichen Geheimnisse besser aufgehoben als in jedem Safe.

Mochte Konrad deswegen beleidigt sein, mit ihm würde sie so etwas wie den Schwarzenberger Fall nie besprechen können. Konrad war eine Klatschtante.

»Festgenagelt und Bisswunden am Hals. Klingt spannend. Ich seh' das richtig vor mir. Schade, dass ich nicht dabei war.« Peter lachte, tief und saftig. »Was war denn die eigentliche Todesursache?«

»Sie wurde ausgeblutet. Er hat ihr eine Pulsader geöffnet.«

»Wow! Du sagtest, bei der Obduktion heute Nachmittag seien noch mehr seltsame Dinge ans Licht gekommen?«

»Richtig. Ziemlich starker Tobak.« Maja goss sich Wein nach.

»Lass mich nicht so zappeln, Maja. Raus damit.«

»Der Mund der Frau war zugeklebt. Ich warte noch auf die Bestätigung, gehe aber davon aus, dass der Täter Sekundenkleber verwendet hat. Ihre oberen Augenlider waren unter den Brauen ebenfalls festgeklebt.«

»Hat er das *vor* dem Tod gemacht?« Peter klang gehetzt. »Ihr könnt so was doch feststellen, nicht?«

»Zweimal ja.«

»Warum nur …«

Sie konnte hören, wie Peter sich mit einem schabenden Geräusch unter dem Ohr kratzte. Das tat er immer, wenn er nachdachte. »Er muss gewollt haben, dass sie etwas *sieht*. Dass sie die Augen nicht schließen kann. Dabei jedoch nicht schreit.«

Maja zögerte kurz. Dann atmete sie tief ein und fuhr fort: »Es gibt noch einen anderen Grund für den verklebten Mund. Wir haben noch etwas viel Bizarreres gefunden.« Am anderen Ende herrschte die unheimliche Stille atemloser Neugier. »Im Rachen der Toten befand sich eine Fledermaus. Das Tier hat noch gelebt, als man es der Frau in die Mundhöhle gedrückt hat.«

11

»Maddie!« Es klopfte, und Sekundenbruchteile später flog die Tür auf. »Maddie, hörst du schwer? Wir gehen noch was trinken.«

Hastig schloss Madeleine das Chatfenster und rief die Word-Datei mit dem Referat auf. Susan und Nele waren inzwischen hereingestürmt und bauten sich vor ihrem Schreibtisch auf. »Du kannst doch nicht immer nur arbeiten! Was machst du da eigentlich?« Nele beugte sich nach vorn und las vor, was auf dem Bildschirm stand: »Auswertung von aggregierten Daten zum Bildungssystem Finnlands«.

Die beiden Mädchen schüttelten synchron die Köpfe. Neles Haare flogen von links nach rechts. »Nicht dein Ernst! Das müssen wir doch erst Ende Mai abgeben. Wieso machst du das jetzt schon?«

»Weil ich nur in der Woche dazu Zeit habe.« Maddies Wochenenden waren anders verplant, aber das interessierte die Kommilitoninnen nicht.

»Jetzt komm schon. Wir haben Mai, die Kastanien blühen, der Frühling ist in vollem Gange. Sei kein Frosch. Man lebt nur einmal. Sieh mal, du hast dich sogar schon geschminkt. Als ob du gewusst hättest, dass wir heute noch ausgehen.« Nele deutete auf Madeleines Gesicht. »Sieht hübsch aus, Maddie.«

»Wo wollt ihr denn überhaupt hin?«

»Ins *Brauhaus*. Da kann man draußen sitzen.«

»Und man trifft nette Jungs«, fügte Susan hinzu. »Los, gib deinem Herzen einen Stoß und komm mit. Das da …«, sie zeigte auf das Referat, »kannst du morgen weiterschreiben.« Nele stemmte die Arme in die Seiten, Susan tat es ihr nach.

»Und dann gibst du es mir.« Nele kicherte. »Ich wandele es ein bisschen ab. Dafür kriegst du meine Psycho-Arbeit, wenn sie fertig ist.«

Madeleine zweifelte daran, dass Nele die Arbeit überhaupt fertig bekam, aber sie schwieg.

»Also?« Susan holte ihren Lipgloss aus der Umhängetasche und pinselte sich rosa Flüssigkeit auf den Mund. Dann reichte sie den Stift an Nele weiter. Susan und Nele waren in der gleichen Seminargruppe und wurden nur »die Unzertrennlichen« genannt. Obwohl sie ganz unterschiedlich aussahen, benahmen sie sich wie eineiige Zwillinge. Alles taten sie gemeinsam.

»Tut mir leid. Ich möchte das gern fertig machen.«

»Selbst schuld, Frau Tugendsam!« Susan verstaute den Lipgloss und hängte sich bei Nele ein. »Wer nicht will, der hat schon.« Die glänzenden Lippen verzogen sich zu einer Schnute, und sie wandte sich zur Tür, wobei sie die Freundin mit sich zog.

»Alex hat mir 'ne SMS geschickt, da ist nachher ab zehn noch 'ne Party.« Nele hatte sich noch einmal umgedreht.

»Ab zehn …« Madeleine sah auf ihren Laptop. »Da komme ich vielleicht nach. Wo ist das?«

»Drüben im Wohnheim. Ruf kurz durch, dann sag ich dir, wo genau wir sind. Ciao!« Die Tür schwang zu.

Madeleine rollte mit den Augen. Die beiden Nervensägen meinten es sicherlich gut, aber manchmal checkten sie einfach nicht, dass sie störten, oder dass ihre überkandidelte Art fehl am Platz war. Sie atmete tief durch. Das Ganze hatte mindestens zehn Minuten gedauert. Hoffentlich hatte Marcel noch nicht aufgegeben. Mit einem Klicken verschwand das Referat. Madeleine öffnete das Chatfenster. Die Enttäuschung überrollte sie wie ein heranrauschender Intercity. Er war offline. Die blöden Weiber hatten es geschafft, ihr so viel Zeit zu stehlen, dass es ihrem Chatfreund langweilig geworden war und er sich ausgeloggt hatte.

Sie erhob sich, um eine Coke aus dem Kühlschrank zu holen, als ein leises »Pling« ankündigte, dass jemand online gegangen war. Noch bevor sie ihren Schreibtisch erreicht hatte, sah Madeleine schon den Chatnamen: musikus_02.

Sie strich sich die Haare glatt und befeuchtete die Lippen. Im Hals pochte eine Ader. Marcel hatte auf sie gewartet.

»Hi Süße! Warst wohl kurz weg?«

»Nur was trinken.«

»Jetzt hast du Zeit?«

»Für dich immer.« Madeleine sah ihr Gesicht im Chatfenster grinsen.

»Gehst heute nicht aus?«

»Nein. Muss noch arbeiten.« Das war eine Lüge, und wenn er nicht ganz blöd war, wusste er das. Die »Arbeit« bestand darin, den ganzen Abend mit ihm zu chatten. Marcel war unglaublich aufmerksam, belesen und verständnisvoll. Sie konnte ihr Glück kaum fassen. Mochten die anderen aus ihrer Seminargruppe doch in den Kneipen und Bars auf die Jagd gehen, sie hatte das nicht nötig. Man konnte auch im Netz fündig werden und nette Kerle aufgabeln. Die Bekanntschaft mit Marcel war eher ein Zufall gewesen, eigentlich hatte *er sie* gefunden – in einem Internetforum freier Autoren.

Sehr schnell waren sie miteinander ins Gespräch gekommen und hatten sich, um ungestört zu sein, irgendwann aus dem Forum ausgekoppelt und über Skype weitergemacht.

Marcel war Schriftsteller, er arbeitete gerade an seinem ersten Roman. Um seinen Lebensunterhalt zu finanzieren, jobbte er als Musiker in einer Band. Madeleine hatte kreative Menschen schon immer faszinierend gefunden. Ihre Gespräche hatten sich vertieft, von Woche zu Woche hatten sie mehr Zeit miteinander vor dem Rechner verbracht.

Nur schade, dass er keine Webcam hatte. Sie rief das Foto von ihm auf, das er im Autorenforum eingestellt hatte. Schokoladenbraune Augen, verschmitztes Lächeln. Dazu diese wuscheligen braunen Locken. Madeleine stellte sich vor, wie es wäre, mit den Händen durch sie hindurchzufahren, und ihr wurde heiß.

»Was machst du gerade?«

Sie fühlte Hitze vom Hals aufsteigen. Sah er, was sie dachte?

»War in Gedanken beim Studium. Schreiben morgen eine Klausur.« Das stimmte genauso wenig wie die Ausrede, sie müsse noch arbeiten, aber etwas Besseres war ihr auf die Schnelle nicht eingefallen.

»Musst du noch viel lernen?«

»Später.« Sie schickte einen Zwinkersmiley, und er antwortete mit einem Lächelgesicht. »Wann kaufst du dir die Webcam? Dann könnten wir miteinander sprechen. Wäre schön, dich zu sehen.«

Marcel hatte keinen Laptop, sondern saß an einem herkömmlichen Rechner. Sie brannte darauf, die braunen Augen und das schelmische Lächeln in natura zu sehen.

»Diese Woche noch, versprochen, Süße. Ich sehe, du freust dich.«

Madeleine bekam das Schafsgrinsen gar nicht mehr aus ihrem Gesicht.

»Und dann, liebste Madeleine, wird es höchste Zeit, dass wir uns mal treffen. Was hältst du davon?«

Ihr Herz stolperte und galoppierte dann davon. Eigentlich fand sie ihren Namen blöd. Madeleine – das war ziemlich antiquiert. Deshalb ließ sie sich von allen nur »Maddie« nennen. Die blonde Maddie mit dem Puppengesicht. Wenn Marcel sie jedoch bei ihrem vollen Namen nannte, war das in Ordnung. Er fand »Madeleine« süß. Er finde alles an ihr süß, hatte er letzte Woche geschrieben. Ihre Zahnlücke, ihre Stupsnase, die blauen Augen. Dass sie intelligent war und Kinder liebte. Inzwischen hatten sie so ziemlich über alles gesprochen, was es zu besprechen gab: sein Studium, ihr Studium. Die Bücher, die er liebte, die Autoren, die sie bevorzugte. Musik. Ihre Eltern und Geschwister. Wo sie aufgewachsen waren, er in Radebeul, sie in Hohenstein-Ernstthal.

Madeleine nippte an ihrer Cola, die inzwischen warm geworden war. Eine Stunde verging beim Chat mit Marcel wie nichts. Das Einzige, was sie ihrem neuen Verehrer erst vor wenigen Tagen gebeichtet hatte, war das Vorhandensein ihrer kleinen Tochter. Celina wuchs bei ihrer Oma auf. Studium und Kinder – das passte einfach nicht zusammen. Außerdem war die Kleine ein Unfall gewesen, ein Versehen.

Madeleines Periode kam stets unregelmäßig, blieb manchmal sogar ganz aus, und so war ihr einfach viel zu spät aufgegangen, dass sie schwanger war. Zu spät für eine Abtreibung, sie hatte das Kind austragen müssen. Der werdende Vater hatte sich ganz schnell nicht mehr blicken lassen, nachdem er von dem Baby in ihrem Bauch erfahren hatte. Inzwischen war Celina drei, und noch heute machte der Typ Sperenzchen, wenn es um den Unterhalt ging.

Nicht einmal Nele und Susan hatten eine Ahnung davon. Aber die beiden hatten ja auch keinen Schimmer, dass ihre Freundin, statt zu lernen, fast jeden Abend mit ihrer neuen Eroberung chattete.

»Wie fändest du kommendes Wochenende?«

»Was meinst du?« Beim Nachdenken über ihre Tochter hatte sie ganz vergessen, dass Marcel noch vor dem Rechner saß.

»Treffen?« Zwinkersmiley.

Warm kreiste das Blut in Madeleines Unterleib. Es war so weit. Ein paar Tage noch, dann würde sie ihre Hände in das braune Wuschelhaar senken und darin herumwühlen können, während er sie küsste. »Das müsste klappen. Wo?«

»Ich schreib dir noch, wo wir uns treffen. Es soll eine Überraschung werden.« Ein Kusssmiley folgte. Und noch einer. Jetzt wurde sie tatsächlich rot. Ihr Atem ging schneller. Madeleine konnte es nicht erwarten, Marcel endlich kennenzulernen.

12

Das Übungsobjekt zappelte auf dem Bürostuhl herum. Er drückte der Frau die Handfläche gegen den Hals, bis der Widerstand erlahmte, und griff mit der freien Hand nach dem reißfesten Gewebeband. Hastig wickelte er mehrere Lagen um die Fußgelenke und fixierte sie an der Mittelsäule unter dem Sitz, dann waren die Arme dran. Er hatte sich für einen Bürostuhl entschieden – wegen der Armlehnen. Es war schwierig, jemanden auf einem normalen Stuhl zu fesseln, eine liegende Position funktionierte auch nicht, weil man die Rolle mit dem Klebeband schlecht unter dem Körper hindurchbekam, und Sessel hatten eine massive Rückenlehne.

Einen Bürostuhl konnte man zudem hin- und herrollen. Perfekt, wenn die Person, die man gerade bearbeitete, schwer war oder während der Prozedur ohnmächtig wurde.

»Fixiert ist sie jetzt. Jetzt kommt der nächste Teil.« Seine Worte hallten von den Wänden wider. Selbstgespräche waren immens wichtig. Sie dienten der Kontrolle seiner Handlungen. Ein Diktiergerät lief immer mit, wenn er arbeitete oder so wie jetzt etwas erprobte. Während seines Tuns fielen ihm fast immer noch Dinge auf, und so musste er seine Tätigkeit nicht unterbrechen, um diese aufzuschreiben. Er griff nach dem Sekundenkleber, als ihm ein Nachtrag einfiel.

»Notiz eins: Auf Druckspuren von Handflächen am Hals achten.«

Die Lider der Frau flatterten. Nicht mehr lange, und sie würde erwachen. Er musste sich beeilen. Zuerst die Augen.

Auf dem blauen Fläschchen stand: »Cyanacrylat. Gefahr. Klebt innerhalb von Sekunden Haut und Augenlider zusammen. Darf nicht in die Hände von Kindern gelangen.« Es gab verschiedenste Ausführungen und Hersteller, aber eines war allen gemeinsam: Die Tuben waren immer winzig. Man brauchte ja auch nur kleine Mengen. Sein Favorit war eine Version mit integriertem Auslaufschutz und Auftragspinsel. Im Internet kursierten die wildesten Videos, wie sich jemand bei der Arbeit mit dem Klebstoff aus Versehen die Fingerspitzen zusammenklebte oder Hände unablösbar an zu befestigenden Gegenständen hafteten.

Ein Täter, der mit Cyanacrylat arbeitete, musste vorsorgen und sich möglicher Gefahren bewusst sein. Deshalb würde er auch hauchdünne chirurgische Handschuhe überstreifen, bevor er mit der Arbeit begann.

»Notiz zwei: Kann die Art des Sekundenklebers im Labor ermittelt werden?«

Die Frau hatte die Augen geöffnet und starrte ihn an. Würde sie versuchen zu schreien, wenn er ihr den Klebstoff auf die Oberlider schmierte? Den Mund konnte er ihr zwar vorher verschließen, musste den Knebel aber wieder entfernen, wenn er das kleine graue Flattertier platzierte. Spätestens dann würde sie kreischen. Und zwar so laut und heftig, dass man es noch im Nachbarort würde hören können. Hinzu kam, dass sie sich trotz der Fesseln wehren würde. Kein Mensch ließ es unbeteiligt zu, dass man ihm eine lebende, zappelnde Fledermaus in den Rachen stopfte. Die kleinen Tierchen hatten zudem selbst nadelspitze Zähnchen, mit denen sie den, der sie festhielt, ordentlich beißen konnten. Auch wenn man ihr die dünnen Flügelknochen brach, konnte so eine winzige Flugmaus noch zubeißen. Das sollte sie ja auch – allerdings nicht in die Hand des Täters, sondern in die Schleimhäute des Opfers.

So funktionierte das jedenfalls nicht. Er musste sich eine bessere Vorgehensweise überlegen.

Kurze Zeit später saß das Übungsobjekt mit gespannten Muskeln im Bürostuhl. Bewegen konnte sich die Frau diesmal nicht, sie war verschnürt wie ein wertvolles Weihnachtspaket. Reißfestes Gewebeband umrundete ihre Stirn in mehreren Lagen wie ein breites, silbriges Haarband und presste den Hinterkopf an die Kopfstütze des Bürostuhls. Der wiederum war mit dem Gewebeband an den Heizungsrohren festgeklebt. Es war gar nicht so einfach, eine passende Unterlage zum Fixieren zu finden. Die meisten Bürostühle hatten Rückenlehnen, die nur bis zum Nacken reichten. Und nicht nur der Kopf sollte unbeweglich gehalten werden, das Konstrukt durfte auch nicht bei der ersten heftigen Bewegung mitsamt dem Bürostuhl und dem darauf befestigten Opfer umfallen. Vielleicht blieben später beim Abreißen Spuren am Opfer zurück, aber das war zweitrangig.

»Notiz drei: Auf Reste von Klebeband, Paket- oder Gewebeband oder abgerissene Hautstückchen am Kopf achten.«

Erneut griff er zum Sekundenkleber. Die Frau starrte mit weit aufgerissenen Augen auf die Tube und gurgelte hinter ihrem Knebel Unverständliches. Er strich ihr mit dem Handrücken über die Wange. Sie versuchte, der Berührung auszuweichen, ihr Kopf bewegte sich jedoch keinen Millimeter.

»Sehr schön. Das zumindest klappt. Und jetzt wollen wir fein die Äuglein mit dem Gel bestreichen.« Er hörte seine säuselnde Stimme und musste lachen. Schnell presste er ihr linkes Lid nach unten, drückte die Wimpern gegen die zarte Haut unter den Augen und ließ den Pinsel über die Lidoberfläche gleiten. »Und auf, Schlafpüppchen.« Mit Daumen und Zeigefinger öffnete er ruckartig das Auge, hielt den Druck auf das weiche Gewebe noch ein paar Sekunden aufrecht und

ließ dann los. »Scheint zu halten. Gut gelungen. Nun kommt Nummer zwei.« Die Prozedur wurde am rechten Auge wiederholt. Das Gurgeln verstärkte sich. Er konnte ihr Bemühen, die Augen zu schließen, fast körperlich spüren. Zwei Tränen lösten sich synchron und rollten zu Tal. Das Entsetzen hinter dem hellblauen Ring der Regenbogenhaut wurde durch den Kontrast der geröteten Bindehaut noch verstärkt.

»Teil eins ist erledigt. Besonders schön sieht das mit den hochgeklappten Innenlidern zwar nicht aus, aber wir haben, was wir wollten. Ich gehe jetzt deinen neuen Freund holen.«

Ihr Blick folgte ihm. Als er mit dem Käfig zurückkam, um ihr den Flattermann zu zeigen, begann sie zu würgen.

»Nu, nu. Das nützt dir auch nichts. Ich entferne jetzt das Klebeband. Wäre nett, wenn du nicht gleich losschreien würdest. Wenn du kooperierst, lasse ich dich später frei.«

Großer Blödsinn, was er da faselte, aber vielleicht reichte es, um sie zu beruhigen. Mit einem lauten Ratschen löste sich das Gewebeband von der unteren Gesichtshälfte und nahm einen Teil Haut mit. Die Frau spuckte den Knebel aus, leckte sich über die Lippen und schluckte dann geräuschvoll, ehe sie wimmernd Worte hervorstieß. Dass weitere Tränen aus ihren Puppenaugen kullerten, schien sie nicht wahrzunehmen. »Bitte hören Sie damit auf! Ich tue alles, was Sie wollen.«

»Tust du eben nicht.« Er beschloss, ihr Flehen und Winseln auszublenden. Es brachte ihn nicht voran und störte seine Konzentration auf das Wesentliche. Laut geschrien hatte sie zwar nicht, aber das war zweitrangig. Jetzt kam der schwierige Teil.

Noch bevor er den Käfig neben sie gestellt hatte, begriff sie, was er vorhatte, schloss den Mund mit einem Schnappen und presste die Lippen aufeinander, bis alle Farbe aus ihnen wich. Nach kurzem Nachdenken ging er in die Abstellkammer und holte eine Wasserrohrzange.

»Damit müsste es gehen.« Sein leises Murmeln ließ ihre Augen aus den Höhlen hervortreten. Noch bevor sie sich auf Abwehrmaßnahmen besinnen konnte, rammte er ihr die Zange zwischen Lippen und Zähne, drückte die Griffe auseinander und staunte gleichzeitig über die Kraft, die er dabei aufwenden musste. Sie gurgelte stärker, verschluckte sich – wahrscheinlich an dem Blut, das ihr die Kehle hinabrann, und begann zu husten. Feiner roter Tröpfchennebel sprühte auf sein hellblaues Hemd. Ein würgender Hustenanfall schleuderte einen Zahn heraus.

Richtig weit konnte er den Mund nicht aufstemmen. Und es gab noch ein zweites Problem. Zum Offenhalten brauchte er beide Hände. So wie es gerade lief, gab es keine Möglichkeit, die Fledermaus in ihrem Rachen zu deponieren.

Auf diese Weise funktionierte das immer noch nicht.

»Notiz vier: Auf Verletzungen an den Lippen oder dem Innern der Schleimhäute, die nicht von der Fledermaus stammen, achten.«

Jetzt saß das Übungsobjekt scheinbar entspannt im Bürostuhl. Wären die weit aufgerissenen Augen mit dem großen Weißanteil nicht gewesen, hätte man annehmen können, die Frau schliefe. Nur das leichte Heben und Senken ihrer Brust verriet ihm, dass sie noch lebte. Das Mittel hatte eine komplette Reglosigkeit bewirkt. Genau das, was er für sein weiteres Vorhaben brauchte. Eine willenlose Gliederpuppe.

Sein Favorit unter den K.-o.-Tropfen war das sogenannte Liquid Ecstasy. Man konnte es auf fast allen Partys kaufen. Die Flüssigkeit roch und schmeckte nach nichts. Nützlich, wenn man immer etwas davon vorrätig hatte.

Natürlich hatte er recherchiert. Geringere Mengen führten lediglich zu einer Einschränkung der Beweglichkeit bis zur totalen Reglosigkeit. Das Bewusstsein blieb teilweise erhalten, auch wenn sich der Betreffende im Nachhinein nur noch bruchstückhaft an die Zeit erinnerte.

Wenn sie jedoch lange bewusstlos war, nützte sie ihm auch nichts. Sie sollte sehen. Daran gab es keinen Zweifel. Nur deshalb waren die oberen Augenlider angeklebt worden. Es bedurfte also eines Mittels, das sie nur für kurze Zeit betäubte, gerade so lange, dass er die Fledermaus sauber mit dem Kopf nach vorn in ihren Mund schieben und diesen verkleben konnte. Wenn sie noch eine Weile regungslos blieb – umso besser. Sie würde weder herumzappeln noch sich gegen ihren Abtransport wehren. Ihr Herz schlug kräftig.

»Auf die K.-o.-Tropfen hätten wir eigentlich auch gleich kommen können.« Er streichelte ihr Gesicht. Diesmal gab es keinen Ausweichversuch. »Aber manches merkt man eben erst beim Ausprobieren. Da fällt mir ein … Notiz fünf: Herausfinden, wie lange K.-o.-Tropfen im Körper nachweisbar sind. Und nun holen wir deinen pelzigen kleinen Freund.«

Die Fledermaus flatterte wild im Käfig herum. Das Herausnehmen und Platzieren würde sich schwieriger gestalten, als er gedacht hatte. Dass das kleine Biest ihn statt der Frau biss, war nicht geplant. Würde das Pelztier auch noch zubeißen, wenn er ihm ein paar Knochen brach?

»Wahrscheinlich ja, solange ich nicht zu fest zudrücke, was? Aber können wir dieses Risiko eingehen? Oder muss ich dich auch betäuben, kleines Flattertier?« Er schaute in die schwarzen Knopfaugen. »Wahrscheinlich nicht, denn ich habe weder eine Ahnung, wie hoch die Dosis für so ein kleines Säugetier wie dich sein muss, noch, ob du dann jemals wieder zu dir kommst oder wie lange das dauert. Und du sollst unsere Freundin ja gleich hübsch in den Rachen beißen. Also keine Betäubung.« Er schüttelte den Käfig hin und her, sodass die Fledermaus gegen die Gitterstäbe geschleudert wurde. Vielleicht brachte sie das ein wenig durcheinander.

»Notiz sechs: Auf Abwehrverletzungen und Knochenbrüche der Fledermaus achten. Und nun schreiten wir zum finalen Akt.«

Ein leises Surren unterbrach seine Konzentration. Auf dem Tisch vibrierte das Handy. Peter Holzing führte die Handbewegung zu Ende, bevor er zum Telefon ging.

Er grinste ein bisschen. Seine Zähne leuchteten weiß in der Dunkelheit.

13

»Hi, Süße!« Wenige Sekunden, nachdem das kleine Fenster mit der Meldung, dass »Sina-Maus« online sei, aufgepoppt war, hatten seine Finger schon die obligatorische Begrüßungsformel eingetippt. Er brauchte nicht lange zu warten, bis ihr Bild sichtbar wurde und sie ihm antwortete.

Sina sah aus wie eine Kopie von Jennifer aus Schwarzenberg, das gleiche breitflächige Gesicht, die gleiche unreine Haut, die gleichen schlaff herabhängenden Haare. Sogar die Figur war ähnlich. Tommy nannte solche Frauen »Walze«. Dort, wo andere eine Taille hatten, trugen diese Frauen Schwimmringe. Er schrieb gerade »Hab dich vermisst«, als auch Vanessa auftauchte.

Ein zweites »Hi, Süße!« begrüßte sie. Vanessa war älter als die anderen, aber genauso verdorben. Eigentlich waren sie alle gleich. Im Flirtportal wimmelte es nur so von diesen flatterhaften Dingern. Jede schien auf der Suche nach dem Märchenprinzen zu sein: gutaussehend, jung und knackig, lieb und treu, Geld sollte er natürlich auch haben. Keine reflektierte ihr eigenes Aussehen, erkannte, dass sie selbst nicht einmal durchschnittlich war. Zahlreiche fehlgeschlagene Beziehungen oder Beziehungsversuche hatten nicht dazu geführt, dass sie ihr Verhalten in Zweifel zogen. Das Einzige, was ihnen meist als Erinnerung blieb, waren die Kinder.

»Sogar zum Verhüten seid ihr zu doof.« Tommy murmelte, während seine Finger fleißig Gemeinplätze und Komplimente in die Tasten hämmerten. Als sich eine halbe Stunde später auch Madeleine einloggte, hatte er wirklich alle Hände voll zu tun. Man konnte locker mit mehreren Frauen gleichzeitig chatten. Die merkten nichts davon, dachten, er wäre nur für sie da. Schon dieser Wettermoderator hatte es mit seinen »Lausemädchen« vorgemacht. Verwendete man für alle den gleichen Kosenamen, konnte nichts schiefgehen. Seine »Süßen« lebten an verschiedenen Orten und hatten keine Vorstellung, dass es mehrere von ihnen gab. Es gab nichts, was sie miteinander in Verbindung brachte. Nicht einmal *er* kannte seine jeweiligen Auserwählten vor dem finalen Treffen persönlich. Es war erwiesen, dass Beziehungstaten eine hohe Aufklärungsquote hatten. Kannten sich Täter und Opfer hingegen vorher nicht, wurde es deutlich schwieriger, wenn nicht gar unmöglich für die Bullen.

Er suchte und fand seine Opfer im Netz. Voller Naivität breiteten sie schon nach kurzer Zeit ihr ganzes Leben vor ihm aus, sodass er sehen konnte, ob sie geeignet waren. Und die, die dies nicht taten oder nicht passten, löschte er aus seiner Liste.

Die Wahl, welche die Nächste sein sollte, fiel ihm nicht leicht. Vielleicht diese Madeleine, die sich selbst gern »Maddie« nannte und vorgab, Pädagogik zu studieren. Sie hatte wirklich alles geschluckt, was er ihr aufgetischt hatte, angefangen von seinem Beruf als Bandmusiker über seine gescheiterte Beziehung bis hin zu der erfundenen Tochter.

Lernten denn diese Weiber nie dazu? Heutzutage wusste doch jeder, dass man Netzbekanntschaften nicht blind vertrauen durfte. Und schon gar nicht durfte man alles glauben, was sie schrieben.

Sein gefaktes Foto fand Maddie auch »toll«. Was sonst. Die Tussen standen doch auf Wuschelköpfe mit Hundeblick.

Tommy sah an die Zimmerdecke und verdrehte die Augen. Er sah zwar gepflegt aus, aber als Mittzwanziger ging er keinesfalls mehr durch. Bei Schummerlicht vielleicht für Mitte dreißig. Davon abgesehen kam es nicht infrage, dass er sein eigenes Konterfei ins Netz stellte. Jemand könnte ihn erkennen, seine wahre Identität aufdecken oder sich fragen, was er mit all diesen Weibern wollte.

Das Internet vergaß nichts, niemals. Und wer wusste schon, ob seine potenziellen Opfer tatsächlich die Wahrheit sagten, wenn sie ihm versicherten, bis zum Treffen niemandem, auch nicht ihren engsten Vertrauten, von ihm zu erzählen? Wenn *er* log, dass sich die Balken bogen, dann taten sie dies womöglich auch. Der Vergleich von Jennifers Foto im Portal mit der echten Jennifer war der beste Beweis dafür gewesen.

Er hatte sich also irgendeinen nett aussehenden Typen aus dem Netz gefischt, das Foto ein bisschen retuschiert und war seitdem ein Lockenkopf mit treuen braunen Augen und einem »süßen« Lächeln. Dass eine von den Schlampen auf die Idee kam, die Metadaten auszulesen, war äußerst unwahrscheinlich. Von Computern hatten sie gerade so viel Ahnung, dass sie im Internet surfen konnten.

Seine Finger huschten über die Tasten. Vom Bildschirm lächelten Vanessa, Sina und Maddie.

Tommy warf ihnen eine für sie unsichtbare Kusshand zu. Er hatte sich entschieden. Sina, Vanessa und die vier anderen, die heute nicht online waren, konnten warten. Als Nächstes würde er sich mit Madeleine befassen. Ein Treffen für nächste Woche hatte er ihr ja vorgestern schon angekündigt.

Maddie also.

Das kleine Flittchen hatte sich den gleichen Kosenamen zugelegt wie dieses Kind aus Großbritannien, dessen Eltern es im Urlaub an der Algarve als vermisst gemeldet hatten.

Mit Sicherheit hatte seine Chatbekanntschaft dies nicht bewusst getan. Wahrscheinlich hatte sie noch nie von der kleinen »Maddie aus Großbritannien« gehört, die mit vollem Namen Madeleine Beth McCann hieß. Obwohl sie der kleinen Maddie sogar ein wenig ähnlich sah.

Ein Zeichen. Er war sich sicher, dass die Eltern diese Maddie selbst getötet hatten. Dieser arrogante Vater – war er nicht Arzt gewesen? Dazu die eiskalte Mutter mit dem verkniffenen Mund. Schade, dass man die beiden nicht drangekriegt oder bestraft hatte.

Das Buch des portugiesischen Chefermittlers Gonçalo Amaral hatte er gelesen: »Maddie. Die Wahrheit über die Lüge«. Es bewies eindeutig, dass Gerry und Kate McCann etwas mit dem Verschwinden des Kindes zu tun gehabt hatten.

Was für ein Frevel, seine drei kleinen Kinder abends unbeaufsichtigt – ruhiggestellt – im Hotelzimmer zu lassen, um ungestört mit Freunden saufen zu können!

Maddies Eltern hatten mit ihren Kindern in einer Ferienanlage in Praia da Luz gewohnt. Im Buch stand, dass sie jeden Abend mit befreundeten Paaren stundenlang im Restaurant gewesen waren – die zweijährigen Zwillinge und die drei Jahre alte Maddie ließen sie im Hotelzimmer. Auch tagsüber hatten sie sich nicht um ihre Kinder gekümmert, sondern diese irgendwelchen portugiesischen Nannys überlassen. Man war sich recht schnell sicher gewesen, dass die Kinder abends ruhiggestellt worden waren – schließlich gab es für Ärzte genügend Möglichkeiten, Beruhigungs- oder gar Schlafmittel zu besorgen und diese den Kindern einzuflößen, damit sie ihren Eltern nicht den Abend verdarben.

Frisch aufgeflammter Hass loderte in Tommys Brust. Wenn es irgend möglich gewesen wäre, hätte er diese Eltern selbst bestraft.

Er löste die Hände von der Tastatur, schloss die Augen und atmete tief durch. Es gab genügend andere, die ihre Kinder vernachlässigten und denen er sich leichter zuwenden konnte. Allmählich beruhigte sich der Aufruhr in seinem Innern, und er öffnete die Augen wieder.

Auf dem Bildschirm waren neue Nachrichten aufgepoppt. Tommy betrachtete die letzte Nachricht von »seiner« Madeleine. »Ich kann es kaum erwarten« hatte sie geschrieben.

Ich auch nicht.

Jetzt lächelte er.

14

»Notiz eins: Auf Druckspuren von Handflächen am Hals achten.«

Maja spürte, wie sich die Muskeln auf ihrer Stirn zu mindestens vier Querfalten zusammenzogen. Peter ließ seine Stimme den Satz wiederholen und hob fragend die Augenbrauen. »Also, hast du?«

»Hab ich was? Etwas dergleichen gefunden? Bei der Obduktion vorgestern nicht. Ich will mir das aber morgen noch einmal anschauen.« Leider wurden tief liegende Hämatome nur bei Lebenden manchmal erst nach Stunden oder Tagen sichtbar; bei Leichen jedoch geschah dies nicht, denn durch Kühlung und Schwerkraft »wanderten« die Hämatome kaum zur Oberfläche. Hautabschürfungen hingegen konnte man bei Toten nach ein paar Tagen besser erkennen. Durch die fehlende Oberhaut vertrocknete die freiliegende Hautschicht bräunlich, »honigfarben« nannte man dies in der Fachsprache. Noch ehe sie Peter dies erklären konnte, hatte er schon wieder auf den Abspielknopf des Diktiergerätes gedrückt, und seine Stimme füllte den Raum erneut.

»Notiz zwei: Kann die Art des Sekundenklebers im Labor ermittelt werden?« Wieder hielt er die Aufnahme an. »Ich habe gestern extra welchen gekauft. Hier, schau.« Er wedelte vor Majas Nase mit einer winzigen blauen Plastikflasche herum. »Es *war* doch Sekundenkleber? Am Sonntagabend sagtest du, dass du noch auf die Bestätigung wartest.«

»Ja.« Majas Verwirrtheit wuchs eher, als dass sie sich legte. »Zu welchem Zweck hast du den Klebstoff gekauft …«

»Warte! Beantworte meine Fragen. Ich erkläre dir den Rest danach. Da ist doch überall der gleiche Wirkstoff drin. Cyanacrylat heißt er. Ist die restliche Zusammensetzung von Hersteller zu Hersteller unterschiedlich? Und kann man dies feststellen?«

»Möglich wäre es. Aber da muss ich die Experten vom Labor fragen. Ist das wichtig?«

»Für mich nicht, liebe Maja. Für die Kripo schon. Wenn man weiß, welche Marke der Täter bevorzugt, kann man eventuell den Käufer ermitteln.« Peter ging zu Majas Küchenschrank, öffnete ihn und spähte hinein. Nach wenigen Sekunden zog er seinen Arm mit einer Flasche Dornfelder wieder hervor. »Haben ganz schön abgenommen, deine Vorräte … Auch einen Schluck?« Er hob die Flasche an und schwenkte sie hin und her. Peter bevorzugte den Telegrammstil. Wer ihn nicht wirklich kannte – und das taten die wenigsten – musste ihn für einen zugeknöpften Schnösel halten.

»Danke, nein. Ich möchte nicht jeden Abend Alkohol trinken.« Hoffentlich blieb es bei ihren guten Vorsätzen. Wenigstens heute.

»Na dann.« Nachdem er sich das Glas vollgegossen hatte, griff Peter zum Diktiergerät. »Weiter geht's. Du hörst zu?« Maja nickte und schon sprach Peter Holzings digitale Stimme den nächsten Satz.

»Notiz drei: Auf Reste von Klebeband, Paket- oder Gewebeband oder abgerissene Hautstückchen am Kopf achten.«

Sie öffnete den Mund, um eine Frage zu stellen, schloss ihn aber sofort wieder, als Peters Stimme weiterredete. »Sehr schön. Das zumindest klappt. Und jetzt wollen wir fein die Äuglein mit dem Gel bestreichen.« Dann ertönte ein Lachen. Hastig schaltete er das Gerät ab. »Sorry. Das solltest du natürlich nicht hören.«

Das amüsierte Glitzern in seinen Augen zeigte, dass sein Schuldbewusstsein nur gespielt war. Manchmal fragte sich Maja, ob ihr Freund überhaupt zu wahren Gefühlen imstande war. Der Verdacht, er mime Zufriedenheit, Zorn, Trauer oder Reue nur, kam ihr nicht zum ersten Mal.

»Du sagst mir jetzt sofort, was das zu bedeuten hat.« Sie hob die Hand, um ausreden zu können. »Und zwar, *bevor* ich mir das weiter anhöre!«

»Dieser Fall fasziniert mich. Ich habe mir überlegt, wie der Täter vorgegangen sein könnte, und die Situation dann nachgestellt.«

»Ich hoffe, du machst einen Witz.« Es klang fragend. Jetzt war Maja doch nach einem Glas Wein zumute.

»In meinen *Gedanken*, Maja, nur in meiner Fantasie. Ganz ohne echtes Opfer. Die gefesselte Frau saß nur in meiner Fantasie dort. Nicht, was du denkst. Du solltest meine Vorgehensweise doch inzwischen kennen. Ich versuche, mir jede Einzelheit vorzustellen, und ahme den Täter nach. Wie würde er vorgehen, was macht ihm Spaß, was funktioniert nicht. Das ist, als ob ein Film in meinem Kopf abläuft.«

»Schrecklich ist das. Wie kannst du nur.«

»Lass uns ein andermal darüber diskutieren. Du musst doch zugeben, dass ich dir mit meinen besonderen Fähigkeiten schon den einen oder anderen Tipp geben konnte, nicht?«

»Ja.« Maja holte tief Luft. »Ich nehme dann doch einen Schluck Wein.«

»Sehr vernünftig. Das wird dir helfen, dich zu entspannen.« Peter stand auf, um ihr ein Glas zu holen. »Ein paar Bemerkungen habe ich nämlich noch. Vielleicht kannst du noch das eine oder andere herausfinden und deinen Polizistenfreunden nützliche Hinweise geben.«

Maja dachte an Kriminaloberkommissar Andreas Melzer. Sie hatte Konrad von ihrem Eindruck, dass der neue Kollege sie am Sonntag angebaggert hatte, erzählen wollen, war aber durch dessen abrupten Abgang und den Anruf von Peter nicht mehr dazu gekommen. Der Kripobeamte war im Institut nicht von ihrer Seite gewichen und hatte die gesamte Sektion aufmerksam verfolgt. Irgendwie wurde sie das Gefühl nicht los, er habe sie am Schluss nach ihrer Nummer fragen wollen, sich jedoch nicht getraut.

»Bereit?«

Maja erwachte aus ihren Träumereien und nahm einen großen Schluck Wein, ehe sie langsam nickte. Mal schauen, was Peter noch so alles in seinem »Gedankenexperiment« ausprobiert hatte. Zuerst hörte sie Schritte, dann ein Knistern. Erst dann ertönte seine Stimme.

»Notiz vier: Auf Verletzungen an den Lippen oder dem Innern der Schleimhäute, die nicht von der Fledermaus stammen, achten.«

»Verletzungen an den Lippen?«

»Ich dachte zuerst, er hätte ihr den Mund gewaltsam geöffnet, um die Fledermaus zu platzieren. Das funktioniert aber nicht.« Auf der Aufnahme atmete Peter mehrfach rasselnd ein und aus. Wahrscheinlich dachte er nach. Maja mochte sich nicht vorstellen, was er dabei machte. Jetzt ging es weiter.

»Auf die K.-o.-Tropfen hätten wir eigentlich auch gleich kommen können. Aber manches merkt man eben erst beim Ausprobieren. Da fällt mir ein … Notiz fünf: Herausfinden, wie lange K.-o.-Tropfen im Körper nachweisbar sind. Und nun holen wir deinen pelzigen kleinen Freund.«

»K.-o.-Tropfen?«

»Ist das heute der Tag des Papageis? Du bist doch sonst nicht so begriffsstutzig, liebe Maja. Ich hatte doch gesagt, dass das ganze Set nicht mit bloßer Gewalt zu arrangieren ist. Eine Fledermaus mit dem Kopf voran in einen Mund zu schieben, funktioniert nur, wenn das Opfer sich nicht wehrt und man den Mund weit öffnen kann. Ich persönlich würde die Frau mit K.-o.-Tropfen betäuben. Die kann man leicht besorgen, und sie wirken schnell.«

Maja roch an ihrem Wein. Brombeeren und rote Johannisbeeren. Und etwas Zitrus. Das war eine lange Rede für Peter Holzing gewesen. Aber er hatte in allem recht.

»Willst du dir meine Tipps nicht aufschreiben?«

»Natürlich.«

Er rollte ihr einen Stift über den Tisch, wartete, bis Maja sich die Fragen notiert hatte, und fuhr dann fort: »Die Verletzungen wurden der Frau doch zugefügt, als sie noch lebte, nicht? Das konntest du doch feststellen?«

»Ja.«

»Woran merkt man das eigentlich?«

»Vereinfacht ausgedrückt, finden in lebendem Gewebe bei Verletzungen sofort Entzündungsprozesse statt, die durch das starke Ansteigen hormonähnlicher Substanzen angezeigt werden. Diese kann man nachweisen.«

»Toll, was ihr alles herausfinden könnt. Das ist faszinierend.« Peters Augen glitzerten im gelben Schein der Deckenlampe. Eine Abneigung vor rechtsmedizinischen Erläuterungen oder Ekel vor unappetitlichen Details hatte er, solange sie ihn kannte, noch nie gezeigt. Nachdem auf dem Band eine Reihe von undefinierbaren Geräuschen zu hören gewesen war, räusperte er sich und sprach wieder.

»Besonders schön sieht das mit den hochgeklappten Innenlidern zwar nicht aus, aber wir haben, was wir wollten. Ich gehe jetzt deinen Kameraden holen.« Schritte tappten, dann fuhr seine Stimme fort. »Na, na. Das nützt dir auch nichts. Ich entferne jetzt das Klebeband.«

Maja nahm einen letzten großen Schluck und stellte ihr leeres Glas ab. »Du hast dich da ja richtig reingesteigert.«

»Was denn sonst.« Er goss, ohne zu fragen, nach. »Genau das möchtest du doch. Du brauchst jemanden, der sich in einen Täter hineinversetzen kann. Mir gelingt das nun mal besonders gut, schließlich habe ich mal Psychologie studiert.«

Sie wussten beide, dass das nicht der Grund für Peters Einfühlungsvermögen in die Denkstrukturen von Mördern war. Und genau wie sie sprach auch Peter nie über die wahren Gründe für seine Besessenheit.

Maja drehte den Stiel ihres Weinglases hin und her und beobachtete das Farbspiel des Rotweins. Draußen bellte ein heiserer Hund. Peter Holzings Vater war ein verurteilter Mörder. Sie sprachen nie über ihn, aber ihres Wissens nach saß er noch immer im Knast. Günther Holzing war vor über dreißig Jahren zu einer lebenslangen Freiheitsstrafe verurteilt worden. Sie wusste nicht genau, *was* er getan hatte, nur dass es mehrfacher Mord gewesen war. Sicherungsverwahrung hatte es in der DDR nicht gegeben. Lebenslang bedeutete damals tatsächlich lebenslange Haft. Obwohl nach der Wende das Recht der BRD galt, nach dem die Verbüßung einer »lebenslänglichen« Haftstrafe mindestens fünfzehn Jahre umfasste und danach alle zwei Jahre geprüft wurde, ob weiterhin eine Gefährdung von dem Betreffenden ausging, woraufhin viele Straftäter irgendwann freikamen – im Durchschnitt nach 23 bis 25 Jahren –, saß Günther Holzing noch immer.

Peter kämpfte selbst mit Mordfantasien, das hatte er Maja vor vielen Jahren nach mehreren Flaschen Rotwein einmal erzählt. In seinen Träumen und Vorstellungen erwürgte, schlachtete, zerteilte oder folterte er Menschen, bevorzugt Frauen. Der Sterbeprozess und der nachfolgende Tod in all ihren Facetten erregten ihn zutiefst.

Maja rieb sich die Oberarme.

»Ist dir kalt?«

»Ein wenig. Vielleicht könntest du das Fenster schließen. Und bring noch eine Flasche Wein mit.« Die Küchenuhr tickte mahnend, doch Maja vertrieb die Gedanken an ihren morgigen Dienst schnell wieder.

»Ist es richtig, dass man K.-o.-Tropfen nur sehr kurz im Körper eines Opfers nachweisen kann? Von welchem Zeitraum sprechen wir da?« Peter setzte sich und stellte die volle Flasche neben die leere.

»Ein paar Stunden. Das sogenannte Nachweisfenster für den Wirkstoff Gamma-Hydroxybuttersäure im Blut beträgt maximal acht Stunden, im Urin zwölf. Danach ist alles raus.«

»Oh! Tatsächlich eine sehr kurze Zeitspanne.« Die Mundwinkel ihres Freundes zuckten kurz nach oben und nahmen dann sofort wieder ihre neutrale Ausgangsposition ein. Maja hatte eine klare Vorstellung, welcher seiner Gedanken diese Reaktion auf ihre Antwort hervorgerufen hatten, weigerte sich aber, weiter darüber nachzugrübeln.

»Kein Wunder, dass dieses Liqid Ecstasy als ›Partydroge‹ verwendet wird. Das schreit ja förmlich nach Vergewaltigung.«

»Man kann allerdings bei Verdacht auf die Gabe von Gamma-Hydroxybuttersäure noch bis etwa vier Wochen nach dem Vorfall die Substanz in einer Haarprobe nachweisen.« Maja betrachtete ihre Notizen. »Hast du noch mehr Anmerkungen zu dem Fall? Ich werde gleich morgen mit den Kollegen darüber sprechen und mir die Leiche vielleicht noch einmal vornehmen.«

»Eine noch. Du solltest auf Abwehrverletzungen und Knochenbrüche der Fledermaus achten. In unversehrtem Zustand wird der Täter sie kaum in den Mund bekommen haben. Betäuben konnte er sie aber auch nicht, denn sie hatte sich hinten im Rachen festgebissen, wie du erzählt hast. Dazu muss sie wach gewesen sein.« Peter schien ihre Bestürzung wahrgenommen zu haben, denn er setzte hinzu. »Ihr habt das Tier hoffentlich aufgehoben?«

Maja schloss die Augen und versuchte sich an die Details der Sektion zu erinnern, aber es wollte ihr partout nicht einfallen, was mit der Fledermaus geschehen war. Sie notierte »Fledermaus?« auf ihrem Zettel und murmelte: »Ich kümmere mich morgen darum.«

»Ist vielleicht nicht wichtig.« Er tätschelte ihren Arm. Seine Handfläche strahlte Wärme ab. »Aber ich bin mir sicher, dass dieser ganze Fledermauskram etwas zu bedeuten hat. Wenn ich auch noch nicht weiß, was …« Gedankenverloren schaute Peter zum Fenster und flüsterte dabei »Fledermaus«, »Vampirfledermaus« und »Vampirfetisch« vor sich hin. Sie sah, wie das Feuer in seine Augen zurückkehrte, als er lauter fortfuhr: »Jetzt hätte ich es doch glatt vergessen: Was ist eigentlich mit diesen Bissspuren außen am Hals, die du erwähnt hast? Erzähl mir mehr darüber.«

»Du weißt schon, dass ich bei Leichensachen auch der Schweigepflicht unterliege?«

»Na klar! Du warst zwar nicht der zu Lebzeiten behandelnde Arzt, deshalb ist dein sogenannter ›Geheimnisherr‹ nicht der Verstorbene. Stattdessen tritt an diese Stelle der Staatsanwalt. Ist doch nicht das erste Mal, dass wir über einen Fall reden! Hab ich jemals etwas ausgeplaudert? Deine Geheimnisse sind bei mir gut aufgehoben.« Er grinste und Maja fiel zum ersten Mal auf, wie lang Peters obere Eckzähne, die *Dentes canini*, waren.

»Also – was ist mit den Bissspuren? Wer hat da seine Raffer in den Hals der jungen Frau geschlagen? Der Täter?«

»Das wird noch geklärt.«

»Ich werde dich daran erinnern. Erst wenn ich das genau weiß, kann ich das Szenario exakt nachstellen.« Er hatte die Augen halb geschlossen und sprach leise vor sich hin. »Ich wüsste zu gern, was du mit der Fledermaus wolltest … All der Aufwand, all die Vorbereitungen … Da muss doch ein Sinn dahinterstecken. Irgendwas willst du uns damit sagen. Nur was, mein Bester, nur was? Ich bräuchte noch ein paar Hinweise …«

Maja sah, wie sich Peter zurücklehnte. Er lächelte. Manchmal war ihr der Freund unheimlich. Manchmal fürchtete sie sich regelrecht vor ihm. So wie jetzt. Fast könnte einem der Verdacht kommen, Peter Holzing wünsche sich weitere Opfer herbei. Einfach nur, um zu sehen, ob seine Theorien stimmten.

15

»Willst du ausgehen?« Nele, die ausnahmsweise ohne ihren Zwilling Susan unterwegs war, schloss die Zimmertür und zeigte auf Madeleines giftgrüne Handtasche, die auf dem quadratischen Tischchen neben der Garderobe stand. »Raus mit der Sprache!« Sie kam näher und legte dabei den Kopf schief. »Geschminkt hast du dich auch.«

»Heute ist schließlich Freitag.« Madeleine schloss das Skype-Fenster, ehe Nele um den Tisch herum war und sehen konnte, was sie da gerade tat. Der Routenplaner von Google-Maps wurde darunter sichtbar.

»Na klar. Susan und ich wollen nachher auch noch los. Ins *Nachtwerk*. Aber nicht vor zehn. Alex und Thomas sind auch dort.«

»Schön. Ich wünsche euch viel Spaß.«

»Du willst wohl nach Chemnitz?« Nele, die jetzt hinter Madeleine stand, stierte neugierig auf die Fahrtroute, die auf dem Bildschirm zu sehen war. »Auch eine Verabredung?«

»Ich treffe mich mit ein paar Freunden von früher, aus meinem Abijahrgang.«

»Schön, wenn man so zusammenhält. Ich habe zu meinen ehemaligen Mitschülern leider gar keinen Kontakt mehr. Wir waren echt zu unterschiedlich. Fährst du anschließend nach Hause?«

»Weiß ich noch nicht.« Madeleine dachte kurz an Celina. Sie besuchte ihre Mutter und die Tochter nicht jedes Wo chenende. Die beiden kamen super miteinander zurecht, da störte sie nur. Und das Kind schien sich in Gegenwart seiner leiblichen Mutter nicht recht wohlzufühlen. Celina hatte oft keine Lust, etwas mit ihr zu spielen, heulte schnell und flüchtete sich dann in Omas Arme. Madeleine verzog die Mundwinkel. Sie war einfach zu jung gewesen, als das Baby gekommen war, und weil sie gleich darauf zum Studium weggegangen war, hatte sich nie eine richtige Mutter-Tochter-Beziehung herausbilden können. Natürlich fühlte sie sich verpflichtet, sich um das Kind zu kümmern, und bemühte sich auch, so oft wie möglich nach Hause zu fahren, aber manchmal gingen eben andere Dinge vor.

Mal sehen, wie das Date mit Marcel heute lief. In ihrem Bauch flammte das Feuerrad auf und begann sich zu drehen, wie immer, wenn sie intensiv an ihre Verabredung dachte. Madeleine leckte sich über die Oberlippe und schmeckte die Süße des Lippenstiftes. Sie würde sich nachher, kurz vor dem Treffen noch einmal nachschminken müssen, damit alles perfekt war.

»Fährst du mit dem Auto?«

»Ja sicher. Ich muss ja nicht unbedingt etwas trinken. Vielleicht übernachte ich auch bei einer Freundin, dann lasse ich es dort stehen. Weiß noch nicht.«

»Bestens.« Nele schien das Interesse an Madeleines Wochenendplänen verloren zu haben. Sie hatte sich umgedreht und tänzelte zur Tür. »Dann werd ich mal Susan abholen. Wir sehen uns spätestens Montag in der Vorlesung! Viel Spaß dir!« Ihre Finger zappelten, als sie zum Abschied winkte, dann fiel die Tür ins Schloss.

Madeleine öffnete das Chatfenster. Marcel war noch da. Sie atmete tief durch und tippte: »Sorry. War kurz weg. Hab nachgeschaut. Wenn ich die A 72 nehme, brauche ich eine Dreiviertelstunde. Kann also gegen acht da sein.«

»Perfekt! Bin schon aufgeregt.« Marcel schickte einen Smiley mit roten Bäckchen.

Madeleine bog auf die Leipziger Straße ab. Sie hatte doch die A 4 genommen, weil diese nördlich von Chemnitz entlangführte und sie so nicht durch die ganze Stadt fahren musste. Marcel hatte es sich in letzter Minute anders überlegt und wollte sich nun mit ihr direkt am Küchwald treffen. Das Wetter sei so wunderbar, hatte er geschrieben, und dass ein Spaziergang durch den Frühlingswald doch der perfekte Auftakt für ihr erstes Treffen sei. Danach würden sie in einer der anliegenden Gaststätten etwas essen gehen. *Und danach …* Madeleine hörte ihren leisen Seufzer, richtete sich auf und betrachtete ihr Gesicht im Rückspiegel.

Rouge wäre gar nicht nötig gewesen. Ihre Wangen waren schon seit der Abfahrt gerötet. Die Augen leuchteten, die Lippen glänzten zartrosa. Sie strich sich mit der Rechten die Haare glatt und gab dann Gas. *Gar nicht so übel, Süße.* Wenn ihm nicht gefiel, was er sah, war er entweder schwul oder blöd.

Sie wäre lieber gleich in eine Bar gegangen. Ein paar Drinks, ein bisschen Geplauder, danach ins Kino. Im Dunkeln konnte man sich gut aneinanderschmiegen und ein bisschen fummeln. Spazierengehen hatte etwas Antiquiertes. Aber das hatte man nun davon, wenn man sich mit einem angehenden Schriftsteller verabredete. Die brauchten wahrscheinlich dieses Frühlings-Chichi für ihre kreative Seele. Oder er wollte einfach, dass sie ungestört waren.

Hoffentlich hatte er nicht vor, den ganzen Küchwald mit ihr zu durchwandern. Grüne Bäume, zwitschernde Vögel, gut und schön, romantisch fand sie das jedenfalls nicht. Aber man würde sehen. Eventuell konnte sie Marcel überreden, lieber gleich etwas essen zu gehen. Vielleicht, weil ihr kalt war. Madeleine nickte ihrem Spiegelbild zu. Einen Versuch war es wert.

Sie bog auf die Wittgensdorfer Straße ab. Nur noch wenige hundert Meter, dann war sie an der angegebenen Stelle.

Ihr Herz pochte wie ein altertümliches Hammerwerk, während sie im Fahren neuen Lippenstift auf ihren Mund pinselte. Gleich würde sie dem süßen Typen mit den braunen Wuschelhaaren begegnen. Gleich …

16

»Jetzt komm. Du bist doch sonst nicht so.« Peter hatte schon zwei Weingläser aus dem Schrank genommen. Er wusste genau, wo sie ihre Sachen aufbewahrte. »Heute ist Freitag, du musst morgen früh nicht ins Institut, du willst dich entspannen. Es ist jetzt halb sieben, Feierabend. Oder hast du etwa schon wieder Wochenenddienst?« Er sah, wie sie einen Mundwinkel seitlich verzog, und schüttelte übertrieben stark den Kopf, wobei er gleichzeitig die Augen verdrehte. »Maja! Wer teilt dich denn dauernd dafür ein?«

»Ich selbst.« Maja ließ sich an die Rückenlehne sinken. »Die anderen sind froh, wenn sie nicht ranmüssen.«

»Du bist doch nicht die Heilsarmee!«

»Ich arbeite halt gern.«

»Du wolltest wohl sagen: Ich komme nicht gern zur Ruhe!« Peter hatte sich erhoben, stand nun neben der Couch und drohte ihr mit dem Finger. »Heute Abend kommt bestimmt nichts mehr rein. Ich hab das im Gefühl, vertrau mir. Wenn du essen gehst, trinkst du doch auch ab und an einen Schoppen. Ist ja nicht verboten. Was spricht also dagegen, sich jetzt ein Glas zu gönnen?« Den letzten Satz rief er ihr auf dem Weg in die Küche über die Schulter zu.

»Nichts.« Maja ließ sich in die Couchecke sinken und nahm die Beine hoch. »Gar nichts.« Natürlich sprach einiges dagegen, zum Beispiel, dass sie selbst fahren musste, wenn sie zu einem Einsatz gerufen wurde. Und ob es bei nur einem »Gläschen« bleiben würde, war ebenfalls fraglich.

Andererseits war es eine Wohltat, wenn sich jemand um einen kümmerte. Obwohl sie wusste, dass Peter das nicht ganz uneigennützig tat. Er wollte sie ausquetschen, Neuigkeiten über den »Blutsauger-Mörder«, wie er ihn getauft hatte, erfahren. Dazu war ihm jedes Mittel recht, auch wenn er dafür Mitleid mit ihren Arbeitszeiten heucheln oder mit ihr Rotwein trinken musste. Maja war sich nicht ganz sicher, ob Peters Anteilnahme an ihren Problemen oder das Interesse an ihr nicht nur gespielt waren. Gut möglich, dass sie seine Fantasien mit ihren Schilderungen befeuerte, dass er sich an den Berichten über ihre Fälle ergötzte. Peters Vorstellungswelt wich in vielen Punkten von der »normaler« Menschen ab, und sie hätte zu gern gewusst, was er mit ihren Informationen in seinem Kopf anstellte. Von der Küche drang leises Klappern herüber, dann ploppte der Korken.

Es war nett, den Abend mit Peter zu verbringen. *Nett*, mehr nicht. Ein bisschen Gesellschaft, Ablenkung von ihren maroden Erinnerungen. Maja dachte an Andreas Melzer. Der Kriminaloberkommissar hatte unübersehbares Interesse an ihr gezeigt, sich aber nach der Obduktion nicht wieder gemeldet. Eine Luftnummer. »Vergiss ihn.«

»Wen willst du vergessen?« Peter kam herein, die Rotweinflasche in der Rechten.

»Ach nichts. Ich habe nur so vor mich hingedacht.«

»Soso.« Seine Mundwinkel zuckten kurz, dann beugte er sich vor und goss ein. »Ich frage nicht nach, falls du das erwartet hast.« Er ließ sich ihr gegenüber in einen Sessel plumpsen und hob das Glas. »Aufs Wochenende!«

Maja schwenkte die dunkelrote Flüssigkeit im Kreis herum, hielt die Nase über die Öffnung, schnupperte und nahm einen kräftigen Schluck, um anschließend laut auszuatmen. »Wunderbar.«

»Sagte ich doch, dass das eine gute Idee ist. Prost!«

Die Gläser klingelten melodisch aneinander. Der Rotwein stürzte sich sofort auf Majas Eingeweide, brannte und wärmte, ihr Kopf wurde leicht wie ein Sommerwölkchen, und ihr Mund lächelte ganz von selbst.

»Hast du dir die Tote aus Schwarzenberg noch einmal vorgenommen?«

Maja sah hoch. Peter hatte nicht einmal fünf Minuten gewartet, ehe er zum eigentlichen Thema kam. Seine Augen hatten jenes intensive Leuchten, das sie immer dann annahmen, wenn er etwas über ihre Fälle wissen wollte. Sie glühten förmlich. »Ich hatte doch noch Fragen, weißt du noch?«

»Wie könnte ich das vergessen.« Maja stellte ihr Glas ab, nicht ohne vorher einen weiteren Schluck zu trinken.

»Und? Die Leiche war doch noch im Institut? Wie lange bewahrt ihr die Toten eigentlich bei euch auf?« Er hatte sich nach vorn gebeugt, die Ellenbogen auf die Knie gestützt und hielt den Blick starr auf sie gerichtet.

»Wenn es sich um Mordopfer handelt, dann bleiben sie bis zur Freigabe durch den Staatsanwalt bei uns. Die erfolgt, wenn die kriminaltechnischen Untersuchungen abgeschlossen sind. Meist spätestens nach einer Woche. Um deine Frage zu beantworten: Ja, sie war noch da. Und noch mal ja, ich habe sie mir noch einmal vorgenommen. Vorgestern, nachdem ich die anderen Fälle durch hatte.«

»Hast du was gefunden? Druckspuren, Hämatome?« Peter bewegte sich im Sessel hin und her. Seine Finger verschränkten sich ineinander und lösten sich sofort wieder, während er darauf wartete, dass sie antwortete.

»Nichts dergleichen.«

»Dann hat er sie wohl auch nicht gewürgt.« Es klang enttäuscht.

»Mit Sicherheit nicht. Sonst wäre nämlich auch das Zungenbein gebrochen, und wir hätten Petechien rund um die Augen gefunden. Das sind winzige punktförmige Blutungen, die …«

»Ich weiß, was Petechien sind. Was ist mit dem Klebstoff?«

»Da gibt es auch nichts hinzuzufügen. Wir wissen zwar, dass es Sekundenkleber war, die Herstellerfirma kann man jedoch mit Labormethoden nicht ermitteln.«

»Schade. Hast du auch nach Resten von Klebeband oder abgerissenen Hautstückchen am Kopf gesucht?« Er hob fragend die Flasche und Maja nickte. Eins konnte sie noch. Auch wenn ihr Magen sich irgendwie flau anfühlte. Seit dem hastig heruntergeschlungenen Salat heute Mittag im Institut hatte sie noch nichts wieder gegessen.

»Dir zuliebe habe ich noch einmal nachkontrolliert. Normalerweise finden wir so etwas gleich bei der ersten Obduktion.«

»*Normalerweise* heißt, du hast am Mittwoch noch etwas entdeckt?« Peter haspelte den Satz heraus, verschluckte sich und hustete.

»Da war eine winzige Hautabschürfung hinter dem Ohr. Könnte von abgerissenem Paketband stammen. Könnte aber auch dadurch entstanden sein, dass sich das Opfer selbst zu Lebzeiten dort gekratzt hat.«

»Ich *wusste* es!« Peter schlug sich mit der Faust auf den Oberschenkel.

»Hast du den letzten Satz nicht verstanden?«

»Ach, ihr sichert euch doch immer ab. Könnte dies … könnte das … Nie gibt es hundertprozentige Gewissheit. Für mich jedenfalls reicht das als Beweis.«

»Denk, was du willst. Für die Kripo ist diese Abschürfung nicht relevant.«

»Was interessiert mich die Kripo …« Peter winkte ab. »Und du willst doch auch immer wissen, was tatsächlich dahintersteckt. Nächste Frage: Gab es Verletzungen am oder im Mund, die nicht von der Fledermaus stammten?«

»Nein. Oder präziser gesagt, nicht nachweislich. Es gab Kratzer in der Mundschleimhaut, die Ursache ist aber nicht eindeutig zuzuordnen. Warum findest du das wichtig?« Sie wusste, warum Peter das gefragt hatte, wollte die Antwort aber von ihm selbst hören.

»Ich bin mir sicher, dass er ihr Betäubungsmittel eingeflößt hat. Wenn sich die Frau wehrt, würde ich einen Trichter verwenden oder ihr die Flüssigkeit mit Gewalt einflößen. Das müsste doch Spuren hinterlassen?«

»Du bist den ganzen Tatablauf durchgegangen, was?« Maja lächelte. Peters Kopf war ein Zauberkasten. Ohne ihn hätte sie so manches nicht bedacht. Und der Fall faszinierte sie zunehmend.

»Nur, wie ich es anstellen *würde*. Muss nicht heißen, dass der Blutsauger-Mörder es auch so gemacht hat.« Er fuchtelte entschuldigend mit den Händen und fuhr dann fort: »Ein Betäubungsmittel würde man aber doch finden, nicht? Was untersucht ihr in der Hinsicht eigentlich alles?«

»Zum einen werden toxikologisch-chemische Analysen durchgeführt. Dafür geben wir Blut- und Urinproben und auch Teile von Hirn, Leber und Niere ans Labor. Auch die DNA wird analysiert. Bei frischen Leichen verwendet man dazu Abstriche und auf Karton getropftes und getrocknetes Blut, bei Fäulnisleichen nehmen wir Fingernägel und Teilstücke des Femurs.«

»Des Oberschenkelknochens, klar.« Peter hörte aufmerksam zu, da er selbst Medizin studiert hatte.

»Hinzu kommt noch die histologische Untersuchung. Die umfasst Proben aller wichtigen Organe. Zur Wundalterbestimmung werden Wundränder ausgeschnitten und in Formaldehyd konserviert. Für die Feststellung der letzten Nahrungsaufnahme schicken wir Mageninhalt mit.«

»Toll.«

Das fand er also »toll«. Majas Mundwinkel zogen sich erneut in die Breite. So war Peter Holzing. Ein Freak. Sie mochte Freaks.

»Und was war mit der Fledermaus?« Er sah, wie sie die Augenbrauen hob und setzte schnell fort: »Du solltest die doch auf Knochenbrüche checken.«

»War leider nicht mehr da.«

»Wie meinst du das?«

»Nun, das tote Tier ist entsorgt worden.«

»Entsorgt?« Peter quiekte das Wort heraus. »Was soll das heißen?«

»Dass sie weg ist, ganz einfach.« Maja spürte, wie eine kleine Gereiztheit in ihr aufflammte. »Ich habe es dir bestimmt schon mal erklärt. Leichenteilreste und Untersuchungsmaterial aus der Pathologie sind genau wie Amputate oder OP-Resektate aus Kliniken ›E-Abfall‹, also ethisch bedenklicher Abfall. Wir sammeln das in speziellen schwarzen Plastiktonnen mit irreversibel schließendem Deckel. Die Behälter werden turnusmäßig von einer Spezialfirma abgeholt und industriell verbrannt.«

»Mist. Mist!« Er hatte die Rechte zur Faust geballt und schlug damit auf den Glastisch. »Das ist echt Scheiße. Du hättest darauf bestehen sollen, dass sie aufgehoben wird!«

»Jetzt mach nicht so einen Aufstand, Peter. Wir können im Institut nicht alles, was uns irgendwie interessiert, aufbewahren. Das ist nicht unsere Aufgabe.«

»Sehr ärgerlich.« Sein Gesicht glättete sich wieder, und

das Leuchten kehrte in seine Augen zurück, während er zur Flasche griff und den Rest gleichmäßig auf ihre beiden Gläser aufteilte. »OP-Resektate … klingt interessant. Das sind die Dinge, die nach Operationen übrig bleiben.«

Maja betrachtete ihr halb volles Glas. Peter hatte seinen Zorn über die verschwundene Fledermaus ziemlich schnell vergessen und sich der nächsten interessanten Baustelle zugewandt. »So in etwa. Resektion nennt man die operative Entfernung von Gewebe, Organen oder auch eines Tumors. Resektate heißen die entfernten Teile.«

»Hatte ich das doch noch richtig in meinem Speicher.« Peter klopfte sich auf den Kopf. »Mir ist gerade noch was eingefallen. Was ist bei den Bissspuren am Hals rausgekommen? Konntet ihr die Zahnabdrücke zuordnen?«

»Ein menschliches Gebiss war es nicht. Das kann ich sicher sagen.«

»Woran sieht man das?«

»Menschenbisse unterscheiden sich von Tierbissen sowohl in der Anordnung der Zähne als auch in den Zahnformen. Der menschliche Kiefer besitzt einen halbrunden Zahnbogen. Fleischfresser haben rechteckige, längliche Zahnbögen, bei denen die langen Eckzähne herausragen. Bei Pflanzenfressern wie Pferden, Kühen oder Schafen finden sich meist vorn scharfe Schneidezähne, mit denen sie das Grünzeug abrupfen, und weiter hinten flache Mahlzähne.«

»Ein Ausflug in den Biologieunterricht.« Peter prostete ihr zu, und Maja ergriff ihr Glas. Das dritte Glas Rotwein innerhalb einer Stunde. Jetzt durfte definitiv kein dienstlicher Anruf mehr reinkommen. »Diese Eckzähne der Fleischfresser – sind das die Reißzähne?«

»Das wird gern verwechselt. Der Reißzahn ist einer der vorderen Backenzähne. Der extrem verlängerte Eckzahn hingegen sitzt jeweils davor und wird Fangzahn genannt. Damit hält das Raubtier die Beute fest.«

»Faszinierend.« Peter grinste erfreut, und zum wiederholten Mal fiel Maja auf, dass auch er ziemlich lange Eckzähne hatte. »Also hat ein Tier die Tote gebissen. Oder besser gesagt, die spätere Tote. Am spannendsten fände ich einen Wolf. Aber wahrscheinlich war es nur ein Hund?« Er sah sie fragend an.

»Ich gehe davon aus, dass die Bissspuren von einem relativ großen Fleischfresser stammen.«

»Du weißt es nicht genau?«

»Wir sind da nicht kompetent genug. Ich habe das an einen Veterinäranatomen rausgegeben, aber die Ergebnisse sind noch nicht da.«

»Unser kleiner Blutsauger-Mörder hat zahlreiche Rätsel hinterlassen.« Es klang fast liebevoll. »Ich bin gespannt, was da noch zum Vorschein kommt.«

»Wieso nennst du ihn eigentlich ›Blutsauger-Mörder‹?« Maja rollte den Wein im Mund hin und her und atmete dann ein, um den Geschmack noch intensiver zu genießen.

»Och … vielleicht wegen der Bisse oder wegen der Fledermaus. Das schreit doch förmlich nach einem Vampir, findest du nicht? Manche Mörder haben bizarre Fetische oder Obsessionen. Und jetzt, wo ein Vampirfilm den nächsten jagt, kommt man schnell auf solche Gedanken.«

»*Du* vielleicht. Ich bin da pragmatischer.« Das Schrillen der Türklingel ließ sie zusammenfahren. Peters Augen öffneten sich kurz, dann nahm er noch einen Schluck. »Erwartest du jemanden?«

»Nicht, dass ich wüsste.« Maja schraubte sich aus der Sofaecke hoch und ging in den Flur. Dass sich ihre Freundin für heute Abend angekündigt hatte, fiel ihr erst in dem Augenblick wieder ein, als sie die Wohnungstür öffnete und in Doreens freudiges Gesicht blickte.

»Komm rein.«

Sie umarmten einander, dann zeigte die Freundin auf die schwarzen Männerschuhe. »Hast du Besuch?«

»Peter ist da. Wir haben ein bisschen gefachsimpelt.« Maja ging voran.

»Die entzückende Doreen …« Peter war aufgestanden und deutete eine Verbeugung an. »Immer wieder ein Vergnügen, dich zu sehen.«

»Schleimer.« Doreen versetzte Peter einen Stoß an den Oberarm und setzte sich. »Ihr trinkt? Hast du nicht Bereitschaft?« Mit hochgezogenen Augenbrauen sah sie Maja an.

»Nur ein Gläschen Rotwein zur Entspannung.« Peter war ihr zuvorgekommen und zeigte auf die leere Flasche. »Das meiste davon hab *ich* intus. Maja ist fit wie ein Turnschuh.« Manchmal konnte er ziemlich diplomatisch sein. »Ich mache mich jetzt auf die Socken. Hab noch einiges zu erledigen heute. Du hast Gesellschaft, also verschwinde ich von diesem gastlichen Ort. Vorher räume ich aber die Beweise meiner Zecherei noch auf.« Er nahm Flasche und Gläser und schickte sich an, diese in die Küche zu bringen. »Wir waren ja fertig, nicht?« Peter wusste, dass Maja außer mit ihm niemals im Beisein anderer über ihre Fälle sprach. Und nun, da Doreen da war, würde sie nichts mehr über den Blutsauger herausrücken. »Jetzt könnt ihr Frauensachen bereden.« Er zwinkerte Doreen zu.

»Wir machen uns einen schönen Abend. Quatschen und Filme anschauen, nicht, Maja?«

Maja nickte. Sie selbst hatte Doreen vorgestern angerufen und gefragt, ob sie nicht Lust hätte, am Freitag zu ihr zu kommen. Nicht ausgehen, es sollte einfach ein gemütlicher Weiberabend mit Pizza und Cola auf der Couch werden. In Gesellschaft anderer Menschen schwiegen die Dämonen aus ihrer Vergangenheit.

Peter rief ein »Klingt gut!« über die Schulter und verschwand in Richtung Küche.

»Habt ihr wieder über grässliche Details aus der Rechtsmedizin gesprochen?« Doreen schauderte.

»Das willst du doch nicht wirklich wissen. Cola oder Tee?« Maja hätte lieber weiter Wein getrunken, aber sie kannte Doreens strenge Ansichten. Die Freundin würde ihr den Marsch blasen, wenn sie trotz der Rufbereitschaft Alkohol zu sich nahm.

»Ich nehme einen Tee. Und dann schauen wir mal ins Internet, was die Pizzadienste so anbieten. Bei *Pizzaflitz* kannst du dir den Belag nach Bildern zusammenbasteln.«

»So ihr zwei Hübschen. Ich bin weg. *Mein* Feierabend ist nämlich noch in weiter Ferne.« Peter winkte ihnen von der Tür aus zu. »Bleibt sitzen. Ich finde allein hinaus.«

Schon verschwand er, während sich Maja fragte, was Peter Holzing an einem Freitagabend noch so Dringendes zu erledigen hatte.

17

Tommy blinzelte und rieb sich das rechte Auge, bevor er die Zeitung wieder anhob und durch den schmalen Riss in der Mitte nach draußen spähte. Er hatte sein Auto auf der Straße geparkt, die passenderweise »Waldrand« hieß. Die an den Küchwald angrenzenden Straßen waren nicht so dicht besiedelt, meist fand man nur kleine Grundstücke mit Einfamilienhäusern. Natürlich bestand immer die Gefahr, dass ein wachsamer Nachbar beobachtete, wie ein Mann in den Vierzigern einer jungen Frau in den Wald folgte, aber Tommy hatte vorgesorgt. Die Autokennzeichen waren gestohlen, und er hatte sein Aussehen verändert. Angeklebter Bart, Kissen unter dem Jackett, Schuhe mit Einlagen, die ihn einige Zentimeter größer machten, grau angesprühtes Haar.

Aus der Nähe würde man die Maskerade durchschauen, aber er würde darauf achten, dass ihm niemand so dicht auf den Pelz rückte, um die Verkleidung als solche zu identifizieren. Er war einfach ein älterer dicklicher Herr, der im Küchwald spazieren ging.

Er konnte nicht sagen, warum es gerade Chemnitz hatte sein müssen. Vielleicht weil er sich nicht sicher war, ob sich die Bluttat von Schwarzenberg inzwischen herumgesprochen hatte. Chemnitz war weit genug davon entfernt, Chemnitz war eine Großstadt. Junge Frauen hielten Großstädte für ungefährlicher als abgelegene Orte, und er kannte sich hier bestens aus.

Dresden war zu weit weg, Zwickau nicht geeignet, weil sie dort studierte – die Gefahr, dass jemand, der Madeleine Beck kannte, ihr Treffen beobachtete, war einfach zu groß. Und da er ihr vorgegaukelt hatte, in Chemnitz zu wohnen, war die Wahl nur logisch.

Sein Pulsschlag beschleunigte sich, als sich von vorn ein roter Opel Corsa näherte. Das Auto verlangsamte seine Fahrt, wendete und parkte schließlich an der Einmündung zur Saarstraße, genau wie er es vorgeschlagen hatte.

Die Frau am Steuer – Tommy konnte von seinem Standpunkt aus nicht erkennen, ob es sich um Madeleine handelte – blieb sitzen. Bis zu ihrer Verabredung waren noch gut fünfzehn Minuten Zeit. Wahrscheinlich hoffte sie, dass er nach ihr ankommen würde und sie ihn so unauffällig abchecken konnte.

Es war an der Zeit, die SMS abzuschicken. Er lehnte die aufgeschlagene Zeitung auf das Armaturenbrett und lächelte, während seine Finger schnell über das Handydisplay huschten.

Hi, Süße, bin noch im Tennisclub. Treffen uns halb neun dort. Findest du den Weg?

Nachricht gesendet.

Im Auto dreihundert Meter weiter vorn beugte sich die Frau zum Beifahrersitz hinüber. *Jetzt nimmt sie ihr Handy aus der Handtasche.* Tommys Atem ging schneller. *Sie liest die Nachricht. Sie tippt eine Antwort.* Im gleichen Moment summte sein Mobiltelefon. Eine neue Mitteilung. Seine Finger rutschten über das Display.

»O.K. Bin schon in der Saarstraße. Mache mich gleich auf den Weg.«

Der Tennisclub lag mitten im Küchwald. Es gab keine Möglichkeit, mit dem Auto dorthin zu fahren. Sie würde durch den Wald laufen müssen. Dass er ab und zu Tennis spielte, hatte er ihr erst vor Kurzem nebenbei beim Chat gesteckt. Dass sie ein Treffen gerade dort seltsam fand, war nicht anzunehmen. Es war noch nicht wirklich dunkel, und sie ahnte ja auch nicht, was sie erwartete. Als er sie vor ein paar Tagen danach gefragt hatte, ob sie sich in Chemnitz auskenne, hatte sie dies bejaht und ihm geschrieben, dass sie den Küchwald kannte. Also würde sie auch die Anlage des Tennisclubs kennen.

Tommy spürte, wie sich sein Kiefer verspannte. *Was, wenn sie doch stutzig wird? Dann ist dein ganzer schöner Plan futsch.*

Die Frau im Corsa schien sich nicht zu bewegen.

Steig aus! Mach schon!

Das laute Prusten, das seinen gespitzten Lippen entwich, irritierte Tommy einen Augenblick lang, dann tastete er, ohne hinzusehen, nach den Autoschlüsseln und zog sie ab.

Die junge Frau, die aus dem Corsa stieg, schüttelte ihr Haar zurecht. Dann sah sie sich nach allen Richtungen um und stiefelte los, direkt auf ihn zu.

Madeleine Beck, »Nummer zwei«, ähnelte ihrem Foto aus dem Flirtportal tatsächlich.

Und ein bisschen sah sie tatsächlich aus wie eine ältere Version der dreijährigen Maddie McCann – blaue runde Augen, kleine Nase, blondes glattes Haar. Tommy rutschte im Sitz tiefer und hoffte, sein Date würde rechtzeitig abbiegen und den nächsten Abzweig in den Küchwald hinein nehmen. Eigentlich musste er sich keine Sorgen machen, denn sie erwartete keinen älteren Schmerbauch mit Bart und würde ihn deshalb, wenn überhaupt, nur flüchtig mustern. Da er ihr aber gleich folgen wollte, wäre es trotzdem nicht günstig, wenn sie jetzt schon auf ihn aufmerksam wurde.

Madeleine schlenkerte ihre Handtasche hin und her. Die Haare wehten bei jedem Schritt um ihr Gesicht. Sie sah aus wie vierzehn.

Ganz kurz flammten Zweifel in ihm auf. Dann besann er sich. Erinnerte sich an seine Mission. Die Frau da draußen war kein Teenager mehr, sondern erwachsen. Diese »Maddie« hatte selbst eine dreijährige Tochter. Celina hieß das Kind, hatte ihm das Flittchen geschrieben. Und dass die Kleine bei der Großmutter aufwuchs.

Tommy löste die verkrampften Finger. Der Autoschlüssel hatte einen roten Abdruck in seiner Handfläche hinterlassen. Draußen schwenkte Madeleine nach links und bog in den Wald ab.

In seinem Kopf zählte eine Stimme ganz langsam bis zehn, dann stieß er die Tür auf und schwang die Beine aus dem Wagen, um ihr gemächlich zu folgen.

Natürlich konnte man sich in den Weibern täuschen. Es gab auch verantwortungsbewusste Frauen. Um keine Fehler zu machen, testete er seine Auserwählten vorher. Alle. Nur, dass sie es nicht wussten.

Er gab ihnen mehrfach Chancen, ihre angebliche Liebe zu ihren Kindern zu beweisen. Madeleine »Maddie« Beck hatte behauptet, dass sie jedes Wochenende mit ihrer Tochter verbringe. *Jedes Wochenende.* Das waren ihre Worte gewesen.

Als er sie dann gefragt hatte, ob sie sich an einem Wochenende treffen könnten, weil er an den Wochentagen keine Zeit habe, war sie sofort dazu bereit gewesen. Den Freitagabend konnte man ihr mit etwas gutem Willen noch durchgehen lassen, aber sie hatte ihm auch gleich den Sonnabend und den Sonntag mit angeboten. Man könne etwas unternehmen, irgendwo hinfahren, Ausstellungen besuchen oder einfach nur zusammen sein. Er könne ihr sein

Buchmanuskript vorlesen, oder sie hörten gemeinsam Musik. Es gäbe so viele Dinge, die man gemeinsam unternehmen könne.

Kein Wort mehr von ihrer dreijährigen Tochter oder dass sie »jedes Wochenende« mit ihr verbrachte. Das hatte gereicht, um sie von einer »Vielleicht«-Kandidatin zu einer »Du bist in der Auswahl«-Schlampe zu verwandeln. Es schien ihr nichts auszumachen, dass sie ihr Kind nun eine weitere Woche nicht sah.

Tommy schaute nach oben. Der Himmel zwischen den zartgrünen Blättern hatte eine dunkelblaue Tönung angenommen. Unter dem frisch ergrünten Blätterdach der Buchen wurde es schon dämmrig. Die Frau weiter vorn schritt schneller aus. Wahrscheinlich war auch ihr gerade aufgefallen, dass es nicht mehr lange hell sein würde.

Wer wusste denn, ob sich die Oma tatsächlich so aufopferungsvoll um die kleine Celina kümmerte, wie ihre Mutter es vorgab oder annahm? Mütter und Töchter ähnelten sich oft nicht nur in ihrem Aussehen, sondern auch in ihren Wesenszügen. Wenn die Tochter flatterhaft war, Kerle abschleppte und das Kind sich selbst überließ, warum dann nicht auch ihre Mutter?

Tommy beschleunigte seine Schritte. Er hatte die Wege vorher ausgekundschaftet. Nicht mehr weit, und sie würde bei einer an einer Seite offenen Blockhütte vorbeikommen, die Spaziergängern als Regenunterstand diente. Dort würde er Madeleine einholen und ansprechen. Selbstverständlich nicht als »Marcel«, denn er glich dem, den sie erwartete, nicht im Geringsten.

Die ganze Aktion barg reichlich Nervenkitzel. Da war die Frage, ob der Unterstand leer sein würde. Manchmal saßen Liebespärchen dort und turtelten herum. Außerdem konnte er nicht abschätzen, ob sie seiner Geschichte wenigstens so lange Glauben schenkte, bis er sie in die Blockhütte gedrängt und ihr die K.-o.-Tropfen eingeflößt hatte.

No risk, no fun, Tommy.

Ihre Rückenansicht kam näher. Von den Wipfeln schmetterten die Vögel ihre Abendlieder. Tommy spürte sein Grinsen. In seinem Magen flatterten Libellen.

Auf dem Rückweg würde er Madeleine zu seinem Auto führen und dabei stützen. Die Kleine hätte einfach etwas zu viel getrunken. Niemand, der gerade aus dem Fenster sah, würde das verdächtig finden. Ihren Corsa konnte er hier stehen lassen, es gab keine Spuren von ihm darin. Die Spurensicherung konnte sich daran die Zähne ausbeißen, wenn sie die Klapperkiste endlich fand.

Tommy joggte nun. Er keuchte nicht. Er wirkte zwar in seiner jetzigen Maskerade wie ein lahmer alter Fettsack, aber unter der Verkleidung war sein Körper durchtrainiert.

Jetzt schien Madeleine die Schritte hinter sich gehört zu haben und drehte sich um. Ihre Augen weiteten sich, als sie sah, dass der Mann rannte, und sie schwenkte panisch den Kopf von links nach rechts. Die Angst schien ihre Beine zu lähmen, denn sie rührte sich dabei nicht von der Stelle.

Keiner da, Süße. Niemand, der dir helfen kann.

Tommy lachte laut. Dann streckte er den Arm aus und berührte ihre Schulter. »Suchst du den schnuckligen Marcel?«

Panik glomm in Madeleines Blick auf, als die Erkenntnis, dass sie einem grandiosen Irrtum aufgesessen war, sich Bahn brach, aber statt zu schreien, schüttelte sie nur den Kopf, als könne dies den Mann vertreiben, der sie fest am Oberarm gepackt hatte.

»Gedulde dich noch ein wenig. Du wirst ihn gleich kennenlernen. Allerdings ein wenig anders, als du es dir vorgestellt hast.« Tommy kicherte stärker, während er mit der

Linken die kleine Flasche in seiner Jackentasche entkorkte. »Du hast keine Ahnung, was?«

Sie begann zu zittern.

»Alles hat einen Sinn. Alles folgt einem höheren Plan, Madeleine.« Endlich war der Stopfen ab, und ehe sie sich besinnen konnte, hatte er sie auch schon mit einem kräftigen Stoß zu Boden geschubst und kniete auf ihr.

»Alles Weitere besprechen wir nachher.« Er hielt ihr die Nase zu, wartete, bis ihr Mund aufschnappte und goss die Flüssigkeit hinein. »Du wirst es begreifen. Später.« Wie ein echter Gentleman zog er sie hoch und legte den Arm um ihre Schultern. »Und nun komm.«

18

»Na, wie fühlst du dich?« Madeleines Lider klappten immer wieder herunter, ihre Augäpfel rollten von links nach rechts. Tommy beobachtete, wie sie den Mund öffnete, um etwas zu sagen, jedoch nur ein Lallen zustande brachte. Sie brauchte wohl noch einen Moment. Seinen Erfahrungen nach würde es noch mindestens dreißig Minuten dauern, bis sie wieder bei vollem Bewusstsein war. Und das musste sie sein, damit sie verstand, was mit ihr geschah. Halb betäubte oder bewusstlose Frauen waren zwar leichter zu handhaben, begriffen jedoch nicht, warum sie bei ihm gelandet waren.

Zufrieden glitt sein Blick über die Utensilien auf dem Beistelltisch. Alles war vorbereitet. Handschuhe, Klebstoff und Pinzette lagen säuberlich neben der Stoffschere und dem Gewebeband, in dem kleinen Vogelkäfig daneben zappelte die Fledermaus.

Die kleinen Dinger lebten nicht lange. Er hatte keine Ahnung, was so ein Vieh fraß oder wie man es artgerecht aufbewahrte, aber das war ja auch gar nicht das Ziel. Sie mussten nur gerade so lange am Leben bleiben, dass sie ihrer Aufgabe gerecht werden konnten.

Am Anfang waren einige der pelzigen Flattertiere zu schnell gestorben. Schon am nächsten Morgen, nur wenige Stunden, nachdem er sie in ihr zeitweiliges Domizil gebracht hatte, lagen sie mit verdrehten Flügeln tot auf dem Boden. Erst nach zahlreichen Fehlschlägen war es ihm gelungen, sie ein paar Tage am Leben zu erhalten. Länger als eine Woche hatte bisher noch keins der Dinger überlebt, aber das musste reichen.

Das Schwierigste war die Beschaffung. Man konnte ja nicht einfach in ein Zoogeschäft gehen und ein paar Fledermäuse kaufen. Im Internet gab es alles, aber sie dort zu bestellen, kam nicht infrage. Das hinterließ Spuren, man musste eine Lieferadresse angeben und Geld überweisen. Da hätte er sich auch gleich als Täter bei der nächstbesten Tageszeitung melden können.

Nach umfangreichen und zeitaufwendigen Recherchen hatte er schließlich herausgefunden, wo er die kleinen Zappeldinger herbekommen konnte. Es kostete ein bisschen Mühe und war ziemlich zeitaufwendig, aber wenn man einmal wusste, wie es gemacht wurde, war es ganz einfach.

Während der Fahrt blieben sie in winzigen Einzelkäfigen im Kofferraum seines Autos, und auch später musste man sie getrennt halten, sonst fielen sie übereinander her und fügten sich gegenseitig Verletzungen zu.

Tommy klopfte an den Käfig, und die Fledermaus schlug mit den Flügeln. Madeleine stöhnte bei dem Geräusch und versuchte erneut, die Augen zu öffnen.

Nachdem es ihm gelungen war, die kleinen Dinger länger als vierundzwanzig Stunden lebend aufzubewahren, hatte er begonnen, ein bisschen mit ihnen herumzuexperimentieren. Sie mit bloßen Händen aus dem Käfig zu holen, hatte er sich ganz schnell abgewöhnt. Die Biester hatten nadelspitze Zähne, und ehe man es sich versah, hatten sie sich in den Fingern oder im Handgelenk verbissen und ließen nicht mehr los. Die ersten beiden hatte er mit der freien Hand zerdrücken müssen, damit sie losließen. Zudem hinterließen die Attacken unschöne Spuren, und er war es leid, sich Ausreden für die Kollegen wegen seiner zerkratzten Hände ausdenken zu müssen. Mit dicken Handschuhen, wie man sie zum Beispiel zum Gärtnern benutzte, wäre es gegangen, aber darin fehlte ihm das Gefühl, und er hatte damit, ohne es zu wollen, noch mal ein, zwei Tierchen zerquetscht.

Hinzu kam, dass der kleine Blutsauger auch noch präpariert werden musste. Fütterte er sie zu zeitig, würgten sie das, was er ihnen gab, wieder hervor.

Die Lösung war Betäubungsspray gewesen. Man stülpte eine Plastiktüte über den jeweiligen Käfig und sprühte es darunter. Die Wirkung hielt nur ein paar Minuten an, aber das reichte aus, um das Tierchen zu entnehmen, ihm die Kapsel in den Rachen zu schieben und es dann im Mund der jeweiligen Frau zu platzieren.

Bei Jennifer hatte das tadellos geklappt. *Und bei dir wird es genauso funktionieren.* Tommy schickte Madeleine einen verächtlichen Blick. Bis sie aufnahmefähig war, konnte er noch ein wenig chatten. Freitagabend weilten immer besonders viele seiner Auserwählten im Flirtportal.

»Wer zum Teufel sind Sie?« Auf Madeleines Stirn hatten sich zwei Querfalten zwischen den Augenbrauen gebildet.

»Du kennst mich doch längst. Ich bin dein Chatfreund.« Tommy schenkte ihr ein breites Lächeln und setzte hinzu: »Marcel, der Musikus.«

»Nie im Leben!«

»Wie naiv bist du eigentlich, Maddie?« Das »Maddie« schleuderte er ihr so heftig entgegen, dass ein paar Speicheltröpfchen dem Namen hinterherflogen. »Glaubst du ernsthaft immer *alles*, was andere ins Netz stellen?«

»Aber … ich …«

»Vergiss es. Du bist jetzt hier bei mir; ich bin Marcel oder, besser gesagt, ich *war* Marcel, und nun wollen wir an die Arbeit gehen.«

»An die Arbeit? Was für eine Arbeit?« Madeleine bewegte die Finger, testete die Stabilität der Fesseln.

Er sah ihr einen Moment lang dabei zu und schüttelte dann nachsichtig den Kopf. »Versuch es gar nicht erst, Maddie. Ich habe dich gut verpackt. Lass uns reden.«

Tommy hatte sich vorgenommen, ihnen immer zuerst eine Chance zur Rechtfertigung zu geben. Zumindest sollten sie die Möglichkeit haben, ihre Sicht der Dinge darzulegen. Das würde nichts an ihrem späteren Schicksal ändern, aber es führte dazu, dass sie verstanden, warum ihnen dies geschah, und Gelegenheit zur Reue hatten.

»Was wollen Sie mit mir besprechen?«

»Es geht um Celina.« Madeleine runzelte die Stirn noch ein wenig stärker, und ihr Mund öffnete sich leicht, was ihr das Aussehen eines Schafes verlieh. »Deine Tochter.«

»Was?«

Es nervte. Es nervte ihn so sehr, dass er versucht war, ihr eine Ohrfeige zu verpassen, aber er hielt sich zurück. Bei Jennifer war es ganz ähnlich abgelaufen. Sie hatte auch nicht begriffen, warum er ihre beiden Kinder mit ins Spiel gebracht hatte, weshalb der Mann, der sie gefesselt hatte, so erbost über ihre Qualitäten als Mutter gewesen war. Collin und Angelina gehe es doch gut, hatte sie unter Tränen beteuert, die Großeltern kümmerten sich um die beiden, wenn sie unterwegs war, sie bekämen zu essen, man spiele mit ihnen. Es half nichts, auch dieser »Mutter« würde er erklären müssen, warum sie hier war und worum es ging.

Madeleines Blick irrte zur Seite und fiel auf die Werkzeuge und den abgedeckten Käfig. Tommy konnte sehen, dass sie schluckte. Im Anschluss kam ihre Zunge hervor und feuchtete die Lippen an. Ihre Augen weiteten sich, und sie versuchte, sich zu bewegen. Wahrscheinlich, weil ihr erst jetzt aufging, dass das hier kein gutes Ende nehmen würde

All ihr Flehen und Diskutieren würde nichts bewirken. Ihr Entführer hatte sich nicht maskiert. Ließe er sie frei, konnte sie ihn jederzeit identifizieren.

»Nun gut. Ihr seid doch alle gleich.« Er rückte den Beamer zurecht und schaltete ihn ein. »Ich zeige es dir. Dann wirst du es verstehen. Und wenn nicht, kommt der Nebeldämon und frisst dich von innen auf.« Tommy hatte den Eindruck, Madeleine wolle den Kopf schütteln. Als es ihr nicht gelang, riss sie den Mund so weit auf, dass er bis zum Zungengrund sehen konnte und schrie.

»Schrei nur. Hier hört dich keiner.« Gemächlich streifte er sich die dünnen Handschuhe über und griff nach der Klebstofftube. Zuerst die Augenlider. Sie sollte *sehen*. Sehen, was er ihr gleich zeigen würde. Mit einem leisen Klicken drehte sich der Verschluss. Wenn sie so weiterkreischte, würde er ihr wahrscheinlich doch einen Knebel verpassen müssen. Sie übertönte ja sonst die Kommentare in den Filmsequenzen. Tommy drückte Madeleines rechtes Augenlid nach oben und setzte die Tube an.

Jennifer war nicht in der Lage gewesen, ihr Unrecht einzusehen. Vielleicht schaffte es diese hier.

Oder die Nächste.

19

»Guten Morgen, liebe Kollegen.« Gernot Hagen sah in die Runde. Die Finger seiner Rechten spielten dabei mit dem Kugelschreiber. »Lasst uns anfangen. Wo ist Alfred?«

Maja schaute unwillkürlich zur Tür. Alfred Walden, ihr Kollege, kam gern auf den letzten Drücker. Seine Ausreden waren immer gleich. Stau, rote Ampeln, langsame Fahrer vor ihm. Da jeder von ihnen wusste, dass montags früh immer besonders viel Betrieb auf Leipzigs Straßen herrschte, kam eigentlich als Konsequenz nur infrage, eher von zu Hause loszufahren. Anscheinend gab es jedoch Leute, die das einfach nicht auf die Reihe kriegten. Doktor Walden gehörte eindeutig dazu. Die Besprechungen aller Mitarbeiter fanden immer in Leipzig statt, die Außenstelle in Chemnitz hingegen war nur an manchen Wochentagen und dann auch meist nur von ihr und einem weiteren diensthabenden Kollegen besetzt. Sie massierte sich mit den Fingerspitzen die Schläfen. Die beiden Tabletten von heute Morgen wirkten nicht. Vielleicht sollte sie mal wieder den Wirkstoff wechseln.

Maja bemerkte Ingrids prüfenden Blick und rang sich ein Lächeln ab. Es ging die Kollegin nichts an, dass es in ihrem Kopf hämmerte. Schon gar nicht, woher die Kopfschmerzen kamen. Neben ihr rutschte Oliver Brand hin und her, seine Hüfte berührte dabei ihre.

»Kommt wahrscheinlich wieder zu spät.« Professor Gernot Hagen, Leiter des Rechtsmedizinischen Instituts und damit ihrer aller Chef, runzelte die Stirn, schaute auf seine

Notizen und murmelte vor sich hin: »Müssen ein ernsthaftes Gespräch führen.«

Doreen war am Freitag noch bis elf geblieben, und Maja war sofort, nachdem die Freundin sich auf den Heimweg gemacht hatte, im Bett verschwunden. Kein weiterer Rotwein mehr, keine nächtlichen Trinkorgien. Am Sonnabend war sie gegen sieben vom Klingeln des Telefons geweckt worden. Eine Sechzigjährige war in ihrer Küche zusammengebrochen und noch vor dem Eintreffen des Notarztes, den der völlig aufgelöste Ehemann gerufen hatte, verstorben. Der Notarzt hatte keinen natürlichen Tod bescheinigen wollen – obwohl es sich mit großer Wahrscheinlichkeit um einen Schlaganfall handelte –, und so waren Kripo und Rechtsmedizin ins Spiel gekommen. Der Rest des Sonnabends war ruhig verlaufen. Gegen Abend hatte Maja sich etwas beim Chinesen bestellt und beschlossen, dass ein Schluck Wein zum Essen nichts schaden konnte. Aus einem Glas waren zweieinhalb Flaschen geworden. Nach dem sechsten oder siebten Glas hatte sie Konrad angerufen und ihm die Ohren vollgeheult, bis er sich zu ihr auf den Weg gemacht hatte. Seine Vorhaltungen, das könne nicht jedes Wochenende so weitergehen, und sie solle sich überlegen, ob nicht endlich eine Therapie zur Aufarbeitung ihrer Probleme angebracht wäre, waren im Nebel des Alkohols verblichen. Irgendwo hatte Konrad recht und doch auch wieder nicht. Sie bekam das Ganze auch ohne professionelle Hilfe in den Griff. Nur die Wochenenden waren schwer, besonders, wenn es nicht viel zu tun gab. Was für ein Glück, dass gestern gleich mehrere Fälle für Abwechslung gesorgt hatten. Leider waren die Kopfschmerzen nicht auch einfach so mit der Arbeit verschwunden.

Sie legte kurz die Handflächen über die Augen, nahm sie jedoch sofort wieder weg, als ihr Name fiel.

»Maja, gibst du uns bitte einen Überblick, was am Wochenende reingekommen ist?«

»Zwei Tote, die von Verwandten in ihren Wohnungen gefunden wurden, darunter eine Leiche mit längerer Liegezeit und ein plötzlicher Todesfall. Dazu kommt eine ungeklärte Sache aus der Seniorenresidenz am Froschpark.«

Mitten in ihre Aufzählung hinein klappte die Tür auf, und Alfred stürmte herein. Mit hochrotem Gesicht schaute er zu seinem Chef. Gernot Hagen ließ den Stift sinken, seine Augen hatten sich verengt, mit versteinerter Miene wartete er auf eine Erklärung.

»Ein Unfall auf der Ostheimstraße. Ein Ford hat der Straßenbahn die Vorfahrt genommen, und die ist voll in das Auto reingekracht. Zum Glück gab es keine Verletzten. Aber eine Riesenumleitung.« Alfred, der heftig zu seinen Worten gestikuliert hatte, setzte ein: »Sorry, Gernot« hinzu, hängte dabei seine Jacke sorgfältig auf einen Bügel und nahm Platz.

Maja grinste Ingrid kurz an und machte dabei unauffällig eine abschätzige Handbewegung. Vielleicht hatte Alfred sich diesmal die Geschichte gar nicht ausgedacht – ein Unfall mit der Straßenbahn ließ sich schließlich sicherlich nachprüfen –, aber da er fast jeden Montag mit solchen Räuberpistolen ankam, glaubte ihm natürlich keiner die heutige Story.

»Ich möchte nachher mit dir reden, Alfred.« Gernot griff nach seinem Kugelschreiber. »Maja? Warst du fertig?«

»Vom Wochenende war das alles.« In ihrem Kopf bohrte noch immer eine Armada von Straßenbauarbeitern mit Pickhämmern.

»Das ist ja nicht allzu viel. Scheint auch nichts Eiliges dabei zu sein, oder?« Der Prosektor wartete, bis sie den Kopf geschüttelt hatte, und setzte fort.

»Gut, Kollegen. Dann teile ich jetzt Auswahl und Reihenfolge der Sektionen ein. Von letzter Woche haben wir noch sieben Fälle. Eine der frischen Leichen heben wir für morgen auf. Für die Leichenschaupraktika am Donnerstag und Freitag kommt mit Sicherheit noch neues Material rein.«

Dienstags und donnerstags wurden am Rechtsmedizinischen Institut Lehrsektionen für Medizinstudenten durchgeführt, freitags waren dann die Jurastudenten dran. Maja und ihre Kollegen bevorzugten für die Praktika »frisches Material«, das hieß, dass die Leichen kurze Zeit nach Eintritt des Todes aufgefunden worden und Verwesungs- und Fäulnisprozesse noch nicht fortgeschritten waren.

Maja betrachtete ihre Liste und überlegte dabei, ob sie noch *Paracetamol* in der Handtasche hatte. Gernot wies inzwischen den Teams die Fälle zu. Das würde ein anstrengender Tag werden.

Am dringlichsten waren immer die Fälle, in denen Tötungsdelikte ausgeschlossen werden sollten oder die Leiche durch die Sektion identifiziert werden musste. Auch wenn schon ein Beisetzungstermin festgelegt war, konnten sie die Obduktion nicht hinausschieben. Ein Ärzteteam schaffte maximal vier Sektionen am Tag.

Gernot war inzwischen bei den Schlussworten angekommen. Ingrid begann bereits, ihre Unterlagen zusammenzupacken, und auch Olli fing neben ihr an, Papiere zu ordnen. Nachdem der Chef sich vergewissert hatte, dass alle ihre Aufgaben kannten, gab er Alfred ein Zeichen, ihm zu folgen, und marschierte hinaus.

Auch Maja erhob sich. Sie würde heute mit Raik Glaser, einem der Ausbildungsassistenten, arbeiten. Die mussten Erfahrungen sammeln und gleichzeitig den Ausbildungskatalog der Landesärztekammer füllen. Ein ausgebildeter

Rechtsmediziner übernahm dabei jeweils die fachliche Verantwortung.

Sie stupste im Hinausgehen Gunnar Kunz, einen der Sektionsassistenten, an. »Die Fledermaus von der Schwarzenberger Leiche letztes Wochenende hattest du entsorgt, oder?«

»Ja, klar. Sollte die etwa nicht weg?«

»Nein, alles in Ordnung. Ich wollte nur noch einmal nachfragen.« Maja tätschelte die massige Schulter des Mannes und folgte ihrem Kollegen Olli nach unten.

»Kommst du?« Hilda Freitag klopfte mit ihrer Krücke gegen die Eingangstür im Haus ihrer Freundin. Trudi brauchte wieder ewig, um sich fertig zu machen. Nach dem Wochenende gab es in *Erikas Dorfladen* immer frisches Obst und Gemüse. Alle, die noch einigermaßen zu Fuß waren, machten sich deshalb an den Montagen so zeitig wie möglich auf die Socken. Wenn man sich nicht beeilte, kauften die anderen alles weg. Also versuchten Hilda und Trudi jeden Montag, gleich nachdem Erika das Geschäft aufgeschlossen hatte, da zu sein.

Drinnen rumorte es, dann öffnete Trudi die Tür. Sie zog eine große Tasche mit Rollen hinter sich her. »Bin schon fertig.« Sie stieg Schritt für Schritt die Stufen herab, den Trolley hinter sich her schleifend, und ächzte dabei zum Gotterbarmen. Unten angekommen, bleckte sie zur Begrüßung ihre Dritten und schüttelte Hilda die Hand, dann setzten sie sich in Bewegung.

»Mach ein bisschen hin, Trudchen. Sonst kaufen Lene und Gustav uns wieder alles weg. Vielleicht hat Erika schon Kirschen.« Hilda stakte voran, so schnell sie es mit ihren Rheumaknien vermochte. Es war jeden Montag das Gleiche. Trudi wurde nicht fertig, sie kamen zu spät und hatten das Nachsehen. Die, die dichter am Dorfladen wohnten, waren da besser dran. Da Erika sich weigerte, etwas zurückzulegen – denn das sei den anderen gegenüber unfair –, hatte sie letztes Jahr aus heiterem Himmel verkündet, blieb ihnen nichts anderes übrig, als sich jeden Montag aufs Neue auf den beschwerlichen Weg hinüber zum ehemaligen *Konsum* zu machen.

Natürlich hatten sie alle Kinder, oft wohnten diese jedoch in der Stadt, und Zeit, mit den betagten Eltern einkaufen zu fahren, hatte grundsätzlich keines von ihnen. Hilda seufzte. So war nun mal das Leben. Die Alten in Wüstenbrand mussten sich selbst helfen. Neben ihr schnaufte Trudi.

»Kriegst immer noch schlecht Luft?«

»Das wird dieses Jahr einfach nicht besser, Hildchen.«

»Vielleicht hast du Heuschnupfen?«

»So etwas Neumodisches? In meinem Alter? Ach was. Die Nase ist zu, das ist alles. Geht schon wieder weg.«

Hilda ersparte sich einen Kommentar. Erstens hatte die Freundin bestimmt recht, zweitens brauchte sie ihren Atem zum Laufen.

»Karls Zaun ist auch hinüber.« Trudi hatte jetzt aufgeholt und watschelte neben ihrer Freundin aus Kindertagen her. »Dem seine Kinder lassen sich auch nie blicken. Ein Elend ist das. Wenigstens scheint die Sonne, und es ist schön warm. Wir können nachher bei mir auf der Terrasse noch einen Kaffee trinken.«

Hilda antwortete nicht, aber das musste sie auch nicht. Es lief jeden Montag gleich ab. Sie holte ihre Freundin ab, sie gingen zu Erika einkaufen und tranken auf dem Rückweg bei Trudi Kaffee. Dazu gab es Streuselkuchen. Sommers wie winters. Nur wenn sehr viel Schnee lag, musste der Gang zum Dorfladen ausfallen.

»Schau mal, der Raps blüht.« Hilda war stehen geblieben, hatte ihre Krücke gehoben und schwenkte sie wie einen Zeigestab von links nach rechts über die Hügellandschaft, die sich vor ihnen auftat. Direkt über den Köpfen der beiden alten Frauen trillerte eine auf und ab schwebende Lerche. »Ist das nicht herrlich? Und wie das riecht! Der pure Honig.«

Trudi holte röchelnd Luft. Es dauerte ein paar Sekunden, ehe sich ihr Atem so beruhigt hatte, dass sie sprechen konnte. »Wurde auch Zeit. Dieser ewige Winter macht einem von Jahr zu Jahr mehr zu schaffen. Komm weiter.« Trudi wischte sich mit dem Ärmel über die Stirn, krallte die Linke um den Griff des Trolleys und tappte vorwärts. »Ich möchte nicht zu spät kommen. In zehn Minuten macht Erika auf.«

Hilda beeilte sich, der Freundin zu folgen. Es war wie immer. Zuerst kam Trudi nicht aus dem Knick, dann hetzte sie. Vorn links an der alten Scheune mussten sie abbiegen, dann waren es noch etwa vierhundert Meter bis zur Siedlung. Das schwere Atmen der beiden alten Frauen mischte sich mit dem Zwitschern der Vögel und dem Summen der Insekten. Ein perfekter Frühlingsmorgen im Wonnemonat Mai.

»Was ist denn das da vorn?« Trudi machte noch zwei Trippelschritte und hielt an, das Kinn nach vorn geschoben. Ihr Kiefer mahlte.

»Wo meinst du?«

»An der Scheune.«

»Warte.« Hilda, die ebenfalls die Augen hinter der Brille zusammengekniffen hatte, schwankte leicht und stützte sich fester auf ihre Gehhilfe. Trudi hatte recht. Irgendetwas war da drüben. Ein sehr großer, heller Fleck von unregelmäßiger Form. »Kannst *du* erkennen, was das ist?«

»Nein. Vielleicht hat jemand ein Schild angebracht. Das Ding soll doch verkauft werden.«

»Wer kauft denn so eine Bruchbude? Und wozu? Was kann man mit einer halb verfallenen Scheune auf dem Land schon anfangen?«

»Sachen unterstellen, landwirtschaftliche Maschinen zum Beispiel. Irgendein Bauer wird schon was damit anzufangen wissen.«

»Ich würde dafür eher ein Inserat in die Zeitung setzen, anstatt ein Schild an die Wand zu hängen.«

»Vielleicht ist es ja gar kein Schild. Lass uns näher rangehen, dann wissen wir, worum es sich handelt.«

Trudi musste wie immer das letzte Wort haben. Aber dafür würde *sie* als Erste sehen, was da an der Scheunenwand hing. Hilda ließ ihre kurzatmige Freundin stehen und stakte voran, so schnell sie konnte. Eins stand fest: Das große weiße Ding war gestern Nachmittag noch nicht dort gewesen, als sie mit ihrem Enkel Sebastian einen kleinen Spaziergang gemacht hatte. Was auch immer das war, jemand musste es am Sonntagabend oder in der Nacht zum Montag dort angebracht haben.

Schritt für Schritt nahm der helle Fleck Konturen an, die Farbe änderte sich von weiß zu einem gelblichen Beige, aus der diffusen Form entwickelte sich ein unverwechselbarer Umriss, und Hilda spürte, wie sich ihre Kehle verengte. Ihr Atem ging jetzt stoßweise. Hinter ihr keuchte Trudi heran. Ihr »Oh Gott!« war ein kraftloses Piepsen. Vergessen war der ewige Zwist um das letzte Wort, vergessen war Hildas und Trudis Wunsch nach frischem Obst und einem Schwätzchen im Dorfladen.

Nebeneinander standen die beiden alten Frauen, den Blick wie hypnotisiert auf das Ding an der Scheunenwand geheftet. Das synchrone Rasseln ihres Atmens füllte die plötzlich aufgekommene Stille.

20

»Wir sind gleich da.« Maja bremste am Ortseingangsschild von Wüstenbrand und schaute kurz zu Raik Glaser hinüber, der mit großen Augen geradeaus starrte. Sie hatte ihn nicht danach gefragt, aber höchstwahrscheinlich war dies sein erster Außeneinsatz mit einem Tötungsdelikt.

Sie erinnerte sich nur zu gut an *ihren* ersten Mordfall und wie aufgeregt sie dabei gewesen war. Aufgeregt und dankbar, dass sie nicht auf sich allein gestellt war. Rudolf Püsch hatte ihr zur Seite gestanden. Maja lächelte versunken. Der Kollege war ihr in den Anfangsjahren ein väterlicher Freund gewesen. Vielleicht hatte es sogar ein bisschen geknistert, obwohl sie beide verheiratet gewesen waren. Es war jedoch nie etwas passiert.

Inzwischen war er längst im Ruhestand. Wie alt mochte Rudolf jetzt sein? Maja nahm sich vor, ihren ehemaligen Prosektor anzurufen.

»In zweihundert Metern geradeaus fahren.« Die Stimme aus dem Navigationsgerät hatte einen unangenehmen Befehlston. Wenn die Angaben auf dem Display stimmten – und das taten sie eigentlich immer –, waren sie in zwei Minuten da.

Neben ihr knetete Raik Glaser seine Hände. Alle zehn Sekunden kam seine Zunge hervor und befeuchtete die Lippen. Wahrscheinlich ging der Ausbildungsassistent in Gedanken die Schritte durch, die an Leichenfundorten zu tun waren.

Der Anruf des Führungs- und Lagezentrums der Polizei war kurz nach der ersten Sektion heute Vormittag gekommen. Raik Glaser hatte gerade die letzten Handgriffe an der toten Sechzigjährigen von Sonnabend getan. Der Schlaganfall hatte sich bestätigt, und die Leiche konnte zur Bestattung freigegeben werden. Den Rest erledigten die Sektionsassistenten: Leiche zumachen, aufräumen, Instrumente und Gerätschaften säubern. Damit waren sie und Raik verfügbar gewesen und konnten zu dem Außeneinsatz aufbrechen.

»Hoffentlich dauert das nicht wieder so lange wie Sonntag vor einer Woche.«

»Die Tote in Schwarzenberg?«

Aus den Augenwinkeln sah Maja, dass Raik den Kopf gedreht hatte und sie anblickte. »Genau. Ich musste stundenlang warten, bis die mit der Spurensicherung durch waren. Ziemliche Zeitverschwendung, aber so ist nun mal der Gang der Dinge … Da drüben scheint es zu sein.«

Auf einer Wiese gegenüber einer Wegkreuzung wimmelte es von Menschen. Mehrere Übertragungswagen standen kreuz und quer am Straßenrand, davor hatten sich Reporter mit Mikrofonen postiert. Fotografen mit Teleobjektiven versuchten, Bilder vom Schauplatz zu schießen. Die wenigen Anwohner, allesamt ältere Leute, hatten sich ein wenig abseits der Journalistenmeute neben einem Buswartehäuschen postiert und wirkten irgendwie fehl am Platz. Keiner von ihnen sprach, alle starrten mit bedrückten Mienen zu der mächtigen Scheune hinüber, deren eingesunkenes Dach sich dunkel vor dem Himmelsblau abzeichnete.

»Das kommt wahrscheinlich schon in allen Boulevardmagazinen. Scheint noch ungewöhnlicher zu sein, als wir denken.« Maja fuhr jetzt nur noch Schritttempo.

Raik, der inzwischen wieder nach vorn schaute, begann erneut, die Hände zu ringen. »Ich bin gespannt, was wir vorfinden. Muss was Heftiges sein, wenn die ganze Medienmeute schon hier rumschwirrt. Viel haben die uns vorhin am Telefon ja nicht verraten.«

»Das tun sie nie. Die Anrufe sind schließlich unverschlüsselt. Ich frage mich, woher die da das schon wieder alle wissen. Diese Reporter sind doch nur vor Ort, wenn es etwas Brisantes zu berichten gibt. Ganz ›normale‹ Mordfälle interessieren heutzutage gar keinen mehr.«

Maja hatte sich schon oft gewundert, wie schnell das ging. Kaum waren sie oder ihre Kollegen vom Führungs- und Lagezentrum der jeweiligen Polizeidirektion oder durch die Beamten des Kommissariats 11 von außergewöhnlichen Leichenfunden informiert worden, schienen auch regionale Radiosender oder Boulevardmagazine schon davon zu wissen, und ihre Reporter schafften es oft, zeitgleich oder kurz nach der Kripo an Tat- oder Fundorten zu sein. Manche hatten wahrscheinlich ihre Quellen. Es gab immer wieder Maulwürfe, die Interna ausplauderten. Andere belauschten vielleicht einfach nur die Konkurrenz. Machte die sich auf den Weg, folgten sie.

Maja hielt kurz, ließ das Fenster herunter und rief dem Kollegen von der Schutzpolizei ihre beiden Namen zu, woraufhin dieser nach links zeigte, das Flatterband anhob und sie hindurchfahren ließ.

»So, Raik. Wir reden zuerst mit den Kollegen von der Kripo und lassen uns erklären, was sie konkret gefunden haben. Ausrüstung und die Schutzanzüge brauchen wir erst, wenn wir uns die Leiche ansehen. Wann wir da randürfen, erfahren wir hoffentlich gleich.« Sie öffnete die Fahrertür. »Du kannst deine Sachen also fürs Erste hierlassen.« Ohne auf den Ausbildungsassistenten zu warten, lief sie auf eine Gruppe von Männern in Zivil zu. Die meisten trugen braune oder schwarze Lederjacken und Jeans

»Hallo Maja!« Egbert Knoll winkte ihr mit seinen kurzen Armen zu, und Maja konnte sich ein Lächeln nicht verkneifen. »Das hättest du nicht gedacht, dass wir uns so schnell wiedersehen, was? Ist das dein Neuer?« Sein Schnauzbart zuckte auf und nieder, während er über seinen eigenen Witz lachte.

»Kann man so sagen. Darf ich vorstellen: Raik Glaser, mein Ausbildungsassistent. Und das ist Egbert Knoll, stellvertretender Dienststellenleiter der Polizeidirektion Chemnitz. Egbert und ich kennen uns schon ewig.«

»Kriminalpolizeiinspektion Dezernat 1, höchstpersönliche Rechtsgüter, Kommissariat 11, Leben/Gesundheit/Mordkommission, um genau zu sein.« Egbert schüttelte Majas Assistenten die Hand. »Andreas und Uwe sind auch da.«

»Dann sind wir also alle wieder traulich vereint.«

»Genau. Nur Wulf fehlt.« Egbert Knoll nickte militärisch kurz und schickte sich zum Gehen an. »Ich muss wieder rüber. Die Leiche hängt an der Scheunenwand dort. Es gibt Parallelen zu dem Fall in Schwarzenberg, das ist aber noch keine offizielle Verlautbarung. Uwe oder Andreas werden euch einweihen, danach könnt ihr euch ein wenig umsehen. Wir reden später noch mal.« Mit schnellen Schritten ging er zu einer Gruppe von Männern, die vor der Scheune standen und diskutierten.

»Frau Doktor.« Andreas Melzers Hand war warm. Er setzte ein »Maja« hinzu und drückte ein wenig fester. Maja lächelte abwesend und ließ ihren Blick zu Uwe Barnert gleiten, der die Aktivitäten an der Scheune mit finsterem Gesicht beobachtete. Er schwieg und machte keine Anstalten, ihr oder Raik ebenfalls die Hand zu schütteln.

»Es ist zwar kein schöner Anlass, aber trotzdem freue ich mich, dass wir uns wiedersehen. Heute haben Sie Verstärkung mitgebracht, wie ich sehe.«

Raik Glaser, der die Begrüßung verfolgt hatte, setzte schnell ein verlegenes Lächeln auf und erwiderte Andreas Melzers Händedruck.

»Die Spurensicherer sind schon feste am Werkeln. Ich denke, sie brauchen noch eine Stunde, dann könnt ihr ran. Lasst uns da rübergehen.« Andreas Melzer zeigte auf einen Kombi, der mit offener Kofferraumklappe an dem Feldweg, der an der Scheune vorbei ins Tal führte, stand. »Ich gebe Ihnen einen Überblick, was wir hier haben.«

Maja zwang ihren Blick von Uwe Barnert weg. Der Typ schien genau wie sein Kollege Wulf Preck ein sauertöpfischer Stoffel zu sein.

Kriminaloberkommissar Melzer verwendete die Höflichkeitsform, wenn er mit ihr und Raik sprach. Meistens duzten sich die Rechtsmediziner mit den Kripokollegen. An der Außenstelle des Rechtsmedizinischen Instituts in Chemnitz waren sie nur zu zweit, und so traf man bei Einsätzen unweigerlich immer wieder auf die gleichen Beamten. Auch Andreas Melzer würde ihr jetzt wahrscheinlich öfter über den Weg laufen. Sie nahm neben ihm auf der Ladekante Platz. »Wir sollten uns duzen. Unter Kollegen gewissermaßen. Das machen hier alle. Ich bin Maja.«

»Andreas. Aber das weißt du ja schon.« Noch einmal schüttelte er ihr die Hand. In seinen Augen war ein Leuchten aufgeglommen. Raik Glaser, der sich neben das Auto gestellt hatte, schien zu überlegen, ob es ihm zustand, sich der allgemeinen Verbrüderung anzuschließen, sagte aber nichts. Uwe Barnert war nicht mitgekommen. Er lief hinüber zu der Scheune.

»Egbert hat vorhin gesagt, es gäbe Parallelen zu der Toten in Schwarzenberg?«

»Einige. Du wirst es nachher noch selbst sehen, deshalb gebe ich dir nur einen knappen Überblick. Es handelt sich um eine tote Frau. Ziemlich jung, Anfang zwanzig, würde ich schätzen. Aber das könnt ihr uns dann genauer sagen. Die Leiche wurde heute Morgen von zwei alten Damen entdeckt, die auf dem Weg zum Einkaufen waren. Man hat sie dort an die Bretterwand genagelt. Also nicht die beiden Alten, ist ja klar.« Andreas Melzer grinste kurz und zeigte auf die Scheune vor ihnen, deren Vorderfront mit silbrigen Notfalldecken verhängt war. Maja beobachtete, wie Raik Glaser ob der makabren Bemerkung zusammenzuckte. Es kam oft vor, dass die Kripoleute bei der Arbeit Witzchen rissen. Die Beamten übertünchten damit ihre wahren Gefühle. Der Kriminaloberkommissar wurde wieder ernst. »*Genagelt* ist auch nicht der richtige Ausdruck. Sieht so aus, als habe er diesmal ein Bolzenschussgerät, besser gesagt, einen sogenannten Schlachtschussapparat benutzt.«

»Das heftet aber doch einen Körper nicht an eine Wand.« Raik Glaser war aus seiner Erstarrung erwacht und schien jetzt mitreden zu wollen. »Ich bin auf dem Dorf aufgewachsen. Wenn bei uns ein Tier getötet werden musste, kam der Schlachter und hat es mit dem Bolzenschussgerät betäubt. Es gibt ganz verschiedene Größen, je nach Tier. Der Schussbolzen wird durch eine Treibladung herausgeschleudert und dringt in das Gehirn ein. Mittels einer Rückholfeder kann er dann wieder hervorgezogen werden. Er hinterlässt ein Loch im Kopf, mehr nicht. Danach werden dem Tier die Schlagadern durchgeschnitten, und man fängt das herauslaufende Blut auf.« Majas Ausbildungsassistent holte tief Luft. Er schien selbst erschrocken über seine lange Rede zu sein.

»Ganz richtig, junger Mann.« Andreas Melzer belohnte Raik Glaser mit einem beeindruckten Nicken. »So, wie *wir* die Sache sehen, hat er das Gerät auch nur genommen, um ohne großen Kraftaufwand Löcher in diverse Körperteile zu bekommen. Befestigt wurde die Leiche dann mit Vierkant-Hakennägeln.«

»Wie man sie zum Bilderaufhängen verwendet?« Raik Glaser schien es jetzt kaum erwarten zu können, sich die Leiche näher ansehen zu dürfen.

»Genauso, nur viel größer.«

»So etwas hatte ich in meiner bisherigen Tätigkeit noch nie.« Maja wäre fast von der Ladekante gefallen, als Andreas Melzer mit dem Aufschrei: »He, Sie da! Wo wollen Sie hin?«, hochsprang. Seitlich vor ihnen hetzte ein bärtiger junger Mann mit wehendem Parka über die Wiese, ein Teleobjektiv vor Augen. Weit kam der Reporter nicht, denn der Kommissar hatte ihn schon nach wenigen Metern eingeholt, ihn angesprungen und zu Boden gerissen. Im gleichen Moment kamen zwei weitere Kollegen hinzu, packten den Mann ziemlich unsanft an den Armen, rissen ihn hoch und führten ihn ab.

»Das ist ja wie im Kino.« Raik Glaser hatte einen ungläubigen Gesichtsausdruck aufgesetzt. Wahrscheinlich dachte er gerade darüber nach, wie er mit den Schilderungen seine Kumpels oder eine Freundin beeindrucken konnte.

»So etwas ist eigentlich die Ausnahme.« Maja sah Andreas Melzer dabei zu, wie er sich die Hosenbeine abklopfte.

Nach Luft schnappend, kam er zurück. »Der Typ kann sich frisch machen. Behinderung der Ermittlungen. Manche von denen sind echt die Pest. Die werden immer dreister.« Noch immer empört, schüttelte er den Kopf. Vor der Scheune hatten sich mehrere Männer in weißen Schutzanzügen zusammengefunden. Sie schienen miteinander zu diskutieren.

»Sieht aus, als ob die fertig sind.« Andreas Melzer, der sich nicht wieder hingesetzt hatte, blickte Maja an. »Ich denke, ihr könnt schon mal eure Ausrüstung aus dem Auto holen und euch verkleiden. Kann nicht mehr ewig dauern. Ich komme dann auch gleich dazu.« Schnell entfernte er sich. Maja gönnte sich einen schnellen Blick auf das feste Hinterteil des Kripobeamten, dann erhob sie sich. Es hatte den Anschein, als wolle der Kriminaloberkommissar ihr zukünftig nicht mehr von der Seite weichen.

»Ziemlich *wenig* Blut, wenn man bedenkt, dass sie an verschiedenen Stellen mit einem Bolzenschussapparat durchbohrt wurde.« Maja betrachtete den Teil der Scheunenwand, der hinter dem nackten Körper sichtbar geworden war, während zwei Kripomänner die Leiche auf die Plane legten. Dort, wo sich vorher Oberarme, Rumpf und Oberschenkel befunden hatten, liefen schmale dunkelrote Streifen über das graue Holz bis zum Fundament. Sie ging näher an die Scheunenwand heran und gab Raik ein Zeichen, die Stellen zu fotografieren. »Der Boden hier unter der Stelle, wo sie hing, ist kaum getränkt.« Leises Klicken bestätigte, dass der Assistent seiner Aufgabe nachkam.

»Die Spritzspuren an den Brettern bitte auch.« Maja wartete, bis Raik die Kamera sinken ließ, ehe sie fortsetzte. Zeit für ein kleines Gespräch unter Kollegen.

»Wonach sieht das für dich aus?« Ihr Zeigefinger wies auf die Beschleunigungsspuren.

»Dass sie wahrscheinlich schon tot war, als er sie mit dem Bolzenschussgerät durchlöchert hat. Sonst wären die Spritzer viel zahlreicher. Das hier kommt wahrscheinlich vom Gerät. Das meiste Blut ist einfach der Schwerkraft folgend nach unten gelaufen.«

»Sehr richtig. Das halten wir als Erstes fest. Und nun schauen wir uns die Leiche näher an.«

Das blonde, glatte Haar der Toten lag einem Strahlenkranz gleich um ihren Kopf. Hellblaue Puppenaugen stierten in den Frühlingshimmel. Das Gesicht schien auf den ersten Blick unversehrt. Maja dachte *Sie sieht Hannah ein bisschen ähnlich* und sagte: »Seht zu, dass niemand Fotos schießt, wenn wir sie untersuchen.«

Raik Glaser, der begonnen hatte, die Geräte auszupacken, hielt inne und verfolgte, wie mehrere Schutzpolizisten die Decken, die den Gaffern die Sicht versperrten, höher hielten.

»Los geht's.« Maja zog ihre Handschuhe noch einmal fest nach oben und begann mit der Untersuchung.

»Was haben wir bis jetzt?« Egbert Knoll, der neben Uwe Barnert stand, hatte Notizbuch und Stift gezückt, um Majas Erklärungen aufzuschreiben, während sich im Hintergrund der vom Führungs- und Lagezentrum angeforderte diensthabende Bestatter gemeinsam mit seinem Gehilfen näherte. Auch die Staatsanwältin war inzwischen eingetroffen. Lisa Rotsamt trug heute Grün. Flaschengrüne Jeans, hellgrünes Hemd, olivgrünes Jackett. Sogar die Pumps waren grün. Sie hatte sich ohne ein Wort dazugesellt und beobachtete mit unbeweglicher Miene das Treiben der beiden Rechtsmediziner.

»Wir sind noch nicht fertig.« Maja machte eine unwirsche Geste und platzierte die normierte Fotoskala, einen rechten Winkel mit verschiedenen Maßeinteilungen und Farbdarstellungen zum späteren Abgleich, auf dem linken Oberschenkel der Toten direkt neben dem kreisrunden Einschussloch.

»Raik, Fotos bitte.« Der Assistent ließ die Kamera klicken. »Danke, und das Gleiche am rechten Bein. Dann haben wir die äußeren Verletzungen dokumentiert.« Sie sah zu Egbert, der geduldig neben der Plane stand und darauf wartete, dass sie seine Frage beantwortete, und dann zu dem Mann vom Bestattungsinstitut. »Ich möchte den Kopf noch einmal untersuchen, dann sind wir hier fertig, und Sie können sie ins Institut schaffen.« Der Bestatter nickte seinem Gehilfen zu.

Was ist mit der Todeszeit?« Egbert gab nicht auf. Der Todeszeitpunkt war immer das Erste, nach dem die Kripo sich bei ihr erkundigte, wenn klar war, dass es sich um ein Tötungsverbrechen handelte. Das und die Frage, woran das Opfer gestorben war.

»Die Körperkerntemperatur lag bei 29 Grad. Bezieht man den Körperbau der Toten und das Fehlen von Kleidung mit ein, liegt der Todeseintritt etwa sieben bis elf Stunden zurück.«

Sie konnte sehen, wie es in Uwe Barnerts Kopf arbeitete. Er hatte die Zeit schneller ausgerechnet als sein Kollege. »Zwischen ein und fünf Uhr also.«

»Wir haben zudem noch die Vergleichskurven für den Abfall der Körpertemperatur in Bezug zur Außentemperatur herangezogen, also die kombinierte Methode nach Henßge und Madea.«

Maja sah Uwe Barnerts irritierten Ausdruck und zögerte kurz, ehe sie fortfuhr. Kannte der Kripobeamte die Begriffe nicht, oder war er es nicht gewöhnt, dass die Rechtsmediziner so penibel vorgingen? Aus welchem Bundesland stammte der Mann eigentlich? Sein klares Hochdeutsch ließ keine eindeutigen Schlüsse auf die Herkunft zu. »Das ergibt eine Eingrenzung auf acht bis zehn Stunden.«

»Zwei bis vier also.« Egbert kritzelte die Zahlen auf seinen Block. »Wahrscheinlich eher zwischen zwei und drei, da ist es noch finster.«

»Reine Spekulation. Wie immer weise ich darauf hin, dass es sich um eine vorläufige Schätzung handelt.«

»Wie immer, liebe Maja, wie immer. Und die Todesursache?«

»Primär: Verbluten. Sie war allerdings schon tot, als der Bolzen ihre Gliedmaßen durchschlug, das beweisen die Blutspuren, außerdem hat der Täter mit dem Bolzenschussgerät keine größeren Arterien verletzt.«

»Wie konnte sie denn dann verbluten?«

»Siehst du das hier?« Maja hob den rechten Arm der Toten, der schon steif wurde, an und drehte ihn so, dass man die lange Schnittwunde am Unterarm sehen konnte. »Die Pulsader wurde durchtrennt. Und *da* hat sie noch gelebt.«

»Muss eine schöne Schweinerei gegeben haben.« Uwe Barnerts erster Satz. Maja nickte ihm zu. »Richtig. Aus einer Arterie kann das Blut meterweit hervorschießen. Das führt dazu, dass der Betroffene recht schnell viel Blut verliert, was nach wenigen Minuten zu Herzstillstand und multiplem Organversagen führt. Das wird die Obduktion nachher sicher bestätigen.«

»Also heißt das, das Aufschneiden der Pulsadern ist nicht hier passiert?«

»Davon gehe ich aus. Sonst hätte man viel mehr Blut finden müssen. Die Spusi hat doch in der Umgebung nichts dergleichen festgestellt?«

»Nein.« Egbert bewegte den Kopf hin und her.

»Gut. Mehr kann ich erst nachher sagen. Ihr kommt doch mit ins Institut?«

»Weiß nicht, ob wir es gleich zu Beginn schaffen. Wir bemühen uns jedenfalls.«

»O.K., Leute. Ihr vermutet Parallelen zu der Leiche aus Schwarzenberg, habt ihr gesagt.« Maja ging zum Kopfende.

»Die Präsentation der Frau – nackt, öffentlich zur Schau gestellt, aufrecht an einer Unterlage befestigt …« Egbert Knoll machte eine kurze Pause und fuhr dann fort: »Hast du die Wunden am Hals bemerkt?«

»Was denkst du denn? Seit wann übersehe ich so etwas Offensichtliches? Die Gebissspuren ähneln den Zahnspuren an der Toten aus Schwarzenberg.«

»Wenn jetzt auch noch der Rest gleich ist …«

»Das wollte ich mir gerade noch einmal ansehen.« Maja kniete sich neben den Kopf der Leiche und ließ ihre Finger sanft über das Gesicht gleiten.

»Na, und was haben wir denn da?« Sie betastete noch immer die Lider. »Lassen sich keinen Millimeter bewegen.«

»Angeklebt?« Andreas Melzer, der sich, ohne dass es ihnen aufgefallen war, dazugesellt hatte, beugte sich nun nach vorn und musterte das Gesicht der Toten mit den aufgerissenen Augen.

»Sieht fast so aus. Ich schau mir das im Institut noch genauer an. Könnt ihr aber als Arbeitsgrundlage erst einmal so nehmen.«

»Was ist denn mit dem Mund?« Egbert Knoll hatte die Stimme gesenkt, als könnten die Reporter in fünfhundert Metern Entfernung ihn hören. Mit nach vorn gerecktem Hals beobachtete er, wie Maja die Lippen der Toten berührte und sie zu öffnen versuchte.

»Geht nicht auf.« Sie sah kurz hoch. »Ich will es nicht mit Gewalt versuchen. Nicht hier draußen.« Ihre Finger glitten über die Wangen des toten Mädchens, wobei sie mehr zu sich selbst sprach. »Fühlt sich an, als sei da was drin.«

»Ist es das, was wir vermuten?« Andreas Melzer war neben ihr in die Knie gegangen. Hinter ihm hatten sich zwei Männer von der Spurensicherung eingefunden, die dem Gespräch lauschten. Egbert Knolls Gesicht war ernst. »Das Gleiche wie beim Fall Jennifer?« Er sah von Andreas Melzer zu Uwe Barnert und dann zu Maja.

»Könnte sein. Bevor wir sie nicht aufgemacht haben, bleibt es Spekulation.« Maja richtete sich auf. In ihrem Rücken knackte etwas, während sie den Ermittlungsleiter murmeln hörte.

»Ein Serientäter, verdammte Scheiße. Das hat mir gerade noch gefehlt.«

21

»Hallo. Ich dachte, ich ruf mal an.« Im ersten Moment konnte Maja die Männerstimme am anderen Ende nicht zuordnen. Im Hintergrund rauschte und knisterte es, dann hupte ein Auto.

»Peter? Wo steckst du?«

»Bin unterwegs.« Es hupte erneut. »Krieg dich wieder ein, Freundchen! Ich fahr hier nicht weg!« Peter Holzing lachte dröhnend. »Das galt nicht dir, Maja. Der Typ da draußen denkt, die Straße gehört ihm.«

»Ich hör dich nicht gut. Ziemlich schlechte Verbindung.« Maja drückte das Telefon fester ans Ohr.

»Warte, ich fahre die Scheibe hoch.« Es surrte leise, dann verschwanden die Nebengeräusche. »Jetzt müsste es besser sein. Hab gehört, unser Blutsauger-Mörder hat gestern Nacht wieder zugeschlagen?«

»Woher weißt du das?« Die Frage war überflüssig. Die Tote aus Wüstenbrand war in sämtlichen Nachrichten präsent gewesen. »Und es ist auch noch gar nicht bewiesen, dass es sich beim Täter um *unseren* Blutsauger-Mörder handelt.«

»Jetzt komm, Maja. Das kannst du der Presse weismachen, aber doch nicht mir. Ich hab im Internet Fotos gesehen. Die Leiche hing nackt an einer Scheunenwand, genauso arrangiert wie die Tote in Schwarzenberg. Das sieht doch ein Blinder mit Krückstock.«

»Na gut. Du hast recht.

»Er hat dieses Mal ein Bolzenschussgerät verwendet und dann große Haken durch die Wunden getrieben?«

»Ja.« Maja, die sich das Telefon zwischen Ohr und Schulter geklemmt hatte, begann, die abgewaschenen Weingläser zu polieren. »Siehst du, es gleicht doch nicht alles dem Fall aus Schwarzenberg.«

»Marginalien.« Peter hustete. »Wie der Mörder die Leichen am Holz befestigt, ist nicht wichtig. Ich denke, er übt noch und lernt jedes Mal dazu. In Schwarzenberg war es anscheinend nicht perfekt, es hat ihm vielleicht zu lange gedauert, und die Gefahr, erwischt zu werden, stieg mit jeder Minute. Es ist ziemlich schwierig, Nägel durch zentimeterdicke Schichten von Fleisch und Knochen zu bekommen. Das macht Lärm und dauert. Also wird er sich etwas anderes überlegt haben. Ein Bolzenschussgerät zu verwenden, finde ich einen ziemlich genialen Einfall.«

Maja klappte die Schranktür zu. Vor ihrem inneren Auge sah sie die tote Frau an der Scheunenwand hängen, die Augen weit aufgerissen. *Sie sah ein bisschen aus wie Hannah.* Maja verzog das Gesicht. So etwas konnte sie Konrad erzählen, zur Not noch Caspar, aber nicht Peter. Den interessierte ihre verschwundene Tochter nur am Rande. Während sie sich vornahm, Caspar wieder einmal anzurufen, kreisten Peters Worte durch ihren Kopf, mischten und entwirrten sich, bis eine Bemerkung hervorleuchtete.

»Er lernt *jedes Mal* dazu? Meinst du mit deiner Bemerkung das, was ich glaube?«

»Das ist doch augenscheinlich, Maja. Zwei reichen nicht. Der Blutsauger-Mörder wird doch jetzt nicht einfach so damit aufhören. Nicht, bevor euch klar wird, was er mit den Leichen sagen will. Der Täter hat eine Botschaft, die ihr nicht versteht. Also muss er so lange weitermachen, bis ihr begreift.«

»Wir?«

»Na, die Behörden. Die Kripo. Die Öffentlichkeit. Du. Und ich.« Er lachte abgehackt. Vom Fenster drang ein kühler Luftzug herein und ließ die Gardinen flattern. »Ich hab übrigens zu dem Fall in Schwarzenberg recherchiert.«

Na klar hast du das. Maja schloss das Fenster und setzte sich an den Küchentisch.

»Der Täter hätte die Frau schließlich an jeder beliebigen Stelle festtackern können. Stattdessen wählt er diesen Baum, mitten auf dem Markt, mitten in einer Stadt, wo die Gefahr, dass ihn jemand bei seinem Tun beobachtet, besonders hoch ist. Das muss etwas zu bedeuten haben! Ich habe herausgefunden, dass der Baum, an dem die Leiche hing, Königseiche heißt. Dort stand übrigens früher eine Kirche.«

»Das habe ich vor Ort auch gehört. Ist kein Geheimnis.«

»Das nicht, aber wer außer den älteren Einwohnern weiß zudem, dass an der Stelle, an der die Eiche steht, Schwarzenbergs ältester Friedhof war? Der ganze Ort ist außerordentlich symbolträchtig. Mitten in der Stadt gibt es einen Berg, den sogenannten Totenstein. Dort springen dauernd Selbstmörder in den Tod; laut Internet jedes Jahr mindestens drei. Ist allerdings nicht erwünscht, dass man darüber öffentlich redet.« Peter hörte sich an, als ob er grinste. »Einen Galgenberg haben die da auch, den gibt es allerdings in vielen mittelalterlichen Städten. Etwas außerhalb der Stadt bei Lauter existiert noch ein Teufelstein … Der Mörder hat den Schauplatz gut ausgewählt.« Jetzt trat eine Pause ein, in der Maja ihren Freund atmen hörte. Erst etliche Sekunden später setzte er fort. »Gibt es eigentlich inzwischen Neuigkeiten zu der Toten dort?«

»Meinst du ihre Identität?«

»Das, und wie sie gelebt hat. Ihren Background. Könnte

interessant sein, weshalb der Blutsauger gerade sie ausgewählt hat. Oder war sie ein Zufallsopfer?«

»Ich hatte sowieso vor, mich bei der Kripo danach zu erkundigen.« Maja schaute unwillkürlich auf die Uhr. Sie hatte noch eine gute halbe Stunde Zeit.

»Das wäre toll! Ich bin wie immer verschwiegen, meine Beste.«

»Daran habe ich keinen Zweifel.«

»Zurück zu unserer zweiten Leiche. Du hattest sie doch schon auf dem Tisch?«

»Gestern Nachmittag.« Maja blähte die Nasenflügel. Peter war anscheinend noch nicht fertig mit seiner Fragestunde.

»Hat er wieder mit Sekundenkleber hantiert?«

»Genau wie beim ersten Opfer.« Diese Informationen waren nicht an die Öffentlichkeit gedrungen. Die SoKo hielt sie zurück. Solcherart Täterwissen konnte dazu genutzt werden, den wahren Mörder zu überführen, Nachahmer auszuschließen oder Leute, die sich fälschlicherweise als Täter bezichtigten, um sich interessant zu machen, der Lüge zu überführen.

»Alles klar. Ich wusste es.« Er redete jetzt schneller. »Und die Fledermaus? Gab es eine Fledermaus?«

»Ja.«

»Toll!« Peter zögerte kurz und berichtigte sich. »Spannend, meinte ich natürlich … Sehr spannend.« Wahrscheinlich war ihm eben erst bewusst geworden, wie unpassend seine Bemerkung gewesen war. »Hast du sie schon untersucht?«

»Die Fledermaus? Nein.«

»Diesmal darfst du sie keinesfalls wegschmeißen, Maja!«

»Ich war das nicht selbst.«

»Weiß ich doch. Dein Gehilfe hat sie im Biomüll entsorgt. Pass auf, dass das nicht noch einmal geschieht!«

»Ja, Chef.«

Peter beachtete Majas ironischen Unterton gar nicht und redete einfach weiter: »Die Frage ist doch: Was soll das mit diesen Fledermäusen? All die Vorbereitungen, der ganze Aufwand, die Viecher am Leben zu erhalten, bis sie zum Einsatz kommen … Da *muss* ein Sinn dahinterstecken! Irgendetwas will der Täter uns damit sagen. Nur was? Du solltest untersuchen, was für eine Fledermaus-Art das genau war. Dann kann man als Nächstes herausfinden, wo man die Tiere bekommen kann. Also langer Rede kurzer Sinn …« Peter holte tief Luft und sprach mit Nachdruck weiter, wobei er nach jedem Wort eine Pause machte. »Untersucht! Diese! Fledermaus!«

Maja konnte sich ein Lächeln nicht verkneifen. Es hatte sich angehört wie eine dieser Sexhotlines aus dem Nachtprogramm. *Ruf! Mich! An!*

»Das werde ich. Dazu muss ich aber höchstwahrscheinlich einen Spezialisten zu Rate ziehen. Ich kenne mich zwar mit der menschlichen Anatomie und Physiologie sehr gut aus, nicht jedoch mit der von kleinen Flugsäugern. Und jetzt müssen wir allmählich Schluss machen. Ich bin zum Essen verabredet.«

»Mit der entzückenden Doreen?« Wenn Peter »entzückende Doreen« sagte, klang das immer ein bisschen ironisch. Maja wusste nicht, ob er die Freundin wirklich entzückend fand oder ob es lediglich eine seiner Floskeln war.

»Nein.«

»Mit Konrad?«

»Auch nicht.«

»Mit wem denn dann? Sag schon!«

»Du kennst ihn nicht, Peter.«

»Wer ist es? Ein Kollege?«

»Schluss jetzt. Du bist ja schlimmer als Konrad.«

»Hast recht. Das geht mich auch gar nichts an.« Peter Holzing lachte. »Ich rufe dich morgen Abend wieder an.«

Wahrscheinlich erwartete er, dass sie sich bis dahin der Fledermaus angenommen hätte, aber Maja war sich noch nicht sicher, ob es überhaupt einen Sinn hatte, das Flattertier zu sezieren. Die Staatsanwaltschaft hatte jedenfalls nichts dergleichen angefordert. Vielleicht konnte sie das Thema heute Abend einmal unverfänglich ansprechen. »Wann kommst du zurück?«

»Weiß noch nicht. Mal sehn.«

Es war immer das Gleiche. Peter rückte nie mit der Sprache heraus. Weder verriet er ihr, *wo* er sich gerade aufhielt, noch wie lange er weg sein würde, geschweige denn, was er dort – wo auch immer das sein mochte – tat. Sie wusste ja nicht einmal, ob er immer an denselben Ort fuhr, wenn er mal wieder für ein paar Tage verschwand. *Vielleicht ist das auch besser so.* »Na gut. Ich muss mich jetzt umziehen. Tschüss, Peter.«

Maja legte auf und brachte das Telefon in die Ladestation im Flur. Dann ging sie zum Vorratsschrank und nahm eine Flasche Dornfelder heraus. Ein Schlückchen zur Vorbereitung des Abends würde sie entspannen.

»… hier wurde die Tote gefunden.« Die Fernsehreporterin stieß beim Sprechen mit der Zunge an. An den sie umgebenden Pflanzen konnte man sehen, dass ein leichter Wind wehte, aber ihr platinblonder Helm aus Haaren bewegte sich keinen Millimeter.

Tommy senkte seinen Daumen auf den Lautstärkeknopf.

Die Kamera schwenkte über das blühende Rapsfeld, um den Kontrast zu dem, was gleich kommen würde, zu verstärken, erfasste dann die Scheune und zoomte die Bretter heran. »Sie hing an der Stirnwand, mit Nägeln befestigt.«

Obwohl die Leiche längst nicht mehr da war, konnte man mit etwas Fantasie noch immer ihre Umrisse erkennen. Dort, wo sich Arme und Beine befunden hatten, zogen sich braune Streifen nach unten – feine Rinnsale von Blut, die schon nach kurzer Zeit zu krustiger Lava erstarrt waren.

Tommy grinste. Es war eine ziemliche Plackerei gewesen, die kleine Schlampe an der Bretterwand zu befestigen. Die Bolzenlöcher hatte er ihr noch liegend verpasst. In seiner Planung war das ein einfaches Unterfangen gewesen – Arme und Beine fest auf den Boden drücken und *Peng!* ein sauberes Loch in die Mitte platzieren.

Das eigentliche Blutbad hatte schon vorher stattgefunden, bevor sie richtig aus der Betäubung erwacht war. Ein schneller glatter Schnitt mit dem Skalpell in die rechte Unterarmschlagader, nicht stümperhaft quer zum Handgelenk, sondern einmal vom Handballen längs in Richtung Ellenbogen.

Bei Jennifer hatte ihn das hervorspritzende Blut ziemlich überrascht, und nur sein hastiges Zurückweichen hatte verhindert, dass er selbst von oben bis unten besudelt worden war. Eine Fontäne von mindestens fünfzig Zentimetern Höhe war in die Luft gesprudelt, in der Dunkelheit fast schwarz aussehendes Blut hatte die bleiche Haut an Oberkörper und Hals mit einem feinen Sprühnebel besprenkelt. Erst da war ihm aufgegangen, dass er sie bis dahin fälschlicherweise für tot gehalten hatte. Die kleine Jennifer war noch am Leben gewesen, als er ihr den Arterienschnitt verpasst hatte. Ihr totenstarres Gesicht mit den weit geöffneten Augen und der sich nicht bewegende Brustkorb hatten ihm ihr Ableben vorgegaukelt.

Er musste direkt die Pulsader erwischt haben. Sein Ziel

war eine der größeren oberflächlichen Venen gewesen, so bluteten sie am schnellsten aus, und eigentlich hatte der rote Lebenssaft gemächlich aus ihr herausgluckern sollen.

Nach dem ersten Schnitt, nachdem innerhalb von wenigen Minuten mehrere Liter Blut aus ihr herausgeschossen waren, war es schnell zu Ende gewesen. Die Fontäne versiegte, verwandelte sich schließlich in ein feines Rinnsal, und dann war Jennifer wirklich tot gewesen. Im Nachhinein hatte er für sich beschlossen, dass Arterien spektakulärer waren als Venen und dass er in Zukunft immer die Pulsader öffnen würde.

Bei Madeleine war er gewappnet gewesen. Ein Schutzanzug verhinderte, dass er sich von oben bis unten besudelte, und er hatte sie außerhalb des Autos aufgeschnitten. Nachts in einem Waldstück war das kein Problem.

»Eins ist jedoch sicher: Der Fundort ist nicht der Tatort.« Blondie kam wieder ins Bild. Sie hielt sich ein pelziges Mikrofon direkt vor den Mund und hatte ein betroffenes Gesicht aufgesetzt. Am unteren Bildrand wurde ihr Name eingeblendet: Anne Sturm.

Anne Sturm lispelte weiter: »Die Kripo geht davon aus, dass die junge Frau schon im Sterben lag, als der Täter sie hierherbrachte, zumindest war sie bewusstlos oder gefesselt oder beides.«

Tommy dachte gleichzeitig darüber nach, wie es sein konnte, dass renommierte Fernsehsender Leute vor die Kamera ließen, die einen S-Fehler hatten, und ob er in Zukunft die Schlampen nicht bei *lebendigem* Leib an der jeweiligen Unterlage befestigen sollte. Er würde nur dafür sorgen müssen, dass die es auch mitbekamen. Dazu waren weitere Tests mit den K.-o.-Tropfen nötig. Maddie hatte im Verlauf des Wochenendes, das sie bei ihm daheim verbracht hatte, wohl zu viel davon abbekommen und dadurch tot gewirkt.

Gab er ihnen zu wenig, funktionierte das reibungslose Platzieren der Fledermaus nicht. Sie noch lebend anzunageln, würde allerdings die Zeremonie des Ausblutens unmöglich machen. Und die war ihm wichtig. Er würde noch ein wenig darüber nachdenken.

Im Fernsehen kamen jetzt zwei alte Frauen ins Bild. Sie standen auf einem Kiesweg, der mitten durch das Rapsfeld bergab führte, und blinzelten hinter ihren goldgerahmten Brillen in die tief stehende Sonne. Während eine von ihnen immer wieder nach Luft schnappend berichtete, wie sie beide gestern Morgen auf dem Weg in den Dorfladen die Tote entdeckt hatten, fuchtelte die andere die ganze Zeit mit ihrer Krücke herum. Mal zeigte sie damit in die Luft, dann wieder schien sie zu den Worten ihrer Freundin einen unsichtbaren Takt zu dirigieren.

»Schildern Sie unseren Zuschauern noch einmal, wie Sie die Leiche entdeckt haben.« Anne Sturm gab nicht auf. Da sie den noch immer weiträumig abgesperrten Fundort nicht betreten durfte, versuchte sie, durch die Schilderungen der Zeugen eine authentische Atmosphäre heraufzubeschwören.

Tommy prustete verächtlich. Die Frau wirkte abstoßend in ihrem Bestreben, noch mehr blutige Einzelheiten aus den Interviewten herauszulocken. Das Opfer oder dessen Umfeld schienen sie ebenso wenig zu interessieren wie mögliche Ursachen der Tat. Es ging nur um die Quote. Das war wohl auch der Grund, warum die Sender auf solche »Reporterinnen« setzten. Untergewichtige junge Frauen mit gefärbten Haaren schienen Zuschauer vor den Bildschirm zu locken. Lispeltussi schlief wahrscheinlich mit einem der Chefs und durfte deshalb vor die Kamera.

Er konnte diese Weiber nicht mehr sehen. Weißblonde Frauen mit arroganten Gesichtszügen. Sein Daumen ruhte schon auf dem Ausschaltknopf, als in seinem Kopf Grits matte Kinderstimme wisperte.

Sie sieht aus wie Mama.

Tommy ließ die Fernbedienung fallen, ballte die Fäuste und drückte sie auf die geschlossenen Augen, bis neonfarbene Würfel und Spiralen umeinander kreisten. Grit hatte recht. Warum war ihm das nicht gleich aufgefallen? Die Schlampe aus dem Fernsehen hatte Ähnlichkeit mit seiner Erzeugerin. Hass floss von seiner Brust in den Bauch wie rot glühendes Eisen aus einem Hochofen. Etwas schnürte ihm die Kehle zu, bis er keine Luft mehr bekam. Tommy spürte, wie sein Mund sich zu einem der lautlosen Schreie öffnete, die ihn auch des Nachts aus seinen Träumen weckten. Dann begann sein ganzer Körper zu zittern, er schwankte vor und zurück, seine Füße trommelten auf den Boden.

Er hätte im Nachhinein nicht sagen können, wie lange der Anfall diesmal gedauert hatte, aber meist war es nicht einmal eine Minute, bis er wieder zu sich kam.

Ein letztes unkontrolliertes Muskelzucken, dann löste sich der Krampf in seinen Fingern, und die Fäuste, die er noch immer auf die Lider gedrückt hielt, öffneten sich. Tommy kippte zur Seite und holte röchelnd Luft. Obwohl er die Augen inzwischen geöffnet hatte, sah er nichts. Weit entfernt lispelte noch immer Anne Sturms Stimme. Es dauerte endlose weitere Sekunden, bis die Atemnot sich legte und die Schwärze vor seinen Augen zu einem verschwommenen Abbild seines Wohnzimmers verblich. Müde beugte Tommy sich nach unten und hob die Fernbedienung auf.

Du musst das in den Griff kriegen. Stell dir vor, dich erwischt so ein Anfall in Gegenwart anderer Menschen. Wie willst du das erklären?

Er schob eine Schleimhautfalte zwischen die Zähne und

biss darauf. Natürlich war solch ein Anfall in der Öffentlichkeit fatal. Bisher hatte es ihn aber stets überrollt, wenn er allein gewesen war. Notfalls würde er sich mit Epilepsie herausreden.

»... wem ist in den Tagen vor dem Mord oder der Nacht von Sonntag auf Montag in Wüstenbrand etwas aufgefallen? Autos, die nicht in die Gegend gehörten, Spaziergänger, die sich seltsam benahmen, ungewöhnliche Geräusche.« Anne Sturm verzog den Mund zu einem unechten Lächeln und strich sich über die Haare. Eine rein mechanische Geste, denn kein einziges Strähnchen hatte seinen Platz verlassen. »Jede Beobachtung könnte von Bedeutung sein. Rufen Sie uns jederzeit unter der eingeblendeten Nummer an.«

Uns. Nicht die Kripo. Die Redaktion sollte der Informant anrufen. Tommy kratzte ein paar Hautschüppchen vom Haaransatz am Hinterkopf. Was wollt ihr dann mit den Angaben tun? Blondie zu den Informanten schicken, um neue reißerische Beiträge zu drehen?

Spannende Idee, Tommy. Vielleicht solltest du ein paar falsche Fährten legen. Die wollen das doch nicht anders.

22

Vorsichtig stakte Maja über das Straßenpflaster. Die buckligen Steine schienen runder als sonst zu sein. Oder ihre Absätze waren zu hoch. Vielleicht auch beides. Aber mit flachen Tretern zu einem ersten Date zu gehen, kam nicht infrage. Ob er schon da war?

In ihrem Magen rollten kleine heiße Steinchen hin und her. Drei Gläser Rotwein hatten nicht wirklich für Beruhigung gesorgt. Maja schob die Tür auf. Warme Luft, die einen Hauch von Knoblauch mitbrachte, schlug ihr entgegen.

»Hallo, Maja!« Die Steinchen kullerten schneller. Andreas Melzer war aufgestanden und kam ihr entgegen. »Ich freue mich.«

»Ich auch.« Maja berührte seine warme Handfläche und fragte sich, was sie hier tat. *Du bist nicht auf der Jagd nach einem Mann. Vergiss das nicht.*

»Ich habe uns einen Tisch am Fenster ausgesucht.« Ganz Gentleman, zog er den Stuhl für sie heraus, wartete, bis sie Anstalten machte, sich zu setzen und schob ihn dann vorsichtig unter ihr Hinterteil. Nichts dran auszusetzen.

Nachdem sie gewählt hatten – sie einen Salat mit Pute, er ein blutiges Rumpsteak, faltete er die Hände unter dem Kinn und legte den Kopf leicht schräg. »Erzähl mir etwas von dir.«

Anscheinend wollte er die Lage sondieren. Ob sie liiert war, ob es sich überhaupt lohnte, mit ihr auszugehen.

Höchstwahrscheinlich hatte er schon Egbert ausgequetscht. Die Kollegen hatten ja in den letzten Tagen allerhand Gelegenheit zum Reden gehabt. Soweit Maja wusste, fuhren sie oft zusammen im Dienstauto. Sie versteckte ihr Lächeln hinter der linken Hand und wartete, bis es sich verzogen hatte, ehe sie ihr bisheriges Dasein in Kurzform schilderte. Seine Augen verloren den schelmischen Blick, als sie bei Hannah und deren Verschwinden angekommen war. »Daran ist letztendlich auch meine Ehe gescheitert.«

»Und deine Tochter ist seitdem weg? Keine Lebenszeichen?«

»Nichts.«

»Das muss schrecklich für eine Mutter sein. Vor allem die Ungewissheit.«

»Lass uns von etwas anderem reden.« Maja leerte das Weinglas und ließ sich nachschenken. Sie musste schnellstmöglich auf andere Gedanken kommen, sonst konnte sie das Date und den Abend vergessen. »Warst du mal verheiratet?«

»Ja. Julia war oder, besser, ist Rechtsanwältin. Sie hat mich wegen eines anderen verlassen. Vor drei Jahren. Kinder haben wir keine. Hat irgendwie nicht funktioniert.« Er hob die Schultern und ließ sie wieder absacken. Er sah nicht so aus, als wolle er mehr preisgeben.

Als hätte er die unangenehme Stille gespürt, eilte der Kellner mit dem bestellten Essen herbei. Zehn Minuten später hatte sich die Stimmung wieder gelöst.

Maja beobachtete, wie Andreas Melzer sich den Mund abtupfte, und fragte sich, ob es passend sei, ihn nach Details zu den Fällen zu fragen, und entschied sich dafür. Schließlich hatte sie beide Opfer auf dem Seziertisch gehabt, und da war ein bisschen Neugier über die Fortschritte der SoKo nichts Ungewöhnliches. Zumal sie als verantwortliche

Rechtsmedizinerin eh vor Gericht würde aussagen müssen, wenn man den Täter gefasst hatte. Bei den Prozessen erfuhr man alle Details der Taten, hatte Einsicht in die Akten und die Spurenlage.

Außerdem wird Peter morgen, spätestens übermorgen wieder bei dir anrufen und dich verhören. Maja verscheuchte den Anflug von schlechtem Gewissen, der in ihr rumorte. Peter Holzing würde sie gewiss nicht wegen Verrats von Dienstgeheimnissen in die Pfanne hauen. »Habt ihr denn inzwischen herausgefunden, wer die Tote aus Schwarzenberg war?«

»Jennifer Breithaupt. Eine Zweiundzwanzigjährige aus Neuwelt. Das ist ein Ortsteil von Schwarzenberg.«

»Sie war Mutter, nicht wahr?«

»Woher weißt du …« In seinen Augen blitzte die Erkenntnis auf, und er fügte hinzu: »Du hattest sie auf dem Tisch. Ich vergesse immer, dass die Rechtsmediziner viel mehr sehen, als man denkt.«

»Wie furchtbar für das Kind.« Maja betrachtete den Rotwein. Andreas Melzer konnte nicht wissen, dass sie daheim schon »vorgeglüht« hatte. Deshalb konnte sie, ohne den Eindruck zu erwecken, zu viel zu trinken, einer weiteren Flasche zustimmen, falls er fragte.

»Sie hat sich leider nicht besonders aufopfernd um die beiden gekümmert.«

»Es waren zwei?«

»Ein Sohn und eine Tochter. Von verschiedenen Vätern. Collin ist vier und Angelina zwei, soweit ich weiß. Die meiste Zeit haben die Kinder bei den Eltern des Opfers verbracht. Jennifer hatte anscheinend andere Interessen.«

»Welche?«

Andreas Melzer runzelte kurz die Stirn. Fragte er sich, ob sie zu neugierig war? Peter hatte gesagt, der Background der Opfer könne einen Anhaltspunkt dafür liefern, warum der Mörder gerade sie ausgewählt hatte.

»Das könnte euch doch vielleicht Hinweise auf den Täter liefern.«

»Was glaubst du, was wir die ganze Zeit machen? Die SoKo ist nicht untätig, liebe Maja.« Jetzt hatte sie ihn vergrätzt.

»So einen extremen Fallkomplex habe ich auch nicht alle Tage. Sei nicht böse.« Sie legte ihm kurz die Hand auf den Unterarm, und seine Gesichtszüge entspannten sich. »Wenn du nicht darüber reden möchtest, wechseln wir das Thema.«

»Der Fall scheint dich ja ungemein zu fesseln.«

»Wen nicht?«

»Gut, frag mich weiter aus. Mit dir kann ich ja offen reden.« Er winkte dem Kellner zu und hielt dabei die leere Flasche hoch.

»War diese Jennifer ein Zufallsopfer?«

»Womöglich nicht. Wir recherchieren das noch, aber es hat den Anschein, als sei sie sexuell ziemlich aktiv gewesen. Sie war außerdem in verschiedenen Flirtportalen im Internet angemeldet und hat exzessiv gechattet.«

»Vielleicht hat der Täter sie dort gefunden. In diesen Foren treiben sich doch eine Menge Perverslinge herum …« Maja riss kurz die Augen auf, als ihr aufging, wie Andreas ihren Satz auffassen könnte. »Also, nicht, dass ich mich damit wirklich auskenne.«

»Das hätte ich auch nicht angenommen. Wir prüfen diese Theorie gerade. Es gibt Anzeichen dafür, dass Jennifer Breithaupt tatsächlich jemanden im Netz kennengelernt hat. Leider war sie diesmal entgegen ihren sonstigen Gewohnheiten ziemlich verschwiegen und hat nicht einmal ihre beste Freundin eingeweiht. Die Chatprotokolle hat sie gelöscht.«

»Werden die nicht extern gespeichert?«

»Meist ja. Eine Einsicht muss jedoch von der Staatsanwaltschaft beantragt werden, und die Freigabe kann dauern. Dann haben wir aber noch immer nicht die wahre Identität des Chatpartners.«

»Also habt ihr noch keine heiße Spur?«

Er schüttelte den Kopf, und Maja fuhr fort: »Und die junge Frau von gestern? Weiß man schon, wer diese Tote ist? Dann könnte man nach weiteren Parallelen suchen.«

»Noch nicht. Kleidungsstücke oder eine Handtasche wurden nicht gefunden. Es gibt auch keine zu ihr passenden Vermisstenmeldungen aus der Region. Die Kollegen gleichen alles über Computer ab, auch die Meldungen aus anderen Bundesländern, aber das kann dauern. Wenn wir gar nichts finden, müssen wir ein Foto der Toten veröffentlichen. Das Gesicht war ja in Ordnung, nicht?«

»Die üblichen Vertrocknungen an den Augenbindehäuten und den Lippen. Aber nichts, was man nicht mit ein bisschen Photoshop wieder herrichten könnte. Sie hatte auch schon mindestens eine Geburt.«

»Das sagtest du ja gestern schon. *Noch* eine tote Mutter.« Andreas Melzer schenkte Wein nach.

»Geht ihr vom gleichen Täter aus?« Maja dachte an die junge Frau auf ihrem Seziertisch. Ihre Zunge wurde schon ein wenig schwer.

»Begehungsweise und Tathergang sind auffällig ähnlich. Ich denke schon.« Gedankenverloren schwenkte der Kriminalbeamte den Rotwein im Glas. »Hoffentlich hat er nicht noch mehr auf dem Kieker.«

Irgendwo vermissten Kinder ihre Mama. Maja hob das Glas und unterdrückte die aufkommenden Tränen.

23

»Ernst Tillmann, mein Name. Ich möchte mit Anne Sturm sprechen.«

»Worum geht es denn, Herr Dielmann?«

»Ich wollte eine Beobachtung melden.«

»Was haben Sie denn beobachtet, Herr Dielmann?« Die junge Männerstimme am anderen Ende hatte einen gönnerhaften Ton. Nicht einmal den Namen des Anrufers sprach er richtig aus. Tommy hätte den Schnösel am liebsten zusammengestaucht, aber das passte nicht zu seiner Rolle.

»*Tillmann*. Ernst Tillmann. Anne Sturm hat gestern gesagt, jeder, der etwas beobachtet hat, soll sie anrufen. Ich musste eine Weile darüber nachdenken, aber jetzt bin ich mir sicher.«

»Um welchen Part der gestrigen Sendung geht es denn?«

»Part?«

»Welchen Beitrag.« Jetzt hatte sich ein genervter Unterton hinzugesellt, und Tommy verbiss sich ein Grinsen. Es gehörte zu seiner Rolle, den dümmlichen Dorfaugust zu geben. Schließlich hatte er keine Lust, irgendwann wiedererkannt zu werden.

»Die Sendung besteht aus einzelnen Beiträgen. Zu welchem möchten Sie uns also eine Nachricht hinterlassen?«

»Ich bin aus Wüstenbrand. Sie wissen schon … wo man vorgestern die Leiche an der Scheunenwand gefunden hat. Frau Sturm hat gesagt, man kann sie jederzeit anrufen. Und dann wurde diese Nummer hier eingeblendet. Können Sie sie bitte ans Telefon holen?«

»Frau Sturm kann leider gerade nicht mit Ihnen sprechen. Aber ich schreibe das gern für Anne auf und leite es ihr weiter. Sie ruft Sie dann zurück, sobald sie kann. Buchstabieren Sie mir noch einmal Ihren Namen, bitte?«

Da hatte er sich nun extra einen Namen herausgesucht, den es tatsächlich in dem Ort gab. Und doch wollte man ihn nicht zu der Reporterin durchstellen. Aber wahrscheinlich riefen jeden Tag Hunderte an, die Anne Sturm sprechen und mit irgendwelchen unwichtigen Details belästigen wollten, und so hatte der Sender einen Filter davorgeschaltet.

Tommy erklärte, was er zu sehen geglaubt hatte – ein dunkles Auto, unbekanntes Fabrikat, das in der Tatnacht langsam ohne Licht durch den Ort gefahren war. Er sei sich nicht ganz sicher, glaube aber, Teile des Nummernschildes erkannt zu haben. Darüber wolle er jedoch noch einmal nachdenken, um nichts Falsches zu sagen. Frau Sturm solle ihn zurückrufen, dann könne er ihr die restlichen Informationen durchsagen.

Tommy gab dem Schnösel die Nummer eines seiner Prepaidhandys. Unwahrscheinlich, dass die Journalistin sich bei ihm melden würde. Aber einen Versuch war es wert. Der Sender war heiß auf Insiderinformationen, Anne Sturm karrieregeil. Wenn er sie richtig einschätzte, würde sie jede Gelegenheit nutzen, sich zu profilieren.

Die Frau hatte es ihm irgendwie angetan, aber momentan schien es keine Möglichkeit zu geben, an sie heranzu kommen. Er würde sich etwas anderes überlegen müssen. Vorher jedoch, vorher musste er prüfen, ob sie überhaupt in den Kreis seiner Auserwählten passte. Vom Äußeren her war sie perfekt, aber es kam auf andere Dinge an. Hinzu kam, dass es von seiner bisherigen Vorgehensweise abwich, wenn sich der Täter beim nächsten Mal eine bekannte Boulevardmoderatorin schnappte, die ausgerechnet über die beiden vorhergehenden Taten berichtet hatte.

Tommy schaltete den Computer ein. Über all den neuen Entwicklungen vernachlässigte er doch glatt seine Chatfreundinnen. Die »Süßen« warteten sicher schon sehnsüchtig darauf, dass er mal wieder online war.

Es dauerte nur wenige Sekunden, dann poppte das erste Fenster auf. Vanessa_1983 hatte anscheinend schon wie eine Spinne im Netz darauf gelauert, dass er erschien. Eine halbe Stunde später erschien auch Sina, dicht gefolgt von Fiona und Mandy. Seine Finger flogen über die Tasten, kopierten Text hier, setzten ihn nach da, versandten Smileys und Kuss-Kreuzchen. Mitten im Schreibrausch fiel ihm die Lösung ein: Zuerst musste an einem gut zugänglichen, nicht zu abgelegenen öffentlichen Schauplatz eine weitere Leiche auftauchen. Möglichst spektakulär diesmal und mit reichlich potenziellen Zeugen, um die Reportermeute anzulocken. Wäre doch gelacht, wenn die liebe Anne Sturm nicht auch dabei wäre. Er konnte sie beobachten und dies und das über sie herausfinden.

Die neue Herausforderung ließ das Blut in seinen Adern schneller kreisen. Jetzt musste er nur noch entscheiden, wer von seinen Auserwählten am besten für die Inszenierung geeignet war.

»Guten Morgen.« Maja, die an den Türrahmen geklopft hatte, sah ihre Kollegin hochschauen.

»Morgen. Was machst du denn hier im Institut?« Ingrid Reichmann schien schlechte Laune zu haben. Ihre Augenbrauen hatten sich bei der Begrüßung nicht einen Millimeter nach oben bewegt, und ihre Mundwinkel hingen leicht nach unten. »Ich dachte, du bist heute den ganzen Tag im Gericht?«

»Bin ich auch. In einer Stunde. Ich habe noch was zu erledigen.« Maja drehte sich um und verließ das Zimmer. *Und seit wann muss ich hier eigentlich Rechenschaft ablegen?*

Auf dem Weg in den Sektionssaal dachte sie über Peter und seine morbide Faszination für den neuen Fall nach. Er war nicht allein mit seinem Interesse. Viele Menschen konnten gar nicht genug von Verbrechen kriegen, je blutiger, desto besser. Und sie selbst hatte inzwischen auch eine fast ungesunde Neugier für diesen Fall entwickelt, die weit über das hinausging, was sie sonst an Zeit investierte.

Mit einem schmatzenden Geräusch rutschten die Handschuhe über ihre Finger. Dann öffnete sich die Tür zum Sektionssaal, und der Geruch nach Desinfektionsmittel flutete ihr entgegen. Nur einer der Tische war belegt. Mittwochs waren weder Medizinstudenten noch angehende Juristen da, und die Mitarbeiter des Institutes hatten den Sektionsraum ganz für sich. Alfred Walden und Oliver Brand drehten sich zeitgleich zur Tür um. Im Hintergrund platzierte Lutz Hortenbach gerade eine Leber auf die Waage. Das Skalpell, das Alfred in der Rechten hielt, schwebte in der Luft wie ein silberner Kometenschweif. »Nanu?«

»Hallo, ihr drei Hübschen. Fragt gar nicht erst, ich will mir nur schnell etwas ansehen, dann bin ich wieder weg. Kann ich den hier nehmen?« Sie zeigte auf den benachbarten Edelstahltisch, und Lutz Hortenbach nickte ihr zu. »Der ist O.K. Welche Leiche soll ich holen?«

»Keine, danke, Lutz. Nur die Instrumente.« Die Stirn des Sektionsassistenten legte sich verständnislos in Falten, dann wandte er sich wieder den Organen in den Metallschalen zu.

»Lasst euch nicht stören, Jungs.« Sie grinste die beiden

Kollegen an, die noch immer wie die Ölgötzen neben ihrer Leiche – einem alten Mann mit blauschwarzen Beinen – standen. »Ich bin sofort wieder da. Muss nur schnell was holen.«

Die Leichenaufbewahrung war gleich nebenan. Maja ließ ihren Blick kurz über die Türen gleiten. Hinter jeder befanden sich drei Leichen in übereinanderliegenden Wannen, die »Rollenregal« genannt wurden.

Im Vergleich zu ihrer Körpergröße hatte die junge Frau kleine Füße. Ihre Fußnägel waren pinkfarben lackiert. Maja zog die Wanne ganz heraus und betrachtete das Gesicht der Toten. *Wer bist du?*

»Brauchst du Hilfe?« Ollis Stimme ertönte direkt hinter ihr, und Maja zuckte zusammen.

»Ich wollte mir diese Fledermaus noch einmal anschauen. Hoffentlich hat Lutz sie nicht entsorgt.« Es würde schwierig werden, die Abfallbehälter zu öffnen, nachdem sie versiegelt worden waren.

»Hat er nicht. Du hast dich doch vorgestern klar und deutlich ausgedrückt. ›Das Flattertier wird für weitere Untersuchungen im Institut aufbewahrt.‹ Das waren exakt deine Worte.«

»Man weiß ja nie. Wo habt ihr sie denn?«

»Im Kühlschrank.« Oliver Brand zeigte auf den mannshohen Stahlschrank an der rechten Wand. »Was erwartest du denn zu finden?«

»Weiß ich noch nicht.« *Vielleicht gar nichts.* Maja nahm die Box heraus. »Kannst mir ja assistieren, wenn du neugierig bist.«

»Würde ich gern, aber Alfred und ich haben noch zwei Leichen vor uns.« Während er neben ihr her marschierte, gab Oliver eine Zusammenfassung der Fälle, die er heute mit dem Kollegen zu bearbeiten gedachte.

»Das war auch nicht ernst gemeint. Ich stehe doch sowieso neben euch.«

Alfred Walden, der mit dem Ellenbogen den Spender mit dem Desinfektionsmittel bediente, sah herüber. Am mittleren Obduktionstisch nähte Lutz die Leiche des Alten zu.

Mit einem leisen Poltern landete die Box auf dem Seziertisch. Maja ließ ihren Blick über die Instrumente gleiten, die der Sektionsassistent auf das Tischchen daneben gelegt hatte und prüfte den Sitz ihrer Handschuhe. Dann öffnete sie den Behälter.

»Sieht putzig aus, das kleine Ding. Schau mal, die Augen. Wie kleine schwarze Knöpfe.« Oliver Brand war ihr gefolgt und beugte sich jetzt über die Fledermaus. »Ich glaube, ich habe so ein Ding noch nie aus der Nähe gesehen.« Er richtete sich wieder auf. »Was willst du dir ansehen?«

»Alles und nichts.« Maja nahm das winzige Pelztier heraus und legte es mit dem Rücken nach unten auf den Tisch. Allmählich ging Olli ihr auf die Nerven. Peters Vermutungen konnte sie dem Kollegen ja schlecht als Grund für die Sektion der Fledermaus nennen. Sie schaute sich nach Alfred um, doch der war kurz hinausgegangen.

Hinter ihnen fuhr Lutz die Leiche des alten Mannes aus dem Raum. Er würde sie bis zur Abholung durch den Bestatter erneut im Kühlraum deponieren und dann mit dem nächsten Toten, der für heute auf dem Plan der beiden Kollegen stand, wiederkommen.

»Das ist wie feinstes Porzellan.« Mit spitzen Fingern versuchte Maja, die Flügel des Tieres auszubreiten. Hoffentlich beeilte sich der Sektionsassistent, damit Olli wieder etwas zu tun bekam. »Hauchdünne Knochen. Und schau mal die Haut dazwischen. Wie durchscheinendes Pergament.« Fast vermeinte sie, beim Entfalten der Flügel ein leises Rascheln zu hören.

»Wusstest du, dass das in den Flügeln die Fingerknochen der Fledermaus sind?«.

»Ein paar davon scheinen gebrochen zu sein, aber das kann genauso gut beim Herausholen aus der Toten passiert sein. Lässt sich nicht mehr nachvollziehen, weil wir natürlich den Anfangszustand nicht dokumentiert haben.« Sie seufzte unhörbar. Eigentlich war die ganze Aktion hier sinnlos. Aber zu Peters Beruhigung würde sie die Sache durchziehen. *Vergiss nicht, dass du auch wissen willst, was hinter der Sache steckt, Maja Heuberger.*

Olli schwieg. Wo blieb eigentlich Lutz? Und Alfred war auch noch nicht wieder zurück.

»Ich werde es so wie bei unseren ›normalen‹ Klienten machen.« Maja murmelte weiter vor sich hin, während sie ihre Finger vorsichtig über die Fledermaus gleiten ließ. »Nach der äußeren Besichtigung nehme ich mir die Körperhöhlen vor. Scheint alles intakt zu sein.« Sie sah hoch und begegnete Ollis Blick, der gebannt verfolgte, wie Maja zum Skalpell griff. In seinen Augen tanzten kleine Fünkchen. Hinter ihnen öffnete sich die Tür. Die Räder des Wagens klickten über den gefliesten Boden. Lutz brachte jetzt eine alte Frau. Mindestens achtzig. Alfred folgte ihm, wobei er an seinen Handschuhen fummelte. Im Vorübergehen hinterließ er einen Schweif von Zigarettenrauch. »Weiter geht's, Olli. Hör auf, mit Maja herumzupoussieren, und komm rüber.« Sein Ton war mürrisch.

Maja fühlte, wie sich Falten in ihre Stirn gruben. *Hör auf, mit Maja herumzupoussieren?* Was schwafelte der Oberarzt da? Sie sog hörbar die Luft ein, sah aus den Augenwinkeln Ollis Grinsen und schluckte ihre scharfe Erwiderung hinunter.

Alfred und Olli hatten jetzt zu tun, und sie würde endlich ihre Ruhe haben. Vorsichtig schnitt sie die pelzige Haut des Brustkorbes auf und klappte sie auseinander. Für diese winzigen Knochen würde sie keine Rippenschere brauchen. Die Organe der Fledermaus waren dicht gepackt – genau wie bei einem Menschen, nur alles viel kleiner. Alle Säugetiere hatten einen ähnlichen inneren Aufbau. Maja betrachtete den geöffneten Tierkörper und dachte darüber nach, welche Teile sie einer Einzelorgansektion unterziehen konnte und ob das überhaupt sinnvoll sein würde. Peter hatte gesagt, sie solle nach Knochenbrüchen und anderen Verletzungen suchen, die der Täter dem Tier zuge fügt hatte. Aber welchen Erkenntnisgewinn würde ihr dies bringen?

»Na, was sagt dir deine Leiche?« Maja hätte fast das Skalpell fallen lassen. Ohne dass sie es bemerkt hatte, war Olli wieder neben ihr aufgetaucht, drehte sich jedoch sofort wieder zu seinem Seziertisch um, als Alfreds grimmiger Blick ihn traf.

»Es war ein Weibchen.« *Das hätte man allerdings auch vorher schon wissen können. Auch die Männchen der Fledermäuse hatten Hoden und einen Penis, die sich außen befanden.* Aber Maja verzichtete darauf, Olli dies zu sagen. »Ich werde aber wenigstens noch die Hohlorgane öffnen.«

Jetzt schaute auch Alfred kurz herüber. Sein grimmiger Gesichtsausdruck war einem neugierigen gewichen.

Der Magen des Tierchens war nicht einmal daumennagelgroß. Maja trennte die Bänder durch und hob ihn heraus. »Das artet in Mikrochirurgie aus.« Sanft schnitt das Messer durch die Muskelschicht, und die Schnittränder klafften wie von selbst auseinander, sodass man ins Innere des Magens sehen konnte. »*Holy shit!*« Maja hörte sich nach ihrem Ausruf selbst atmen. Es klang wie ein Röcheln.

»Was hast du?« Oliver und Alfred hatten sich synchron zu Majas Tisch umgewandt und betrachteten mit identischer

Verblüffung den winzigen Zettel, den ihre Kollegin mit der Pinzette in die Luft hielt.

»… danach war ich bis vorhin im Gericht.« Maja zog den Kaffeelöffel aus ihrer Tasse und beobachtete, wie der helle Milchstrudel sich mit der dunklen Flüssigkeit vermischte.«

»Was Schlimmes?« Konrad griff mit einer eleganten Handbewegung nach seinem Tee.

»Häusliche Gewalt. Angeklagt ist der Familienvater. Er hat seine Frau und die beiden Kinder massiv misshandelt. Außer den akuten habe ich auch zahlreiche schon länger zurückliegende Verletzungen gefunden, bis hin zu verheilten Frakturen bei den Kindern, die nie behandelt worden sind.« Auch Verletzungen bei Lebenden gehörten zum Alltag eines Rechtsmediziners. Immer dann, wenn Straftaten vorlagen, wenn das Gericht medizinische Gutachten anforderte, wurden Maja oder ihre Kollegen zu Rate gezogen.

»Ist das dieser Marko G.?«

»Genau der. Woher weißt du …?«

»Hallo?« Konrad verdrehte in einer Parodie auf jemanden, der immens genervt war, die Augen. »Ich bin der *Chefredakteur* der *SENTA*! Auch wenn solche Themen nicht zu unserer Zielgruppe passen, mache ich doch jeden Vormittag brav meine Presseschau.«

»Ach ja. Ich vergaß. Jedenfalls habe ich im Vorfeld des Prozesses alles dokumentiert und sollte eigentlich heute dem Gericht meine Befunde vortragen und erläutern.« Sie verriet keine Geheimnisse. Es war eine öffentliche Verhandlung. Jeder, der es wollte, konnte Details erfahren. Bei einigen Fällen reichten dem Richter und der Staatsanwaltschaft die schriftlichen Unterlagen, manchmal jedoch musste der Rechtsmediziner im Prozess aussagen. Insbesondere dann, wenn es Fragebedarf gab.

»Was meinst du mit ›eigentlich‹?«

»Eigentlich heißt, dass ich gar nicht drangekommen bin. Die Verteidigung hat einen Antrag nach dem anderen aus dem Hut gezaubert, und die Aussage der Mitarbeiterin vom Jugendamt hat sich auch länger hingezogen als gedacht. So musste ich unverrichteter Dinge wieder abziehen. Am Dienstag geht es weiter.«

»Wieso erst nächste Woche?«

»Das Gericht legt im Vorfeld in etwa die Anzahl der Verhandlungstage fest. Da die Richter nicht nur einen Fall verhandeln und sich ihre Zeit selbst einteilen, gibt es in manchen Fällen nur einen oder zwei Prozesstage pro Woche.

»Ah ja.« Konrad schien das Interesse an ihren Erläuterungen zu verlieren. Er zog die Stirn kraus, lockerte die Muskeln aber gleich wieder. Wahrscheinlich, weil ihm eingefallen war, dass häufiges Stirnrunzeln zu bleibenden Falten führte. Es wunderte Maja sowieso, dass er nicht schon längst zu Botox oder anderen Hilfsmitteln gegriffen hatte. »Wenn du deinen Kaffee ausgetrunken hast, machen wir uns auf den Weg in die Boutiquen. *Cerruti* hat eine neue Kollektion. Die *muss* ich sehen!«

Wie sie Konrad kannte, wollte er die Kollektion nicht nur *betrachten*. Er liebte es einzukaufen. Kleidung, Schuhe, Taschen oder Kosmetik – Konrad war stets auf dem neuesten Stand, was die Trends anging, hatte Maja jedoch im Gegenteil zu den Verkäuferinnen noch nie etwas eingeredet, was ihr nicht stand. Heute würden sie die Rollen tauschen. Konrad war extra nach Leipzig gekommen, um sie nach der Arbeit abzuholen. *Er* wollte shoppen, und Maja sollte ihn beraten.

»Morgen hab ich schon was vor, aber wir könnten unsere Errungenschaften am Freitag in Zwickau ausführen. Was hältst du von der Idee?«

»Freitagabend geht leider nicht. Da gehe ich schon aus.«

»Du bist *verabredet*?« In Konrads braunen Augen flammte ein Licht auf. »Mit einem *Mann*?«

»Ja, stell dir vor … Ist das so außergewöhnlich?«

»Für dich schon, liebe Maja. Nicht, dass ich es dir nicht gönnen würde. Aber ungewöhnlich ist es allemal. Seit der Scheidung von Jörg hast du dich doch komplett abgekapselt. Nix ausgeh'n, nix Männer. Wer ist denn der Glückliche? Los, raus mit der Sprache!« Seine Finger trommelten auf den Tisch, während die Brauen zwei Fragezeichen über den Augen bildeten.

»Ein Kollege von der Kripo.«

»Kennst du ihn schon länger?«

»Nein. Er ist durch die Polizeireform nach Chemnitz gekommen und war neulich bei einem Fall dabei, als ich Dienst hatte.«

»Wie heißt er? Wie sieht er aus? Wie alt ist er? Lass dir doch nicht jede Einzelheit aus der Nase ziehen!«

»Er heißt Andreas, ist einen Kopf größer als ich, trägt die Haare kurz, kein Bart. Schlank. Wie alt? Ich schätze Mitte vierzig. Reicht das?«

»Wo wohnt er?«

»Das ist ja wie bei der Inquisition … In Stollberg, glaube ich.«

»Klingt, als ob er prima zu dir passen würde.«

»Gestern Abend hat er mich zum Essen eingeladen.«

»Aha!« Jetzt sprühten Sterne in Konrads Augen. »Und?«

»Nichts ›und‹. Wir haben etwas gegessen, ein bisschen Wein getrunken und uns gut unterhalten. Das war's. Ach ja – er hat einen knackigen Hintern.« Maja konnte sich ein Grinsen nicht verkneifen, als sie sah, wie Konrad mit den

Augen klimperte und scheinbar empört ein »Ts, ts« von sich gab. Er setzte noch ein »Unglaublich« hinzu und zückte das Portemonnaie, um zu bezahlen.

»Da schauen wir mal, ob wir für dich etwas Schönes für Freitag finden.« Fröhlich weiter vor sich hin plappernd, marschierte Konrad aus dem Café. »Wann hast du dir eigentlich zuletzt etwas Schickes gekauft? In *den* Klamotten kannst du jedenfalls nicht hingehen.« Er zeigte kurz auf ihre schwarze Hose und war gerade bei »ein bisschen verrucht, aber nicht zu sexy« angekommen, als das Klingeln seines Handys den Monolog unterbrach. Maja blieb stehen und beobachtete, wie er auf die angezeigte Nummer starrte, abnahm und mit entzücktem Gesichtsausdruck lauschte. »Nein, ich habe das nicht vergessen … Ja, in zweieinhalb Stunden. Bis dann!« Er flötete mit spitzem Mund ein »Tschühüss« und legte auf.

Anscheinend hatte der Gute auch ein Date. Jetzt wusste Maja wieder, was sie die ganze Zeit hatte tun wollen. Sie zog ihr Mobiltelefon aus der Handtasche und rief die Namensliste auf. Konrad, der sich inzwischen in Richtung Parkhaus in Bewegung gesetzt hatte, blieb stehen und wartete. Seine rechte Fußspitze tippte im Sekundentakt auf das Pflaster.

»Ruf mich zurück, wenn du das abhörst. Ich habe interessante Neuigkeiten über die Fledermaus.« Maja legte auf und betrachtete das Display noch einen Augenblick lang nachdenklich. Wenn ihr Freund gewusst hätte, *was* für eine eigenartige Entdeckung sie beim Sezieren des kleinen Flugsäugers gemacht hatte, wäre er wahrscheinlich gleich beim ersten Klingeln ans Telefon gegangen. Aber Peter Holzing war mal wieder nicht zu erreichen.

24

Zärtlich streichelte der süße Hauch das frische Laub. Das Blattwerk raschelte leise. Sina sog tief die Luft ein und versuchte dabei herauszufinden, welche Blüten der Nachtluft diese Süße verliehen – Maiglöckchen? Flieder? Jasmin? Sie wusste es nicht. Über ihr funkelten die Sterne.

Sie hatte noch eine gute halbe Stunde, obwohl sie den gesamten Komplex schon einmal umrundet hatte, um sich zu orientieren.

Wenn sie sich umdrehte, konnte sie das Panoramarestaurant des Hotels sehen. Warmes Licht flutete aus den hohen Fenstern und überfärbte Tische, Stühle und die Menschen mit einem gelben Schein. Vor einer halben Stunde waren es noch deutlich mehr Gäste gewesen. Die Familien mit Kindern waren inzwischen verschwunden, jetzt saßen nur noch vereinzelte Paare dort. Liebespaare, die den lauen Frühlingsabend genossen.

Sina wandte ihre Aufmerksamkeit wieder dem vor ihr liegenden Weg zu. Morgen Abend würde sie sicherlich auch da oben sitzen, etwas Ausgefallenes essen, Wein trinken und mit ihm über Gott und die Welt plaudern.

Sie stolperte und ruderte mit den Armen, ehe sie sich fing. Im Tal leuchteten die hellen Augen der Häuser.

»Wir treffen uns am Eingang zum Kletterwald, hinter dem Spielplatz beim Hotel« hatte er geschrieben. Nicht in der Lobby. Im Park. *Ich habe eine Überraschung für dich. Du liebst doch Romantik?*

Natürlich liebte sie Romantik. Welche Frau tat das nicht? Das Rauschen ihres Blutes füllte ihren Kopf. Das *ganze* Wochenende wollte er mit ihr verbringen. Nicht nur einen Abend, sondern Freitag bis Sonntag. Und auch nicht irgendwo – nein, in einem schicken Ferienhotel im Vogtland mit eigenem Park, Fitnesscenter, Tennisplätzen, Erlebnisbad und Sauna. Es gab sogar einen Sessellift für die Wintersportler. Die Anlage war riesig.

Seit er ihr vorgestern den überraschenden Vorschlag gemacht hatte, konnte sie es kaum erwarten. Einiges musste anders als ursprünglich geplant organisiert werden, aber solche Schwierigkeiten spornten sie nur an.

Heute hatte er wegen seiner Arbeit nicht eher kommen können, aber Samstag und Sonntag sollten ganz ihnen beiden gehören. *Wir genießen die Landschaft, den Frühling und einander*, hatte er gestern geschrieben. Sina rang nach Luft und lief schneller. Zum Beachvolleyballfeld ging es am Schwimmbad und der Liftstation vorbei. Inzwischen hatte zwar die Dunkelheit von den Anlagen Besitz ergriffen, aber die Wege rund um den Hotelkomplex waren gut erleuchtet. Sina hatte sich den Übersichtsplan aus dem Internet ausgedruckt. Ein Besuch im Kletterwald kostete Eintritt, aber sie ging nicht davon aus, dass er mit ihr klettern wollte. Gemeinsames Hangeln durchs Geäst war mit einer »romantischen Überraschung« sicher nicht gemeint. Sina strich sich zum wiederholten Mal durch die Haare.

Sie stellte sich etwas in der Art wie bei einer dieser Kuppelshows im Fernsehen vor: Plötzlich flammte ein Meer von Kerzen auf, die ein Herz bildeten, im Hintergrund schluchzten verträumte Geigen.

Ein kalter Hauch streifte ihre Arme, und Sina fröstelte. Der Weg verlor sich im Dunkel, rechts neben ihr wisperten die Blätter der Bäume, irgendwo in der Ferne bellte ein

Hund. Dann war es wieder still. Fast zu still. Nur das Geräusch ihres Atems füllte die Luft.

Läge hinter ihr nicht die spitzgiebelige Fassade des Hotels mit all den Menschen darin, hätte man sich fast ein wenig fürchten können. »Jetzt reiß dich am Riemen.« Ihre eigene Stimme klang wie die einer Fremden. Sina blieb stehen und hielt die Luft an, um zu lauschen. Die halbe Stunde musste längst um sein. Wo blieb Marcel? Wo die flackernden Kerzen, wo die süße Musik? Vielleicht war das Ganze ein böser Scherz. Sie drehte den Absatz im Kies und versuchte, in das undurchdringliche Dickicht des Waldes zu spähen. Als ein feiner Hauch ihren Nacken streifte, hätte Sina fast aufgeschrien. Die Gänsehaut hatte sich inzwischen von ihren Armen zum Rücken ausgebreitet. Im gleichen Augenblick, in dem sie sich entschloss, zum Hotel zurückzugehen, hörte sie das leise Rufen.

»Sina? Bist du da?«

Sinas Kopf ruckte unwillkürlich nach rechts, zu der Seite, von der die Männerstimme gekommen war. Wieder hielt sie die Luft an.

»Sina? Komm hier rüber.«

Ein zögerlicher Schritt in Richtung Wald, dann blieb sie stehen. Ein feines Stimmchen in ihrem Hinterkopf warnte, dass hier etwas nicht stimmte. Obwohl es jetzt windstill war, richteten sich die feinen Härchen in ihrem Nacken auf.

»Deine Überraschung wartet.« Ein tiefes, grollendes Lachen. »Komm schon, Süße.«

Jetzt wollte Sina loslaufen, wegrennen, aber die Angst hatte ihre Muskeln gelähmt. Nicht einmal ihre Stimmbänder gehorchten ihr noch. Sina dachte noch, dass dies hier nur ein Albtraum sein könne, aus dem sie gleich erwachen würde, als ein schwarzer Schatten sich aus dem Dickicht löste und sie mit einem wilden Fauchen ansprang.

»Mama …« Der Junge flüsterte. »Mama?«

Er stand auf einem Sessel am Fenster, das Gesicht gegen die Scheibe gedrückt, die Hände links und rechts neben dem Kopf schirmten das Nachtlicht aus seinem Zimmer ab, sodass er besser sehen konnte, was da draußen geschah.

Im Bett hinter ihm seufzte seine Mutter. Er hörte, wie sie sich auf die Seite drehte.

»MAMA!« Nase und Wangen noch immer fest gegen das kalte Glas gepresst, starrte der Junge weiter mit aufgerissenen Augen auf die Wiesen hinter dem Hotel. Das Bett ächzte. Mama schien endlich wach zu werden.

»Da draußen ist ein Monster!«

»Was machst du da, um Himmels willen, Paul?« Jetzt erst bemerkte die Frau, dass ihr Sohn das gemeinsame Bett verlassen hatte.

»Ich konnte nicht schlafen. Weil ich Durst hatte, bin ich aufgestanden.«

»Es ist mitten in der Nacht. Komm wieder ins Bett. Du hast schlecht geträumt.« Die Mutter gähnte laut.

Paul, der keinen Blick von der nächtlichen Szenerie wandte, unterdrückte einen Aufschrei. »Da ist es wieder! HILFE, Mama! Es wird kommen und mich holen! Aah!« Er zuckte zusammen, als der ausgestreckte Arm seiner Mutter ihn am Arm berührte.

»Lass mich mal schauen. Wo hast du denn etwas gesehen?« Sie stellte sich hinter ihn und beugte den Oberkörper nach vorn. Weicher, warmer Stoff berührte den kleinen Rücken, und Paul drückte sich fester gegen das Nachthemd seiner Mutter.

»Da drüben!«

»Wo denn? Ich sehe nichts.« Genau wie Paul vorhin legte nun auch seine Mama die Handflächen neben die Augen und schirmte das Blickfeld ab.

»Da rechts. Wo der Kletterwald ist.«

Den Kletterwald hatten sie heute Nachmittag von unten angeschaut, und auch wenn er nicht hinaufgedurft hatte, so hatte das Gewirk aus Hängebrücken, Seilen und hölzernen Stegen bei Paul doch einen nachhaltigen Eindruck hinterlassen.

»Da ist nichts. Bist du sicher, dass du das nicht nur geträumt hast?«

»NEIN! Das Monster *war* dort! Riesengroß war es und seine Augen haben geleuchtet wie glühende Wagenräder.«

»Glühende Wagenräder, soso.« Die Mutter drehte den Kleinen an den Schultern zu sich herum und sah ihm in die Augen. »Hör zu, Paul. Egal, was da war, es ist jetzt weg. Morgen früh können wir nachsehen. Trink noch einen Schluck, und dann ab ins Bett. Hier drin kann dir nichts passieren. Ich verspreche es.« Sie schob ihren Sohn zurück in Richtung Bett.

Mehr zu sich selbst als zu ihm gewandt, murmelte sie: »Wir müssen uns andere Bücher für die Gute-Nacht-Geschichten aussuchen. Wilhelm Hauff ist eindeutig zu drastisch für einen Fünfjährigen.« Dann schob sie die Decke über dem kleinen Kinderkörper zurecht, legte sich auf den Rücken und schloss mit einem Seufzen die Augen.

25

»Machst du mir auf?« Die Männerstimme klang abgehetzt. »Bitte.«

Maja ließ den Zeigefinger einen Moment lang über dem Summer schweben, ehe sie ihn herabsenkte. Ein Brummen ertönte, dann hörte sie, wie Peter die Tür aufstieß. Dabei pfiff er leise. Sie legte die Hand über die Augen und bewegte den Kopf ungläubig hin und her. Die ganze Woche war er nicht zu erreichen gewesen, hatte auf keinen ihrer Anrufe reagiert. Jetzt tauchte er plötzlich wieder auf und erwartete, dass sie Zeit für ihn hatte. Das Stampfen im Treppenhaus kam näher, und Maja öffnete die Wohnungstür mit einem hilflosen Schnaufen.

»Hi!« Peter Holzing hatte sein 1000-Watt-Lächeln angeschaltet. »Da bin ich wieder.«

»Wo warst du?« Maja ließ seine Hand los und ging voran in Richtung Küche.

»Unterwegs. Ich brauchte eine Luftveränderung.« Er kicherte rau.

»Ich habe ein paarmal bei dir angerufen.«

»Ich weiß.«

Er hielt es nicht einmal für nötig, sich zu entschuldigen. »Du bist mir doch nicht bös … Hoppla! Was haben wir denn da? Ein kleiner Nachmittagstrunk?« Er hatte das halb volle Rotweinglas neben der offenen Flasche entdeckt. »Obwohl … eigentlich ist es ja schon fast sechs. Also früher Abend. Du stimmst dich wohl aufs Wochenende ein?«

»Peter, ich habe nicht viel Zeit.« Maja ließ sich auf einen Küchenstuhl fallen. »Ich bin um sieben verabredet und muss mich noch frisch machen.«

»Gehst du schon wieder aus?« Er drohte ihr mit dem Zeigefinger und grinste. »Ich will dich auch gar nicht aufhalten. Aber ich dachte mir, ehe ich dich am Telefon ausquetsche, komme ich doch lieber selbst vorbei.« Ohne zu fragen, holte er ein Glas aus dem Hängeschrank und goss sich Wein ein.

»Mich ausquetschen? Worüber?«

»Na, du machst mir Spaß! Hast du nicht vorgestern bei mir aufs Band gesprochen? Du hättest ›interessante Neuigkeiten über die Fledermaus‹ waren deine Worte.«

»Ach ja. Inzwischen ist schon wieder so viel passiert …« Maja sah aus dem Fenster. Die Abendsonne bohrte dünne Lichtfinger durch die Gardine.

»Die Fledermaus …« Peter pochte mit dem gekrümmten Zeigefinger auf die Tischplatte. »Was war damit?«

»Ich habe sie seziert. Das war vielleicht ein Gefummel!« Maja dachte daran, wie das kleine graue Pelztier auf dem Metalltisch gelegen hatte, die zarten Flügel ausgebreitet, die Beinchen verkrümmt. »So etwas macht man ja auch nicht alle Tage. Ehrlich gesagt, war das meine erste Fledermaus überhaupt. Ich bin vorgegangen wie bei einer menschlichen Obduktion. Äußere Besichtigung, Dokumentation von Verletzungen, dann analog der Drei-Höhlen-Sektion, dabei habe ich …«

»Den Rest des Prozederes kannst du weglassen.« Peter war ihr einfach ins Wort gefallen. »Sag mir einfach, was du Außergewöhnliches gefunden hast.«

»Einen Zettel. Die Fledermaus hatte einen Zettel im Magen.«

»Was?« Die Überraschung hatte seine Brauen zu liegenden Fragezeichen verbogen.

»Er war zwar angedaut, aber wir konnten die Nachricht trotzdem entziffern, weil sie auf eine Art Pergamentpapier geschrieben worden war.«

»Unglaublich. Was stand darauf?« Ohne den Blick von ihr zu wenden, tastete Peter nach seinem Glas und trank es in einem Zug leer.

»Helft uns.«

»Helft uns?«

Maja schüttelte den Kopf. »So, wie ich es eben gesagt habe. Nur die zwei Worte: Helft uns. Mehr nicht.«

»Helft uns ...« Peter murmelte die Botschaft vor sich hin und wiederholte sie noch einmal, wobei er sich die Augen zuhielt. »Faszinierend. Handgeschrieben oder Computerschrift?«

»Große Druckbuchstaben. Handschriftlich.«

»Das ist ja unglaublich! Der Kerl scheint sich ja vollkommen sicher zu fühlen, wenn er euch seine Handschrift präsentiert!«

»Aus ein paar Druckbuchstaben kann man leider nicht viel ableiten. Schon gar nicht ohne Vergleichsproben.«

»Punkt oder Ausrufezeichen?«

»Ausrufezeichen.«

»Ein Hilferuf, ganz klar. Wie hat er das Tier dazu gebracht, diesen Zettel zu verschlingen? Oder hat er ihn mit Gewalt hineingestopft? Hast du das untersucht?«

»Nein. Ich glaube auch nicht, dass das von Belang ist.«

»Alles ist von Belang, Maja, alles!« Seine Handfläche klatschte auf den Tisch. Als ihm bewusst wurde, dass sie zusammengezuckt war, verzog er entschuldigend den Mund, setzte aber im gleichen Augenblick seinen Monolog fort. »An wen richtet er seine Botschaft? *Wen* meint er mit diesem ›Helft uns‹? Sich selbst? Fleht das Opfer um Hilfe? Womöglich die Fledermaus? Verhöhnt er die Ermittler, oder ist es ein echter Hilferuf?« Peter hatte die Rotweinflasche in die Hand genommen und betrachtete gedankenversunken das Etikett. »Ich frage mich, wie er sich sicher sein konnte, dass die Nachricht überhaupt entdeckt wird … Die erste Fledermaus habt ihr ja auch nicht untersucht. Falls die Botschaft überhaupt für die Ermittler gedacht war. Andererseits … Der ganze Aufwand *muss* einen Sinn haben. Also gehen wir mal davon aus, dass man den Zettel finden sollte.«

Maja verzichtete auf die Frage, wer mit »wir« gemeint war. Der Freund sprach oft von sich in der Mehrzahl.

»Spannend wäre es jetzt natürlich, wenn wir wüssten, ob in der ersten Fledermaus auch eine solche Botschaft verborgen war. Ich gehe als Arbeitshypothese mal davon aus, dass unser Blutsauger-Mörder auch hier einen Zettel deponiert hatte. Noch spannender wäre es nun, den Text zu kennen. War es der gleiche wie beim zweiten Opfer? Ein anderer? Wenn ja, was könnte das gewesen sein?« Er sah hoch und schien erst jetzt zu bemerken, dass Maja ihm noch immer gegenübersaß. »Mir jedenfalls erscheint es ziemlich glaubhaft, dass es auch in der ersten Fledermaus eine Nachricht gegeben hat. Wenn mir auch noch nicht klar ist, warum er das tut. Wäre ich der Blutsauger …« er kicherte leise, »würde ich jedenfalls immer die gleiche Vorgehensweise wählen. Wer weiß außer dir und deinen Kollegen noch von diesem Zettel?«

»Die SoKo natürlich.« Maja sah auf die Uhr. »Fünf Minuten noch, Peter. Dann muss ich mich umziehen. Du kannst gern hierbleiben, aber ich habe dann keine Zeit mehr für dich.«

»Nein, nein … Ich bin auch gleich fertig.« Er schob die leere Flasche von links nach rechts und wieder zurück. »Von welchem Tier waren eigentlich diese Bissspuren am Hals?«

»Das erfahre ich Anfang nächster Woche.«

»Informierst du mich dann gleich?«

»Aber gewiss doch. Ich werde es dir aufs Band sprechen, falls du wieder unterwegs sein solltest.« Das »unterwegs« betonte Maja ironisch.

»Ich denke, dass ich hier sein werde. Sieht momentan nicht so aus, als müsste ich wieder verreisen.«

»Na, wir werden es ja sehen.« Den nächsten Satz ersparte sich Maja. *Das wäre nicht das erste Mal, dass du, ohne Bescheid zu sagen, tagelang verschwindest.*

»Und noch etwas: Ihr solltet das mit dieser Nachricht unbedingt geheim halten. Der Blutsauger wartet sicher längst darauf, dass dieses seltsame Detail in den Nachrichten auftaucht. Tut es das nicht, wird er euch spätestens beim dritten Opfer einen Hinweis auf seine Botschaft geben. Wäre doch schade, wenn die ganze Mühe umsonst war, weil niemand seine Zettel findet. Vielleicht ergibt sich aus der Art seiner Kontaktaufnahme ein Ansatzpunkt für die Ermittlungen.«

»Beim *dritten* Opfer?« Maja strich sich eine lose Strähne hinter das Ohr.

»Du glaubst doch nicht, dass er jetzt mittendrin aufhört? Niemand kennt die wahren Motive der beiden Taten. Da steckt ein tieferer Sinn dahinter, und solange er sein wahres Ziel nicht erreicht hat, macht er weiter.« Er bemerkte, wie sie den Kopf von links nach rechts bewegte, und fügte hinzu: »Da kannst du Gift drauf nehmen. Und ich bin mir außerdem sicher, dass es auch nicht bei dreien bleiben wird.«

»Das wollen wir doch nicht hoffen.«

»Mit Hoffen ist hier nicht viel zu machen, meine Liebe. Sieht ja nicht so aus, als habe die Kripo schon eine heiße Spur. Du wirst mir noch recht geben. So, und nun lasse ich dich in Ruhe, damit du dich auf dein Date vorbereiten kannst.« Majas Telefon klingelte im gleichen Moment, in dem er ihr verschwörerisch zuzwinkerte. Peter verfolgte mit einem leichten Lächeln ihre fiebrige Suche nach dem Handy und kniff erneut das rechte Auge zu.

Sie drehte Peter den Rücken zu und meldete sich mit einem möglichst unverfänglichen Tonfall. Es fehlte noch, dass der sie anschließend mit ihrer Aufregung aufzog.

Andreas Melzers Stimme kam ihr heute tiefer vor als sonst. Sie wusste, dass er ihre Verabredung absagen würde, noch bevor er den ersten Satz beendet hatte. Ein dringender Fall sei gerade hereingekommen. Er habe Dienst und werde gleich von Wulf Preck abgeholt. Maja versicherte ihm, dass sie das verstehe. Schließlich habe sie selbst ja auch des Öfteren an den Wochenenden Rufbereitschaft. Andreas Melzer schloss mit einem »Vielleicht morgen Abend? Ich rufe dich nachher noch einmal an, wenn es nicht zu spät wird«, dann legte er auf.

Die Verdrossenheit flutete als bittere Welle vom Bauch in den Brustraum. Sie hatte sich auf die Verabredung gefreut und war sich trotzdem nicht sicher, ob diese Vorfreude nur der Ablenkung oder tatsächlich dem Treffen mit Andreas Melzer geschuldet war. Eigentlich wollte sie weder, dass ihr ein Typ den Hof machte, noch hegte sie Gefühle für den Kripomann. *Bist du dir da wirklich sicher?* Maja wartete noch ein paar Sekunden, in denen sie versuchte, die offensichtliche Enttäuschung aus ihrem Gesicht zu verbannen, ehe sie sich umdrehte.

Peter hatte einen neugierigen Ausdruck in den Augen und musterte sie eindringlich. Maja musste lachen. Dieser Mann hatte wirklich keinerlei Feingefühl.

»Mein Date ist auf morgen Abend verschoben. Es ist doch wie verhext. Da habe ich nun ausnahmsweise mal keinen Wochenenddienst und könnte den Abend ganz entspannt genießen, und dann wird er zu einem Fall gerufen. Nun brauche ich mich auch nicht mehr aufzubrezeln. Bleibst du noch ein bisschen und trinkst noch ein Glas Wein mit?«

»Heute leider nicht. Ich habe noch einiges zu erledigen und muss noch fahren.« Peter war aufgestanden. »Ruf doch die entzückende Doreen an. Oder Konrad.«

»Doreen ist dieses Wochenende bei ihren Eltern. Und Konrad wollte nach Leipzig. Da ist freitags ›mehr los‹ als in Zwickau, sagt er. Damit meint er wahrscheinlich seine Szenekneipen.«

»Jedem Tierchen sein Pläsierchen. Dann bleibst du eben daheim und guckst Fernsehen. Wein hast du ja noch genug.« Peter deutete auf den Vorratsschrank. Maja wusste, dass er seine Bemerkung nicht sarkastisch meinte, doch es ärgerte sie trotzdem.

»Und vergiss nicht, was ich vorhin gesagt habe. Du solltest deinen Kripomann informieren, dass sie das mit dem Zettel geheim halten müssen. Er ist doch in dieser SoKo, nicht?«

»*Meinen* Kripomann?«

»Jetzt sei nicht päpstlicher als der Papst, Maja. Du weißt doch, wie ich das meine. Ich zieh jetzt los.« Er marschierte hinaus. »Vergiss nicht, mich wegen der Zahnabdrücke anzurufen.«

26

»Was würdest du deinem Kind antworten, wenn es dich fragt, warum du es jedes Wochenende allein lässt?«

Sina lallte etwas Unverständliches. Sie schien noch immer benommen zu sein, obwohl er ihr eine geringere Dosis verpasst hatte als dieser Maddie.

»Was. Würdest. Du. Ihm. Sagen?« Ein Stoß gegen den Kopf ließ ihre Augen noch weiter hervortreten. »Antworte gefälligst!«

»Lass schie nich allein …«

»Lüg mich nicht an!« Er bildete mit Daumen und Mittelfinger eine Zange und kniff seine Fingernägel in ihre Nasenscheidewand, worauf sie gurgelte und die Augen verdrehte, bis nur noch Weißes zu sehen war.

»Wo ist dein kleiner Sohn heute Nacht?«

»Schu Hause.« Die Augen rollten wieder in ihre ursprüngliche Lage zurück.

»In deiner Wohnung?« Sie nickte schwach, und er versetzte ihr einen weiteren Stoß. »Allein?«

»Nachbarin. Kümmert sich.« Nach jedem Wort folgte eine Pause, als müsse sie erst über ihre Antworten nachdenken. Vielleicht tat sie das sogar.

»Eine Nachbarin. Ich fasse es nicht. Du wolltest das ganze Wochenende wegbleiben und gibst dein Kind zu einer Nachbarin? Dein Sohn ist gerade mal vier!« Seine Hand klatschte in ihr Gesicht. Der pinkfarbene Fleck wurde schnell größer und füllte kurz darauf die ganze Wange. *Jetzt* war sie munter.

Tommy atmete tief durch und ärgerte sich über seine Unbeherrschtheit. Er wollte keine deutlich sichtbaren Spuren an ihnen zurücklassen. Außer den Bisswunden sollte der Körper äußerlich unversehrt sein, wenn man sie fand. Deshalb wählte er normalerweise stets Stellen, an denen keine Zeichen zurückblieben. Dieses Mal jedoch hatte der Zorn ihn übermannt.

Diese Sina war bis jetzt die Schlimmste von allen. Madeleine und Jennifer hatten ihre Kinder meist bei ihren Eltern abgegeben, wenn sie auf Tour gegangen waren.

Die hier hingegen – Tommy stieß ihr den Zeigefinger hart gegen die Brust –, die hier ließ ihren gerade mal vierjährigen Sohn allein bei einer Nachbarin zurück, um Freitag- bis Sonntagabend mit ihrem vermeintlichen neuen Freund zu verbringen. Klar, dass das Kind da nur störte. Er unterdrückte das Bedürfnis, sie anzuspucken. Und was war das eigentlich für eine Nachbarin, die so etwas mitmachte? Vielleicht musste er sich um die später auch noch kümmern.

»Deine Strafe kommt noch. Bald. Es gibt eigentlich auch nichts mehr zu besprechen.« Um sich zu beruhigen, begann er, seine Instrumente und Utensilien zu ordnen. Bevor er sein Ritual durchführte, sprach er immer zuerst mit den Frauen, um ihnen eine letzte Chance zur Einsicht zu geben. Sie alle hatten sich vorher schon im Chat offenbart und nach und nach ihre persönlichen Verhältnisse in allen Einzelheiten vor ihm ausgebreitet. Spätestens, wenn sie von *seiner* Tochter und den Problemen mit der erfundenen Dreijährigen erfuhren, öffneten sie sich und schütteten ihm ihr Herz aus.

Es fing immer damit an, dass sie die fehlende Freizeit beklagten. Das oder die Kinder schränkten ihre persönlichen

Freiheiten ein. Sie könnten kaum noch ausgehen und sich amüsieren. Am liebsten hätten sie ihre Entscheidung, Kinder zu haben, rückgängig gemacht, so es denn überhaupt eine bewusste Entscheidung gewesen war. Natürlich verhüteten sie jetzt, aber damals wären sie einfach zu jung und unerfahren gewesen … bla bla bla. Diese Schlampen würden es doch am besten finden, wenn sie sich von der Bürde befreien und die Kids einfach weggeben könnten. Aber das wollten sie dann auch wieder nicht, sich die Verachtung der Öffentlichkeit zuziehen und schlecht dastehen. Außerdem war das ja auch nicht so ohne Weiteres möglich. Also lösten diese Frauen das auf die für sie bequemste Weise.

Sein ultimativer Test war stets das Angebot, kurzfristig ein romantisches Wochenende mit ihm zu verbringen. Ihre Reaktionen zeigten, ob er die Richtigen ausgewählt hatte.

Sina hatte nicht einmal mit der Wimper gezuckt. Keine Sekunde lang hatte sie überlegt, ob sie das verlockende Angebot des Sohnes wegen nicht eigentlich ausschlagen müsste.

Tommy schaltete den Laptop ein. Die Schlampen waren doch alle gleich. Eigentlich war es jedes Mal schon von vornherein klar, wie sie sich verhalten würden. Das letzte Gespräch brachte dann völlige Gewissheit, Sicherheit, dass sie kaltherzige Rabenmütter waren, deren Kindern es ohne sie besser gehen würde.

Es gab so viele von ihnen. So unendlich *viele*. Was seine Mutter getan hatte, war beileibe kein Einzelfall. Manchmal griff die Presse besonders drastische Fälle auf, und dann erboste sich alle Welt darüber, nur um am nächsten Morgen wieder zur Tagesordnung überzugehen.

Tommy lehnte sich an und schloss die Augen. Sosehr er sich auch bemühte, es gelang ihm nie, das komplette Bild seiner Erzeugerin hervorzuholen. Etwas in ihm wusste, dass sein Gehirn das Abbild irgendwo gespeichert hatte, aber er hatte keinen bewussten Zugriff darauf.

Er konnte die gutmütigen Schafsgesichter seiner Pflegeeltern sehen, die Stiefgeschwister Lukas, Matthias und Sarah, die Nachbarin mit der hinkenden Katze, den Pfarrer, der jeden Sonntag endlose Tiraden über die alles umfassende Güte des Herrn und das Gutmenschentum über sie ergossen hatte. Nicht aber die unselige Frau, die ihn geboren hatte. Seine Erinnerung lieferte nur Puzzleteile: wasserblaue Augen, blonde Haare, eine schmale Nase, sehnige Handrücken mit breiten Fingern. In seinem Kopf flüsterte Grit. *Du weißt es doch, Tommy. Sie sah aus wie diese Lispel-Reporterin.*

Als er älter wurde, waren die Fragen in seinem Kopf aufgetaucht. Eigentlich hatten ihn die anderen Kinder in der Schule darauf gebracht, dass etwas mit ihm nicht stimmte. »Findelkind«, hatten sie geflüstert, gerade so laut, dass er es hören musste, oder schlimmer: »Da kommt der Bastard.«

Erst als sich die Bemerkungen mehrten, war ihm aufgegangen, was sein Unterbewusstsein schon längst registriert hatte, dass er weder seinen Geschwistern noch den Eltern auch nur im Entferntesten ähnlich sah und dass seine Fähigkeiten und Vorlieben in nichts mit denen der restlichen Familie übereinstimmten. Die drei Geschwister und die Eltern waren streng gläubig, sie beteten zu jeder Mahlzeit, sangen fromme Lieder und liebten es, in die Kirche zu gehen. Ruth war die treusorgende Hausfrau, Matthias gab den fleißigen Landwirt. Von vornherein gab es auch keinen Zweifel daran, dass Lukas, Michael und Sarah ihren Rollenvorbildern später nacheifern würden.

Aus heutiger Sicht betrachtet, war es ein bisschen wie bei den Amish-People in Amerika gewesen. Konventionell, gottesfürchtig, allem Modernen abgewandt. Vielleicht hatte seine Erinnerung auch nur die auffälligen Bruchstücke aufbewahrt, und Ruth, Matthias und die Kinder entsprachen der Norm auf dem Land lebender Menschen. Letztendlich war es nicht wichtig. Sie hatten sich wirklich bemüht, und er nahm ihnen auch heute noch ab, dass sie den kleinen Tommy adoptiert hatten, um ihm ein besseres Leben zu ermöglichen. Ihr Gott verlangte Nächstenliebe, und die wollten sie aktiv anbieten.

Ihn jedoch hatten von Anfang an weder der Garten noch die Maschinen und Tiere des Vaters interessiert. Er konnte nicht singen und sich ebenso wenig die Texte der Kirchenlieder merken.

Er wollte kein Landwirt werden und Getreide anbauen, er wollte Abitur machen und studieren, Wissen anhäufen und forschen.

Und so war ihm durch die bösartigen Bemerkungen seiner Schulkameraden nach und nach aufgegangen, *was* mit ihm nicht stimmte, waren ihm Bruchstücke der Vergangenheit wieder eingefallen. Die Aufenthalte auf dem Heuboden, dass er eine leibliche Schwester gehabt hatte, was mit Grit passiert war, sein richtiger Name: Tommy.

Man hatte ihm nach der Adoption sogar einen neuen Vornamen verpasst, damit nichts mehr an seine Vergangenheit erinnerte. Ruth und Matthias hatten, als er sie später danach befragte, behauptet, dies sei zu seinem Schutz geschehen, weil der spektakuläre Fall der »Heuboden-Kinder«, wie man ihn und Grit genannt hatte, in allen Medien gewesen war. Jeder hier kannte ihre Namen, jeder wusste, was passiert war.

Vielleicht war ein Grund für die Namensänderung jedoch auch gewesen, die entsetzlichen Erinnerungen an die frühe Kindheit und das grausige Geschehen auf dem Heuboden in seinem Kopf auszulöschen. Aber man konnte solche Erlebnisse nicht einfach ungeschehen machen.

Schon gar nicht, indem man nie wieder darüber sprach und Fragen abwehrte.

Die einzige Chance für ein solcherart geschädigtes Kind bestand in der Aufarbeitung mit professioneller Hilfe, und auch dann war nicht gesagt, dass die Seele heilte, Totschweigen jedenfalls bewirkte den gegenteiligen Effekt. Die Dinge waren *passiert.* Mochte die Erinnerung daran dem Geist nicht zugänglich sein, so hatten die Dämonen doch ihren Platz im Unterbewusstsein gefunden und warteten darauf, hervorgerufen zu werden. Wahrscheinlich hatten seine Pflegeeltern dies nicht gewusst. Er nahm es ihnen nicht übel. Nicht *sie* waren die Bösen in diesem Spiel, nicht sie hatten für ihr einfältiges, aber gut gemeintes Handeln Strafe verdient.

Tommy hatte sich oft gefragt, ob seine richtige Mutter die Berichte über die »Heuboden-Kinder« – ihre Kinder – im Fernsehen auch gesehen hatte und was sie dabei empfunden haben mochte. Eine Antwort auf diese Frage hatte es nie gegeben. Wahrscheinlich war sie zu diesem Zeitpunkt schon im Ausland gewesen. Bei ihrem algerischen Galan. Zumindest hatten seine späteren Recherchen Anhaltspunkte dafür geliefert.

Bis heute wusste er nicht, ob es irgendwann überhaupt ernst gemeinte Versuche der deutschen Justiz gegeben hatte, die Mutter strafrechtlich dafür zu belangen, dass sie ihre Kinder zurückgelassen und damit ihren Tod in Kauf genommen hatte. Bei einer Frau, die geheiratet hatte und nun unter anderem Namen im Ausland lebte, war das auch heute noch schwierig und aufwendig, wenn auch nicht unmöglich.

Als er älter geworden war, hatten sich die Probleme gehäuft. Seine Leistungen ließen nach, er fing an, die Schule zu schwänzen, prügelte sich, begann zu rauchen, später zu trinken. Irgendwann war es fast so weit gewesen, dass man ihn des Gymnasiums verweisen wollte. Erst die Gespräche mit Ralf Bergner, einem Sozialarbeiter, der ihn sturzbetrunken vor einer Kneipe in der Stadt aufgegriffen hatte, brachten Tommy dazu nachzudenken.

Durch Ralf hatte er verstanden, dass es zu nichts führte, wenn man sich selbst zugrunde richtete. Damit bestrafte man sich nur selbst, obwohl man doch eigentlich die Ursache der Aggressionen finden und, wenn möglich, eliminieren wollte.

Von da an hatten sich die Dinge verändert. Wenn er Rache für Grit wollte, Rache für die erlittenen Schmerzen und die Angst, würde er sich zusammennehmen müssen. Lernen, fleißig sein und sich in Geduld üben. All das bildete die Grundlage für die Aufarbeitung der Vergangenheit.

Ob Ralf mit »Aufarbeitung der Vergangenheit« das gemeint hatte, was Tommy heute tat, war fraglich. Wohl eher nicht, wenn man bedachte, was Ralf für ein Mensch gewesen war. Leider hatte der Krebs ihn schon vor vielen Jahren hinweggerafft.

Tommy betrachtete angewidert die Rotzspur, die Sina trotz ihres ständigen Schniefens inzwischen aus der Nase in Richtung Oberlippe lief. Ihr ängstlicher Blick war, während er nachdachte, ab und an zu seinem Gesicht gehuscht und dann ganz schnell wieder beiseite geglitten, so als wolle sie ihn nicht unnötig auf sich aufmerksam machen.

Irgendwie klang ihre Geschichte mit der Nachbarin unglaubwürdig. Welche Frau würde sich ein ganzes Wochenende um den vierjährigen Sohn der Nachbarin kümmern?

Er musste auf jeden Fall dafür sorgen, dass Sinas Identität sofort bekannt wurde, wenn man ihre Leiche fand, damit die Kripo sich zu ihrer Wohnung begeben und den Kleinen finden konnte, Nachbarin hin oder her. Es geschah schließlich nicht zum ersten Mal, dass Mütter ihre Kinder tagelang allein in den Wohnungen zurückließen, um ihren Vergnügungen nachzugehen. Kam die Sache heraus, beriefen sie sich darauf, dass sie den Kleinen doch Essen und Trinken dagelassen hätten.

Mit gekräuselten Lippen streifte er sich die Latexhandschuhe über. Er spürte, dass Sina sein Tun aus den Augenwinkeln verfolgte. Sie schien noch immer keine Ahnung zu haben, was gleich mit ihr passieren würde, geschweige denn begriff sie, warum er gerade sie ausgewählt hatte.

Erst als er Paketband und Cutter vom Klapptisch nahm und begann, ihren Kopf zu fixieren, versuchte sie einen halbherzigen Hilferuf. *Da musst du dich schon ein wenig mehr anstrengen, Schätzchen.* Er tätschelte ihre Wange und schenkte ihr ein Lächeln. *Hat euch denn niemand beigebracht, dass man so laut und schrill wie möglich rufen soll? Und auch nicht »Hilfe«, sondern »Feuer«?*

Als ob Sina seine Gedanken erraten hätte, folgten nun deutlich lautere Schreie. Sie gab sich jetzt echt Mühe. Wahrscheinlich hatte sie gerade begriffen, dass das hier kein gutes Ende nehmen würde. Tommy fuhr mit der Hand durch die Rolle Klebeband, sodass sie wie ein breiter Armreif um sein Handgelenk baumelte.

Es bestand kaum die Gefahr, dass jemand das Kreischen hören würde. Es war stockfinster, er hatte den Transporter tief in den Wald hineingefahren. Spaziergänger gab es mitten in der Nacht nicht, der Förster schlief den Schlaf des Gerechten, und jemand anderes würde sich wohl kaum in dieses Dickicht verirren. Die Autokennzeichen waren selbstverständlich gestohlen, und er benutzte jedes Paar nur einmal, ehe er es entsorgte. Und doch würde er ihr gleich einen Knebel verpassen, damit er in Ruhe agieren konnte.

Es war Zeit für die Zeremonie. Es würde nur noch gute drei Stunden dunkel sein, und er musste noch zurückfahren und die Schlampe für alle gut sichtbar anbringen.

27

»Hallo? Bist du dran?«

Maja setzte sich auf, hielt sich mit einer Hand die Augen zu und gähnte. In ihrem Kopf pulsierte eine rote Wolke.

»Maja?« Ingrid Reichmann hatte die Stimme erhoben.

»Ja doch.« Das Krächzen ihrer Stimme erschreckte Maja. »Was ist denn los?« Erst jetzt blickte sie auf die Leuchtziffern ihres Weckers. Sechs Uhr dreizehn. An einem Sonnabendmorgen.

Als das Telefon sie aus dem Tiefschlaf gerissen hatte, hatte sie zuerst geglaubt, sie habe ihren Bereitschaftsdienst einfach vergessen. Aber dieses Wochenende war ausnahmsweise mal nicht sie dran, sondern ihre Kollegin.

»Tut mir echt leid, dass ich dich geweckt habe.«

»Ist etwas passiert?«

»Wir haben wieder eine Leiche. Es scheint Analogien zu den beiden Fällen in Schwarzenberg und Wüstenbrand zu geben, die du auf dem Tisch hattest. Details habe ich natürlich am Telefon nicht erfahren.«

»Echt jetzt?« Maja hörte ihre Worte und schüttelte den Kopf. Sofort verstärkte sich das Pochen darin zu einem Hämmern. Ihre Kollegin hätte wohl kaum so früh angerufen, wenn es nicht tatsächlich ernst gewesen wäre.

»Ich habe mit Gernot telefoniert, und er meinte, du solltest mitkommen. Falls du kannst, natürlich.« Ingrid sprach laut, um die Fahrgeräusche des Autos zu übertönen. Sie hatte mit ihrem Chef gesprochen. Also *war* es wichtig. Aus praktischen Gründen versuchte man, Fälle, die offensichtlich zusammengehörten, in einer Hand zu belassen. Durch wechselnde Dienstbereitschaften, Verhinderung durch Gerichtstermine oder Lehrveranstaltungen ließ sich dies jedoch nicht immer einrichten. Der Leiter des Rechtsmedizinischen Instituts behielt dann die Oberaufsicht über solche Fallkomplexe.

»Ich mache mich auf die Socken.« Maja schwang die Beine aus dem Bett und ließ sich erklären, wo sich der neue Fall ereignet hatte. »Du bist schon unterwegs, wie ich höre?«

»Ich bin gerade losgefahren.«

»Gut, dann sehen wir uns dort. Ich beeile mich.«

»Wir müssen eh warten, bis wir dran sind. Komm einfach dazu.« Ingrid Reichmann legte auf.

Maja tappte ins Bad. Die Fußbodenfliesen kamen ihr heute besonders kalt vor. Im weißen Neonlicht hatte ihr Gesicht eine bläuliche Farbe. Genau wie eine ausgeblutete oder anämische frische Leiche. Ihr Spiegelgesicht verzog verächtlich den Mund. *Wenn du nicht jeden Abend so viel Rotwein säufst, siehst du morgens auch nicht aus wie eine Untote.*

Während Maja die Zahnbürste hin und her gleiten ließ, verbot sie sich, über den neuen Leichenfund nachzudenken. Spekulieren brachte nichts. Spätestens am Fundort würde sie sehen, ob dieser Fall zu den beiden vorhergehenden passte. Peter hatte recht behalten. Und zwar eher, als sie und er angenommen hatten.

Maja spuckte hellblauen Schaum ins Waschbecken und beschloss, zwei *Paracetamol* einzuwerfen, bevor sie losfuhr.

»Da wären wir wieder. Wie eine nette Großfamilie.« Egbert Knoll schüttelte Majas Hand und grinste. Die Kripomänner versuchten, durch ihre Witzeleien oft die Tragik der Schicksale, die sie an den Tatorten fanden, zu entschärfen. Maja konnte das gut verstehen, mit Verdrängung kannte sie sich aus. »Frau Doktor Reichmann ist auch schon da.« Er zeigte in Richtung eines großen Spielplatzes, auf dem es von Beamten nur so wimmelte. Ingrid, die sich mit einem hochaufgeschossenen Beamten unterhielt, schien die Nennung ihres Namens zu spüren, denn sie schaute im gleichen Moment herüber, erblickte Maja und hob grüßend die Hand.

»Ich geh wieder rüber. Die Kollegen geben Bescheid, wenn ihr zwei an den Fundort könnt.« Egbert Knoll watschelte davon.

»Hallo, Maja.« Andreas Melzer, der herübergekommen war, als sie sich durch die Absperrung gekämpft hatte, hielt ihre Hand ein wenig länger fest als nötig. »Tut mir leid wegen gestern. Ich war erst so spät wieder zu Hause, dass ich nicht noch einmal anrufen konnte.«

»Das ist doch nicht deine Schuld. Die Arbeit geht vor.« Sie fragte nicht, worum es bei dem gestrigen Einsatz gegangen war. In Dienstsachen herrschte Verschwiegenheit, oft auch unter den Kollegen, wenn sie nicht in den Fall involviert waren.

»Eigentlich wollten wir uns ja erst heute *Abend* wiedersehen, nicht?« Ein feines Lächeln umspielte seine Mundwinkel. »Wenn das hier alles ordentlich durchläuft, könnten wir unser Vorhaben noch in die Tat umsetzen. Die Obduktion macht doch deine Kollegin, oder?«

»Sie hat dieses Wochenende Dienst, richtig. Unser Chef meinte aber, ich sollte mit dabei sein. Wegen eventueller Parallelen zu den anderen beiden Fällen.« Erst jetzt wurde es Maja bewusst, dass sie die vermeintlichen Parallelen noch gar nicht kannte. »Was haben wir denn überhaupt?«

»Eine weitere Frauenleiche. Nackt.« Andreas Melzer

schloss kurz die Augen, ehe er fortfuhr. »Dieses Mal wurde sie am Klettergerüst befestigt. In der altbekannten Kreuzigungspose.«

»Das wird ja immer widerlicher. Auf einem Kinderspielplatz!« Maja blähte ihre Nasenflügel. »Wer hat denn die Leiche gefunden? Hoffentlich kein Kind?«

»Zum Glück nicht. Es war jemand vom Gartenpersonal. Die säubern und kontrollieren ganz früh die Wege und Anlagen. Kurz vor sechs hat das Hotel die Polizei informiert, und wenig später haben die Kollegen alles abgesperrt.«

»Gibt es Bissspuren am Hals?«

»Ich glaube, etwas Ähnliches gehört zu haben. Wir können ja mal rübergehen und nachschauen. Die Spusi ist noch am Wirken.«

»Na, ihr zwei Turteltäubchen?« Wulf Preck war unbemerkt herangekommen und machte nun vor Maja Halt.

»Was soll der Quatsch?« Andreas Melzer hatte eine steile Falte auf der Stirn. »Wir sprechen über den Fall.«

»Ach so. Ich wollte euch nicht zu nahe treten. Aber hast du nichts anderes zu tun, als hier mit der Rechtsmedizinerin herumzustehen?« Er fügte zu Maja gewandt hinzu: »Entschuldigen Sie, Frau Doktor. Das geht nicht gegen Sie.«

Maja zog es vor zu schweigen. Es war angenehm, mit Andreas zu plaudern, aber wenn sie ernsthaft darüber nachdachte, hatte sein Kollege recht. Andreas Melzer war nicht hier, um sie zu unterhalten.

»Egbert lässt ausrichten, dass in zehn Minuten Besprechung ist. Die Hotelleitung hat uns einen Raum zur Verfügung gestellt. Es stehen Befragungen an.«

Andreas Melzer presste ein »O.K.« heraus und ließ den Mund sofort wieder zuschnappen. Wulf Preck nickte militärisch und vollführte eine filmreife Drehung auf dem Absatz, ehe er davonmarschierte.

»Ganz schön streng.«

»So ist er, der gute Wulf. Immer alles genau nach Vorschrift. Gestern Abend war er auch ziemlich maulfaul. Vielleicht hat er auch persönliche Probleme. Ich kenne ihn noch nicht so lange.« Maja konnte den Ausdruck in Andreas' Augen nicht deuten.

»Willst du noch schnell einen Blick auf die Leiche werfen, ehe ich zur Besprechung verschwinde?«

»Wenn das ginge? Ich kann aber auch mit meiner Kollegin reden. Sie hat doch sicher schon eine kurze Besichtigung gemacht.« Maja beeilte sich, mit Andreas Schritt zu halten.

»Auch gut. Bis dann.« Er drehte sich kurz zu ihr um, schaute ihr in die Augen und eilte dann in Richtung Hotel davon.

»Na, du hast dich ja schon informiert, nicht?« Ingrid Reichmann saß auf einer Bank am Rande des Spielplatzes und baumelte wie ein Kind mit den Beinen. Weil sie nur einssechzig groß war, erreichten nur ihre Fußspitzen den Boden. Neben sich hatte sie eine aufgeklappte Tupperdose mit Möhren und Apfelstückchen. »Bedien dich.«

Maja, der angesichts der Frischkost einfiel, dass sie nichts gefrühstückt hatte, nahm neben der Kollegin Platz und griff nach einem Apfelschnitz.

»Ich weiß nur, dass es eine nackte Frau ist, die in Kreuzigungspose am Klettergerüst hängt, mehr nicht. Hast du schon einen Blick auf die Leiche geworfen?«

»Junge Frau, um die fünfundzwanzig, körperlich unversehrt. Schätze, etwa seit drei, vier Stunden tot. Livores in den unteren Extremitaten vorhanden, komplett wegdrückbar.« Livores war der Fachbegriff für Totenflecken. Ingrid biss krachend in eine Möhre und sprach mit vollem Mund weiter. »Todesursache weiß ich noch nicht. Wir müssen warten, bis die Spurensicherung fertig ist und wir rankönnen.«

»Hat sie Bissspuren am Hals?«

»Ich war, wie gesagt, noch nicht dicht dran, aber es sieht so aus. An der linken Halsseite sind rote Male. Du kannst also davon ausgehen, dass die da ...« Ingrid zeigte mit einer Möhre in Richtung des Klettergerüstes, »Nummer drei in der Serie ist.«

»Mein erster Serienmord. Gruselig.«

»Ich hatte schon mal einen Fall in Thüringen. Aber das ist zehn Jahre her. Guck mal da drüben.« Ingrid nickte mit dem Kinn zum Hotel hinüber. Ihre Backen mahlten. Mindestens die Hälfte der Hotelfenster war geöffnet. Leute schauten herüber, ab und an blitzte ein Fotoapparat, Handydisplays reflektierten die Sonnenstrahlen. »Wir sind wahrscheinlich schon in allen Nachrichten.«

»Davon kannst du ausgehen.« Maja ließ ihren Blick über das Hotel gleiten. Die dreieckige Form ermöglichte besonders den Gästen in den oberen Etagen einen exzellenten Fernblick. Oder eben auch die hervorragende Sicht auf den Spielplatz. »Die ganze Abschirmung ist für die Katz. Von da oben kann man perfekt auf das Klettergerüst schauen.«

»Ja, leider.« Ingrid ließ kurz die Mundwinkel herabhängen. Dann schüttelte sie die Betroffenheit ab, griff sich ein Stück Apfel und kaute fröhlich weiter.

»Da sind sogar Kinder dabei. Unverantwortlich von den Eltern!« Maja wäre am liebsten hinübergegangen, um die Erziehungsberechtigten zu maßregeln.

»Das Hotelpersonal kriegt es wahrscheinlich nicht auf die Reihe, die Leute von den Fenstern fernzuhalten. Und die Presse ist auch schon vor Ort. Guck mal da, das dritte Fenster von rechts, zweite Reihe von oben.«

Trotz der Spiegelung erkannte Maja das riesige Objektiv einer Fernsehkamera. »Die zoomen voll auf die Leiche.«

»Das können sie doch eh nicht senden. Alles kann man den Zuschauern auch nicht zumuten.« Es gab bei Fernsehsendern und Zeitungsleuten das ungeschriebene Gesetz, Tote nicht abzubilden. Unabhängig davon, ob es sich um Verkehrsunfälle, Mordfälle oder anderes handelte. Und doch war anscheinend jeder von den Journalisten daran interessiert, solche Aufnahmen zu ergattern. Man konnte die schrecklichen Details schließlich auch mit Worten beschreiben oder im Film verpixeln. Das entfernte Dröhnen eines Hubschraubers ließ Ingrid im Kauen innehalten. »Das wird ja immer besser. Wie in einem dieser Actionschinken.« Sie drückte den Deckel auf die Tupperdose. »Wir kommen ins Fernsehen, Maja.«

»Ich werde mir die Kapuze vom Schutzanzug bis über die Augenbrauen ziehen und nur nach unten schauen, da kannst du aber Gift drauf nehmen. Das fehlte noch, dass irgendein Boulevardmagazin unsere Arbeit an einem Leichenfundort zeigt.«

»Sieh mal, die Kollegen sorgen schon vor.« Ingrid, die jetzt eine Flasche Mineralwasser aus ihrer Umhängetasche hervorgezaubert hatte, schwenkte diese in Richtung Klettergerüst, wo die Kripobeamten Schnüre spannten und Folien wie Zeltdächer über das Areal zogen. »Gleich ist Schluss mit dem Voyeurismus. Auch einen Schluck?« Sie hielt Maja die Flasche hin und sprach weiter, während diese trank. »Ich hab übrigens vorhin noch etwas vergessen. Es gab nämlich *doch* etwas Auffälliges an der Toten.«

»Was?« Maja hätte sich fast verschluckt.

»Auf ihrem Bauch steht eine Nachricht. Schwarzer Edding, nehme ich an.«

»Erzählst du uns alles noch mal ganz genau der Reihe nach? Fang beim Abendessen an.« Kerstin Kaditz hatte das Zepter übernommen. Mussten Kinder vernommen werden, erledigten das meist die Kolleginnen. Um den Kleinen nicht zu verstören, hatten sie ausgemacht, ihn nicht im Tagungsraum, sondern in seinem Hotelzimmer zu befragen.

Andreas Melzer betrachtete den Jungen. Der Kleine saß neben seiner Mutter auf dem Hotelbett, sie hatte den Arm um ihn gelegt. Paul Frenzel trug eine knielange blaue Hose und einen rot gestreiften Ringelpulli. Die hellblonden Haare des Kindes waren ordentlich gekämmt. Auf der Stupsnase prangten großflächige Sommersprossen.

»Ich habe Kartoffelpuffer mit Apfelmus gegessen. Und ein Eis. Mama hatte Salat.« Pauls Mutter zog einen Mundwinkel hoch, als sie Andreas' Kollegin ob der Aufzählung lächeln sah.

»Dann sind wir hochgegangen. Ich durfte noch ein bisschen fernsehen. Dann haben wir gebadet. Mama hat mir noch vorgelesen, und dann musste ich ins Bett.«

»Wann war das in etwa?« Kerstin hatte sich der Mutter zugewandt.

»Halb neun ungefähr.«

»Und Sie sind auch mit schlafen gegangen?«

»Ich habe noch gelesen. Irgendwann bin ich dann eingeschlafen. So gegen zehn, glaube ich. Ich habe nicht auf die Uhr gesehen.«

»Und dann bist du aufgewacht.«

»Ja.« Paul nickte und kratzte sich am Hinterkopf.

»Einfach so? Oder war da etwas, das dich geweckt hat? Lärm von draußen oder Geräusche?« Andreas betrachtete das Gekritzel auf seinem Block und nahm sich vor, die Kollegin nachher daran zu erinnern, dass man Zeugen keine Antworten in den Mund legen sollte.

»Ich hatte Durst.« Paul sah Hilfe suchend zu seiner Mutter, und die nickte ihm zu. »Gehört habe ich nichts.«

»Gut. Wie ging es weiter?«

»Ich bin zum Kühlschrank gegangen und habe mir eine Limo genommen.« Jetzt lächelte Kerstin. Der Fünfjährige schlich sich also nachts an die Minibar und trank Limonade. Wahrscheinlich bekam er zu Hause nur »gesunde« Getränke.

»Ich habe den Mond gesehen. Der Wald sah aus wie bei *Zwerg Nase,* als er das Kräutlein *Niesmitlust* sucht. Ich war gar nicht mehr müde.«

»Du hast ein bisschen hinausgeschaut, nicht? Zeigst du mir mal, wo du gestanden hast?«

Paul hopste vom Bett, ging zum Fenster, schob die Gardine beiseite und drückte das Gesicht an die Scheibe. Andreas und Kerstin waren neben ihn getreten. Zu dritt blickten sie auf das Gewimmel hinab. Andreas war froh, dass die Kollegen inzwischen mit Tüchern auch die Sicht nach oben versperrt hatten. So wurde der Kleine durch die Leiche am Klettergerüst nicht noch mehr verstört. Das Kind hatte schon genug gesehen.

»Stell dir vor, es ist wieder gestern Nacht.« Kerstin berührte aufmunternd die Schulter des Jungen und ließ ihre Hand dort liegen. »Erzähl uns, was du gesehen hast.«

»Also, da war der Mond. Dort hinten, beim Kletterwald.« Der Kleine zeigte hinüber zu der hohen Parade der Fichten. »Da hat sich etwas bewegt. Ich dachte, vielleicht ist es der Zwerg. Oder ein Fuchs. Dann kam es heraus. Es war *groß*!« Pauls Stimme zitterte leicht.

»Kannst du das … Wesen beschreiben?« Kerstin schaute kurz zu Andreas. Es schien gar nicht so leicht, eine passende Bezeichnung für das, was der Junge anscheinend gesehen hatte, zu finden.

»Es war ein riesengroßes Monster! Ich hab das nicht geträumt!«

»Das behauptet auch gar niemand. Wir glauben dir. Wie sah denn dieses Monster aus?«

»Es war mindestens so groß wie ein Bär, hatte schwarzes Fell, und seine Augen haben geglüht!« Paul fuhr sich mit beiden Händen durch die Haare, bis sie nach allen Seiten vom Kopf abstanden.

»Möchtest du etwas trinken? Eine Limonade?« Andreas sah aus den Augenwinkeln, wie die Mutter leicht den Kopf schüttelte, scherte sich jedoch nicht darum, sondern ging zur Minibar und öffnete eine Fanta.

»So groß wie ein Bär …« Kerstin versuchte unterdessen, noch mehr Informationen aus dem Kind herauszulocken. »Und es kam aus dem Wald da drüben?«

Paul trank, holte dann tief Luft und nickte heftig.

»Wohin ging es?«

»Da rüber. Zum Spielplatz ist es gerannt. Dann habe ich geschrien, und Mama ist aufgewacht.«

»Versuch, dich noch einmal zu erinnern, Paul. Hast du außer dem Ungetüm noch etwas anderes gesehen?«

Der Junge stellte das Glas ab und kratzte sich erneut am Kopf. »Mehr weiß ich nicht.«

»Das hast du ganz prima gemacht.« Kerstin tätschelte dem Kind die Schulter und nickte seiner Mutter zu, aber Paul war noch nicht fertig.

»Mama hat gesagt, ich hätte nur geträumt, und morgen früh schauen wir nach! Aber als wir zum Frühstück runter sind, war es schon zu spät.«

»Du kannst nichts dafür, was da passiert ist.« Die Mutter strich dem Jungen die zerstrubbelten Haare wieder glatt. Sie war bemüht, das Geschehen möglichst diffus auszudrücken und hatte auch die Kripobeamten vorher gebeten, weder das Wort Leiche noch Tod oder gar Mord in den Mund zu nehmen, um das Kind nicht noch mehr zu verstören. Obwohl das den Beamten ohnehin klar war.

»Das hast du ganz toll gemacht. Wir sind sehr stolz auf dich.« Kerstin berührte noch einmal die Schulter des Jungen, der jetzt übers ganze Gesicht strahlte. »Du solltest nachher ein Eis zur Belohnung bekommen.« Die Mutter verzog kurz den Mund, nickte aber dann.

»Bringen Sie uns bitte nach draußen?« Kerstin winkte Paul zu, der wieder aufs Bett gehopst war, und ging zur Tür. Andreas folgte Pauls Mutter. Im Flur war niemand zu sehen. Wahrscheinlich hingen die Hotelgäste, die auf der »Waldseite« wohnten, alle an ihren Fenstern, und die anderen lungerten unten im Panoramarestaurant oder im Park herum und versuchten, von dort aus einen Blick auf das Geschehen zu erhaschen.

Andreas zog die Tür ins Schloss und wandte sich der Mutter zu. »Wir wollten das vor ihrem Jungen nicht weiter thematisieren, aber haben *Sie* irgendetwas gesehen? Sie sind doch zu ihm ans Fenster gegangen und haben hinausgeschaut, nicht?«

»Nein, da war nichts. Kein Bär, kein haariges Monster. Ich dachte wirklich, er hat schlecht geträumt. Die Gute-Nacht-Geschichte war auch recht drastisch. Das ist mir aber erst später bewusst geworden. Diese Märchen haben es ganz schön in sich.« Die Frau lehnte mit dem Rücken an der Wand und hatte die Arme vor der Brust verschränkt. »Glauben Sie, dass Paul tatsächlich den Täter gesehen hat?« Sie flüsterte jetzt.

»Möglich ist es. Es könnte genauso gut ein Albtraum gewesen sein oder ein größeres Tier, aber falls er tatsächlich den Mörder gesehen hat, müssen wir die Spreu vom Weizen trennen.«

»Ich denke, da draußen war tatsächlich etwas.« Kerstin drückte, während sie sprach, unentwegt auf ihrem Handydisplay herum. »Seine kindliche Fantasie hat dann wahrscheinlich das Beobachtete etwas ausgeschmückt.«

»Hat er sich denn schon oft Sachen ausgedacht?« Andreas hätte der Kollegin am liebsten das Mobiltelefon weggenommen. Da drinnen war sie sehr professionell gewesen, aber jetzt wirkte sie nicht besonders interessiert an dem, was die Mutter zu sagen hatte. Dabei war die Einschätzung der Mutter doch ebenso wichtig. Was, wenn der Junge tatsächlich den verkleideten Mörder gesehen hatte?

»Kleinigkeiten. Spinnereien. So etwas aber noch nie.«

»Nun gut. Erst einmal danke. Ihre Personalien haben wir. Falls wir noch Fragen haben, melden wir uns bei Ihnen.« Andreas drückte die kalte Hand der Frau und hoffte, sie würde ihrem Kind auch wirklich das angekündigte Eis spendieren.

»*Findet Yannick Reimert?*« Maja sah Andreas Melzer vom Hotel herüberkommen. Neben ihm lief eine große kräftige Frau. Er erblickte sie beide, und Ingrid hob kurz den Arm. »Was soll denn das bedeuten?«

»Weiß ich auch nicht. Die Kripo glaubt, dass es ein Hinweis des Täters ist. Das Opfer hat sich den Text höchstwahrscheinlich nicht selbst auf den Bauch geschrieben. Dann wäre die Ausrichtung der Buchstaben anders. Sie checken den Namen schon.«

»Ist die Spusi immer noch nicht fertig?« Andreas Melzer kam heran und zündete sich eine Zigarette an.

»Eine halbe Stunde noch. Dann können wir uns an die Arbeit machen. Ein Glück, dass schönes Wetter ist. Da lässt es sich gut warten.« Maja klopfte neben sich auf die Bank. »Willst du dich setzen?«

»Nein. Ich muss gleich wieder los. Nicht, dass ich wieder Ärger kriege. Von wegen Turteltäubchen und so.« Weißer Qualm quoll aus seinen Nasenlöchern. »Ein Kind hat heute Nacht etwas beobachtet.«

»Den Täter?«

»Könnte sein.« Andreas gab eine kurze Zusammenfassung.

»Der Mörder als Grizzly verkleidet? Reichlich seltsam.« Ingrid schwang die Beine vor und zurück und grinste dazu. »Kinder fantasieren sich oft was zusammen. Oder er hat es geträumt.«

Maja fand die Vorstellung hingegen gar nicht so abwegig. »Überleg doch mal: Du willst des Nachts eine Leiche direkt vor einem großen Hotel an einem Klettergerüst anbringen. Das dauert doch ein paar Minuten. Schon das Hinschaffen ist schwierig. Irgendjemand steht immer am Fenster, kann nicht schlafen und schaut hinaus. Da würde ich auch maskiert agieren.« Maja kicherte. »Nicht, dass ich Mordabsichten hätte.«

»Hm. Das klingt plausibel. Anscheinend hat aber außer dem Kind wohl niemand etwas gesehen, oder?« Ingrid hatte aufgehört herumzuzappeln, setzte sich aufrecht hin und fuhr fort: »Denn *wenn* jemand in der fraglichen Zeit munter war und auf dem Spielplatz etwas Merkwürdiges beobachtet hat, wäre derjenige dann nicht hinuntergegangen, um nachzusehen oder hätte die Hotelleitung von dem ›Bären‹ auf dem Gelände informiert?«

»Die Kollegen sind noch dabei, die Hotelgäste zu befragen. Die, wie du es genannt hast, ›fragliche Zeit‹ ist sehr wichtig.«

»Muss allerdings nicht mit dem Todeszeitpunkt übereinstimmen. Er kann sie auch hergeschafft haben, als sie schon tot war. Das muss ich erst sehen.«

»Da sind wir wieder bei eurer Arbeit. Ihr hoffe, ihr findet das heraus.« Andreas Melzer hob den Fuß, drückte die Kippe auf dem Absatz aus und warf sie in den Papierkorb.

»Ich denke schon.« Ingrid war von der Bank gehopst. »Sieht aus, als geht es gleich los. Ich hole mal meine Ausrüstung aus dem Auto.«

Maja sah ihr nach und wandte ihren Blick dann zu Andreas Melzer. Er fixierte sie mit einem unergründlichen Blick, unter dem ihr ganz heiß wurde. Das Gefühl, sich rechtfertigen zu müssen, überrollte sie urplötzlich. »Ich bin nur zu Ingrids Verstärkung hier. Wie gesagt, unser Chef war der Meinung, dass ich mitkommen sollte, weil ich die beiden ersten Fälle hatte und man vom gleichen Täter ausgeht.« Sie erhob sich ebenfalls und stand nun direkt vor ihm.

»Denkt mit, euer Chef.« Der rätselhafte Ausdruck in seinen Augen verschwand so schnell, wie er gekommen war, und machte einem dünnen Lächeln Platz. »Ich muss los. Wir sind noch für heute Abend verabredet?«

»Wenn die Obduktion nicht zu lange dauert …«

»Ich hoffe doch nicht. Du bist auch dabei?« Sie nickte, und er setzte hinzu: »Dann sehen wir uns im Institut. Ich bin gespannt, ob ihr wieder eine Fledermaus findet.«

28

»Komm mit. Wir dürfen zuschauen.« Lukas fasste ihn an der Hand und zog ihn aus der Küche. »Sarah bleibt hier. Sie mag das nicht.« Tommy fragte sich, was »das« sein könne, dachte aber nicht weiter darüber nach. Es musste irgendein Jungsding sein, denn auch die Stiefmutter machte keine Anstalten, ihnen zu folgen.

Auf dem Hof herrschte geschäftiges Treiben. Zwei von Ruth und Matthias' Nachbarn standen neben der Stalltür und schwatzten, einer spritzte einen riesigen Holzbottich, den Tommy noch nie vorher gesehen hatte, mit dem Schlauch aus, ein anderer rollte irgendwelche Maschinen aus der Scheune über die Pflastersteine. Ein Mann, den Tommy nicht kannte, lud Geräte von der Ladefläche eines Transporters. Er trug eine Schürze, die Ruths Küchenschürzen glich, nur dass sie aus olivgrünem Plastik war.

Und auch Michael, der ältere Bruder, war schon vor Ort. In seinen Augen glitzerte die Vorfreude auf das, was gleich kommen würde. Lukas stellte sich mit Tommy an die Scheunenwand und zeigte auf den Stall. »Gleich geht's los.«

Tommy hatte keine Ahnung, was ihn erwartete, aber er konnte die Erregung spüren. Wie eine unsichtbare Wolke schwebte die Spannung über dem Hof und spiegelte sich auf den Gesichtern der anwesenden Männer wider. Erst als der Stiefvater in den Stall ging und sich der Fremde mit der Plastikschürze, eine Art riesige Bohrmaschine in der Hand, vor dem Eingang postierte, formte sich eine Vermutung in seinem Kopf. Gehört hatte er schon mehrfach davon: Die Leute hier auf dem Dorf ließen ihre Tiere nicht abholen und irgendwo anders töten, sondern schlachteten noch selbst. Der Mann mit dem Kittel vor dem Bauch war der Vollstrecker und die »Bohrmaschine« das Tötungsgerät.

Auch Michael hatte sich jetzt zu ihnen gesellt. »Es ist so weit.« Er atmete schwer. »Papa bringt das Schwein raus, und Herr Findeisen schießt ihm den Bolzen durch den Kopf.« Ohne sich zu bewegen, starrten Michael und sein jüngerer Bruder auf den Stalleingang, und Tommy tat es ihnen nach. Wenige Sekunden später erschien der Stiefvater, das mächtige rosa Hausschwein, das jetzt Stricke an Vorder- und Hinterbeinen hatte, hinter sich herziehend.

Es gab keinen Überraschungsmoment für das Tier, wie Tommy es sich nach Michaels Worten ausgemalt hatte: das Schwein, das fröhlich grunzend aus seiner Box kam, dabei den Schlächter mit der Pistole gar nicht wahrnahm, woraufhin dieser abdrückte und das Schwein ohne einen Mucks zu Boden fiel.

So war es nicht gewesen.

Das Tier hatte gewusst, was gleich geschehen würde. Tommy hatte es an seinen Augen gesehen. Seine Verblüffung darüber, dass Tiere ihren nahen Tod vorausahnten, war immens gewesen. Als der Stiefvater die lockeren Stricke anzog und der Mann mit dem Tötungsgerät an das Schwein herantrat, begann es zu zappeln und wild zu quieken. Der Stiefvater hatte Mühe, es zu halten. Tommy hatte sich gefragt, warum sie das Ganze nicht im Stall erledigten, aber wahrscheinlich verstörte es die anderen Tiere, wenn sie zusehen mussten, wie einer von ihnen getötet wurde. Wenn ein Schwein wissen konnte, dass es gleich sterben musste, würden seine Artgenossen auch begreifen, was ihnen demnächst blühte, wenn sie es beobachteten.

Hinzu kam, dass sich das Steinpflaster im Hof nach getaner Arbeit leichter abspülen ließ.

Nachdem der Stiefvater das Tier gebändigt hatte, setzte der Mann die große »Bohrmaschine« zwischen die Augen des Schweins.

Im gleichen Augenblick, in dem das schussähnliche Geräusch ertönte, war Tommy, ohne einen einzigen Ton von sich zu geben, zu Boden gesunken. Lukas erzählte ihm später, er hätte gezittert und die Augen verdreht, ehe er gegen die Schuppenwand gekracht sei. Ein Nachbar sei herbeigeeilt, und Michael habe seinen Adoptivbruder gerüttelt und ihm eine Ohrfeige verpasst – um ihn wieder aufzuwecken –, wie er später behauptete. Man habe ihn dann ins Haus getragen, ehe man sich wieder dem Schwein zugewandt hatte.

Tommy konnte sich an nichts erinnern. Er war erst in der Küche wieder zu sich gekommen, wo er auf der Holzbank lag, den Kopf in Ruths Schoß. Die Stiefmutter presste ihm einen kalten Lappen auf die Stirn und streichelte seine Wange, Sarah saß neben ihr und ihr Spitzmausgesicht schwebte mit besorgtem Ausdruck über ihm. Eine Nachbarin brachte gesüßten Tee herbei, und gemeinsam versuchten sie, ihm das lauwarme Getränk einzuflößen, bis er erschöpft den Kopf schüttelte.

Erst Tage später begriff Tommy, warum Ruth und Sarah nicht mit auf dem Hof gewesen waren. Schlachten war Männersache. Ruth ertrug es nicht, beim Töten zuzusehen.

Natürlich bereitete sie das Fleisch zu, half beim Wurstmachen, kochte ein und aß später genau wie alle anderen davon. Aber zusehen, wie die putzigen Hasen, die pelzigen Schafe oder eins der dicken Hausschweine starben, war zu viel für ihr weiches Frauengemüt. Nicht einmal einem Huhn den Kopf abhacken konnte sie, geschweige denn einer der Tauben den Kopf abreißen, wie es üblich war.

Er hatte auch erst beim dritten oder vierten Mal verstanden, dass das Schlachten eines Schweins auf dem Dorf noch immer eine gesellige Angelegenheit war. Die Männer kamen zusammen, halfen einander bei der anstehenden Arbeit, nutzten die Gelegenheit zu einem Schwatz und tranken später Wurstbrühe, die sie mit Schnaps nachspülten. Erst nachdem das jeweilige Tier tot, ausgeblutet und ausgenommen war, tauchten die Frauen des Gehöfts auf, um Därme zu waschen und beim Verarbeiten des Fleischs zu helfen.

Trotz all der Frömmigkeit schien das Töten von Tieren erlaubt zu sein. Tiere hätten keine Seele, hatte Ruth ihm auf seine Nachfrage erklärt, und in den Himmel kämen sie auch nicht. Gott habe Kühe, Schweine, Schafe oder Kaninchen dazu gemacht, dass sie dem Menschen Nahrung lieferten. Und dazu mussten sie sterben. Vorher jedoch ging es ihnen gut. Sie führten ein artgerechtes Leben, kamen auf die Weide oder in den Auslauf, hatten genug zu fressen und wurden versorgt. So sei nun mal der Lauf der Dinge.

Er wusste nicht mehr, wie alt er beim ersten Mal gewesen war. Vielleicht sechs oder sieben. Der Ohnmachtsanfall war ein einmaliges Ereignis geblieben, seinem Alter, der Aufregung, der Hitze und dem unerwarteten Geschehen geschuldet.

Noch Tage und Wochen später konnte er den kupfrigen Blutgeruch riechen, hörte das wilde Quieken des Schweins, als es herausgeführt wurde, sah die Todesangst in seinen Augen.

Nicht lange darauf hatte ihn das Töten zunehmend fasziniert, obwohl er nie eine rationale Erklärung dafür gefunden hatte. Die Gründe dafür mussten irgendwie in seiner verkorksten Kindheit liegen. Wann immer es ging, versuchte Tommy in der Folgezeit, beim Schlachten dabei zu sein. Er stand neben dem Mann mit dem Bolzenschussgerät, er versuchte, dem jeweiligen Tier in die Augen zu schauen, wenn der Schlagbolzen es in die Stirn traf, er rührte das Blut im Bottich, bis es stockte.

Außer dem Augenblick des Sterbens war es besonders das Blut, welches ihn erregte. Wie es noch warm aus der Kehle hervorsprudelte und sich in das bereitgehaltene Gefäß ergoss, die kirschrote Farbe, sein Geruch und die Konsistenz. Am liebsten hätte er davon getrunken oder noch besser – den ganzen Körper darin eingetaucht, so wie Siegfried im Drachenblut. Es war ihm jedoch nie gelungen herauszufinden, woher diese plötzliche Besessenheit gekommen war, sie war einfach von einer Sekunde auf die nächste da gewesen.

Nur eines hatte er von Anfang an gewusst: Dass er diese Obsession niemandem offenbaren durfte, der neuen Mutter nicht, nicht den Brüdern und schon gar nicht dem Stiefvater, obwohl dieser doch beim Töten der Tiere mittat.

In den Folgejahren hatte er sich bewusst zurückgehalten, um nicht noch mehr aufzufallen. Er war bei fast jeder Schlachtung dabei gewesen, hatte wie die anderen Jungs zugesehen und die Anweisungen der Männer befolgt, nie jedoch die Initiative ergriffen. Der Ablauf war fast immer der gleiche gewesen, ob es sich nun um ein Schwein, ein Schaf oder ein Kalb handelte. Das Tier bekam einen Metallbolzen ins Gehirn und fiel tot um. Vorausgesetzt, der Verantwortliche traf die richtige Stelle. Ab und an schoss er ein paar Zentimeter daneben, und dann war die Sauerei groß. Die Riesenpistole hieß »Schlachtschussapparat«. Die Bauern nannten sie einfach Bolzenschussgerät.

Tommy öffnete die Augen und betrachtete den stumm vor sich hin flimmernden Bildschirm in seinem Wohnzimmer. Er hätte nie gedacht, dass ihm gerade der Gebrauch eines Schlachtschussapparates später einmal nützen würde. In seinem Kopf verblichen die Erinnerungsbilder. In zehn Minuten begannen die Abendnachrichten. Es gab allerlei zu organisieren.

Wollen doch mal sehen, was die gute Anne Sturm über den Leichenfund in Schöneck zu berichten hat.

»… gestern früh vor diesem Hotel im Vogtland.« Ein Windstoß fuhr in Anne Sturms hellblonden Haarhelm und brachte die geglättete Ordnung durcheinander. Er schlug sich zweimal mit der Hand gegen die Stirn. *Du musst dich konzentrieren, Tommy.*

»… wir vor Ort und berichten. Mein Kollege Fred Sommer hat die Hotelgäste befragt.« Die Reporterin verzog den Mund zu einem unechten Lächeln, ehe ein Einspielfilm auf dem Bildschirm erschien, in dem ein älteres Ehepaar, zwei Männer und eine Frau kundtaten, dass sie nichts gesehen hatten, die ganze Sache aber furchtbar und entsetzlich sei. Der gleiche Beitrag war schon gestern in den Spätnachrichten und heute Mittag ausgestrahlt worden.

Sein Plan war in fast allen Teilen aufgegangen. Anne Sturm war gestern Mittag in Schöneck erschienen, umgeben von einer Entourage aus Kameramännern, einer Maskenbildnerin und einem weiteren Kollegen, der sichtlich nichts zu sagen hatte.

Im aufgeregten Gewimmel von Hotelgästen, Angestellten, Gaffern aus dem Ort und Urlaubern, die, nachdem sie von dem Fund im Radio gehört hatten, schnellstens hierhergefahren waren, konnte man tun und lassen, was man wollte, ohne dass es jemanden scherte. Das Objekt der Sensationsgier befand sich am Klettergerüst. *Dorthin* richtete sich jegliche Aufmerksamkeit. Niemandem fiel auf, dass jemand das Treiben aus der Entfernung beobachtete.

Er war dabei zu dem Schluss gekommen, dass die Fernsehjournalistin nicht nur arrogant aussah, sondern es auch war. Seine Idee, ihre Kollegen über Anne Sturm zu befragen, hatte er schnell wieder verworfen. Auch wenn er sich dumm stellte und scheinbar unverfängliche Fragen loswurde, würde sich vielleicht im Nachhinein doch jemand an ihn erinnern. Das Risiko war viel zu groß. Er würde später recherchieren. Ihn drängte schließlich nichts. Noch stand auch gar nicht fest, ob ihr Hintergrund passte. Nur weil er die Frau nicht leiden konnte, war sie noch lange nicht das perfekte nächste Opfer.

29

»Ich sage es nicht gern, aber du hattest recht. Vorgestern gab es ein drittes Opfer.« Maja sah die Leiche am Klettergerüst vor ihrem inneren Auge, der Kopf hing nach vorn, die ausgestreckten Gliedmaßen waren an den bunten Metallstangen befestigt. In den Beinen hatte sich schon das Blut gesammelt und ihnen eine dunklere Farbe verliehen.

»Genau deswegen bin ich hier.« Peter Holzing bemerkte, was er eben gesagt hatte, und fügte eilig hinzu: »Also natürlich in erster Linie, um *dich* zu sehen, liebe Maja, nicht, dass du mich falsch verstehst.« Er lächelte sein schelmisches Kleiner-Junge-Lächeln. »Aber du kennst mich. Ich kann einfach nicht anders. Ich habe schon stundenlang im Internet gesurft, um Details zu erfahren. Aber es geht doch nichts über dein ausführliches Fachwissen.« Er schien zu überlegen, ob das genug der Schmeichelei gewesen war, und fuhr fort. »Du bist nun mal ganz dicht dran. Rede noch ein bisschen mit mir darüber, bitte.«

»Du weißt, dass ich mich eigentlich nicht mehr mit den Fällen befasse, wenn die rechtsmedizinischen Untersuchungen abgeschlossen sind. Das überlassen wir Kriminalpolizei und Staatsanwaltschaft. Da es sich aber bei allen drei Opfern um die gleiche Vorgehensweise handelt, ich die ersten beiden auf dem Tisch hatte und auch bei Opfer Nummer drei dabei war, lässt sich das Prinzip hier schlecht anwenden. Und diese Sache hat mich echt gepackt. Ich habe etwas getan, was ich sonst nie mache: Ich habe angefangen, Fragen zu stellen und meine Kripokollegen auszuhorchen.«

»Niemandem würde es gelingen, bei solch spektakulären Verbrechen einfach zur Tagesordnung überzugehen. Was ist eigentlich bei der zweiten Toten herausgekommen?«

»Sie hieß Madeleine Beck. Eine Studentin aus Zwickau. Hat eine Weile gedauert, bis die SoKo herausgefunden hatte, wer sie war.«

»Eine Studentin ...« Peter tigerte in Majas Wohnzimmer auf und ab. Vor zehn Minuten war er hereingestürmt wie ein D-Zug, hatte seine Jacke an die Garderobe gehängt und sich mit einem Schnaufen auf ihr Wohnzimmersofa plumpsen lassen, nur um gleich darauf wieder aufzuspringen. »Wie sind die darauf gekommen?«

»Zwei Mitstudentinnen haben sie als vermisst gemeldet. Daraufhin ergab der Datenabgleich relativ schnell, dass die Tote aus Wüstenbrand die verschwundene Madeleine Beck ist.«

»Warum hat es denn so lange gedauert, bis jemand ihr Verschwinden bemerkt hat?«

»Sonnabend und Sonntag war sie wohl immer auf Tour. Als sie Montag früh nicht im Wohnheim auftauchte, haben die Freundinnen angenommen, Madeleine sei krank. In Studentenkreisen sieht man das nicht so eng. Den Besuch bei ihrer Mutter am Wochenende hatte sie abgesagt. Das sei nicht das erste Mal gewesen, dass Madeleine ihre Tochter nicht besucht habe, hat die Mutter laut Egbert ausgesagt. Die Kleine war ihr wohl ein Klotz am Bein.«

»Sie hatte ein Kind?«

»Wenn ich das richtig verstanden habe, ja. Eine kleine Tochter.«

»Das ist merkwürdig ...« Peter hielt inne und fuhr sich mit der rechten Hand übers Kinn, was ein schabendes Geräusch verursachte. »Ist der Kripo eigentlich aufgefallen, dass die Opfer immer an den Wochenenden gefunden werden?«

»Na sicher doch. Du darfst die SoKo nicht für blöd halten. Die Fallgruppe diskutiert ständig alle Parallelen. Davon kannst du ausgehen.«

»Dein Kripofreund hält dich auf dem Laufenden.«

»Ich habe keinen ›Kripofreund‹.« Der Satz war lauter als gewollt aus ihr herausgeplatzt. Maja lauschte dem Nachhall ihrer eigenen Worte und fand sie richtig. Andreas Melzer war weder ihr Freund, noch hatte sie vor, ihn dazu zu machen.

»Das mit den Wochenenden ist eigentlich logisch.« Peter hatte die unausgesprochene Rüge, ohne mit der Wimper zu zucken, zur Kenntnis genommen. »Wenn es sich nicht gerade um Taten im Affekt handelt, sondern wir es mit einem planenden Täter – ich benutze jetzt der Einfachheit halber mal die männliche Form – zu tun haben, dann führt so einer nach außen hin meist ein ganz bürgerliches Leben. Das heißt, er geht einer geregelten Tätigkeit nach, hat vielleicht sogar eine Familie, und die Nachbarn sagen im Nachhinein immer, er wäre unauffällig oder sehr nett gewesen. Für solche Taten wie die hier, muss man Zeit einplanen. Mehrere Stunden. Das erledigt man nicht einfach mal schnell an einem Wochentag nach der Arbeit.«

»Klingt einleuchtend.« Maja dachte darüber nach, Peter einen Schluck Wein anzubieten, schwieg aber. Heute war Montag, und sie wollte ihre guten Vorsätze, in der Woche nichts mehr zu trinken, in die Tat umsetzen. »Ich muss immer an diese neue Leiche vom Wochenende denken. Weißt du, was ich nicht verstehe? Warum der Täter diese Nachricht auf ihren Bauch geschrieben hat.«

»Findet Yannick Reimert?« Peter sprach jetzt hastiger.

Und auch seine Schritte hatten sich beschleunigt. »Das ist doch sonnenklar. Der Blutsauger-Mörder wollte, dass man den genannten Yannick schnell findet.«

»Yannick Reimert ist der vierjährige Sohn des Opfers.«

»Weiß ich. Das war auch in allen Nachrichten.« Peter kratzte sich am Hals. »Aber merkwürdig ist die Botschaft trotzdem. Etwas Vergleichbares hat es doch bei den beiden Ersten nicht gegeben. Bei der Ersten wissen wir gar nicht, ob es überhaupt eine Nachricht gab, und bei der Zweiten war die Botschaft im Bauch der Fledermaus versteckt. Durch die offensichtliche Nachricht in diesem Fall konnte die Kripo das dritte Opfer schnell identifizieren.«

»Das hat er wohl billigend in Kauf genommen. Ich schätze, es war ihm wichtiger, dass das Kind gefunden wurde. Bedeutet das aber nicht, dass der Mörder einen konkreten Verdacht hatte, dass dieser Yannick sich in einer Notlage befinden könnte?«

»Nichts anderes heißt es. Das bringt mich auf eine Idee.« Peters Augen verengten sich. »Ich muss darüber nachdenken.« Ein paar Sekunden wirkte er abwesend. »Weißt du, ob das Kind sich tatsächlich in Gefahr befand?«

»Eigentlich nicht. Also, ich meine, ich weiß es. Der Kleine war nicht gefährdet. Die Kollegen entdeckten ihn bei einer Nachbarin von Sina Reimert. Anscheinend hat die ihren Sohn ab und zu dort ›geparkt‹, wenn sie etwas vorhatte.«

»Eindeutig eine Fehlannahme des Mörders also. Trotzdem muss es einen Grund dafür gegeben haben. Direkt auf die Kinder hinzuweisen, hat er schließlich bei den vorhergehenden Frauen auch nicht gemacht … Seltsam. Ich kriege das schon noch heraus, verlass dich darauf.«

»Setz dich doch ein bisschen. Da ist noch was. Diese Sina hatte nicht nur analog zum zweiten Opfer eine Fledermaus im Rachen.« Maja machte eine kurze Pause, um Peters ungeteilte Aufmerksamkeit zu haben, und setzte dann fort: »Es gab auch hier einen Zettel mit einer Nachricht im Magen des Tieres.«

Peter, der bis eben mit auf dem Rücken verschränkten Armen vor dem Sofa hin und her gelaufen war, erstarrte. »Was stand darauf?«

»Helft uns.«

»Genau wie bei der anderen … Wer hat den Zettel gefunden?«

»Ingrid. Diesmal haben wir in weiser Voraussicht die Fledermaus bei der Obduktion gleich mit seziert.« Maja horchte in sich hinein und stellte fest, dass sie Hunger hatte. Vielleicht konnten sie sich eine Pizza bestellen. Sie drehte den Kopf von links nach rechts und lauschte dem feinen Knacken ihrer Halswirbelsäule. Peter betrachtete seine Armbanduhr, als hätte er sie noch nie gesehen, kratzte sich am Nacken und nahm schließlich neben ihr Platz. »Das ändert einiges. Diese Botschaft im Bauch der Fledermäuse muss der Schlüssel zu dem Ganzen sein. Ich werde nachher in Ruhe darüber nachdenken. Lass uns jetzt bitte die regionalen Nachrichten anschauen. Bin gespannt, wie die die Sache darstellen. Danach trinken wir ein Gläschen Wein.«

Anscheinend hatte Peter Holzing heute viel Zeit. Maja blickte schnell zu dem Foto von Hannah und Caspar hinüber. Ihr sollte es recht sein. *Jede* Ablenkung war recht.

Ohne auf ihre Antwort zu warten, hatte Peter schon nach der Fernbedienung gegriffen und eingeschaltet. Nach Berichten über den Besuch des amerikanischen Präsidenten in Südafrika, die Finanzkrise in einigen Euro-Ländern und das Sparpaket für EU-Beamte in Brüssel kündigte der Nachrichtensprecher Neuigkeiten zum Fall des »Kreuzigungs-Mörders« an.

»Kreuzigungs-Mörder? Ist damit etwa der Blutsauger gemeint? Sind die noch ganz dicht?« Peter hatte sich aufgerichtet und nach vorn gebeugt. »Das gibt's doch gar nicht! *Kreuzigungs-Mörder*!«

»Irgendeine Bezeichnung kriegt so ein Täter doch immer angeheftet. Möglichst plakativ und bildhaft. Das können sich die Zuschauer leicht merken. ›Blutsauger‹, wie du ihn nennst, ist auch nicht besser.«

»Hm ...« Richtig einverstanden schien Peter nicht mit ihrer Argumentation zu sein. »Im Übrigen frage ich mich, was das für Neuigkeiten sein sollen. Gab es neue Entwicklungen, von denen wir nichts wissen? Würden die Kripoleute dich informieren, wenn etwas passiert wäre?«

»Nur, falls es Arbeit für die Rechtsmedizin gäbe und ich Rufbereitschaft hätte. Habe ich aber nicht.« Majas Gedanken kreisten um Peters Bemerkung, dass sie nach den News ein Gläschen Wein trinken würden. »Warten wir die Nachrichten ab. Sicher wieder nur heiße Luft.«

Eine sehr dünne, sehr blond gefärbte Reporterin mit knielangem Rock und zweireihigem Blazer kam ins Bild. Hinter ihr thronte das Hotel in Schöneck, weiße Federwölkchen drifteten über einen blauen Frühlingshimmel. Der eingeblendete Untertitel lautete: »*MDR*-Reporterin Anne Sturm aus Schöneck«. Die Frau beschrieb zuerst noch einmal ausführlich die ersten beiden Morde, wobei im Hintergrund jeweils unscharfe Fotos von der Leiche in Schwarzenberg und der in Wüstenbrand eingeblendet wurden, um dann wieder zu dem Fall von Sonnabend zurückzukehren.

»Wie wir aus sicherer Quelle erfahren konnten, geht die Kriminalpolizei von einem Serientäter aus.« Die Reporterin riss die Augen auf und machte das, was sie für ein betroffenes Gesicht hielt. »Die Parallelen in den drei Fällen sind unübersehbar. Bei allen Opfern handelte es sich um junge Frauen. Alle wurden vom Mörder in einer Art Kreuzigungspose arrangiert, immer an öffentlich zugänglichen Plätzen. Die Frauen waren nackt und hatten keine Papiere bei sich.«

»Das ist ja hirnrissig! Wie können Nackte Papiere bei sich haben?« Maja hörte Peters »Pst!« und verzog den Mund.

»… hatten Abdrücke von Zähnen am Hals.« Ein unscharfes Foto erschien hinter der blonden Journalistin, darauf erkannte man mit viel Fantasie einen von der Seite fotografierten Kopf mit undeutlichen roten Punkten in der Halsregion. Damit der Zuschauer auch wusste, was gemeint war, hatte man die Male eingekreist.

»Die müssen doch glatt von einem der Hotelfenster auf die Leiche gezoomt haben, als der Sichtschutz nach oben noch nicht eingerichtet war. Ich frage mich nur, woher sie die Information haben, dass es sich um Bissspuren handelt. Das ist auf diesem Bild nicht zu erkennen.«

»Vielleicht gibt es noch schärfere Fotos, die sie hier aus Pietätsgründen nicht zeigen. Außerdem haben die doch für alles ihre Experten, die in solchen Fällen befragt werden können.« Peter, der sehr schnell gesprochen hatte, legte einen Finger auf die Lippen, um sie vom Antworten abzuhalten.

»Und das ist noch nicht alles!« Anne Sturm legte eine bedeutungsschwangere Pause ein, ehe sie weitersprach. »Bei allen drei Opfern waren die Augenlider angeklebt. Und es kommt noch schlimmer: In den Mündern der Toten fanden die Rechtsmediziner bei der Untersuchung je eine Fledermaus.« Maja hörte, wie Peter mit einem Zischen die Luft einsog, während die Reporterin fortsetzte. »Ein Zeuge will außerdem in der Nacht eine Art Monster, ein großes Tier mit rot glühenden Augen, vor dem Hotel gesehen haben. Die Bedeutung dieser makabren Inszenierung ist bis jetzt nach Angaben der Polizei noch völlig ungeklärt.« Noch einmal erschienen in schneller Folge die Bilder der drei Toten, die man schon am Anfang gezeigt hatte, dann wechselte die Aufnahme zu einer Kolonie Fledermäuse. »Ahmt der Täter womöglich einen Vampir nach?« Die Reporterin hatte wieder ihr Betroffenheitsgesicht aufgesetzt. Fehlte nur noch, dass sie zur Untermalung ihrer Theorie die Zähne bleckte. Sie faselte noch ein bisschen von weiteren Erkenntnissen über die Hintergründe der drei Opfer, die in den Spätnachrichten präsentiert werden würden, und versprach dem Nachrichtenmoderator für den nächsten Tag neue Informationen über den Fall des Kreuzigungs-Mörders.

»Hat die echt gesagt: ›nach Angaben der Polizei‹? Ich dachte, diese Sache mit den Fledermäusen sollte geheim bleiben? Na, das wird einen schönen Aufzug geben!« Peter ließ ein leises Kichern hören.

»Nie im Leben kommt das von der Kripo!« Der Zorn fraß gerade ein kleines Loch in Majas Magen. »Es ist unglaublich. Diese Aasgeier! Woher hat der Sender das? Da muss doch jemand geplaudert haben!« Sie zog die Unterlippe in den Mund und grub die Zähne in das weiche Gewebe.

»Es sind einfach zu viele Leute involviert, Maja. Irgendwer plaudert immer. Wer weiß, was die Sender für solche Informationen bezahlen.«

»Von uns war das mit Sicherheit keiner. Für die Kollegen lege ich meine Hand ins Feuer. Und von der SoKo haben die das auch nicht.« Die Wut in Maja loderte stärker.

»Wenn eine Leiche direkt vor einem Hotel gefunden wird, hast du allein schon Hunderte von Hotelgästen, Angestellten und Restaurantbesuchern, die irgendetwas aufgeschnappt haben und sich nun wichtig machen. Ein Zeuge will nachts ein Monster gesehen haben? Was für ein Quatsch! Da hat wohl einer zu tief ins Glas geschaut! Apropos Glas …« Peter stand auf. »Ich hole uns mal den Wein.«

Es dauerte ein paar Minuten, in denen Maja ihn in der Küche rumoren hörte, dann erschien er mit einer Flasche Dornfelder und zwei Gläsern in der Tür und setzte seinen Monolog übergangslos fort.

»Das mit den Zetteln im Bauch der Fledermäuse wissen sie aber anscheinend nicht, oder? Das hätten die doch sonst mit Sicherheit auch gebracht! Warum sollten sie sich solche brisanten Absurditäten für morgen aufheben, wo sie inzwischen vielleicht ein anderer ausplaudern könnte?« Er ließ sich wieder neben Maja plumpsen und goss ein, ohne in seiner Rede innezuhalten. »Bin gespannt, wann sie das herausfinden. Letztendlich hat Blondie das aber gut zusammengefasst. Findest du nicht?«

»Ich kann das nicht so nüchtern betrachten wie du, Peter.« Maja genoss die Wärme des Weins, die sich vom Mund über die Speiseröhre bis in den Magen ausbreitete, und unterdrückte ein wohliges Seufzen.

»Du wolltest mir doch noch sagen, von welchem Tier diese Zahnabdrücke stammten. Sollten die Ergebnisse von diesem Tiergebiss-Spezialisten nicht heute da sein?«

»Veterinäranatom heißt das.«

»Und? Welches Tier hat die Opfer in den Hals gebissen?«

»Ein Wolf.«

30

»Hi, Süße!« Tommy ließ seine Finger über die Tasten huschen und schaute dabei auf den Bildschirm. Während ein Teil seiner Persönlichkeit mit den Auserwählten chattete, war ein anderer Teil damit beschäftigt, die News aufzurufen und zu vergleichen. Inzwischen hatten fast alle Nachrichtenportale im Internet die Sache mit den Fledermäusen aufgegriffen, und immer neue Spekulationen machten die Runde. Diese Anne Sturm hatte ganze Arbeit geleistet. Ihr reißerisches Gehabe, dazu die Verkündung der neuen Entwicklungen direkt vor dem Hotel waren eingeschlagen wie eine Bombe.

Mandy war nicht online. Vielleicht kam sie noch in den Chat, aber zwei reichten auch.

»Was machst du gerade?« Vanessa war heute besonders aufdringlich. Wenn er nicht sofort eine Antwort schrieb, bombardierte sie ihn mit weiteren Fragen. *Ich denke über das vierte Opfer nach. Vielleicht wirst* du *es.* Tommy lächelte, nippte an seiner Cola und tippte dann seinen erdachten Tagesablauf in ein Word-Dokument. Er schrieb nie direkt in die Chatfenster. Zuerst mussten die Informationen, die er den anderen gab, auf mögliche Fehler geprüft werden, ehe er sie rausschickte.

»Geht's dir gut?« So langsam nervte die Gute. Er schrieb ihr, sie solle warten, weil er gerade mit seiner Schwester telefonierte – Verwandte kamen immer gut , und wandte sich Fiona zu. Fiona war deutlich weniger aufdringlich. Und sie wartete auch schon länger auf ein erstes Date mit dem Krankenpfleger, der er ihr gegenüber vorgab zu sein. Wahrscheinlich versprach sie sich davon einen gesellschaftlichen Aufstieg. Fiona arbeitete nicht. Kindergeld und Hartz IV sicherten ihr ein erträgliches Auskommen. Wenn er sich ins Flirtportal einloggte, war Fiona immer anwesend, egal ob es früher Nachmittag oder später Abend war.

Seine anfangs vorsichtigen Fragen nach den drei Kindern hatte sie flapsig abgetan. Die seien schon sehr selbstständig und kämen durchaus eine ganze Zeit allein zurecht. Er hatte ihr seine Zweifel nicht mitgeteilt. Es war offensichtlich, dass eine Dreijährige und ihre vier und sechs Jahre alten Brüder nicht in der Lage waren, sich über Stunden – denn so lange chattete Fiona fast immer mit ihm – allein zu beschäftigen. Tommy ahnte, was die Kinder taten: Sie sahen fern, ernährten sich von dem, was sie in der Wohnung fanden, Chips und anderem ungesunden Kram wahrscheinlich, und waren sich selbst überlassen. Irgendwann am Abend, wenn sie ihr wieder einfielen, verabschiedete sich Fiona für ein paar Minuten von ihm, um die drei ins Bett zu bringen.

Tommy rief seine »Fiona-Liste« auf und überflog die Einträge. Fiona war eine sehr gute Anwärterin für sein Projekt. Vielleicht jedoch würde sie noch ein wenig warten müssen, weil sich andere vordrängten. Er verabschiedete sich von ihr und versprach, sich morgen wieder zu melden.

»Da bin ich wieder! Wie war dein Tag?«

Vanessa hatte offenbar sehnsüchtig auf seinen nächsten Satz gewartet, denn ihre Antwort erschien nur wenige Sekunden nach seiner Frage. Während sie ihm ihren kompletten Tagesablauf vom Frühstück bis zum Einkauf in verschiedenen Supermärkten nach Dienstschluss schilderte, wog Tommy Vanessas Tauglichkeit gegen die von Fiona und den anderen ab, die er noch in der engeren Wahl hatte.

Vanessa war im Gegensatz zu fast allen anderen berufstätig. Sie malochte in einer Internetfirma und war der Typ Businessfrau. Und sie würde sich wohl auch nicht so leicht einlullen lassen wie Jennifer, Madeleine oder Sina. Aber gerade das machte es für ihn spannend. Er fragte sich sowieso schon seit Wochen, wieso eine wie sie sich hier in diesem Flirtportal herumtrieb. Aber vielleicht war es auch gerade der Job, der sie einsam dastehen ließ. Nach außen hin gab sie die toughe Powerfrau, und an den Abenden heulte sie ins Kissen, weil sie allein war. Vanessa hatte zwei Söhne. Der Achtjährige war in einem Internat untergebracht. Nicht in ihrer Nähe – da hätte sie ihn ja auch zu Hause behalten können –, sondern schön weit weg in Bayern. Angeblich, weil dort die Ausbildung am besten war. Sie sah ihn nur selten und hatte noch nicht ein einziges Mal den Eindruck erweckt, ihn zu vermissen. Der Fünfjährige wurde von wechselnden Au-pair-Mädchen betreut, laut Vanessa hatten sie jetzt schon die fünfte oder sechste. »Ich merke mir das nicht so genau«, waren ihre Worte gewesen.

Tommy musste zugeben, dass Vanessa ihn deutlich mehr reizte als all die »Zu-Hause«-Hühnchen. Die Herausforderung war einfach größer. Sie war auch deutlich älter als die anderen. Es konnte jedenfalls nichts schaden, wenn er ein paar Aktivitäten vorbereitete. Kam etwas dazwischen, konnte er immer noch umdisponieren.

»Hast du am Wochenende schon was vor?« Jetzt ließ ihre Antwort auf sich warten. Er konnte regelrecht fühlen, wie sie nachdachte.

»Warum?«

»Ich dachte … es wäre Zeit für ein Treffen.« Er schickte ihr einen errötenden Smiley. »Aber wenn du arbeiten musst …« Drei Punkte ließen das Ende offen. Sie brachten den anderen dazu, sich zu äußern. Es funktionierte fast immer.

»Es könnte klappen.« Vanessa hatte angebissen. Tommy bot ihr den Freitagabend an. Ein teures Restaurant in Leipzig, das machte Eindruck. Eine Businesstussi wie Vanessa stand auf so etwas. Er würde sie in der Fußgängerzone oder im Parkhaus abfangen. Sie besprachen die Details, und Tommy kopierte die Informationen in seine »Vanessa-Datei«, bevor er sich von ihr verabschiedete.

Er hatte für jede von ihnen ein Dokument. Wohnort, Beruf, wenn sie denn berufstätig waren, Lieblingsspeisen und -getränke, Freizeitaktivitäten und natürlich Angaben zu ihren Kindern.

Auch für Anne Sturm hatte er inzwischen eine Liste angelegt. Es wurde Zeit, dass diese sich mit Informationen füllte.

Ihren Wohnort herauszufinden, war nicht schwierig gewesen. Er hatte seine Möglichkeiten. Der Rest war schon schwieriger. Das Internet hatte nicht viel hergegeben. Dinge, die mit ihrer Arbeit zu tun hatten, fanden sich zuhauf, Privates dagegen kaum. Anne Sturm hielt ihre Angelegenheiten gut verborgen. Weder Informationen, ob sie liiert oder verheiratet war, noch zu eventuellen Kindern hatten sich finden lassen. Wenn er sie tatsächlich in die engere Wahl ziehen wollte, würde ihm nichts anderes übrig bleiben, als sie ein bisschen zu beschatten. Und das würde Zeit kosten. Viel Zeit. Die er nicht hatte.

Tüchtig war sie allerdings. Oder auch nur karrieregeil. Das mit den Fledermäusen hatten sie jedenfalls schon kurz nach seinem Hinweis gebracht. Ursprünglich war er davon ausgegangen, dass die Sache von ganz allein durchsickern und sich wie ein Lauffeuer verbreiten würde, aber alle, die die Details der Fälle kannten, hatten dichtgehalten. Niemand wollte anscheinend den Maulwurf geben, und so hatte er sich entschlossen, die Sache selbst in die Hand zu nehmen.

Er hatte von einer Telefonzelle aus beim Sender angerufen, sich als einer der Sektionsassistenten des Rechtsmedizinischen Instituts ausgegeben und um Vertraulichkeit gebeten. Die Namen der Mitarbeiter standen schließlich für jeden zugänglich im Internet. Ersten Recherchen würde dies standhalten. Dass sie zurückriefen, war nicht anzunehmen.

Vertraulichkeit war immer gut. Das ließ sie hellhörig werden. Der Typ am anderen Ende hatte nicht gefragt, warum ein Sektionsassistent solch brisante Details ohne Not preisgab. Wie man seine Informationen verifiziert hatte, wusste er nicht. Falls dies überhaupt geschehen war. Es war amüsant gewesen zu beobachten, wie der Topf nach dieser Nachricht übergekocht war. Die neue Information würde ihnen wohl auch die Bezeichnung »Kreuzigungs-Mörder« austreiben. Der Begriff führte in die Irre. Mit Kreuzigungen hatte sein Vorgehen nur ganz entfernt etwas zu tun. Tommy war gespannt, wie sie ihn jetzt nennen würden. »Vampir-Mörder?« Oder »Glutaugenmonster« nach dem Bericht des Zeugen? Spätestens zu den nächsten Nachrichten würde er es wissen. Anne Sturm hatte die Sache an sich gerissen. Sie machte Quote mit seinem Fall und hatte doch nichts begriffen.

Jedes Mal, wenn die blonde Frau im Fernsehen auftauchte, weckte sie den zornigen Dämon in ihm. Das Untier zerrte an seinen Ketten und fletschte die Zähne.

Manche Frauen ließen ihn kalt. Er konnte sie von vornherein aus seiner Auswahl entfernen, mit klinischem Blick betrachten oder ohne Emotionen über ihr Schicksal entscheiden. Bei Anne Sturm war das anders. Sie war eine eisige Bestie. Das wusste das Tier in ihm auch ohne Hintergrundinformationen.

Er konnte sie nicht einfach loslassen. Zeitbudget hin oder her – Anne Sturm musste beschattet werden.

31

»Wie findest du deine Opfer, mein Freund?« Peter Holzing starrte auf die Liste, die er angelegt hatte. Da man inzwischen wusste, wer die drei toten Frauen gewesen waren, hatte es nicht lange gedauert, bis Informationen über ihr Privatleben in den Medien und im Netz aufgetaucht waren.

Jennifer Breithaupt aus Schwarzenberg war zweiundzwanzig Jahre alt gewesen, arbeitslos und hatte zwei Kinder: den vierjährigen Collin und die zweijährige Angelina.

Die dreiundzwanzigjährige Madeleine Beck wohnte in Zwickau, wo sie studierte. Ihre Tochter Celina wuchs bei der Oma in Hohenstein-Ernstthal auf.

Sina Reimert aus Plauen ist auch erst zweiundzwanzig gewesen. Sie musste ihren Sohn Yannick mit achtzehn bekommen haben, genau wie Jennifer Breithaupt.

»Ziemlich früh, um Mutter zu werden.« Peter schüttete den letzten Rest lauwarmen Kaffees in sich hinein. Er liebte es, Gespräche mit sich selbst zu führen. Worte und Widerworte machten es ihm leichter nachzudenken. Um sich mit sich selbst in verschiedenen Rollen unterhalten zu können, hatte er einen Spiegel hinter dem Schreibtisch befestigt. Peter Holzing stellte die leere Tasse ab. Aus dem Spiegel betrachteten ihn die Augen des Täters. »Wonach hast du Jennifer, Madeleine und Sina ausgewählt? Ich glaube nämlich nicht, dass sie Zufallsopfer waren.«

Peters Blick schwenkte zum Bildschirm. Der Beruf war

es wohl nicht. Zwei hatten von Hartz IV gelebt, eine studierte. Keine von den dreien hatte einen festen Freund oder Lebenspartner gehabt.

Alle stammten aus Sachsen oder wohnten hier. Das konnte bedeuten, dass der Täter auch in dieser Region lebte. Zwingend war die Schlussfolgerung jedoch nicht, denn da die Morde bisher immer an den Wochenenden stattgefunden hatten, lag es genauso im Bereich des Möglichen, dass er von weiter weg kam. Seine Ortskenntnis allerdings sprach dagegen. Peter glaubte nicht, dass der Blutsauger die Schauplätze, an denen er die Leichen der Öffentlichkeit präsentierte, willkürlich ausgewählt hatte. Welcher Fremde kannte zum Beispiel das verschlafene Nest Wüstenbrand oder die Königseiche in Schwarzenberg?

Das Spekulieren führte zu nichts. Er wusste einfach noch zu wenig über die drei. Parallelen konnte man nur finden, wenn man viele Fakten hatte. »Das bedeutet, wir müssen weiter recherchieren.«

Wenn klar war, wonach die drei ausgewählt worden waren, konnte man Schlussfolgerungen auf das nächste Opfer ziehen. »Denn es ist doch unstrittig, dass du weitermachen willst, mein Freund, nicht?« Im Spiegel zwinkerte der Blutsauger-Mörder. »Noch kennen wir dein Motiv nicht, wissen nicht, warum die Frauen nackt in den immer gleichen Posen arrangiert wurden, Bissmale am Hals hatten oder warum du diese Zettel in den Bäuchen der Fledermäuse platziert hast.«

Peter sah, wie die Spiegelaugen sich verengten, während das Gesicht des Blutsaugers verschwand und sein eigenes zutage trat. Es hatte ja nicht nur die Nachrichten in den Flattertieren gegeben, sondern bei Sina auch eine für alle sichtbare Botschaft auf dem Körper.

»Findet Yannick Reimert.« Er murmelte die Worte vor

sich hin. Woher wusste der Täter, dass Sina einen Sohn namens Yannick hatte? Und warum war er so interessiert daran gewesen, dass man das Kind fand? Sein Blick verfing sich an der Liste der drei Opfer, obwohl er die Datei nicht noch einmal lesen musste, um sich an die Details zu erinnern. Ein einziges Überfliegen genügte jeweils, dann waren Daten für immer in seinem Kopf gespeichert. Er hatte ein eidetisches, also fotografisches Gedächtnis. Einmal gesehen, konnte Peter Holzing komplette Texte, Bilder und Situationen bis ins kleinste Detail wiedergeben.

Die fotoähnliche Speicherung von Informationen im sensorischen Gedächtnis war umstritten. Das war nachvollziehbar, wenn man davon ausging, dass diejenigen, die über eine solche Fähigkeit urteilten, sie selbst nicht besaßen. Wie hätten sie sich in die Lage eines solchen Menschen hineinversetzen können? Das glich einem Farbenblinden, der Rot und Grün beschreiben sollte. Kein Wunder, dass die meisten Wissenschaftler nicht glaubten, dass es echte Eidetiker gab, und sich auch durch Versuche mit entsprechenden Probanden nicht vom Gegenteil überzeugen ließen. Es spielte auch keine Rolle, was andere dachten. Entscheidend war, dass er die Fähigkeit *besaß*.

Als Kind hatte Peter keine Ahnung gehabt, dass seine Fähigkeit sehr selten war, und sich nur ab und an gewundert, warum die anderen Kinder im Heim ständig Dinge vergessen zu haben schienen, wo sie doch einfach bloß das Gedächtnisbild wieder abrufen mussten. Später, als seine Fähigkeit den Lehrern und Erziehern Angst einjagte und die Mitschüler ihn ohne Kenntnis der Hintergründe deswegen drangsalierten, hatte er es für besser gehalten, sein Wissen zu verschweigen und hier und da ein paar Fehler einzubauen. Es lebte sich leichter, wenn man nicht aus der Masse herausstach.

»Collin, Angelina, Celina und Yannick … Sind die Kinder das verbindende Kriterium?« Das Spiegelgesicht antwortete nicht. *Wozu aber der ganze Zirkus mit dem Nackt-Aufhängen, das Beißen, die Fledermäuse?* Da musste mehr dahinterstecken. Womöglich hielt sich der Mörder für einen Vampir oder einen Werwolf. Verrückte, die sich irgendetwas einbildeten, gab es zuhauf. Um seinem Wunschbild näherzukommen, verkleidete er sich bei den Taten. Hatte ein Zeuge aus dem Hotelfenster nicht ein Monster gesehen, das einem großen Tier glich?

»Du bist ein Vampir, der seine Opfer in den Hals beißt und sie aussaugt.« Peter rieb sich die Stirn. »Oder ein Werwolf. Vielleicht auch ein Untoter … Ich muss recherchieren …«

Was würde ihn selbst dazu bringen, ein Blutsauger sein zu wollen? Wie kam jemand zu solch einer Paraphilie, bei der man Opfern Blut entnahm und dabei verschiedene Fetische wie Fledermäuse und künstliche Reißzähne verwendete? Waren es Filme, Märchen, die der Täter einst gesehen oder gelesen hatte, Erlebnisse in der Kindheit?

»Eigentlich stecken doch *immer* Erlebnisse aus der Kindheit dahinter, nicht?« Peter sah, wie sich ein schmerzlicher Zug in seine Mundwinkel schlich.

Günther Holzing hatte Mitte der Siebzigerjahre in der Nähe von Neubrandenburg drei Jungen im Alter zwischen acht und zehn Jahren, die er bei seinen zahlreichen Fahrten übers Land auswählte, ermordet. Begegnete er auf abgelegenen Wegen außerhalb der Ortschaften Kindern, die seinen Suchkriterien entsprachen und allein unterwegs waren, hielt er an und fragte sie nach dem Weg. Drei von ihnen waren zu ihm ins Auto gestiegen und hatten damit verspielt. Nachdem er mit ihnen getan hatte, was seine Fantasie ihm vorschrieb, entsorgte er die kleinen Körper einfach im Wald.

Man war Günther Holzing nur auf die Schliche gekommen, weil das vierte Opfer überlebt und sich an das Kennzeichen seines Trabis erinnert hatte. Peters Vater war zu »lebenslänglich« verurteilt worden. Aufgrund der Schwere seiner Taten und der bestehenden Wiederholungsgefahr war Günther Holzing nach der Wende nicht amnestiert worden, sondern saß auch heute noch ein. Er musste inzwischen fast fünfundsiebzig sein.

Im Spiegel formte sich Peter Holzings weiches Kindergesicht. Es hatte traurige Augen.

Peter fragte sich manchmal heute noch, warum der Vater sich nicht auch an ihm vergriffen hatte, oder ob er womöglich die Erinnerung daran nur in einem unzugänglichen Teil seines Unterbewusstseins abgespeichert hatte. Sein Gedächtnis hatte ihn zwar, nachdem er ins Heim gekommen war, nie mehr im Stich gelassen, aber die frühen Jahre waren wie ausgelöscht.

Nur wenige Monate nach der Verurteilung ihres Mannes hatte Peter seine Mutter auf dem Dachboden gefunden. Sie hing an einem der Balken, die Beine dunkelrot und geschwollen, und hatte ihn mit hervorquellenden Augen vorwurfsvoll angestiert.

Danach war es noch schwieriger geworden. Die Leute im Dorf hatten ihn »Mörderkind« genannt. Kein Verwandter hatte den kleinen Peter bei sich aufnehmen wollen, und so war nur das Kinderheim geblieben.

Obwohl sein familiärer Hintergrund zu seinem Schutz geheim gehalten werden sollte, drangen doch immer wieder auf unerklärliche Weise Einzelheiten ans Licht. Ältere Heimkinder oder Mitschüler hatten Peter mit Details zu den Morden des Vaters gepiesackt, und auch mehrfache Wechsel der Einrichtungen änderten daran nichts. Irgendwann kam seine Vergangenheit doch wieder heraus, und dann begann die Tortur von Neuem. Auch Versuche, ihn zur Adoption zu vermitteln, scheiterten regelmäßig, sobald die jeweiligen Paare Wind von Peters Vergangenheit bekamen. Und dies geschah trotz aller Geheimhaltungsmaßnahmen regelmäßig. Den Sohn eines mehrfachen Mörders wollte niemand großziehen.

»Vergiss den Scheiß von damals.« Peter kniff die Augen zu und wartete einige Sekunden. Als er sie wieder öffnete, sah er im Spiegel sein heutiges Gesicht. Furchen zogen von den Nasenflügeln zum Mund, Fältchen strahlten von den Augenwinkeln in Richtung Schläfe. Er hatte es geschafft. Allen Widrigkeiten zum Trotz hatte Peter Holzing Abitur gemacht und Psychologie studiert.

Heute erinnerte sich kaum noch jemand an die Taten des Günther Holzing. Ans Internet war damals noch nicht im Entferntesten zu denken gewesen, und so fand man heute auch fast keine Berichte über die Morde. Hinzu kam, dass man in der DDR solcherart Verbrechen fast immer geheim hielt. Wenn überhaupt, wurden nur wenige Informationen nach außen gegeben, weshalb im Gegensatz zur heutigen Zeit mit all ihren Medien immer nur sehr wenige Menschen aus der Bevölkerung von den Morden wussten.

»Zurück in die Gegenwart. Kehren wir zu unserem Blutsauger zurück.« Peter versuchte, den Täter im Spiegel zu sehen. Welche Kindheitserlebnisse brachten jemanden dazu, einen Vampirfetisch zu entwickeln?

»Guten Morgen.« Gernot Hagen schaute in die Runde. Maja hatte das Gefühl, sein Blick verweile bei ihr länger als bei den anderen. Ob er etwas gemerkt hatte? Sie war erst kurz vor acht, fünf Minuten vor Beginn der Morgenbesprechung, völlig abgehetzt im Institut angekommen. Auch jetzt noch fühlte sie sich derangiert. Ihr Wecker habe nicht geklingelt, hatte sie Gernot erklärt, er müsse irgendwie mitten in der Nacht stehen geblieben sein, und sie sei gerade noch rechtzeitig aufgewacht. Das erklärte ihrer Meinung nach auch, dass sie nicht geschminkt war und ihre Augen ziemlich verquollen aussahen. Mit über vierzig brauchte es morgens seine Zeit, bis die Schlaffalten aus dem Gesicht verschwunden waren. Dass sie erst gegen zwei und noch dazu ziemlich besoffen ins Bett getaumelt war, brauchte keiner zu wissen.

Gernots merkwürdigen Blick hatte sie nicht interpretieren können. Vielleicht redete ihr auch nur das schlechte Gewissen ein, dass er sie kritisch beäugte.

»Ingrid ist in Chemnitz, alle anderen sind anwesend. Dann können wir ja loslegen.« Bei der täglichen Besprechung vor Dienstantritt waren bis auf die jeweilige Kollegin, die in Chemnitz Dienst hatte, alle Wissenschaftler des Instituts anwesend, Gernot als Institutsleiter, die drei Oberärzte und die fünf Ausbildungsassistenten, dazu Chemiker und Biologen. Auch Gunnar Kunz, einer der Leipziger Sektionsassistenten, nahm teil, um zu erfahren, welche Leichen er gleich auflegen musste.

»Die heutige Lehrsektion übernimmt Ralk.« Gernot schaute über den Rand seiner Brille zu dem Ausbildungsassistenten hinüber und wartete, bis dieser genickt hatte. Während der Institutsleiter die Teams für die Obduktionen einteilte und die Sekanten – so wurden diejenigen genannt, die sezierten – zuwies, begann Maja, die Kästchen ihres Schreibblocks auszumalen. Ihr Kopf fühlte sich an wie ein Heliumballon kurz vor dem Platzen, und sie sehnte sich nach einem Glas Wasser. Aber zuerst musste sie die Besprechung über sich ergehen lassen. Sie hatte nicht geplant, gestern Abend so viel zu trinken. Die Devise, in der Woche auf Alkohol zu verzichten, galt noch immer. Nachdem jedoch in einer Fernsehreportage ein Bericht über die vor vielen Jahren verschwundene Tochter des Sängerehepaares Albano und Romina Power gekommen war, hatte sie ihre guten Vorsätze über Bord geworfen und einen Rotwein geöffnet. Weder Doreen noch Konrad waren telefonisch zu erreichen gewesen, und schließlich hatte sie Caspar angerufen.

Caspar war zu Hause gewesen. Er hatte ihr zugehört, versucht, sie zu beschwichtigen, und sich schließlich für diesen Freitag mit ihr zum Essen verabredet. Vermutlich war das keine gute Idee, denn sie würden unweigerlich auf Hannah zu sprechen kommen, aber von Zeit zu Zeit hatte Maja das Gefühl, die Vergangenheit wieder hervorholen und darüber sprechen zu müssen. Einfach, um die Ereignisse frisch zu halten. Diese italienische Schlagersängerin hatte ihre Tochter ja auch nie aufgegeben, obwohl die schon fast zwanzig Jahre vermisst wurde.

»Maja?«

Sie hörte gerade noch, wie Gernot ihren Namen nannte, und blickte hoch. Sämtliche Kästchen auf ihrem Block waren abwechselnd horizontal und vertikal schraffiert. Während Maja das Gefühl hatte, dass die Augen aller Anwesenden auf sie gerichtet seien, versuchte sie, ein akustisches Nachbild von Gernots letzten Worten zu konstruieren, fand aber nichts. »Entschuldige bitte. Ich war einen Moment abwesend.« Jetzt schauten *wirklich* alle zu ihr. Olli, der ihr gegenüber saß, zwinkerte aufmunternd, als wolle er ihr sagen, dass ihm so etwas auch schon passiert sei.

»Ich sagte, die Staatsanwaltschaft hat die ersten beiden Opfer freigegeben. Die kriminaltechnischen Untersuchungen sind abgeschlossen, Nachuntersuchungen nicht mehr angeordnet. Die Angehörigen sind informiert, der Bestatter holt die Leichen ab.«

»Alles klar.« Maja schluckte trocken. In ihrem Hals kratzte es. Gleich würde die Besprechung zu Ende sein, und sie konnte sich ein Wasser aus ihrem Büro holen.

»Gibt es noch Ergänzungen oder Fragen?« Gernot Hagen wartete ein paar Sekunden und setzte, als niemand Anstalten machte, etwas zu sagen, fort: »Dann war's das für heute. Danke.«

Sofort setzte Gemurmel ein, Stuhlbeine scharrten über den Boden, Kollegen verließen den Raum. Maja riss das bekritzelte Blatt ab und knüllte es zusammen. Mit gesenktem Kopf marschierte sie zur Tür und hatte schon die Hand nach der Klinke ausgestreckt, als Gernots Stimme sie zurückhielt. »Maja? Wartest du bitte einen Augenblick?« Anscheinend wollte er noch etwas mit ihr besprechen. Sie ging drei Schritte bis zum Abfallkorb und warf den Papierball hinein. Erst dann drehte sie sich um. Gernot hatte einen unergründlichen Gesichtsausdruck aufgesetzt. Nachdem alle anderen den Raum verlassen hatten, schloss er die Tür und bedeutete ihr, Platz zu nehmen.

»Ich mache mir Sorgen.«

»Wieso das denn?« Maja versuchte, ihren Atem unter Kontrolle zu halten. Ihre Kehle war wie ausgedörrt und der Drang nach etwas Trinkbarem kaum noch zu kontrollieren.

»Hast du dich heute früh mal im Spiegel angeschaut?«

Sie antwortete nicht, und so fuhr er fort: »Du kommst hier fünf Minuten vor der Besprechung angehetzt, mit zerzausten Haaren und Augenringen, und erklärst, du hättest den Wecker nicht gehört. Während der Beratung bist du abwesend und hörst nicht zu.«

»Ich sagte, er muss stehen geblieben sein. Wenn er funktioniert, höre ich ihn auch.«

»Nun ja.« Gernot verschränkte die Finger und löste sie

wieder. Dann legte er die Hände flach auf den Tisch. »Mir ist schon mehrfach aufgefallen, dass du zerstreut wirkst.«

»Ich habe viel um die Ohren. Und zu spät gekommen bin ich in den letzten Jahren insgesamt zwei Mal.« Maja wünschte sich, Gernot möge zur Sache kommen oder mit dem Insistieren aufhören. Sein »Mitgefühl« hatte ihr gerade noch gefehlt.

»Verstehe. Da ist noch etwas.« Er zögerte. »Trinkst du?«

»Wie … Ob ich trinke? Alkohol?«

»Ja. Du hast eine Fahne. Nicht zum ersten Mal übrigens. Das haben auch andere schon bemerkt.«

»Wer?«

»Das tut nichts zur Sache. Ich hatte mir schon seit Tagen vorgenommen, mit dir darüber zu reden. Beeinträchtigungen deiner Arbeit scheint es bis jetzt nicht gegeben zu haben. Jedenfalls ist mir und den Kollegen nichts dergleichen aufgefallen. Da ich möchte, dass das auch in Zukunft so bleibt, spreche ich die Sache an. Gibt es Erklärungen für dein Verhalten?«

Maja legte das Gesicht in die Hände und atmete tief durch. Der Ärger darüber, dass sie vorhin vergessen hatte, das obligatorische Pfefferminzbonbon zu lutschen, verwandelte sich in Traurigkeit. Sie spürte die Tränen hinter ihren Lidern.

»Kann ich dir irgendwie helfen?«

»Ich bin einfach erschöpft. Habe mir wohl in den letzten Monaten etwas viel zugemutet.« Sie hob den Kopf und sah ihren Kollegen an. »Ab und an ein Gläschen zur Entspannung am Abend kann nichts schaden, habe ich gedacht. Aus einem wurden zwei, na und so weiter. Tut mir leid.«

»Ich verstehe.«

Nichts verstehst du. Rein gar nichts. Du hast schließlich dei-

ne beiden Söhne noch. Hoffentlich hörte er jetzt auf, ihr zuzusetzen und ließ sie in ihr Büro gehen. »Ich werde das in den Griff bekommen, Gernot.«

»Das hoffe ich.« Sein Gesicht war noch immer ernst. »Ich schlage vor, dass du zuerst einmal die Anzahl deiner Wochenenddienste und Rufbereitschaften in der Woche reduzierst. Niemand verlangt von dir, dass du dich so oft einträgst. Gib den Kollegen auch eine Chance, sich zu beweisen.«

»Mache ich.« Maja presste die Hände auf den Tisch, drückte die Ellenbogen durch und erhob sich.

»Und wenn dich irgendwelche Sorgen plagen, komm rechtzeitig zu mir.« Auch Gernot hatte sich erhoben und tätschelte ihre Schulter. »Ich bin auf deiner Seite.«

Er ging zur Tür, hielt sie auf und lächelte ihr aufmunternd zu. Maja lächelte zurück und dachte über den letzten Satz ihres Vorgesetzten nach. Er hatte sich angehört, als seien andere gegen sie.

Ihre Alkoholfahne hätten auch andere schon bemerkt, hatte Gernot vorhin gesagt. Wer mochte das sein? Sie würde die Kollegen ein wenig unter die Lupe nehmen müssen.

32

»Fertig. Kommst du noch mit auf einen Drink?« Jan Häberle lockerte seinen Schlips und zog ihn über den Kopf. »Ganz schön warm heute.« Obwohl die Redaktionsräume klimatisiert waren, schwitzte er.

»Heute nicht.« Anne Sturm sortierte die Papiere auf ihrem Schreibtisch, dachte darüber nach, ob sie etwas davon mitnehmen sollte, und entschied sich dann dagegen. Dieser Abend und der morgige Tag sollten der Entspannung dienen. Sie war jetzt jedes Wochenende unterwegs gewesen, um über diesen Kreuzigungs-Mörder zu berichten, und so langsam reichte es. Wenigstens in der Woche wollte sie einen oder zwei Abende für sich haben. Wenn der Täter am kommenden Wochenende wieder zuschlug, musste sie fit sein.

»Ein Stündchen? Du hast doch morgen frei.« Jan war hartnäckig.

Anne zögerte, ehe sie den Kopf schüttelte.

»Du verschmähst meine Gesellschaft?« Er schob die Unterlippe vor. »Dann frag ich Jeannine. Die kommt bestimmt mit.«

»Demnächst gern. Nur nicht heute.« Sie hatte schon mehrfach das Gefühl gehabt, dass der Kollege mit ihr flirtete. Da sich ihr Interesse aber sichtlich in Grenzen hielt und er sofort einen Rückzieher machte, wenn sie nicht auf seine Avancen einging, konnte das Ganze auch ein Irrtum ihrerseits sein. Jan war ein Chauvinist. Er liebte es, Eroberungen zu machen und sich mit ihnen zu brüsten. Hatte er eine Frau für sich gewonnen, erlosch das Interesse so schnell, wie es gekommen war. An ihr würde er sich die Zähne ausbeißen.

»Bis Donnerstag!« Anne strich die Frisur glatt, klemmte ihre Handtasche unter den Arm und schickte sich an zu gehen. Jan, der sich schon ihrer Kollegin zugewandt hatte, hob die Hand.

Mit einem Quietschen öffneten sich die Fahrstuhltüren. Der Pförtner tippte grüßend mit Zeige- und Mittelfinger an die Schläfe, dann schoben sich die Glastüren beiseite, und Anne trat ins Freie. Laue Luft, in der ein feiner Duft nach Lindenblüten hing, umfächelte sie. Leipzigs Innenstadt glich einem riesigen Ameisenhaufen. Da sich das ehemalige Unihochhaus, das die Anwohner »Weisheitszahn« nannten, direkt am Unigelände befand, wimmelte es in den angrenzenden Straßen von jungen Leuten. Bevorzugt kurvten sie mit ihren Rädern über Bürgersteige und durch die Fußgängerzonen und scherten sich nicht um die Verkehrsregeln.

Anne bog in Richtung Neumarkt ab und beschleunigte ihr Tempo. Bevor sie sich auf den Heimweg begab, wollte sie noch ein wenig durch die Innenstadt bummeln. Im Vorbeigehen betrachtete sie ihre Silhouette in den Scheiben der Geschäfte. Von vorn waren ihre Hüften eindeutig zu breit, aber in der Seitenansicht sah sie ziemlich gut aus.

Aus einem chinesischen Imbiss wehte ein Duft nach Bratnudeln und Hoisin-Sauce auf die Straße, und Anne spürte, wie sich ihre Speicheldrüsen schmerzhaft zusammenzogen. Sie hatte heute Mittag lediglich einen Salat ohne Dressing gegessen. Jetzt rumorte der Hunger in ihren Eingeweiden, aber sie rief sich zur Räson. Was sollte aus ihrer Silhouette werden, wenn sie jedem Gelüst sofort nachgab?

Es gab auch andere Möglichkeiten, sich etwas zu gönnen. *Breuninger* hatte eine gut sortierte Kosmetikabteilung. Parfüms, Cremes und Schminkutensilien konnte man immer gebrauchen. Auch die Taschenabteilung war nicht zu verachten. Beim Abwägen der Kaufentscheidungen war der Appetit auf fettiges chinesisches Essen schnell verschwunden.

Die Parfümabteilung war leer gefegt. Gemächlich schlenderte Anne an den Novitäten vorbei und hoffte, die Verkäuferinnen würden sie in Ruhe stöbern lassen.

Frisch gewaschenes Leinen im Sonnenschein. Sie sog ein weiteres Mal ruckweise die Luft ein. Und ein Hauch Veilchen. *Byredo blanche.* Feiner Sprühnebel senkte sich auf Annes linken Unterarm. Sie würde sich die Neuentdeckung ein paar Minuten entwickeln lassen und dann entscheiden. Mit softem Klicken glitt der schwarze Deckel auf die Flasche.

Zwischen ihren Schulterblättern kribbelte die Berührung eines Blickes. Anne Sturm drehte den Kopf, um sich umzusehen, aber da war niemand. Lediglich eine überschminkte Achtzehnjährige sah vom Kassenbereich herüber. Vielleicht hatte sie die Frau vor dem Parfümregal angestarrt und so das Kitzeln im Nacken ausgelöst. Anne wandte sich wieder *Byredo* zu. Die Flaschen waren ganz klassisch, kein Chichi, kein buntes Glas, kein »Kauf mich«-Blingbling am Verschluss.

Außer *Blanche* gab es noch *Green*, *Black Saffron*, *Bal d'Afrique*, *Inflorescence*, *Baudelaire* oder diverse Blütendüfte wie *La Tulipe* oder *Rose Noir.*

Gerade hatte sie nach *Oud Immortel* gegriffen, als das Kribbeln erneut einsetzte, stärker diesmal. Kein Zweifel, jemand beobachtete sie. Die bunt angemalte Verkäuferin wartete noch immer hinter der Kasse und betrachtete ihre aufgeklebten Fingernägel. Im Eingangsbereich stand eine junge Frau, die angestrengt ihr Handy bearbeitete, nebenan kicherten zwei Teenager, am Ende des Ganges ließ sich eine ältere Dame schminken. Keiner von ihnen blickte herüber. Anne wandte sich den Parfüms zu, stierte auf die Parade der Glasflaschen mit ihren halbrunden schwarzen Kappen und wartete. Als das Jucken am Rücken stärker wurde, drehte sie sich sehr schnell auf dem Absatz um und ließ ihren Blick in die Runde schweifen. Gegenüber fuhren mehrere Personen die breite Rolltreppe hinauf: eine Familie mit zwei Kindern, zwei Frauen, ein Mann mit einer Aktentasche.

Von den oberen Stockwerken hatte man durch ein Plexiglasgeländer freie Sicht nach unten. Anne verfluchte ihre Eitelkeit. Sie war kurzsichtig und brauchte deshalb die Brille nicht zum Lesen, aber alles, was weiter weg lag, konnte sie nicht erkennen. Wenn da oben jemand gestanden und auf sie herabgeschaut hatte, dann war derjenige inzwischen wohl längst verschwunden, nachdem sie begonnen hatte, alles gründlich zu mustern. Dass Anne Sturm ihn lediglich als diffusen Umriss wahrgenommen hatte, konnte der Beobachter ja schließlich nicht wissen.

Nur kurz flammte der Gedanke auf, Jan Häberle könne ihr, statt mit der Kollegin etwas trinken zu gehen, hinterhergeschlichen sein, dann schüttelte Anne energisch den Kopf. Das war Schwachsinn. Die tägliche Konfrontation mit Mördern und Straftaten schien zu einer Paranoia zu führen. Wahrscheinlich hatte sie sich das Ganze nur eingebildet.

Es war an der Zeit, nach Hause zu fahren und ein kohlenhydratarmes Abendessen zu sich zu nehmen.

Tommy betrachtete den durchgedrückten Rücken der Frau. Ihr kleiner Hintern schwenkte bei jedem Schritt von links nach rechts. Er hatte sich ziemlich beeilen müssen, um rechtzeitig vor dem Unihochhaus zu sein. Die Unwägbarkeiten vom Wochenende – Wann endete ihr Dienst? Verließ sie den Sender jeden Tag zur gleichen Zeit? – hatten sich schneller geklärt, als er es gehofft hatte.

Für heute stand auf dem Plan herauszufinden, wo sie wohnte. Leider hatte sich das Objekt seiner Aufmerksamkeit erst eine scheinbare Ewigkeit in der Stadt herumgetrieben und ihn mit Abstechern in Kaufhäuser und Buchläden genervt. Aber das Versteckspiel hatte sich dann doch noch gelohnt.

Nach ihrer Shoppingtour war Anne Sturm in die Straßenbahn Linie 11 eingestiegen und bis nach Markkleeberg gefahren. Entweder besaß sie kein Auto, oder sie hielt es aufgrund der angespannten Parkplatzsituation für angebrachter, nicht mit dem eigenen Wagen zur Arbeit zu fahren. Es war auch nicht wichtig, wieso sie mit den Öffentlichen unterwegs war. Eigentlich gefiel ihm die Straßenbahn-Variante sogar deutlich besser, denn die Gelegenheiten, die Reporterin demnächst unterwegs »aufzugabeln«, waren zahlreicher. In ihr Haus einzudringen, würde er gar nicht erst versuchen. Von wachsamen Nachbarn abgesehen, hinterließ so etwas immer Spuren, und in Zeiten der DNA-Analyse konnten diese einem Täter auch zweifelsfrei zugeordnet werden. Nicht, dass er sich vor der Entdeckung fürchtete, aber man musste ja nicht gleich leichtsinnig werden.

Jetzt, da er wusste, wo sie wohnte, konnte er beim nächsten Mal der Bahn gemächlich mit dem Auto nachfahren. Sein weißer Lieferwagen fiel nirgends auf. Lieferwagen gab es wie Sand am Meer. Zudem schraubte er bei jeder Tour frische Kennzeichen an das Auto.

Anne Sturm schwenkte ihr Hinterteil um die Ecke, und er beschleunigte seine Schritte. An der Kreuzung angekommen, sah er gerade noch, wie sie in einem Hauseingang verschwand, und verfiel sofort wieder in das gemächliche Schlendern eines Müßiggängers. Im Vorbeigehen ließ er seine Blicke über das Klingelbrett huschen und konnte sich ein zufriedenes Grinsen nicht verkneifen, als er in der zweiten Reihe ihren Nachnamen las.

Der nächste Schritt war getan: Er wusste, wo Anne Sturm wohnte und wie sie von der Arbeit hierherkam. Jetzt würde er ein bisschen in ihrem Privatleben herumstochern, um zu sehen, ob sie ein paar Eigenschaften aufwies, die in sein Profil passten. Und dann war die Frau fällig.

33

Maja band den Müllbeutel, ohne hineinzuschauen, zu und brachte ihn in den Flur. Das leise Klappern, das die Flaschen beim Gegeneinanderschlagen verursachten, drehte sich wie feine Schrauben in ihr Gehirn. Gleich morgen früh würde sie die Beweise für Gernot Hagens Verdacht entsorgen.

Den ganzen Tag über waren ihr die Anschuldigungen ihres Chefs nicht aus dem Kopf gegangen. Dass man den Alkohol vom Abend vorher hatte riechen können, war ihre eigene Schuld gewesen. Sonst hatten immer ein paar Pfefferminzbonbons oder Kaugummis ausgereicht, um eine etwaige Alkoholfahne zu überdecken. *Das hast du zumindest geglaubt.*

Wenn tatsächlich stimmte, was Gernot heute früh behauptet hatte – und warum sollte er sie anlügen –, dann schien das nicht das erste Mal gewesen zu sein, dass jemandem ihre Trinkerei aufgefallen war. Auch andere Kollegen hätten schon etwas bemerkt, hatte der Chef gesagt.

Maja ging zurück in die Küche und betrachtete die Parade der Rotweinflaschen in ihrem Vorratsschrank. Mit den Augen eines Fremden betrachtet, sah das in der Tat wie das Lager eines Trinkers aus. Da standen mindestens fünfzehn Flaschen. Immer, wenn sich die erste Reihe lichtete, hatte sie, ohne nachzudenken, aufgefüllt. Da sie immer nur drei, vier Flaschen kaufte, konnte sie sich selbst einreden, nicht abhängig zu sein. Schließlich hatte sie ja nicht vor, alles auf einmal zu trinken. *Du hast dich selbst belogen, Maja Heu-*

berger. Jeden zweiten Tag musstest du neuen Rotwein mitbringen. Das heißt doch, dass jeden Abend mindestens eine Flasche dran glauben musste. Wohl eher zwei, wenn sie ehrlich war. Gut, manchmal war jemand zu Besuch gekommen. Doreen, Konrad oder Peter hatten gern ein Gläschen mitgetrunken, aber das meiste hatte sie selbst konsumiert.

Wenigstens trinke ich nicht schon morgens oder tagsüber auf Arbeit, startete Maja einen halbherzigen Rechtfertigungsversuch und schloss die Schranktür. *Das wäre vielleicht auch noch gekommen. Schluss jetzt mit dem Selbstmitleid. Zieh Konsequenzen aus dem Ganzen. Das ist die einzig mögliche Schlussfolgerung.*

Sie öffnete den Schrank noch einmal und zählte die Flaschen durch. Sechzehn. Zwölf Liter Dornfelder. Damit kamen manche ein ganzes Jahr hin. Maja schrieb die Zahl auf eine Haftnotiz, fügte das heutige Datum hinzu und klebte den Zettel in Augenhöhe an die Innenseite der Schranktür. Das musste als Erinnerung für ihre guten Vorsätze reichen.

Während der Gerichtsverhandlung vorhin hatte sie genug Zeit gehabt, über Gernots Nebensatz von heute Morgen zu grübeln. In Gedanken war sie die Liste ihrer Kollegen durchgegangen. Wer mochte der Verräter sein? Mit wem hatte sie in den letzten Wochen oft zusammengearbeitet? Wer stand sich so gut mit Gernot, dass er ihm seinen Verdacht in Bezug auf sie steckte? Und gehörte es sich nicht, dass der- oder diejenige zuerst mit ihr darüber sprach?

Alfred Walden war es mit Sicherheit nicht gewesen. Der Oberarzt hätte sie direkt auf das Problem angesprochen. Rudolf Püsch schaute nur noch selten vorbei, das letzte Mal war er im Januar da gewesen. Die Ausbildungsassistenten würden sich wahrscheinlich nicht trauen, sie anzuschwärzen, genauso wenig wie die Sektionsassistenten. Blieben eigentlich nur Olli Brand oder Ingrid Reichmann. Olli hätte mit Sicherheit zuerst mit ihr gesprochen, bevor er zu Gernot gerannt wäre.

Während der Aussage der Kindergärtnerin über die Verletzungen, die ihr bei den Kindern aufgefallen waren, die Maja untersucht hatte, waren ihre Gedanken zu der Kollegin abgeschweift.

Ingrid Reichmann gab sich immer nett und kollegial. Aber vielleicht war das eine Maske. Sie strotzte vor Ehrgeiz und wollte immer alles ganz besonders gut machen. Vielleicht sah sie Maja als Konkurrentin und hatte vor, ihr durch die Anschuldigungen heimlich zu schaden.

Maja goss sich ein Mineralwasser ein und beschloss, Ingrid im Auge zu behalten. Womöglich irrte sie sich, aber es konnte nichts schaden, wachsam zu sein. Sie nahm einen Schluck und verzog den Mund. Es schmeckte nach nichts. Widerwärtig nach nichts. Wie konnte jemand so etwas alle Tage trinken? Sie hatte gerade beschlossen, ab jetzt auf zuckerfreie Cola umzustellen, als es klingelte. Konrads »Huhu!« trällerte aus der Wechselsprechanlage, dann war zu hören, wie er die Treppen nach oben sprintete. Als sie die Wohnungstür öffnete, kam er schon keuchend um die Ecke gebogen. Seine gebleichten Zähne schimmerten überweiß im Flurlicht.

»Hallo Schätzchen!« Er hauchte ihr links und rechts einen Kuss auf die Wange, umfasste dann ihre Schultern, schob sie von sich und musterte sie. »Kummer?«

»Na ja …« Maja zog ihn in die Küche und öffnete den Vorratsschrank. »Was denkst du, wenn du das hier siehst?«

Konrad spitzte die Lippen, als wolle er pfeifen und trat näher. »Hier mag jemand Rotwein und hat seine Lieblingsmarke gebunkert.«

»Du siehst keinen Alkoholismus?«

»So ein Quatsch. Wie kommst du denn darauf?« Er schob den Hals nach vorn wie ein kurzsichtiger Marabu und sah in ihre Augen. »Weswegen fragst du? Und was soll der Zettel da? 20. Mai, sechzehn? Ist das die Anzahl der Flaschen?«

Maja seufzte und begann dem Freund zu erklären, wie es zu der Beschriftung gekommen war.

»Unglaublich! Und nun denkst du, diese Kollegin hat dich angeschwärzt?«

»Mir fällt niemand anderes ein, der so etwas machen würde. Ich bin echt sauer. Andererseits – Gernot ist es ja auch aufgefallen. Also muss was dran sein.«

»Blödsinn! Nimm demnächst ein Pfefferminzbonbon, und alles ist gut. Zu viel Alkohol, pah!«

Konrads Worte taten Maja gut, obwohl sie gleichzeitig wusste, dass er unrecht hatte. Da der Freund jedoch selbst ganz gern ein Gläschen trank, sah er die Sache natürlich lockerer.

»Ich würde ja jetzt sagen, wir trinken auf den Schreck gleich ein Gläschen, aber ich muss in zehn Minuten wieder los. Habe eine Verabredung.« Seine Augen glitzerten freudig. »Ich wollte dir nur schnell die neueste Ausgabe der *SENTA* bringen. Druckfrisch! Schau mal hier …« er legte die Zeitschrift, die er die ganze Zeit unter den Arm geklemmt hatte, auf den Küchentisch und blätterte hektisch. »Die neuen Herbstjacken! Wir kriegen wieder Trenchcoats!« Mit dem Zeigefinger tippte er auf ein Bild, seine Stimme überschlug sich fast vor Begeisterung. »Der *Burberry* ist geil! Den muss man einfach haben. Hast *du* schon einen Trench?«

»Nein.« Maja fragte sich, wieso man Mitte Mai schon über das nachdenken musste, was man im Herbst anziehen wollte, indes Konrad eifrig weiterplapperte.

»Das muss geändert werden! Am Wochenende könnten

wir nach Berlin fahren. Im *Lafayette* gibt es alles, was das Herz begehrt.«

»Freitag habe ich eine Verabredung.«

»Mit deinem neuen Verehrer?«

»Nein. Falls du Kriminaloberkommissar Andreas Melzer meinst – der ist nicht mein Verehrer. Ich habe keinen ›Verehrer‹. Und im Übrigen mag ich auch das Wort nicht.«

»Ach komm!« Konrad machte ein Gesicht wie ein trauriger Bernhardiner, und Maja musste lachen.

»Mit wem gehst du denn aus?«

»Mit Caspar.«

»Hannahs Freund?«

»Genau dem.«

»Ich will dir da nicht reinreden, aber glaubst du, dass das gut für dich ist?«

Maja schluckte die scharfe Erwiderung, die sie auf der Zunge hatte, hinunter und schüttelte nur leicht den Kopf.

»Na gut. Du musst das selber wissen. Wir könnten Sonnabend fahren. In der Hauptstadt haben die Geschäfte lange geöffnet. Was denkst du?«

Maja überlegte ein paar Sekunden, ehe sie zustimmte. Eine Shoppingtour mit Konrad würde eine gute Ablenkung von all ihren Kümmernissen sein. Da sie keinen Wochenenddienst hatte, war die Gefahr, ins Grübeln zu kommen, groß.

Falls der Blutsauger nicht wieder zuschlägt.

34

Peter riss den Mund weit auf und betrachtete seine Zähne im Spiegel. Der Zahnbogen war eher gerundet, es gab keine Lücken, die Zähne waren alle ziemlich gleich lang, bis auf die Eckzähne. Vor den Blutsauger-Morden hatte er nur eine verschwommene Ahnung gehabt, was es bei Tieren alles für unterschiedliche Gebisse gab. Manche hatten nur vorn ein paar Schneidezähne und weiter hinten Backenzähne. Andere trugen an den Seiten mächtige Hauer. Pflanzenfresser, Allesfresser, Fleischfresser – alles konnte man ablesen. Die drei Opfer waren von einem Wolf gebissen worden, hatte Maja gesagt.

Oder besser von *Wolfszähnen*. Dass der Mörder extra einen Wolf mitgeführt oder besorgt hatte, damit dieser die Frauen in den Hals beißen konnte, war äußerst unwahrscheinlich.

Ich an deiner Stelle hätte mir ein Raubtiergebiss anfertigen lassen oder einen Wolfsschädel besorgt, um das Teil dann gezielt an den Stellen einzusetzen, auf die es ankommt. Peter öffnete und schloss den Mund, vollführte ein paar Kaubewegungen und kontrollierte dabei seine Emotionen.

Das war kein Ablenkungsmanöver, nicht wahr? Du wolltest *sie beißen, oder? Nicht mit einem mitgebrachten Gebiss. Du wolltest die zarte Haut an ihrem Hals spüren, wissen, wie es sich anfühlt, wenn deine Muskeln die künstlichen Zähne in das weiche Fleisch drücken.*

Peter öffnete die Augen wieder und betrachtete den

Fremden im Spiegel. Wenn es tatsächlich ein Wolfsgebiss war – warum hatte der Mörder gerade dieses Tier ausgewählt?

Maja hatte ihm erklärt, dass der Veterinäranatom einen Wolf wegen der Form des Unterkiefers und der Anordnung der Schneidezähne für am wahrscheinlichsten hielt, jedoch nicht hatte ausschließen wollen, dass es auch ein großer wolfsähnlicher Hund gewesen sein könnte.

Dass das Tier nicht zufällig ausgewählt worden war, schien klar. Der Wolf hatte eine Bedeutung für den Täter. Nur welche?

In welchen Mythen kamen Wölfe vor? Und was hatten Wölfe mit Blut und Fledermäusen zu tun? Die Werwolf-Sage war wahrscheinlich zu profan und enthielt auch nicht alle Bestandteile des Modus Operandi.

»Kommst du auch mal wieder raus?« Majas Stimme drang dumpf durch die geschlossene Badezimmertür.

»Sofort!« Peter zwinkerte seinem Spiegelbild zu, ehe er die Tür öffnete. »Sorry. Ich habe da was nachgeprüft.«

»Auf der Toilette?«

»Im Spiegel.« Auf dem Rückweg in Majas Küche gab er seine Erkenntnisse über die Zähne der Tiere und sein eigenes Gebiss bekannt.

»Das hätte ich dir auch erklären können.« Sie setzte sich wieder vor ihre Unterlagen.

»Ich finde halt manches gern selbst heraus.« Peter lächelte. »Lass uns weitermachen. Ein Stündchen habe ich noch, ehe ich losmuss.« Heute Mittag hatte Maja ihn aus dem Institut angerufen und gefragt, ob er sich nicht heute nach dem Dienst mit ihr auf ein Schwätzchen treffen wolle. Anscheinend hatte die Lust am Recherchieren seine Freundin gepackt, und nun wollte sie mit ihm den Blutsauger-Fall diskutieren. »Ich prüfe jetzt ein paar Theorien nach. Dann machen wir eine Lagebesprechung und fassen unsere Ergebnisse zusammen.«

Maja nickte nur. Sie war schon wieder in ihre Obduktionsberichte vertieft.

Betriebsbereit summte der Rechner. Peter bestückte die Suchmaschine. Im ersten Moment war er über die Vielzahl an Ergebnissen verblüfft, dann begann er zu lesen.

»… Totem-Kultur … In etlichen Kulturen erscheint der Wolf als Totem, etwa bei dem Indianerstamm der Tlingit, bei den Irokesen, bei den Turkmenen und bei den Mongolen. Die Usbeken und die Hunnen leiteten ihre Herkunft vom Wolf ab, ebenso galt die Wölfin als Urmutter der alten Türken.«

Eine Wölfin als Urmutter? Leitete der Täter seine Herkunft von einem Wolf ab? Peter schüttelte den Kopf. Das passte nicht.

»… Die griechische Göttin Hekate, die mit dunkler Hexerei und Zauberei in Verbindung stand, wurde in der bildenden Kunst häufig in der Begleitung von drei Wölfen dargestellt. Der griechische König Lykaon wurde von Zeus in einen Wolf verwandelt.«

»Hältst du dich gar für einen Hexer?« Peter winkte ab, als er sah, wie Maja aufblickte. »Nicht wundern. Selbstgespräche.« Sie senkte den Blick wieder auf ihren Ordner, und er fuhr leiser fort: »Nein, ich glaube nicht. Was haben wir denn noch?« Der Mauszeiger klickte auf den nächsten Link.

»… Die Gründer der Stadt Rom, die Zwillinge Romulus und Remus, sollen von einer Wölfin gesäugt und auf-

gezogen worden sein. Vergleichbare Überlieferungen gibt es aus dem indischen Raum; auch die slowakischen Recken Waligor und Wyrwidub sowie der Gründer des altpersischen Reiches, Kyros II., sollen von Wölfen aufgezogen worden sein. Auch das moderne Motiv der Wolfskinder hat hier seine Ursprünge.«

»Warte, warte. Nicht so schnell.« Peter rief sich die Abbilder der Texte noch einmal ins Gedächtnis. Von Wölfinnen war bei einem vorhergehenden Link schon die Rede gewesen; die alten Türken sahen eine Wölfin als ihre Urmutter an. Anscheinend gab es noch mehr Kulturen, die etwas in der Art glaubten. Wer sagte denn, dass das Gebiss nicht eine Wölfin statt eines Wolfes symbolisierte? Das Geschlecht dessen, der zubiss, konnte man schließlich nicht an den Zähnen ablesen. Dass es sich um eine weibliche Person handeln könnte, war ihm noch gar nicht in den Sinn gekommen. Auch Frauen mordeten. Er machte sich in Gedanken eine Notiz, die Sache mit den Wolfskindern nicht aus den Augen zu verlieren. Der Begriff hatte eine Saite in ihm zum Klingen gebracht.

»… In der germanischen bzw. nordischen Mythologie werden dem Siegesgott Odin neben zwei Raben auch die Wölfe Geri und Freki beigesellt, die als streitlustige und tapfere Tiere den Kampf verfolgen und sich auf die gefallenen Leichen stürzen. Sonne und Mond werden von den Wolfsbrüdern Skoll bzw. Hati gejagt. Beide besitzen noch einen weiteren Bruder namens Managarm, der sich vom Fleisch der Toten ernährt. Der Fenriswolf spielt beim Weltuntergang Ragnarök eine entscheidende Rolle. Er verschlingt zu Beginn der Götterdämmerung den Mond, später Odin. Der Wolf Ysengrin besitzt viele Wesensmerk-

male des verschlagenen Fuchses. Germanischen Ursprungs ist auch die Figur des Werwolfs, der ungeachtet seines Lebens in der bürgerlichen Gesellschaft zeitweilig Wolfsgestalt annimmt.«

Da waren sie wieder beim Werwolf angelangt. Jemand, der in der bürgerlichen Gesellschaft lebte, ohne aufzufallen, und sich nur zu bestimmten Anlässen in einen Wolf verwandelte. Solcherart Verhalten kam dem des Täters ziemlich nahe.

In der Linkliste folgten Märchen, in denen ein Wolf eine Rolle spielte, die meisten von ihnen stammten aus der Sammlung der Gebrüder Grimm. Peter hatte sich nie mit Märchen befasst. Sie waren für Kinder gedacht, ihre Inhalte musste man als Kind erfassen. Seine Eltern hatten ihm keinen Bezug zu Märchen mitgegeben. Er konnte sich lediglich rational mit den Botschaften auseinandersetzen und analysieren, zu welchem Zweck man sie von Generation zu Generation weitererzählt hatte. Ein tieferer, kindlicher Zugang fehlte ihm. Vielleicht hatte der Blutsauger-Mörder jedoch einen solchen. Peter rief die Liste auf.

»Kennst du dich mit Märchen aus?«

Maja runzelte die Stirn und sah dann zu ihm herüber. Peter präzisierte sich. »Von den Gebrüdern Grimm zum Beispiel?«

»Einigermaßen. Ich habe Hannah oft vorgelesen, als sie klein war.« Ein schmerzlicher Zug hatte sich um Majas Mundwinkel geschlichen, und Peter beeilte sich, sie von den Erinnerungen an ihre Tochter abzulenken. »Ich weiß nicht so sehr viel darüber. Bei Rotkäppchen wird ein kleines Mädchen genau wie schon die Großmutter vorher vom bösen Untier gefressen und dann vom Jäger gerettet.«

»So in etwa. Wie kommst du denn jetzt ausgerechnet darauf?«

»Ich habe nach Wölfen und ihrer mythologischen Bedeutung recherchiert. Wegen der Bissspuren. Man kommt schnell vom Hundertsten ins Tausendste.«

»Hm. Klingt ziemlich weit hergeholt.« Maja dachte eher pragmatisch. Aber sie war ja auch eine Vollblutwissenschaftlerin.

»Könnte es sein, dass sich der Täter für solch einen Jäger hält, der kleine Mädchen retten will? Hatten die Opfer nicht alle Kinder?«

»Das schon, aber wieso sollte er Bissspuren hinterlassen, wenn er doch der Jäger und damit der Retter sein will? Außerdem …«

» … waren es nicht alles Mädchen«, beendete Peter ihren Satz und fügte hinzu: »›Findet Yannick Reimert‹ stand auf dem Bauch des dritten Opfers. Yannick ist ein Jungenname. Das Mädchenmotiv fällt damit also weg. Welche Märchen mit Wölfen gibt es noch?«

»Der Wolf und die sieben Geißlein.«

»Ach ja. Wenn ich mich recht entsinne, verschaffte sich der Wolf Zutritt zum Haus einer Ziegenfamilie, indem er seine Stimme verstellte, und verschlang alle Zicklein bis auf das kleinste, das sich im Uhrenkasten versteckt hatte.«

»Du kennst dich ja doch aus.«

»Man staunt immer, was das Unterbewusstsein so zutage fördert.« Peter schaute zur Uhr. Noch eine Viertelstunde, dann musste er los. »In beiden Fällen wurden am Ende des Märchens die Opfer gerettet, und der Wolf wurde getötet.«

Er schloss die Augen und dachte einen Augenblick lang nach. Etwas in ihm raunte schon die ganze Zeit, dass die Taten etwas mit Kindern zu tun haben mussten.

Maja nahm seine Frage vorweg. »Ging es bei den Morden etwa nicht um die Mütter, sondern um deren Kinder?«

»Das dachte ich auch gerade.« Er lächelte sie an. »Du kleine Schlaumeierin!«

»Wenn wir wissen, warum er tut, was er tut, haben wir ihn.«

»Das werden wir herausfinden, meine Liebe, verlass dich darauf.«

Peter wurde wieder ernst. »Nicht heute Abend und vielleicht auch nicht mehr diese Woche, aber wir kriegen es heraus.« Maja nickte heftig, während er fortfuhr: »Diese Taten ziehen mich in ihren Bann, doch noch mehr fasziniert mich der Geist dieses Mörders.« *Und sein Geist brauchte jetzt eine Ablenkung.* Das kreative Gehirn lebte vom Input. Alles, was gespeichert war, konnte zu Neuem verknüpft werden. Von Zeit zu Zeit brauchte der Geist jedoch auch eine Phase ohne ständige Fütterung. Er hatte jetzt zahlreiche Informationen gespeichert und musste seinem Kopf nun die Zeit geben, die Informationen zu verarbeiten.

Heute würde sein Gehirn nicht zu tragfähigen Schlüssen kommen. Der Täter war ihnen mehrere Schritte voraus und hatte sein Vorgehen lange im Voraus geplant. Das konnten auch die kreativsten Denker nicht innerhalb von ein paar Tagen aufholen. Peter zeigte auf den Laptop. »Ich muss dann los, Maja. Du kannst ja noch ein bisschen weiter recherchieren.« Ein bisschen Ablenkung da draußen würde ihm guttun.

35

»Wir freuen uns, dass du uns mal wieder besuchen kommst.« Ruth hatte sich die Hände an der Leinenschürze abgewischt, ehe sie ihm die Hand reichte. »Du bist viel zu selten hier.«

»Das stimmt.« Tommy war hinter ihr her in die große Küche gelaufen und hatte sich dabei umgesehen. Hier schien die Zeit stehen geblieben zu sein. Nichts hatte sich verändert. Es war August, auf dem Herd köchelte die Marmelade in großen Emailletöpfen; an der Wand gegenüber der Tür hingen Sträußchen verschiedener Küchenkräuter zum Trocknen. Der Geruch nach Nelken, Minze und Dill hatte seinen Geist überwältigt, und plötzlich war Tommy wieder sieben Jahre alt und saß mit den Beinen baumelnd neben seinen Geschwistern auf der Eckbank.

»Vater ist mit Lukas draußen auf dem Feld.« Ruth hatte eine flüchtige Handbewegung in Richtung Fenster gemacht. »Setz dich. Möchtest du eine Limonade?«

»Machst du sie noch immer selbst?«

»Pfefferminze und Zitrone. Und ein bisschen Honig.« Ruth hatte gelächelt, und an den Falten in ihrem Gesicht hatte er sehen können, dass die Zeit doch nicht stehen geblieben war. Ihre Handrücken wiesen braune Flecken auf, die früher noch nicht da gewesen waren, zahlreiche Silberfäden hatten dem Haar die braune Farbe gestohlen.

Nach ein bisschen Small Talk über die Geschwister – Michael arbeitete bei einer Baufirma, war verheiratet und hatte schon zwei Kinder, Lukas war auf dem Hof geblieben und würde ihn später übernehmen, und Sarah befand sich in der Ausbildung zur Kindergärtnerin – war er zum Grund seines Überraschungsbesuches gekommen.

»Ich möchte wissen, wer meine Mutter war.«

Ruth war bei seiner Frage zusammengezuckt und hätte fast ihr Glas umgeworfen. Hastig schob sie es von sich, faltete dann die Hände und murmelte etwas Unverständliches. Sie konnte doch nicht im Ernst geglaubt haben, dass der Ziehsohn seine Vergangenheit komplett vergessen hatte?

Dieser Besuch bei den Adoptiveltern war Tommy schwergefallen. Die Angst, schlafende Hunde in seinem Innern zu wecken, verdrängte Erlebnisse aus der frühen Kindheit wieder erwachen zu lassen, hatte ihn gelähmt. Zumal er sich nur geringe Chancen ausrechnete, hier Details zu seinen biologischen Eltern zu erfahren. Ruth und Matthias hatten früher nie darüber gesprochen und seine zaghaften Erkundigungen stets abgeblockt. Und doch war ihm letztendlich nur noch dieser Weg geblieben.

Seit Jahren hatte er immer wieder über verschiedene Kanäle versucht, etwas über seine Zeit vor der Adoption herauszufinden; zu erkunden, wer seine wahren Eltern gewesen waren, wie ihr Name gewesen war, was sie gearbeitet hatten, wohin die Mutter gegangen war, nachdem sie ihn und Grit auf dem Heuboden zurückgelassen hatte, und wo sie heute lebte, jedoch hatten alle seine Recherchen bisher ins Nichts geführt. Die Akten standen unter Verschluss, die Beteiligten schwiegen, und das Internet hatte es Anfang der Neunziger noch nicht gegeben, zumindest nicht in der Form, dass er etwas damit hätte anfangen können.

Die Suche in verschiedenen Zeitungsarchiven hatte ihn viel Zeit gekostet. Schließlich hatte er im Archiv eines Regionalblattes aus der Gegend einige wenige Artikel über die damaligen Ereignisse zutage gefördert, außer ein paar unscharfen Bildern der Mutter und des Heubodens jedoch keine konkreten Angaben zu Namen und Daten der Beteiligten.

»*Ich* bin deine Mutter. Und Matthias ist dein Vater.«

»Komm schon, Ruth. Du weißt doch, was ich meine.« Er hatte sie angesehen, den Schmerz in ihren Augen wahrgenommen und gedacht: *Netter Versuch.* Wahrscheinlich meinte sie das, was sie soeben von sich gegeben hatte, sogar ernst.

»Denkst du nicht, dass ich allmählich alt genug bin, um die Wahrheit zu erfahren? Ich bin längst erwachsen, habe einen anständigen Beruf und sorge für mich selbst. Mein Charakter ist gefestigt. Was spricht also dagegen?«

»Das ist nicht gut für dich.« Ruth sah zum Fenster. Wahrscheinlich hoffte sie, Matthias und Lukas würden die Hilflosigkeit der Mutter durch Gedankenübertragung wahrnehmen und herbeieilen, um ihr beizustehen.

»Die Entscheidung könnt ihr getrost mir überlassen.« Tommy überlegte kurz, ob das zu harsch gewesen war, befand dann aber seinen Tonfall für angemessen. Mit Verbindlichkeit und Gebettel würde er wahrscheinlich nicht weit kommen.

»Warum willst du das denn wissen? Nach all den Jahren …« Die Stiefmutter rang die faltigen Hände und stand dann auf, um die Marmelade umzurühren. »Das wühlt nur den Kummer wieder auf und macht das Geschehene auch nicht ungeschehen. Vergib ihr, was sie getan hat. Gott wird dir den Weg weisen.«

Tommy hörte sein unwilliges Schnaufen, verzichtete jedoch auf den Kommentar, sie möge sich ihre altruistischen Floskeln sparen. Ruth wusste genau, dass er nicht an ihren ganzen übernatürlichen Humbug glaubte. Das war Unsinn, und im Innern wusste sie das sicher auch.

»Ich möchte wissen, was zu alldem geführt hat. Warum ich geworden bin, wie ich bin. Ich möchte sie fragen, warum sie das damals getan hat und ob sie es bereut.« *Ich will mich an der Schlampe rächen.* Tommy senkte schnell den Blick auf das Tischtuch, als Ruth sich umdrehte, damit sie die Wahrheit in seinen Augen nicht sah.

»Ach, Junge …« Sie legte den Holzlöffel auf ein Tellerchen, schaltete den Herd aus und kam herüber. »Wir wissen doch auch nicht, wer deine Mutter wirklich war.«

»Ich weiß, dass das nicht stimmt. Und wenn du ehrlich bist, gibst du das auch zu. Wie würde Gott das finden, dass du deinen Sohn anlügst?« Tommy sah, dass seine Worte ins Schwarze getroffen hatten. Er würde sie mit ihren eigenen Waffen schlagen. »Willst du mir nicht wenigstens sagen, wie mein Nachname war?«

»Ich kann das nicht tun. Matthias und ich waren uns immer einig, dass die Wahrheit dir schaden würde. Die Akten sind nicht umsonst unter Verschluss.«

»Schau mich an. Ich bin ein erwachsener Mann. Ich gehe meinen Weg.« Obwohl es ihm unangenehm war, legte er eine Hand auf ihre und ließ sie dort liegen. »Denkst du nicht, ich verkrafte das?«

»Könnte sein.« Fast glaubte er, sie so weit zu haben, als sie einen Rückzieher machte. »Ich weiß, was du tun kannst. Wir sprechen mit dem Herrn Pfarrer. Der wird entscheiden, ob wir dir die Informationen geben können.«

Damals, vor über zehn Jahren, hatte Tommy Mühe gehabt, seinen Zorn im Zaum zu halten. Da hatte sie ja die Verantwortung schön von sich weggeschoben. Gab der Pastor ihm die gewünschten Informationen, und es geschah etwas, das sie nicht gewollt hatte, dann konnte sie sich vormachen, nichts damit zu tun zu haben.

Leider hatten all sein Charme und seine Überredungskunst nicht gereicht, um den Kirchenheini von seiner Seriosität zu überzeugen. Die Suche nach seiner Mutter hatte sich noch viele Jahre hingezogen und zahlreiche Überraschungen mit sich gebracht.

Er betrachtete das aufpoppende Chatfenster auf dem Bildschirm. »Bleibt es bei Freitag?« Vanessa hatte das Date also fest eingeplant. »Aber klar doch, Süße!«

36

»Ich sehe euch in meinen Träumen immer vor mir. Ihr wart so unbeschwert, so unendlich jung, das ganze Leben wartete nur darauf, euch all seinen Zauber zu präsentieren.« Die in der Sommersonne grellweiß leuchtende Fischerbastei verschwamm vor Majas Augen, und sie schluckte. »Hannah sah so glücklich aus.«

»Sie *war* glücklich.« Caspar nahm das Bierglas, setzte es an und stellte es zurück, ohne getrunken zu haben. »Wir beide waren glücklich.« Er versuchte ein schiefes Lächeln und fuhr sich mit gespreizten Fingern durch die braunen Locken.

»Ich vermisse sie.« Vermisste Caspar Hannah auch? Soweit Maja wusste, hatte er nach ihrer Tochter keine feste Freundin mehr gehabt, obwohl ihm die Mädchen bestimmt die Bude einrannten. Caspar war noch jung und sah blendend aus. Irgendwann würde eine kommen, die sein Herz eroberte und seine Erinnerungen an die Jugendliebe verblassen ließ. Momentan war Maja jedenfalls froh, dass er – wenn auch sporadisch – den Kontakt zu ihr hielt und bereit war, mit ihr über die Vergangenheit zu sprechen. »Fragst du dich auch manchmal, ob sie noch lebt und wo sie jetzt sein könnte?«

Caspar schob sein halb volles Glas hin und her und stierte dabei auf die Tischdecke. Maja fragte sich insgeheim, ob sie ihn nervte. Er schien es vorzuziehen, nicht auf ihre Frage zu antworten, hatte jedoch fast unmerklich den Kopf geschüttelt. Unbewusst augenscheinlich, aber sein Unterbewusstsein schien wohl davon auszugehen, dass Hannah nicht mehr am Leben war.

Und wahrscheinlich hatte er sogar recht damit. Ihre Tochter wäre nie ohne ein Lebenszeichen verschwunden; nicht, ohne sich vorher zu verabschieden oder ihre Pläne mit den Eltern zu diskutieren. Maja spürte noch immer den Stolz darauf, dass Hannah fast alles mit ihr besprochen hatte. Hinzu kam, dass es seit ihrem Verschwinden keinerlei Lebenszeichen gegeben hatte, keine Kontobewegungen, keine Touristen, die die Vermisste angeblich gesehen hatten. Wenn sie ehrlich zu sich selbst war, blieb nur der Tod.

Caspar schien ähnlich zu denken. Er hatte kurz die Hand über die Augen gelegt, nur um sie gleich darauf wieder wegzunehmen. Die feinen Linien, die von seinen Mundwinkeln seitlich nach unten führten, hatten sich vertieft. Maja lockerte ihre Kaumuskeln, die die Zähne fest aufeinandergepresst hielten, und bewegte den Unterkiefer ein paarmal von links nach rechts. Rational betrachtet, war sie sich im Klaren, dass die ständigen Gedankenausflüge in die Vergangenheit ihr nicht guttaten, und doch konnte sie die Erinnerungen nicht ausblenden. Sie führten ein Eigenleben, kamen und gingen, wann sie wollten, tauchten in ihren Träumen auf und überfielen sie am Tage.

»Ich denke auch oft an Hannah. Zu oft.«

Also ging es Caspar genauso. Das Gefühl der Erleichterung, das sie überschwemmte, verwunderte Maja. »Beenden wir das Thema. Tut mir leid, dass ich immer wieder darauf zurückkomme.«

»Das ist doch nur verständlich.« Er hob sein Glas und prostete ihr zu. »Wollen wir etwas zu essen bestellen? Ich hätte Appetit auf Lamm mit Minzsoße.«

Als hätten seine Worte einen Vorhang beiseite gezogen, nahm Maja plötzlich die Sirtakimusik im Hintergrund wahr. Knoblauchduft wehte vom Nachbartisch herüber, Leute unterhielten sich, aus der Küche drang das Klappern von Geschirr. »Ja, sicher.« So schnell konnte man zur Tagesordnung übergehen. Sie griff zur Karte und ging die Liste der Gerichte durch. »Ich habe keinen richtigen Hunger. Bestell du dir, was du möchtest, ich nehme einen griechischen Salat. Du bist eingeladen.«

»Danke.«

»Wie läuft dein Studium?«

»Alles nach Plan. Nächstes Frühjahr werde ich fertig, und dann beginnt das Referendariat.« Caspar studierte Jura in Leipzig. Momentan hatte er ein paar freie Tage und hielt sich bei seinen Eltern in Zwickau auf. Als er und Hannah sich kennengelernt hatten, hatte er gerade das dritte Semester begonnen. Majas Tochter, die mitten im Abitur steckte, hatte den vier Jahre Älteren bewundert, ja regelrecht verehrt. Caspar sei so klug. Belesen, eloquent, weltmännisch. Maja und Jörg hatten ihrer Tochter recht geben müssen, nachdem sie den Freund kennengelernt hatten. Er war nicht nur gebildet, er besaß auch Manieren, wusste sich in Gesellschaft zu bewegen, kannte sich in der Weltliteratur aus und konnte sich unterhalten.

Während der Kellner das Essen servierte, ließ Maja den Blick über ihr Gegenüber schweifen. Auch heute gab es wieder nichts an ihm auszusetzen. Caspar trug eine dunkle Jeans und ein hellblaues Hemd mit Button-down-Kragen und war ordentlich rasiert. Vorhin, als er sie bei der Begrüßung flüchtig umarmt hatte, war ihr zudem sein Aftershave aufgefallen. Etwas Teures, auch wenn Maja nicht sagen konnte, was es genau war.

Seine Haare könnten vielleicht etwas kürzer sein, aber

die jungen Männer trugen das heute so. Ihm stand der Wuschelkopf.

Schon damals war er ihr wie der perfekte Schwiegersohn vorgekommen, sah man einmal davon ab, dass Hannah mit achtzehn eindeutig noch zu jung war, um sich fest zu binden. Jörg hingegen hatte Bedenken geäußert. Caspar sei »zu glatt«, es könne doch nicht sein, dass ein junger Mann so gar keine Ecken und Kanten habe. Als Vater hatte er in dem jungen Mann eher einen Konkurrenten gesehen, jemanden, der ihm das geliebte Töchterchen wegnehmen würde – keiner schien für Hannah gut genug zu sein.

Caspar, der das Besteck beiseite gelegt hatte, legte den Kopf schief. »Du bist so einsilbig, Maja. Und deinen Salat hast du auch noch nicht angerührt.«

»Ich war in Gedanken. Entschuldige. Das ist nicht fair von mir, dich zum Essen einzuladen und dann wie ein Stockfisch vor sich hin zu schweigen.«

Caspar bestellte sich noch ein Bier. Maja, die zuerst zuckerfreie Cola getrunken hatte, den übermäßig süßen Geschmack inzwischen jedoch unerträglich fand, winkte ab.

»Sag mal …« er fuhr mit dem Zeigefinger den feinen Wasserfilm entlang, der sich außen am Glas gebildet hatte, »hast du eigentlich mit diesem Kreuzigungs-Fall zu tun?«

»Zum Teil. Bei den ersten beiden Toten hatte ich Dienst, bei der dritten meine Kollegin.«

»Was man da hört, ist echt gruselig. Was muss das für ein Perverser sein … Ermordet drei junge Frauen innerhalb von drei Wochen.«

»Ja, das ist heftig.«

»Dazu diese schreckliche Vorgehensweise. Nicht nur, dass die Frauen nackt an irgendeiner Unterlage befestigt wurden, nein, er beißt sie zudem in den Hals und stopft ihnen eine Fledermaus in den Rachen!« Caspar schaute sich im Lokal um und setzte dann leiser fort: »Hast du das mit dem Zettel in den Fledermäusen gehört?« Noch ehe er den Satz fertig ausgesprochen hatte, schlug er sich mit der Handfläche gegen die Stirn, dass es klatschte. »Aber sicher hast du … Du wusstest es wahrscheinlich von Anfang an, was?«

»Dazu sage ich nichts.« Maja dachte an die erste Fledermaus, die der Sektionsassistent im E-Abfall entsorgt hatte. Caspar ließ sich durch ihren abweisenden Satz nicht ausbremsen, sondern fuhr fort, als habe sie nichts geantwortet. »Der Typ ist ja anscheinend aus dem Nichts gekommen. Ich habe jedenfalls nichts davon gehört, dass es vorher schon ähnliche Fälle gegeben hat.«

»In Deutschland nicht. Nicht, dass ich wüsste jedenfalls.«

»Vielleicht ist es ein Ausländer. Oder er saß jahrelang im Knast. Oder …« Caspar hob das Glas. Maja beobachtete, wie sein Adamsapfel auf- und abhüpfte, während er trank. Der junge Mann hatte sichtlich Feuer gefangen.

»Es könnte ja auch sein, dass er vorher gar nicht aktiv gewesen ist und es einen Auslöser für die Taten gab.« Draußen ratterte die Vogtlandbahn vorbei, die mittlerweile bis nach Bayern und Tschechien fuhr.

»Gibt es den nicht immer?« Das Bierglas landete mit einem Krachen auf dem Tisch.

»Das müssten wir einen Psychologen fragen, Caspar. Ich bin *Rechtsmedizinerin*, vergiss das nicht. Logisch erscheint es mir aber schon.«

»Bis jetzt wurden die Leichen immer an Wochenenden gefunden, nicht?« Sie nickte, und er setzte die Fragestunde fort: »Heute ist Freitag. Glaubst du, dass er morgen wieder zuschlägt?«

»Das will ich doch nicht hoffen.« Natürlich hoffte *niemand* das, aber denkbar war es. Nein, es war sogar wahrscheinlich. Maja schwieg.

»Warum sollte er jetzt auch aufhören? In den News haben sie gesagt, es gäbe keinerlei Hinweise auf ein Motiv. Das stelle ich mir besonders schwierig vor. Wie findet die Kripo einen solchen Täter, wenn es keine Anhaltspunkte gibt?«

»Die haben schon ihre Methoden. Die SoKo ist nicht untätig, und ihre Ermittlungsergebnisse werden auch nicht immer gleich veröffentlicht.«

»Ich finde das jedenfalls äußerst spannend.«

»Das ist mir allerdings auch aufgefallen. Trotzdem sollten wir das Thema wechseln. Ich kann keine Interna preisgeben, und außerdem finde ich das Thema nicht besonders anregend für ein Abendessen.«

Caspar verzog für eine Sekunde lang den Mund, dann nickte er schicksalsergeben. »Hast recht.« Einen letzten Nachsatz konnte er sich dennoch nicht verkneifen.

»Bin trotzdem gespannt, was morgen passiert.«

37

»Die Nachricht mit den Zetteln im Bauch der Fledermäuse ist ja eingeschlagen wie eine Bombe.« Jan Häberle stand hinter Anne und atmete in ihren Nacken. »Damit schaffst du es in alle großen Sender.«

Anne betrachtete ihren Bildschirm. Die körperliche Nähe des Kollegen war ihr unangenehm.

»Ein Informant hat dich angerufen?«

»Ja. Gestern schon.« Sie drückte ihren Drehstuhl nach hinten, um Jan zu mehr Abstand zu bewegen. »Ich musste die Informationen erst noch bewerten. Das war gar nicht so einfach. Wie du ja selbst weißt, bringen wir nichts, was nicht bestätigt ist.« Sie schwang herum und sah ihn an. War Jan Häberle eifersüchtig darauf, dass gerade sie die Informationen bekommen hatte? »Die Kripo hat sich geweigert, mir den Wahrheitsgehalt zu bestätigen. Wie immer eigentlich. Die rücken nur was raus, wenn sie sich davon etwas versprechen. Zugang zum Täter oder so.«

»Wie hast du denn dann herausgefunden, dass die Information stimmt?«

»Das bleibt mein Geheimnis.« Anne lächelte, drehte sich zurück zu ihrem Schreibtisch und begann, ihre Daten zu sichern. Für heute war Schluss. Das Wochenende hatte sie frei. Allerdings nur, wenn der Kreuzigungs-Mörder nicht wieder zuschlug.

»Er hat direkt hier angerufen?«

»Wer?« Es dauerte ein paar Sekunden, bis Anne aufging,

dass Jan nicht den Mörder, sondern den Informanten gemeint hatte. »Ja. Er hat mich verlangt. Jemand anderem wollte er die Informationen auf keinen Fall geben.« Anne unterdrückte den Stolz in ihrer Stimme. Anscheinend hatte dieser Sektionsassistent sie ins Herz geschlossen. Schon die Sache mit den Fledermäusen in den Kehlen der Toten war von ihm gekommen, wenig später hatte er sie angerufen und über die Botschaften in den Fledermäusen informiert. Manchmal verguckten sich Zuschauer in die Fernsehmoderatoren oder -reporter und versuchten durch solche Aktionen, ihnen näherzukommen.

»Helft uns … Was will der Typ uns damit sagen?« Jan stand noch immer hinter ihr, als habe er Klebstoff an den Schuhsohlen.

»*Uns* sicher gar nichts.«

»So meinte ich das auch nicht. Leg doch nicht jedes Wort auf die Goldwaage!«

Jetzt schmollte er. Sie konnte es an seinem Tonfall hören. »Ich will nicht spekulieren.«

»Das könnte ein schicker neuer Aufmacher für deinen nächsten Bericht sein! Wen könnte man denn nach so etwas fragen … einen Psychologen?«

Anne sparte sich eine Antwort auf Jans rhetorische Frage. Ihr Computer verabschiedete sich mit ein paar Pieptönen, der Bildschirm wurde dunkel. »So, fertig.«

Sie schob den Stuhl nach hinten und erhob sich.

»Gibst du mir heute eine Chance?«

»In Bezug auf?« Sie wusste genau, was Jan meinte, aber er sollte ruhig ein bisschen zappeln.

»›Demnächst gern. Nur nicht heute.‹ Das hast du am Dienstag gesagt, als ich dich gefragt habe, ob wir noch etwas trinken gehen. Wie wäre es denn mit heute? Kann man das als ›demnächst‹ gelten lassen? Oder muss ich wieder mit Jeannine vorliebnehmen?« Er zeigte auf die Tür zum Gang, durch die die Kollegin vor fünf Minuten verschwunden war.

»Eigentlich wollte ich gleich nach Hause fahren.«

»Eigentlich?«

»Nun ja. Es ist Freitag. Ich bin ein bisschen hungrig, weil ich kein Mittag hatte. Vielleicht gehen wir schnell irgendwo etwas essen, bevor ich mich auf den Heimweg mache.« Anne konnte es selbst kaum fassen, dass sie Jans Angebot überhaupt in Erwägung zog, aber ihr Magen knurrte, und wenn sie jetzt etwas aß, würde sie nachher nicht jedes Lebensmittel einkaufen, das ihr unter die Finger kam.

Tommy warf die Zeitung in den Papierkorb neben der Bank. *Da bist du ja.* Anne Sturm trug heute Blau. Marineblau, um exakt zu sein. Knielanger Rock, taillierter Blazer, darunter ein weißes Top. Sie sah ein bisschen aus wie eine Stewardess. Nur, dass die nicht solche hochhackigen Pumps trugen. Doch wer war der schmierige Typ, der ihr nicht von der Seite wich? Irgendwie kam ihm der Mann bekannt vor, doch erst, als die beiden in zwanzig Metern Abstand an seiner Bank vorbeispazierten, fiel es ihm ein. Das war Jan Soundso, ebenfalls Reporter beim MDR. *Ich hoffe, ihr geht nur ein kurzes Stück gemeinsam.* Tommy erhob sich, steckte die Hände in die Hosentaschen und schlenderte hinter den beiden her.

Die Gassen waren belebt. Eine leichte Brise fächelte kühle Frühlingsluft heran, aus einem Bistro drang Schlagergedudel. Über den zartblauen Abendhimmel zogen dünne Federwölkchen. In einer Stunde würde sich die Dämmerung langsam herabsenken. Und wenig später würde der »Kreuzigungs-Mörder« seinem nächsten Opfer in die Augen sehen.

Fast hätte er über seinen Fantasien übersehen, dass Anne Sturm und ihr Kollege in einem Restaurant verschwanden.

Ehe er darüber nachdenken konnte, war er den beiden auch schon gefolgt und hatte an einem Tisch im hinteren Bereich der Gaststätte Platz genommen.

Was tust du da, zum Teufel?

Seine innere Stimme schien nicht damit einverstanden zu sein, dass er jetzt hier saß und das Pärchen auf dem Fensterplatz aus den Augenwinkeln beobachtete. Natürlich barg die Aktion ein gewisses Risiko, schließlich beschattete er Anne Sturm jetzt schon seit Anfang der Woche jeden Abend, und die Gefahr, dass ihr irgendwann auffiel, dass sie sein Gesicht schon mehrfach gesehen hatte, wuchs. Andererseits war das Restaurant gut besucht, an fast jedem Tisch saßen Gäste, und Anne unterhielt sich angeregt mit ihrem Kollegen. Da sie anscheinend keinen Verdacht hegte, war seine Anwesenheit wohl ungefährlich.

Tommy bestellte sich einen Kaffee. Bis zum geplanten Treffen mit Vanessa hatte er noch gut zwei Stunden Zeit.

Am Fenstertisch studierte Anne Sturm die Speisekarte. Er beschloss, ihnen maximal eine Stunde zu geben. Wenn das Treffen danach beendet war, konnte er ihr noch ein bisschen nachspionieren und sich dann seinem Date zuwenden. Wenn nicht, würde er sein Beobachtungsobjekt für heute entlassen.

Gemächlich tuckerte der Lieferwagen die Straße entlang. Hinter Tommy hupte es, und er sah im Rückspiegel, wie ein Audi rasant nach links ausscherte, um ihn zu überholen. Im Vorüberfahren zeigte der Fahrer ihm einen Vogel. Weiter vorn hielt die Straßenbahn, Leute stiegen aus und ein. Tommys Fuß hatte sich schon auf das Gaspedal gesenkt, als sein Blick an der Frau im marineblauen Kostüm hängen blieb. Wieso stieg Anne Sturm eine Haltestelle früher als sonst aus? Hatte sie ihn etwa bemerkt? Aber wäre sie dann nicht in der Bahn geblieben, um sich zu vergewissern? Während er noch darüber nachdachte, was die unerwartete Aktion zu bedeuten hatte, lief sie, ohne den weißen Lieferwagen auch nur eines Blickes zu würdigen, bereits in Fahrtrichtung der Bahn davon. *Wohin willst du, Schätzchen?*

Ewig würde er nicht im Schritttempo hinter ihr herfahren können. Im gleichen Augenblick bog sie nach rechts ab, und erst jetzt sah Tommy das leuchtend gelbe Schild des Supermarktes. Anne Sturm hatte Einkäufe zu erledigen.

Er stellte sein Auto auf einen der Randparkplätze, richtete den Rückspiegel so ein, dass er den Eingang des Einkaufszentrums sehen konnte, und dachte nach. Bis zum geplanten Treffen mit Vanessa waren es noch knapp dreißig Minuten. Für die Rückfahrt in die Innenstadt würde er mindestens eine Viertelstunde brauchen. *Es sei denn, du versetzt sie und nimmst dir stattdessen Anne Sturm vor. Seit mehreren Tagen befasst du dich doch nur noch mit dieser Person.*

Tommy zwinkerte seinem Spiegelbild zu. Vanessa würde heute vergebens auf ihn warten. Sie wusste gar nicht, was für ein Glück sie hatte. Er konnte ihr irgendetwas von einer Reifenpanne erzählen, wenn sie morgen chatteten.

Im Spiegel sah er, wie die Glastür des Supermarktes aufschwang und eine dicke Frau mit drei rotznäsigen Kindern im Schlepptau ihren Wagen herausschob. Wie von selbst schob sich seine Zungenspitze hervor und leckte über die Oberlippe, während sein Gehirn fieberhaft die Chancen und Gefahren seines Planes gegeneinander abwog.

Von hier bis zu Anne Sturm nach Hause waren es nur ein paar Querstraßen. Die Gegend war wie ausgestorben, und es wurde langsam dunkel. Der Opel Movano hatte seitliche Schiebetüren. Wenn er vorausfuhr und an einer günstigen Stelle am Straßenrand parkte, dürfte es nicht sonderlich schwierig sein, sie zu überrumpeln und ins Innere des Lieferwagens zu ziehen. Schon gar nicht mit diesen Stöckelschuhen, auf denen sie sicher kaum Halt hatte.

»Und drei Scheiben Lachsschinken.« Anne zeigte auf den Stapel in der Auslage, und die Verkäuferin piekte mit ihrer Vorlegegabel hinein. Sie ließ sich noch zwei Putenschnitzel einpacken und warf das Ganze in ihren Einkaufswagen.

In Gedanken schon auf dem Heimweg, ließ Anne ihren Blick über die Regale gleiten. Im Gang, der zu den Kassen führte, türmten sich die verschiedensten Sorten Kekse, dann kamen Schokolade und Pralinen, und anschließend folgten Knabberartikel, alles schön in Kassennähe aufgebaut, damit man am Ende des Einkaufs, schön entspannt ob der abgehakten Liste, noch zugriff. Wie heutzutage jeder wusste, wurden Anordnung und Reihenfolge der Waren von Psychologen ausgetüftelt. Es ging nur um den größtmöglichen Profit.

Anne schob den Wagen weiter, ohne auch nur einen Anflug von Heißhunger auf die Leckereien zu verspüren. Wie gut, dass sie sich vorhin auf Jans Vorschlag eingelassen hatte. Das Rumpsteak mit Gemüse füllte ihren Magen noch immer mit einem wohligen Gefühl des Sattseins.

Der Andrang an den Kassen hielt sich in Grenzen. Zwar war heute Freitag, aber um diese Zeit hatten die meisten ihren Wochenendeinkauf schon erledigt. Das Piepsen des Scanners mischte sich mit dem Gemurmel der Anstehenden, dem weinerlichen Protestieren der Kinder, denen die erwünschten Süßigkeiten verwehrt wurden, und dem gelegentlichen Klingeln der Kassen.

Anne stapelte ihre Waren auf das Band und verglich ihren Einkauf mit dem des älteren Paares vor sich. Im Gegensatz zu ihr hatten die beiden nicht ein einziges gesundes oder naturbelassenes Lebensmittel im Gepäck: Fertiggerichte, Kohlenhydratbomben, Limonade, Bier und etliche Flaschen billigen Wein.

Kein Wunder, dass die zwei aussahen wie aufgedunsene Mastschweine. Ihr Blick fiel auf den behaarten Stiernacken des Mannes, der wulstig über den Kragen des Polohemdes quoll, und sie wandte sich angeekelt ab. Es wurde Zeit, dass sie an die frische Luft kam. Nach Hause zu ihren Birkenstocksandalen mit dem Korkfußbett und der lässigen Jogginghose. Sie würde ein bisschen Musik hören und an diese beiden hier denken, falls sie der Appetit auf ungesunde Lebensmittel überfallen sollte, während sie Möhrensticks mit Joghurtdip knabberte und einen trockenen Prosecco dazu trank. Anne zählte das Wechselgeld nach und steckte das Portemonnaie zurück in ihre Umhängetasche.

Auf dem Parkplatz herrschte reges Treiben. Leute schoben ihre Einkaufswagen scheinbar ziellos durch die Gegend, Kinder rannten um die Autos, Mütter kreischten ihnen Warnungen zu, Väter beluden Kofferräume. Mit einem Kopfschütteln marschierte Anne davon, in jeder Hand einen Plastikbeutel. *Viel Spaß noch, ihr Spießbürger.*

Sobald sie das Supermarktgelände verlassen hatte, erloschen Lärm und Trubel, als hätte jemand einen Regler heruntergedreht, und machten einer fast gespenstischen Stille Platz.

Dreihundert Meter weiter war von der Betriebsamkeit nichts mehr zu spüren, als hätte es das Einkaufszentrum nie gegeben. Anne liebte ihre Wohngegend. Hinter schmiedeeisernen Zäunen und Steinmauern thronten mächtige Villen und Gründerzeithäuser, in denen man Wert auf gepflegte Manieren legte. Hier achtete man noch darauf, dass sich Kinder gesittet benahmen und keiner dem anderen zu nahe kam. Die Grundstücke waren allesamt großzügig, es gab Parks und sogar Wald.

Ihr Blick glitt über die Kastanien, an denen schon winzige stachlige Kugeln hingen, zu dem weißen Lieferwagen, der weiter vorn am Straßenrand parkte. Ein Mann in dunkelblauem Overall ging um das Auto herum und verschwand auf der Gehwegseite im Innern des Wagens.

Gedankenversunken trippelte Anne vorwärts. An der nächsten Kreuzung rechts, dann noch knapp fünfhundert Meter, und sie würde sich endlich ihrer Pumps entledigen können. Außerdem musste sie dringend auf die Toilette.

Ein leichter Wind war aufgekommen und strich über ihren Hals. Anne spürte, wie sich die feinen Härchen in ihrem Nacken aufrichteten. In den Baumwipfeln krächzte ein Eichelhäher, dann war es wieder still. Nur das Klicken ihrer Absätze auf den Steinplatten durchbrach die Ruhe. Die Straße war wie ausgestorben, nicht ein einziger Passant war zu sehen. Wüsste man nicht, dass all diese Villen bewohnt waren, hätte man sich glatt fürchten können. Anne senkte den Kopf und hob gleich darauf den Blick wieder. Diese Schuhe brachten sie noch um. Morgen und am Sonntag würde sie den ganzen Tag mit den Birkenstocks herumlaufen, das stand schon mal fest.

Im Näherkommen hörte sie, dass die Stille doch nicht so vollkommen war, wie es eben noch geschienen hatte. Aus dem Lieferwagen drangen Geräusche. Es klang, als rücke jemand Möbel, etwas quietschte, dann scharrte Metall auf Metall. Jetzt sah sie auch, dass die seitliche Schiebetür offen stand. Was machte der Typ da drinnen?

Sie hatte das Auto fast erreicht. Während ihr Blick auf eine Hand in einem Arbeitshandschuh fiel, die den rechten Türrahmen umklammerte, und sie auf das Gesicht des Mannes im blauen Overall gespannt war, quietschten hinter ihr

Bremsen und Anne machte einen Satz nach rechts, wobei sie fast das Gleichgewicht verloren hätte.

»Hey, Anne!« Die Frau in dem Mercedes Cabriolet grinste breit und winkte, während sie mit der anderen Hand heftig am Lenkrad kurbelte. »Du siehst ein bisschen fußlahm aus! Soll ich dich mitnehmen?«

»Woran hast du das denn erkannt?« Anne erwiderte das Lächeln ihrer Nachbarin; sah dabei aus dem Augenwinkel, wie die Hand des Unbekannten im Dunkeln des Lieferwagens verschwand, und stöckelte an den Straßenrand. »Du rettest mir das Leben, Sarah.«

»Ich wusste es. Schon als ich dich von Weitem gesehen habe. Steig ein. Deine Taschen kannst du auf den Rücksitz legen.«

Nein! Und nochmals nein! Tommy knirschte mit den Zähnen und schlug sich mit beiden Fäusten gegen den Kopf. Dann stolperte er zur Trennwand, spähte nach vorn und sah gerade noch, wie das Auto der Unbekannten um die Ecke verschwand.

Du hattest sie fast! Wieso musste gerade jetzt diese aufgedonnerte Tussi mit ihrer Protzkarre angefahren kommen!

Ein funkensprühendes Eisenrad drehte sich in seinem Kopf. Er lockerte die verkrampften Hände, spreizte die Finger, schloss sie wieder zur Faust und wartete darauf, dass der rote Nebel vor seinen Augen sich auflöste.

Fünf Minuten später und Anne Sturm hätte sauber verschnürt in seinem Lieferwagen gelegen.

Sein Plan war perfekt gewesen. Anne Sturm ging immer auf dieser Straßenseite, davon hatte er sich in den letzten Tagen mehrfach überzeugen können. Der Lieferwagen schirmte die Sicht zum gegenüberliegenden Haus ab. Wenn nicht gerade jemand aus dem Fenster sah und bemerkte, dass die Frau mit den zwei Einkaufstüten nicht wieder hinter dem Wagen hervorkam, gab es keine Zeugen.

Und selbst wenn – was hätte der Beobachter schon aussagen können? Dass er gesehen hatte, wie die Frau zu einem Mann im Arbeitsoverall ins Auto gestiegen war? Von da drüben konnte man nicht erkennen, ob sie freiwillig oder unfreiwillig auf der Ladefläche gelandet war.

Er wäre ihr aus dem Auto in den Weg gesprungen, hätte sie am Oberarm gepackt und sie mit einem kurzen, aber kräftigen Ruck aus dem Gleichgewicht gebracht. Anne Sturm war klapperdürr, wog höchstens fünfzig Kilo. Eine Hand auf den Mund gepresst, um sie am Schreien zu hindern, wäre es ein Leichtes gewesen, sie in den Wagen zu ziehen, kurz zu würgen, damit sie ruhig blieb, und anschließend zu fesseln und zu knebeln. Das Ganze dauerte keine dreißig Sekunden. Er hatte geübt.

Ganz allmählich kam der kochende Strudel in ihm zur Ruhe. Anne Sturm war ihm dieses Mal entwischt. Aber einmal war keinmal und es gab noch weitere Chancen. Für heute war die Jagd auf die Fernsehreporterin vorbei. *Aber wir haben ja nicht nur ein Eisen im Feuer.*

Jetzt lächelte Tommy.

Wenn er sich beeilte, schaffte er es noch bis zwanzig Uhr zurück in die Innenstadt von Leipzig.

38

Mit einem feinen Zischen durchschnitt die Klinge die Luft. Noch einmal ließ er sie von oben nach unten sausen, ergötzte sich an dem silbernen Schimmern, das die Umgebung zerteilte wie eine schmale Guillotine.

Das Skalpell war schön scharf. Es ging doch nichts über den graublauen Wetzstein. Kein elektrischer Messerschärfer, kein Stahl ersetzte die gute alte Methode mit Wasser und Stein.

Noch ein paar schnelle Schnitte durch die Luft. Der Griff schmiegte sich in seine Hand, als habe er nie etwas anderes getan. Das Schneidwerkzeug schien regelrecht mit der Haut zu verschmelzen, wurde ein Teil seines rechten Arms, eine Verlängerung, die lautlos und ohne Mühen alles zerteilen konnte, was man ihr vorsetzte.

Mit einem zufriedenen Grinsen legte er das Skalpell auf das Wildledertuch, in welches es eingerollt gewesen war. Auf dem Tischchen würde es nun neben den anderen Utensilien auf seinen Einsatz warten.

Jetzt musste er den Körper vorbereiten.

In den hellen Augen stand Todesangst. Wahrscheinlich wusste das Opfer, was gleich geschehen würde, aber es hatte keine Wahl. Die Fesseln waren so angebracht, dass sie kaum Spuren auf der Haut hinterlassen würden und die Gliedmaßen trotzdem fest genug auf der Unterlage fixierten.

Mit einem Ratschen zog er den Reißverschluss nach oben und setzte die Schutzbrille auf. Das Blut würde schon beim ersten Schnitt hervorspritzen und alles mit einem dichten Film roter Tröpfchen benetzen. Um nicht die gesamte Kleidung im Anschluss entsorgen zu müssen, war der Schutzanzug praktisch. Natürlich hätte man die Schnitte auch erst nach dem Tod setzen können, aber dann wäre der rote Körpersaft lediglich der Schwerkraft folgend herausgesickert. Er jedoch wollte sehen, wie er *hervorschoss.*

Fast streichelnd ergriff er das Skalpell. In der schmalen Klinge spiegelte sich sein erwartungsvolles Gesicht.

Dann senkte er es auf die rosafarbene Haut und vollführte einen schwungvollen Bogen. Im gleichen Moment erschien eine rote Linie, aus der etwas Blut heraussickerte. Das Opfer bewegte hektisch die weit aufgerissenen Augen hin und her. Wo war die erwartete Blutfontäne? Wahrscheinlich würde er tiefer schneiden müssen. Die lebenswichtigen Arterien lagen nicht so dicht unter der Haut. Links und rechts am Hals führten die Halsschlagadern zum Gehirn. Ein Schnitt durch eine von beiden reichte, und das Leben war innerhalb weniger Minuten beendet.

Wieder setzte er das Skalpell an, etwas weiter oben an der linken Seite dieses Mal; und noch während die Klinge wie ein warmes Messer durch Butter tief in das weiche Gewebe eindrang, schoss bereits ein Strahl hellroten Blutes hervor, der fast bis an die gekalkte Decke reichte. Er wich im letzten Augenblick zurück und beobachtete nun fasziniert das pulsierende Sprudeln der roten Flüssigkeit, das viel zu schnell schwächer wurde.

In Horrorfilmen griffen sich die Betroffenen jetzt immer mit einem entsetzten Blick an den Hals, während das Blut zwischen ihren Fingern hervorquoll.

Hier geschah nichts dergleichen. Durch verschiedene Umstände war dies auch gar nicht möglich.

In nicht einmal dreißig Sekunden war die Show vorbei.

Vorsichtig ging er um die Blutlachen am Boden herum und befühlte dabei mit der Zunge die beiden spitzen Aufsätze auf seinen oberen und unteren Eckzähnen. Bei der Betrachtung im Spiegel hatte er gedacht, dass er damit aussah wie Graf Dracula. Den Kopf nach vorn geneigt, musterte er die unversehrte rechte Halsseite und riss probehalber den Mund weit auf. Dann schüttelte er den Kopf und schloss den Mund wieder. Es würde nicht funktionieren. Im Vorfeld hatte er sich ausgemalt, wie er seine Hauer in das Fleisch graben würde; mit Schwung tief hinein, um die Zähne dann mit einem kräftigen Muskeldruck weiter ins Gewebe zu pressen. Mit plötzlich aufkommendem Ekel hatte er nicht gerechnet. Man war eben doch nie der absolute Herr seiner Emotionen. Selbst er nicht. So musste dieser Teil eben entfallen.

Vor der Verabschiedungszeremonie würde er erst den Raum säubern, alles wieder herrichten und in den Ausgangszustand zurückversetzen. Unsichtbare Blutspuren würden zwar zurückbleiben, aber das war nicht von Belang. Niemand würde auf die Idee kommen, seine Garage danach zu überprüfen.

Gemächlich schwenkte er den Wasserstrahl von links nach rechts und beobachtete, wie die rosafarbene Flüssigkeit in den Ausguss am Boden gluckerte. Als alles vollständig gesäubert war, rollte er den Schlauch auf und befestigte ihn in der Wandhalterung.

Es war vollbracht. Noch immer ging sein Atem schnell, hatte das heftig pochende Herz seinen Ruherhythmus nicht wiedergefunden. Das Skalpell durchtrennte die Fesseln.

»Du armes kleines Ding.« Er umarmte den schlaffen Körper, hob ihn hoch und drückte ihn sanft an die Brust. »Es tut mir leid, und ich entschuldige mich. Aber es musste sein.«

Dann begann Peter Holzing zu einer unhörbaren Melodie zu tanzen, wiegte sich mit geschlossenen Augen im Takt der Musik, gab dem Mitleid mit der geschundenen Kreatur einen Platz, trauerte um den Tod eines Lebewesens.

»Haben sie dich auch kurz vor dem Frühstück erwischt?« Egbert Knoll nahm das belegte Brötchen auseinander und betrachtete mit angewidertem Gesichtsausdruck den Belag. Dann biss er hinein und kaute.

»Mich haben sie aus dem *Bett* geholt.« Andreas Melzer schielte auf Egberts Brötchen. »An den Wochenenden stehe ich im Gegensatz zu dir nicht schon um sechs auf.«

»Es ist ja auch noch verdammt früh.« Wulf Preck, der gerade erst angekommen war, steckte die Hände in die Hosentaschen und blickte mürrisch in Richtung des verschnörkelten schmiedeeisernen Zauns, der das Areal umgab. »Schöner Scheiß.«

»Du sagst es.« Egbert schob sich den Rest des Brötchens in den Mund.

»Das wird langsam zu einer Tradition. Jedes Wochenende ein neues Opfer. Es war doch der Kreuzigungs-Mörder?« Uwe Barnert zog den Reißverschluss seiner Jacke hoch.

»Jetzt nennst du ihn auch schon so.« Wulf Preck schaute noch eine Idee grimmiger drein.

»Wo ist das Problem, wenn wir unter uns sind?«

»Kommt, Leute. Benehmt euch nicht wie Kinder.« Egbert klopfte sich die Hände an den Hosenbeinen ab. »Wulf, kümmere dich doch mal darum, dass wir unsere Lagebesprechung in diesem Schloss machen können. Irgendeinen Raum werden sie uns schon zur Verfügung stellen. Vielleicht haben die Kollegen auch schon etwas organisiert.«

»O.K., Boss.« Wulf Preck marschierte los, die Arme schwangen beim Gehen zackig an den Seiten mit.

»Roboter.« Andreas, der dem Kollegen nachgeschaut hatte, wandte sich Egbert zu. »Der läuft, als hätte er einen Stock verschluckt. Manchmal denke ich, Wulf ist ein Alien, der sich bei uns eingeschlichen hat, um die Verbrechen der Erdlinge zu studieren.«

»Er ist ein guter Beamter. Denkt mit, ist gründlich und pflichtbewusst. Dass er aus dem Norden kommt, kannst du ihm nicht übel nehmen.« Egbert schien selbst nicht zu wissen, warum er Wulf Preck so vehement verteidigte. Es stimmte, der Kollege war immer zugeknöpft und gab nicht viel von sich preis, aber seine Arbeit erledigte er gewissenhaft. »Lassen wir das. Ich möchte mich von den Kollegen auf den neuesten Stand bringen lassen. Komm.«

Das weitläufige Areal des Schlosses lag zwischen zwei Straßen und war ringsherum eingezäunt. Zum Eingangsportal führten zwei Auffahrten, eine von links, die andere von rechts. Sie hatten vor dem rechten Tor geparkt, um die Spurensicherer nicht in ihrer Arbeit zu behindern. Der Täter hatte die Leiche linkerhand vom Hauptgebäude angebracht. Dort wimmelte es bereits von Männern in weißen Overalls, die wie geschäftige Ameisen zu einer Symphonie, die nur sie hören konnten, umherliefen.

»Die Tote hängt noch, nehme ich an? Es ist doch eine Frau, oder?« Andreas war stehen geblieben und legte die Handfläche wie einen Schirm über die Augen. »Ist das etwa schon die Presse?«

»Die waren schon vor uns da.« Egbert sah zornig aus. »Irgendjemand muss sie informiert haben.«

»Aasgeier. Die drehen doch nicht etwa?« Andreas zeigte in Richtung der Orangerie. Direkt hinter dem Zaun stand ein heller Übertragungswagen, vor dem sich gerade eine blonde Frau postierte. Hinter dem Auto hatte sich eine kleine Menschentraube versammelt. Neugierige Blicke drangen herüber. Auch auf der anderen Seite des Grundstücks, vor dem Teich mit den Ziervögeln, hatten sich inzwischen mehrere Leute eingefunden, die den Zaun umklammerten und ihre Gesichter zwischen die Eisenstäbe pressten.

»Viel sehen können sie nicht.« Egbert beobachtete, wie die Reporterin sich die Haare glättete, während ein Techniker ihr am Jackett herumfummelte. Wahrscheinlich wollte sie gleich ein erstes Statement abgeben.

»Kann man die nicht wegjagen? Ich gehe da jetzt mal rüber. Elendes Gafferpack!«

»Reg dich wieder ab, Andreas. Seit wann bist du denn so aggressiv? Mich ärgert das auch, aber die Straße da draußen ist öffentliches Gelände, und wir können nicht verhindern, dass sie dort parken. Wen haben wir denn da?« Er blieb stehen und wartete, bis die kleine dunkelhaarige Frau aus dem Auto ausgestiegen war und näher kam. »Frau Doktor Reichmann. Herzlich willkommen.« Ingrid erwiderte Egberts Händedruck und wandte sich dann Andreas Melzer zu, der sie mit zusammengekniffenen Augen musterte, ehe er seine Frage loswurde.

»Wo ist denn Maja Heuberger?«

»Die hat dieses Wochenende keinen Dienst.« Ingrid schaute kurz hoch zu Egbert, der entschuldigend die Schultern hob. »*Ich* werde die Leiche vor Ort untersuchen und heute noch im Institut obduzieren.«

»Allein?«

»Andreas! Was stellst du ihr für Fragen?«

»An den Wochenenden können wir nicht immer jemanden mitbringen. Ist das ein Problem?« Zwischen Ingrid Reichmanns Augenbrauen hatte sich eine steile Falte gebildet.

»Nein. Entschuldige bitte.« Andreas Melzer senkte den Kopf und malte mit der Schuhspitze einen Kringel in den Kies. »Ich hatte nur Maja erwartet. Sie war ja ursprünglich mit dem Fall befasst und bisher auch immer mit am Fundort.«

»Ja, und diesmal eben nicht.«

Egbert zog Andreas am Ärmel, aber der war noch nicht fertig.

»Sollte man sie nicht wenigstens informieren?«

»Das ist absolut nicht üblich, das solltest du eigentlich wissen. Die Oberaufsicht und Koordinierung solcher Fälle wie diesem hier obliegt immer dem Leiter des Instituts und nicht einzelnen Rechtsmedizinern. Unser Chef ist Professor Hagen. Maja braucht unbedingt ihre Ruhe. Man kann nicht jedes Wochenende Dienst schieben, ohne auszubrennen. Ich werde ihr am Montag alles berichten.« Ingrid Reichmann schloss ihren Mund mit einem Schnappen und presste die Lippen aufeinander.

»Sie wird es wohl eh heute noch aus den Nachrichten erfahren, nicht wahr? Diese Reporter dort drüben waren ja schon vor uns am Fundort!«

»Nichts für ungut, Ingrid.« Egbert warf Andreas einen drohenden Blick zu, damit dieser endlich den Mund hielt. »Der Kollege ist erst seit ein paar Monaten bei uns. Er meint es nicht so. Nicht wahr?« Noch ein Ruck an Andreas Melzers Ärmel, aber der machte keine Anstalten, sich für sein rüdes Benehmen zu entschuldigen. »Wir gehen jetzt zur Lagebesprechung. Die Spurensicherung braucht noch eine Weile. Kommst du mit, Ingrid?«

»Ins Schloss?« Die Rechtsmedizinerin betrachtete das Gebäude. »In Ordnung. Ich hole nur meine Ausrüstung. Dort gibt es für mich bestimmt auch eine Möglichkeit zum Umziehen.«

Andreas Melzer sah der kleinen Frau nach. Er dachte darüber nach, was die Rechtsmedizinerin mit dem Satz »Maja braucht unbedingt ihre Ruhe« gemeint haben könnte.

»Danke, Kollegen. Ich verschwinde wieder.« Lisa Rotsamt schulterte ihre Tasche und wandte sich zum Gehen. »Sollte noch irgendwas sein, könnt ihr mich auf meinem Diensthandy erreichen. Wir sehen uns dann nachher bei der Obduktion.«

»Es gibt anscheinend einige Unterschiede zu den vorhergehenden Opfern, nach dem, was die ersten Fotos zeigen. Ingrid kann uns das sicher nachher noch genauer sagen.« Egbert Knoll winkte der Staatsanwältin hinterher und blieb in der holzvertäfelten Halle stehen. »Toller Kamin.«

»Diese Schnittwunden am ganzen Körper sind jedenfalls neu.« Auch Wulf Preck war stehen geblieben. »Die Präsentation der Leiche und die Bissspuren weisen hingegen darauf hin, dass es ein und derselbe Täter ist, da sind wir uns wohl einig. Es hat auch den Anschein, als sei der Mund verklebt. Müsste der Unterkiefer bei einem Toten, der in aufrechter Position irgendwo hängt, nicht herunterklappen?«

»Gut beobachtet. Meistens ist das so.« Ingrid Reichmann zwinkerte Wulf Preck zu, und Egbert Knoll wirkte erstaunt darüber, dass der Kollege schüchtern zurücklächelte. Anscheinend gab es doch Dinge, die Wulf Precks Panzer durchdrangen.

»Schauen wir uns die Leiche an.« Andreas Melzer, dessen Zorn über die Anwesenheit von Ingrid Reichmann verraucht zu sein schien, marschierte im Eiltempo hinaus. Egbert Knoll, Wulf Preck und Ingrid Reichmann folgten ihm. Vom Eingangsportal des Schlosses führte eine geschwungene Treppe zu beiden Seiten in den Park hinab. Säulen aus Sandstein bildeten eine brusthohe Balustrade.

Egbert Knoll blieb einen Moment stehen und ließ den Anblick auf sich wirken. Rechts glänzte das Dach der Orangerie in der Morgensonne.

»Ein wunderschöner Frühlingstag an einem wunderschönen Ort.« Ingrid, die neben ihm stehen geblieben war, seufzte vernehmlich.

»Nur die tote Frau am Zaun stört die Idylle ein kleines bisschen.« Wulf Preck lachte meckernd. Es war das erste Mal, dass der Kollege einen Witz machte. Oder etwas, das er für einen Witz hielt. Es gab nur eine schlüssige Erklärung dafür: Wulf Preck wollte die kleine Rechtsmedizinerin beeindrucken.

Von ihrem erhöhten Standpunkt aus sah Egbert Knoll, wie Andreas Melzer unter dem Flatterband hindurchschlüpfte und mit schnellen Schritten auf das zweiflügelige Tor, das provisorisch mit Silberfolie zugehangt war, zumarschierte. Gerade streckte er die Hand aus, um die Abdeckung anzuheben.

»Was macht der Idiot da?« Wulf Preck hatte die Stimme erhoben.

Noch ehe sein Chef dem Kollegen ein »Stopp!« hinterherdonnern konnte, hatte schon ein Beamter von der Spurensicherung Andreas Melzer am Arm gepackt und ihn zurückgerissen. Jetzt redete er auf ihn ein und trotz der Entfernung konnte man an der Körperhaltung der beiden sehen, dass einer schimpfte und der andere wie ein begossener Pudel zuhörte.

»Wollte der Kriminaloberkommissar etwa gerade nackt an den Leichenfundort?« Ingrid, die gerade so über die Brüstung schauen konnte, reckte den Hals.

»Hatte fast den Anschein.« Egbert Knoll spürte das Kribbeln der Aufregung in seinen Fingerspitzen. »Nackt« nannten sie es, wenn Ermittlungsbeamte der Kripo einen Tatort ohne Einweganzug betraten. Im Normalfall vergaß das keiner von ihnen. Nach jeder Benutzung wurde die Einwegkleidung entsorgt, um keine Spuren zu übertragen. Sogar, wenn sie zwischendurch den Tatort verließen und ihn ein zweites Mal betraten, zogen sie sich neue Schutzanzüge über. »Ich denke, es ist Andreas' Übereifer zuzuschreiben. Lasst uns runtergehen.« Schnellen Schrittes lief er auf den Kollegen zu, der inzwischen wieder hinter das Flatterband zurückgekehrt war und mit hängendem Kopf auf seinen Chef wartete.

»Sorry, Mann. Ich habe überhaupt nicht nachgedacht.« Andreas Melzer schaute nicht hoch. »Gut, dass der Kollege mich zurückgepfiffen hat.«

»Hoffentlich hast du nichts versaut. Ein Glück, dass die Staatsanwältin schon weg ist.« Wulf Preck war wieder zu seinem verdrießlichen Naturell zurückgekehrt.

»Ich bleibe draußen.« Andreas Melzer zeigte auf das Flatterband. »Macht ihr das.«

»Willst du dich jetzt selbst bestrafen?« Egbert Knoll versuchte noch immer, den Blick seines Kollegen zu erhaschen, aber der wich ihm aus. Wahrscheinlich schämte er sich für seinen Fauxpas. Und das war wohl auch richtig so. Dann blieb ihm der Ausrutscher wenigstens im Gedächtnis. »Gut, von mir aus. Wir müssen nicht alle dort rumtrampeln.«

Ein Kollege von der Spurensicherung kam näher und machte Egbert ein Zeichen, dass sie am Tor fürs Erste fertig waren.

»Dann wollen wir mal.« Wulf war schon in den Anzug gestiegen. Das Oberteil hatte er noch nicht hochgezogen, es hing wie ein weißer Umhang um seine Hüften.

»Ich gehe jetzt da rüber und lege denen das Handwerk.« Andreas deutete auf den Übertragungswagen. Zwei weitere Teams hatten sich inzwischen daneben postiert. »Das ist ja wie auf dem Jahrmarkt!« Er schob den Unterkiefer nach vorn, drehte sich um und lief los. Egbert Knoll schien zu überlegen, ob er ihn zurückrufen sollte, ließ es dann aber.

Der Kollege wollte seinen Unmut auf sich selbst an den Reportern austoben. Danach wäre er sicher wieder ruhiger.

»Das war doch genial, nicht?«

Maja warf einen schnellen Blick zu Konrad hinüber und sah dann wieder auf die Straße. Der Freund schien noch immer ganz aufgeregt ob ihrer gemeinsamen Shoppingtour. Seine Wangen waren gerötet, die Augen glänzten. Von Zeit zu Zeit schüttelte er den Kopf, als könne er sein Glück nicht fassen. Kurz nach zwölf waren sie in der Hauptstadt angekommen und sofort losgezogen, nachdem Maja ihren Mazda in einem sündhaft teuren Parkhaus abgestellt hatte und sie sich einen schnellen Cappuccino bei *Starbucks* genehmigt hatten.

»Dieser Cashmereschal von *Etro*! Ich kann gar nicht glauben, dass ich den gekauft habe!« Konrads Stimme überschlug sich fast. »Du findest doch auch, dass ein Mann heutzutage getrost etwas Gemustertes tragen kann, nicht?«

Das hatte er schon mindestens drei Mal gefragt und ihre Bestätigung jedes Mal aufgesogen wie ein Schwamm. Dabei war *er* doch der Modeexperte. Und wenn die *SENTA* sagte, dass sich Männer im kommenden Winter überlange Paisley-Stolen um die Hälse wickeln sollten, dann war das Gesetz. Zumindest für Schwule.

Und doch schien Konrad ihre Zustimmung zu brauchen. Auch bei den Schuhen, die unfassbare 690 Euro gekostet hatten – dafür seien sie ja schließlich auch von *Maison Martin Margiela*, hatte Konrad betont –, hatte er auf ihre Ermunterung gewartet.

Obwohl, wenn sie es recht bedachte, hätte er die Schuhe wahrscheinlich auch gekauft, wenn sie dagegen gewesen wäre. Schon beim Betreten des Geschäfts war er mit einem entzückten Ausruf zu den Säulen gestürzt, auf denen die

Kollektion präsentiert wurde und hatte sich eben jenes Paar gegriffen. Man sah den braunen Dingern ihren Preis nicht an, fand Maja. Es handelte sich nicht einmal um so etwas Abgefahrenes wie echtes Rochenleder, sondern nur um eine Prägung mit Glanzeffekt, aber vielleicht hatte sie auch nur keine Ahnung. Wahrscheinlich Letzteres, vermutete sie.

Maja verbarg ein Grinsen, während Konrad weiter vor sich hin schwärmte, wo und wie er die Neuerwerbungen demnächst ausführen würde. Der *John-Varvatos*-Mantel würde sich bis zum Herbst gedulden müssen, es sei denn sie bekämen demnächst sehr kühle Tage, die Shirts von *Joop* waren immer passend, die Hemden von *Viktor & Rolf* konnte er zur Arbeit anziehen.

Maja schielte noch einmal hinüber. Der Freund gestikulierte beim Sprechen übertrieben. Wahrscheinlich sah er sich schon in der nächsten Bar vor einem Pulk begeisterter junger Männer stehen, die seinen ausgezeichneten Geschmack bewunderten.

»Für dich müssen wir auch noch etwas finden!«, hatte er, nachdem sie bereits mehrere Stunden durch unzählige Männerboutiquen gehetzt waren, verkündet und sie in die *Galeries Lafayette* geschleppt. Nach langem Suchen hatte sich Maja für eine neue Handtasche entschieden, und Konrad schien zufrieden, dass sie nicht leer ausgegangen war. Er hatte sie zum Abschluss zu Sushi eingeladen – in Zwickau gab es kein vernünftiges Sushi-Restaurant –, und jetzt waren sie auf dem Rückweg nach Sachsen.

Maja scherte aus und überholte einen VW Polo. Die A9 war nicht so überfüllt wie an den Wochentagen. Sie konnten ihr Vorhaben, gegen zweiundzwanzig Uhr wieder in Zwickau zu sein, schaffen. Konrad würde bei ihr übernachten und erst am Sonntag wieder nach Chemnitz zurückfahren. »Da können wir abends noch ein bisschen schwatzen und unsere ›Beute‹ begutachten«, hatte er gesagt.

Sie stellte den Tempomat auf 140 Stundenkilometer und bewegte die Zehen. Ihre Füße schmerzten, obwohl sie – wohl wissend, was Einkaufen mit Konrad bedeutete – flache Schuhe angezogen hatte. Aber sieben Stunden durch sämtliche Boutiquen der Friedrichstraße zu schlendern, zehrte an den Kräften. Am Ende hatten Majas Augen gebrannt, und all die Schuhe, Mäntel, Tücher und überteuerten Kosmetikartikel waren zu einem bunten Flirren verschmolzen.

Erst jetzt fiel ihr auf, dass Konrad nicht mehr redete. Wenn es auch ewig dauerte, irgendwann war auch er erschöpft. Stattdessen fingerte er am Radio herum und murmelte etwas von »ein bisschen Musik hören«. Mit einem Knistern erwachte das Gerät zum Leben, und Konrad begann, die gespeicherten Sender durchzuklicken, dann startete er den automatischen Suchlauf.

»Es ist kurz vor neun. Du musst mit der Musik warten, bis die Nachrichten durch sind.« Maja warf einen Blick auf die Anzeige und fügte hinzu: »Das könntest du bitte kurz lassen. *Radio Leipzig* bringt nach dem Wetter aktuelle Verkehrsinformationen und regionale Blitzermeldungen.«

»O.K.« Konrad lehnte sich zurück.

»… wurde heute Vormittag in Güldengossa, einem zur Gemeinde Großpösna im sächsischen Landkreis Leipzig gehörenden Dorf, gefunden. Die Tote war nackt und mit ausgestreckten Armen und Beinen an das schmiedeeiserne Tor der Einfahrt gefesselt. Trotz einiger Besonderheiten, die vom bisherigen Vorgehen abweichen, handelt es sich allem Anschein nach um das vierte Opfer des Kreuzigungs-Mörders …«

»Wie bitte?« Konrad fummelte an der Lautstärkeregelung, aber der Nachrichtensprecher war inzwischen zu anderen Meldungen übergegangen. »Ein *viertes* Opfer?«

Maja, die noch immer damit beschäftigt war, den Inhalt der Nachricht zu erfassen, hörte Konrads Fragen wie durch Watte.

»Hat der Typ wieder zugeschlagen. Ich fasse es nicht.« Erst jetzt schien ihm aufzufallen, dass Maja gar nichts antwortete, und er beugte sich herüber und berührte ihren rechten Arm. »Hast du das eben mitgekriegt?«

»Ja. Der Blutsauger hat sein nächstes Opfer gefunden.«

»Der *Blutsauger*?«

»So nennt Peter ihn. Mit Kreuzigungen hat das Ganze seiner Meinung nach nämlich nichts zu tun.« Allmählich klärte sich der Nebel in Majas Kopf. Sie sah aus dem Augenwinkel, wie Konrad entrüstet den Kopf schüttelte.

»Blutsauger, ts, ts. Peter ist ein Psychopath, echt.«

»Kann schon sein. Machst du bitte *MDR Info* an? Vielleicht bringen die noch Details zu dem neuen Mord.«

»Sag mal …« Konrad, der den Sender gefunden hatte, erhöhte die Lautstärke. »Hätten die dich nicht benachrichtigen müssen?«

»Meinst du mit ›die‹ die Kripo oder die Staatsanwaltschaft? Ich habe dieses Wochenende keine Rufbereitschaft. Sonst hätte ich ja auch nicht mit dir nach Berlin fahren können.« Maja presste die Lippen aufeinander. *Aber genau das frage ich mich auch: Warum hat mir niemand Bescheid gegeben?*

»Aber wenigstens informieren hätten sie dich doch können! Du kennst doch die Tatsachen in- und auswendig. Wer von deinen Kollegen hat denn dieses Wochenende Dienst?«

»Ingrid.« *Frau Doktor Ingrid Reichmann, um genauer zu sein. Die Verräterin.*

»So läuft das bei der Rechtsmedizin nicht, Konrad. Niemand hat Anspruch auf bestimmte Fälle. Derjenige, der Dienst hat, übernimmt sie, fertig. Das ist schließlich keine amerikanische Fernsehserie.« *Und doch … Wenigstens anrufen hättest du mich können, liebe Ingrid.* Maja blähte ihre Nasenflügel.

»Wie deutsch! Hast du dein Handy mit?« Konrad schien das Gleiche zu denken wie sie.

»Beide. Das private und das dienstliche. Und ehe du fragst – sie waren auch beide an.«

»Hm. Dann hat dich wohl tatsächlich keiner angerufen. Nicht mal dein Kripofreund.«

»Konrad!« Maja schlug ihm die rechte Hand auf den Oberschenkel. »Ich möchte das nicht mehr hören!«

»Na gut. Ich gebe mich geschlagen. Du hattest keinen Dienst. Warum also sollte man dich da mit der Arbeit belästigen?« Seine Stimme klang ironisch. »Auch wenn du die anderen Opfer obduziert hast. Völlig egal.«

»Du sagst es.« Säure stieg in Majas Kehle auf, während sie sich fragte, was *sie* an Ingrids Stelle getan hätte. *Hättest du dem Kollegen eine Nachricht von dem neuen Mord zukommen lassen?* Käme wahrscheinlich drauf an, um wen es sich handelt. *Und genau das ist die richtige Antwort, Maja Heuberger. Kommt ganz drauf an, wer es ist.*

Sie trat das Gaspedal durch. »Sehen wir zu, dass wir heimkommen.«

Im Vorratsschrank standen noch sechzehn Flaschen Dornfelder. Das wurde wohl reichen, um die bösen Gedanken in ihrem Kopf auszulöschen.

39

»Bist du gerade erst aufgestanden?« Peter schaute auf seine Armbanduhr und dann zu Maja. »Es ist schon nach zwölf!«

»Na und?« Sie war nicht »gerade erst aufgestanden«. Sie hatte noch in ihrem Bett gelegen. Im Saufkoma. Maja drehte sich ohne ein weiteres Wort um, und verschwand im Bad. Mochte er hereinkommen oder wieder gehen, es war ihr egal. Im grellen Neonlicht starrte ihr ein Gesicht wie aus einem Horrorfilm aus dem Spiegel entgegen. Gerötete Augen, bleiche Haut, geschwollene Lider. Und ein leidender Zug um den Mund. *Säuferin.* Maja verzog verächtlich den Mund, ehe sie sich abwandte, ihr Schlafshirt in die Ecke warf und unter die Dusche stieg.

Nach dem Zähneputzen war ihr etwas wohler. Ein letzter prüfender Blick in den Spiegel. Die Falten des Kissens hatten Muster in ihre Wangen gedrückt. Bloß gut, dass heute Sonntag war. Bis morgen früh hatte sie genug Zeit auszunüchtern. Maja schlüpfte in ihre Jeans, straffte den Rücken und marschierte in die Küche.

»Scheint ja 'ne mächtige Ziehung gewesen zu sein.« Peter hatte bereits die leeren Flaschen weggeräumt und abgewaschen. Ganz in seiner Rolle als braver Hausmann aufgehend, stand er neben der Spüle und polierte ein Weinglas mit einem Leinentuch. »Mit wem hast du denn die Party veranstaltet?«

»Mit Konrad.« Maja drückte zwei *Paracetamol* aus der

Packung und spülte mit Wasser nach. »Ich sehe aus wie eine Untote.«

»Nur ihr zwei?« Peters Augenbrauen wölbten sich nach oben, doch er schien es für besser zu halten, nichts weiter dazu zu sagen.

»Wir waren in Berlin auf Einkaufstour. Auf der Rückfahrt habe ich im Radio gehört, dass ein weiteres Opfer des Blutsaugers gefunden wurde. Südlich von Leipzig.«

»Genau deswegen bin ich hier.«

»Und ich dachte schon, weil du Sehnsucht nach mir hattest.«

»Das natürlich auch. Aber dir muss ich doch nichts vormachen. Seit wir uns kennen, warst du noch nie an solch einem faszinierenden Fall beteiligt. Du kennst mich doch. Ich kann nicht so tun, als würde mich das Ganze abstoßen. Hat Konrad hier übernachtet?«

»Wie du ja schon bemerkt hast, haben wir noch den einen oder anderen Rotwein getrunken und geredet. Er wollte auf der Couch übernachten. An den Rest kann ich mich irgendwie nicht mehr richtig erinnern.« Maja zeigte sich selbst einen Vogel und ging ins Wohnzimmer. Auf dem Sofa lagen fein säuberlich zusammengelegt Decke und Kissen, die Bettwäsche war abgezogen und ordentlich daneben platziert. Hatte Konrad sich das Bett selbst bezogen?

Ich war es jedenfalls nicht … Maja griff nach dem Zettel auf dem Couchtisch und überflog die verschnörkelten Buchstaben. »Wollte dich nicht wecken, Schätzchen. Danke für alles. Rufe dich heute Abend an. K.« Sie nahm den Zettel mit in die Küche. »Er muss heute früh irgendwann verschwunden sein.« Der Duft nach frisch gebrühtem Kaffee entlockte ihr ein Lächeln. »Das brauche ich jetzt.« Sie setzte sich und griff nach der Tasse, die Peter ihr hinschob.

»Wie geht's deinem Kopf?« Er deutete auf den angefangenen Tablettenblister.

»Der Smog verzieht sich.«

»Dann können wir ja über den Fall reden. Ich habe ein paar neue Erkenntnisse, die ich gern mit dir besprechen würde.«

»Aber sicher. Wie könnte ich das vergessen.«

»Wieso hast du eigentlich von dem Mord aus den Nachrichten erfahren?«

»Ich hatte keine Rufbereitschaft.«

»Auch wieder verständlich. Die wollten dir wahrscheinlich nicht das Wochenende verderben. Du kommst ja morgen an alle Informationen ran.«

Um sie dir dann postwendend aufzutischen, nicht? Maja schlürfte einen Schluck Kaffee und verbrühte sich die Zunge. Peter war im Gegensatz zu Konrad Pragmatiker. Während der sich gestern Abend noch lange über mögliche Intrigen der Kollegen gegen Maja echauffiert hatte, nahm Peter die Dinge als gegeben hin.

»Hast du dich schon informiert?« Sein Zeigefinger malte einen Schnörkel der Tischdecke nach.

»Nein. Ich wollte die Kollegen nicht nerven.« *Vor allem bist du zu stolz, bei Ingrid oder den Kripomännern anzurufen.* »Und außerdem bin ich ja eben erst aufgestanden, wie du weißt.«

»Dann gebe ich dir mal ein schnelles Update.« Peter setzte die Tasse ab. Seine Augen leuchteten. »Die Leiche hing an einem schmiedeeisernen Tor. In Güldengossa. Das Schloss wurde nach der Wende von Privatleuten aus dem Westen gekauft, die dort noch immer einen Edelmetallhandel betreiben. Ich war selbst vor ein, zwei Jahren mal dort.«

Maja fragte nicht, was Peter dort gewollt hatte. Er würde es ihr sowieso nicht sagen.

»Seit einiger Zeit hat eine Hotelkette den Komplex samt Grundstück übernommen. Ein Wachschutz existiert aber seitdem wohl nicht mehr. Die Gegend rings um das Schloss ist zudem dünn besiedelt. Gegenüber vom linken Eingangsportal gibt es nur ein einziges Haus. Nachts ist dort der Hund begraben. Das war entschieden ungefährlicher, als, so wie beim vorhergehenden Opfer, die Leiche auf dem Spielplatz eines großen Hotels anzubringen. Und trotzdem wüsste ich gern, warum der Täter gerade *diesen* Ort für seine nächste Präsentation ausgewählt hat. Willkürlich war das sicher nicht. Er muss zumindest schon einmal dort gewesen sein.« Peter rührte in seiner Tasse herum, zog den Löffel heraus und beobachtete, wie ein Tropfen hellbrauner Flüssigkeit sich löste und mit leisem Platschen zurück in den Kaffee fiel. »In den Nachrichten haben sie gemeldet, dass die Tote übel zugerichtet war, um es mal mit meinen Worten zu sagen. Überall Schnittwunden, der Hals war aufgeschlitzt, als sei der Täter beim Töten völlig in Raserei verfallen.«

Maja versuchte, sich an die gestrigen Berichte zu erinnern. »Wann hast du denn das alles gehört?«

»Heute Vormittag im Fernsehen. Bilder haben sie nicht gezeigt, aber ich konnte mir alles lebhaft vorstellen.«

»Daran habe ich keinen Zweifel.«

»Die ersten drei waren ja äußerlich ziemlich unversehrt, nicht wahr? Was also war dieses Mal anders, dass er so ausgerastet ist? Lag es am Opfer? Gab es besondere Umstände?« Peter klopfte zu jeder Frage mit dem Löffel an die Tasse. Das leise Klingen verstärkte sich in Majas Kopf zu einem Klirren. »Kann man eigentlich an der Art der Wunden erkennen, in welcher Reihenfolge die Schnitte ausgeführt wurden?«

»Nicht immer zwar, aber im Prinzip schon.« Majas Neugier war geweckt. Sie musste sich unbedingt morgen im Institut diese Leiche ansehen.

»Ein echter Overkill. Das muss ein schönes Blutbad gewesen sein!« Der Löffel landete auf dem Tisch. Peter redete schneller und begann zu gestikulieren. »Ich habe das getestet. Wenn man eine größere Arterie anschneidet, spritzt das Blut bis an die Decke. Das muss man irgendwo tun, wo einen keiner beobachtet und man anschließend ungestört sauber machen kann.«

»Wie meinst du das, du hast das ›getestet‹?«

»Schau nicht so entsetzt.« Er grinste breit. »Nicht an einem Menschen natürlich. Ich habe mir ein Schwein besorgt.«

»Ein Schwein?«

»Ein Ferkel, besser gesagt. Ein ziemlich fettes kleines Ding. Ich habe meine Leute. Dem Bauern, der mir das Vieh verkauft hat, habe ich eingeredet, ich wolle das Tier verschenken. Nett drapiert mit einer großen rosa Schleife um den Hals, in einem Kinderwagen sitzend. Zum fünfzigsten Geburtstag eines guten Freundes. Er fand die Idee toll. Und selbst wenn er Zweifel an der Geschichte gehabt haben sollte – die Scheine haben diese im Nu beseitigt.«

»Du kommst vielleicht auf Ideen!«

»Hab ich alles von euch, meine Liebe. Bei *Autopsie – Mysteriöse Todesfälle* haben sie auch mal Tests mit Schweinen gemacht. Meine Recherchen haben ergeben, dass ein Hausschwein in vielem dem Menschen gleicht, so auch in der Beschaffenheit des Gewebes und der Haut. Stimmt doch, oder?«

»Kann man so sagen.« Maja kämpfte noch immer mit ihrer Bestürzung. Obwohl sie es hätte besser wissen müssen. Sie kannte Peter. Er schaffte es des Öfteren, sie zu schockieren. Natürlich würde er keinen Menschen umbringen, nur um zu testen, wie arterielles Blut an die Decke spritzte. Aber dennoch …

»Gut, die Schwarte war vielleicht etwas fester als die Haut einer jungen Frau, aber zu Testzwecken reichte es.«

»Woher wusstest du eigentlich, dass der Mörder der Frau diesmal Schnittwunden zufügen würde?«

»Natürlich wusste ich das nicht.« Um dem Blutsauger auf die Schliche zu kommen, muss man sich in ihn hineinversetzen, muss sein Tun so exakt wie möglich nachahmen, seine Gedanken begreifen. Es war einfach ein Testlauf. Im Übrigen habe ich mich im Nachhinein bei dem Ferkel entschuldigt.«

»Du bist echt gestört, Peter.«

»Nichts Neues. Hast du was zu essen im Haus?« Er war schon aufgestanden, hatte den Kühlschrank geöffnet und musterte die Vorräte darin. »Ich mach uns ein paar Spiegeleier, O.K.?«

»Ich möchte nichts.« Maja beobachtete, wie der Freund begann, Speck zu schneiden. Konrad hätte sie jetzt gedrängt, etwas zu sich zu nehmen, und keine Ruhe gegeben, bis sie sich hätte breitschlagen lassen. Peter hingegen nahm die Botschaft zur Kenntnis und hakte das Thema ab.

Es knisterte und zischte, als er den Speck in die Pfanne gab. Maja schluckte. Der Geruch nach heißem Fett, der sich in der Küche ausbreitete, verursachte ihr Übelkeit, und sie stand auf, um das Fenster zu öffnen. »Hast du auch gehört, um wen es sich bei der Toten handelt?«

»Nein. Das werden wir noch früh genug erfahren. Ich habe übrigens meine Gedanken bei dieser Schlachtorgie wie immer auf Band gesprochen. Über einiges muss ich noch nachdenken, und am Ende wird es recht wirr.« Peter hob dozierend den Holzlöffel. »Aber eins kann ich dir jetzt schon sagen: Es ist ein *überwältigendes* Gefühl, ein

Leben auszulöschen. Wenn das schon bei diesem Schwein so stark war, wie heftig muss es dann erst sein, wenn man einen Menschen auslöscht?« Er drehte sich zur Pfanne um und rührte. »So etwas macht süchtig. Ich war danach wie betrunken. Stell dir vor, ich habe sogar mit dem Schwein getanzt!«

Maja verscheuchte das absurde Bild von Peter mit einem Schwein im Arm; tanzend, das tote Tier an sich gedrückt.

»In jenen Momenten war der Körper für mich kein Ferkel, sondern ein Mensch. Ich *war* der Blutsauger, verstehst du? Und eines habe ich in diesen Augenblicken verstanden: Es geht nicht ums Aussaugen. Das Beißen hat damit nichts zu tun. Am Ende tun ihm die Opfer leid. Er bedauert sie. Ich weiß nicht, ob er tatsächlich ein letztes Tänzchen mit ihnen aufführt, so wie ich es getan habe, aber das ist auch zweitrangig.«

Peter kam mit dem gefüllten Teller an den Tisch, bemerkte Majas angewiderten Gesichtsausdruck und hob die Brauen.

»Es ist wegen des Geruchs.« Sie zeigte auf den Teller.

»Verstehe. Soll ich im Wohnzimmer essen?«

»Nein, bleib hier. Ich halte das schon aus.«

»Ich jedenfalls werde ihn ab jetzt nicht mehr ›Blutsauger‹, sondern ›Bluttänzer‹ nennen.« Peter schaufelte das Ei in sich hinein, kaute voller Inbrunst und schluckte, ehe er weitersprach. »Und nun zu diesen Bissspuren. Ich habe auch das ausprobiert.«

Maja betrachtete die Bewegungen seiner Kaumuskeln und atmete tief ein und aus.

»Besser gesagt: Ich *wollte* es ausprobieren. Habe mir extra Aufsatzzähne dafür besorgt. Aber dann konnte ich es nicht. Ich habe es nicht über mich gebracht, in diese rosa Haut zu beißen. Es fühlte sich unrichtig an.«

»Aber irgendetwas *hat* unsere Opfer gebissen. Daran gibt es keinen Zweifel.«

»Kannst du unterscheiden, ob es ein echtes Tier war oder nur seine Zähne? Ich denke, er hat sich einen Wolfsschädel besorgt und damit die Male verursacht.«

»Das wird ja immer seltsamer … Wieso das denn?«

»Meine Hypothese ist, dass er sich, genau wie ich, geekelt hat, selbst zuzubeißen. Von der späteren Identifizierung seiner Zahnspuren ganz abgesehen. Da er aber wollte, dass das Opfer Bissspuren aufweist – warum, wissen wir noch nicht –, musste ein anderes Gebiss her. Zum Wolf gibt es in den Fällen viele mythologische Bezüge, wie wir beide neulich erkundet haben. Ganz sicher bin ich mir noch nicht, welche davon bei unserem Bluttänzer zutreffen, aber das kriege ich auch noch heraus. Das war echt lecker.« Peters Stuhl quietschte, als er ihn zurückschob, um den Teller zur Spüle zu bringen.

»Dann wären da noch die Fledermäuse. Ich weiß jetzt, wo man sich welche besorgen kann.«

»Hast du das *auch* ausprobiert?« Maja hörte die Resignation in ihrer Stimme. Manchmal hasste sie Peter für seinen unerschöpflichen Elan. Gleichzeitig ärgerte sie sich, dass er ihr mit seinen Nachforschungen zuvorgekommen war.

»Zuerst einmal habe ich recherchiert. Ich weiß jetzt alles über diese Tiere: dass sie zusammen mit Flughunden zur Ordnung der Fledertiere gehören, dass die meisten von ihnen Insekten fressen und dass es in Westsachsen zwanzig verschiedene Arten gibt.«

Peter zitierte einen Absatz aus einem Internetartikel über die Lebensweise und Aufenthaltsorte von einheimischen Fledermäusen. Sein eidetisches Gedächtnis war in dieser Hinsicht ein Segen. Er musste sich nichts ausdrucken oder aufschreiben. Alles, was er einmal gesehen hatte, blieb bis ins kleinste Detail abrufbar. Maja fürchtete, dass diese Begabung jedoch Defizite in anderen Bereichen zur Folge hatte. Das Ganze glich einer Waage. Die Summe der Fähigkeiten blieb gleich. War eine stärker ausgeprägt, fehlte es an anderer Stelle. Bei Peter zum Beispiel schien dies die fehlende Empathie zu sein. Einfühlungsvermögen kam bei ihm nur im Zusammenhang mit Verbrechen vor.

Und doch mochte sie ihn. Maja beobachtete, wie Peter beim Reden zwischen Spüle und Tisch hin und her tigerte und dabei gestikulierte.

»Anfangs habe ich versucht, übers Internet einen Tierhandel aufzutreiben, in dem man legal Fledermäuse kaufen kann. So ähnlich wie Meerschweinchen oder Zierfische.« Er war stehen geblieben und sah aus dem Fenster. »Aber das kannst du vergessen. In Deutschland sind alle Fledermausarten nach dem Bundesnaturschutzgesetz geschützt. Hinzu kommt die …«, er malte mit Zeige- und Mittelfinger Gänsefüßchen in die Luft, »Richtlinie 92 Schrägstrich 43 Schrägstrich EWG des Rates vom 21. Mai 1992 zur Erhaltung der natürlichen Lebensräume sowie der wildlebenden Tiere und Pflanzen, die sogenannte Fauna-Flora-Habitatrichtlinie der Europäischen Union, abgekürzt FFH. Ich will dich nicht mit Einzelheiten langweilen, kurz gesagt handelt es sich um eine Naturschutz-Richtlinie der Europäischen Union. Sie hat das Ziel, wild lebende Arten und ihre Lebensräume zu schützen. Alle einheimischen Fledermausarten stehen auf der Liste. Das heißt, es gibt keinerlei Ausnahmegenehmigungen für einen legalen Handel.«

»Aus einem Geschäft hat er sie also nicht. Und im benachbarten Ausland gibt es dann wohl auch keine Zoofachgeschäfte, in denen man Fledermäuse kaufen kann. Zumindest im EU-Ausland.«

»Es existiert nach meinen Recherchen in Europa auch

kein schwarzer Markt für Fledermäuse. Für Schwarzmarktprodukte muss eine Nachfrage bestehen, und die gibt es meines Wissens nicht.«

»Könnte man sie züchten?« Das *Paracetamol* wirkte allmählich, das Dröhnen in Majas Kopf hatte nachgelassen.

»Im Prinzip schon, auch wenn das unheimlich aufwendig ist. Aber auch dazu braucht man ja das Ausgangsmaterial, also die Zuchttiere.« Peter hob die angewinkelten Arme in Schulterhöhe und kehrte die Handflächen nach oben. »Womit sich die Schlange in den Schwanz beißt.«

»Woher bekommt er sie aber dann?«

»Zum einen wären da Zoos. Diese Variante ist allerdings auch fast auszuschließen. Ich denke, es würde auffallen, wenn jemand dort einbricht und Tiere stiehlt, selbst wenn es sich um Fledermäuse handelt, die ja in Kolonien leben und nicht so leicht zu zählen sind. Aber das Risiko, beim Fangen der Flattertiere erwischt zu werden, ist viel zu groß. Ich habe aber beim Surfen durchs Netz noch etwas ganz anderes entdeckt. Da kommst du nie drauf!« Peter hatte sich wieder in Bewegung gesetzt. »Es gibt nämlich sogenannte ›öffentliche Fangabende‹ für Fledermäuse in Sachsen und auch in den angrenzenden Bundesländern!«

»Wie bitte?«

»Unglaublich, was? Die veranstaltet der Naturschutzbund für Umweltfreunde. Dabei werden zum Einbruch der Dämmerung große Netze aufgespannt und die Tiere aus der Luft geholt. Dann steckt man sie in kleine Stoffsäckchen, untersucht sie anschließend und registriert sie.« Während Peter erzählte, malte er die Szenerie mit den Händen in die Luft. »So ähnlich wie bei der Vogelberingung. Danach werden sie wieder freigelassen.«

»Was es alles gibt … Könnte der Täter so ein Umweltfreak sein? Es dürfte doch kein Problem sein, die eine oder andere Fledermaus, die an so einem Abend gefangen wurde, beiseitezuschaffen?«

»Du denkst viel zu kompliziert, liebe Maja.« Peter zog den Mund breit. »Es geht noch viel einfacher. Der Typ braucht doch nur mal an so einem Fangabend dabei gewesen zu sein, um zu sehen, wie es gemacht wird. Dann kann er das nächste Mal allein losziehen und sich Fledermäuse aus der Luft holen. Fangfrisch sozusagen.« Jetzt nahm er ihr gegenüber Platz und stützte das Kinn in die Hände. »Was war das eigentlich genau für eine Art?«

»Keine Ahnung. Eine Fledermaus halt. Ich hab zwar die aus dem zweiten Opfer seziert und dabei den ersten der Zettel gefunden, aber wir haben uns nicht näher damit befasst, welche Art das gewesen sein könnte.«

»Sehr schade! Wüsste man das, könnte man nämlich den Lebensraum und damit das Fanggebiet eingrenzen.«

»Und das könnte der SoKo Hinweise auf den Täter geben.« Maja stand auf, um sich Zettel und Stift zu holen. »Ziemlich gut, Peter.«

»Nicht wahr? Ich bin der geborene Serienmörder!« Peter kicherte und hielt sich die Hand vor den Mund, als wolle er das Lachen verbergen. »Das könntet ihr theoretisch bei der Fledermaus aus Opfer Nummer vier nachholen.«

»Die Artbestimmung?«

»Genau.«

»Ich kümmere mich gleich morgen nach der Frühbesprechung darum. Wenn ich das Tier vor mir sehe, kann ich sagen, ob sie den anderen beiden gleicht. Ich hoffe, Ingrid hat sie nicht gleich entsorgt.«

»Vorausgesetzt, es gab in Opfer Nummer vier eine Fledermaus.«

»Aber sagtest du nicht eben …« Maja runzelte die Stirn und schüttelte ihre Haare zurecht.

»Alles Annahmen, meine Liebe, reine Spekulation. Ich weiß es nicht. Bei Opfer Nummer vier ist er ja ziemlich ausgerastet, wie wir vorhin festgestellt haben. Womöglich hat er in seiner Rage nicht an die Fledermaus gedacht. Kannst du nicht heute noch jemanden anrufen, der das wissen könnte? Deinen Kollegen, der Wochenenddienst hat, zum Beispiel?«

»Es ist eine Kollegin, Doktor Ingrid Reichmann. Und nein, ich möchte sie nicht anrufen. Sie würde sich kontrolliert fühlen.«

»Dann deinen Kripofreund?«

»Peter!« Maja drohte ihm spielerisch mit dem Finger. »Wie oft muss ich noch sagen, dass …«

»Ich weiß, ich weiß. Aber ich finde, du solltest die neuen Erkenntnisse mit der Kriminalpolizei besprechen.«

»Sie mögen es nicht, wenn ich mich in ihre Belange einmische. *Ich* bin die Rechtsmedizinerin, *sie* sind die ermittelnden Beamten. Wie und was die SoKo tut, geht mich nichts an.« Maja dachte an Andreas Melzer. Würde der Kriminaloberkommissar ihr zuhören, wenn sie ihm Peters krude Theorien schilderte? Vielleicht war Egbert Knoll der bessere Ansprechpartner. Vielleicht sollte sie überhaupt ganz den Mund halten. »Ich schau mir morgen im Institut zuerst einmal die Leiche an. Dann sehen wir weiter.«

»Na gut. Ich rufe dich dann morgen Abend an.« Maja überlegte, ob sein letzter Satz bedeutete, dass sie ihm über die vierte Tote Bericht erstatten musste. *Genau das bedeutet es.*

40

»Von unglaublicher Brutalität ...« Anne Sturm verzog ihr lackiertes Mündchen, und Tommy zwinkerte ihr zu. *Nicht mehr lange, meine Liebe. Dann hast du dich genug produziert.* Er hatte den Bericht über den Fund des vierten Opfers des »Kreuzigungs-Mörders« jetzt zum dritten Mal betrachtet und noch immer nicht genug von dieser eiskalten Person. Obwohl am Fundort ein sanftes Lüftchen geweht hatte, bewegte sich auf ihrem Kopf kein Haar. Der platinblonde Helm saß wie eine Plastikhaube über ihrem Gesicht.

Er richtete den Zeigefinger wie eine Pistole auf den Bildschirm und drückte ab. *Peng! Vorgestern Abend hattest du noch Glück, meine Liebe.* Unwahrscheinlich *großes* Glück. *Du ahnst nichts davon, weißt nicht, dass ich dich beobachte, dich auf meinem Radar habe.*

Noch nicht. Tommy spulte zurück. Es war gekommen, wie er es geplant hatte. Sein Anruf Samstagmorgen im Sender hatte genau das erbracht, was er erreichen wollte.

»Informieren Sie Anne Sturm, dass sie nach Güldengossa fahren soll. Sofort. Es gibt neue Entwicklungen im Fall des Kreuzigungs-Mörders.« Der Typ am anderen Ende hatte etwas von »schlechter Scherz« und »früh am Morgen« gefaselt, aber Tommy hatte nichts weiter erklärt, sondern nur hinzugefügt, dass man es bereuen werde, seine Information nicht ernst genommen zu haben, bevor er auflegte. Wie die ihre Starreporterin erreichten und ob man Anne Sturm dafür aus dem Bett holen musste, war ihm egal.

Als sie vor ihrem Übertragungswagen gestanden hatte, das malerische Schloss im Hintergrund, ein pelziges Mikro vor dem rosa Mund, hatte sie jedenfalls frisch und putzmunter gewirkt. Vielleicht war das der Schminke zu verdanken, vielleicht ihren guten Genen, vielleicht war Anne Sturm eine Frühaufsteherin. Das alles war nicht von Bedeutung. Wichtig war nur gewesen, dass man beim *MDR* seine Botschaft ernst genommen und sie nach Güldengossa beordert hatte.

Tommy ließ die Reportage ohne Ton durchlaufen. Als die Kamera Anne Sturms Betroffenheitsgesicht in Großaufnahme einfing, fror er das Bild ein. So dicht war er am Schloss nicht an sie herangekommen. Es war auch nicht nötig gewesen, kannte er doch inzwischen jedes Fältchen in dem ziemlich makellosen Gesicht. Und doch hatte er es sich nicht verkneifen können, ihr ein wenig nahe zu sein. Ein paar kurze Minuten, in denen er sich ausmalte, was er alles mit ihr anstellen würde, wenn er sie endlich in seinen Fängen hatte. Sein Aufenthalt in Güldengossa barg keine Gefahr der Entdeckung.

Zwar waren die Beamten nicht untätig gewesen, sie hatten jedes Auto registriert, das am Zaun parkte. Aber die Menge der Gaffer war schnell größer geworden, und schon nach kurzer Zeit war es unmöglich gewesen, alle zu erfassen. Dazu hätte die Kripo mindestens ein Dutzend Beamte mehr gebraucht. Auch bei der Kriminalpolizei herrschte Personalknappheit. Der Freistaat sparte an allen Ecken und Enden.

Und dass ein Mörder immer an den Ort seiner Untaten zurückkehrte, war ohnehin eine Mär. Obwohl es manches Mal sogar stimmte. Tommy strich sich mit dem Zeigefinger über die Lippen und fühlte sein Lächeln. Das jedoch hatten die Beamten nicht wissen können.

Nach wie vor schaute Anne Sturm mit unbewegter Miene in sein Wohnzimmer. Er drückte auf den Ausschaltknopf, und ihr Bild erlosch. Ihre Eisaugen indes starrten ihn weiter an. Die gleichen hellblauen Augen wie bei seiner Mutter. Er würde diesen Blick nie vergessen.

Nach seinem Besuch beim Pastor war Tommy so wütend gewesen, dass er fast ein Jahr lang keinen Kontakt zu Ruth und Matthias gehabt hatte. Die Pflegeeltern hatten seinem Wunsch nach Erforschung der Vergangenheit nicht stattgegeben, und er bestrafte sie dafür durch Funkstille.

Als ein zweiter Vorstoß nichts brachte und der Pastor auch dieses Mal eisern blieb, hatte er andere Wege versucht, aber Petra S., die Frau, die wegen eines neuen Liebhabers zwei kleine Kinder ihrem Schicksal überlassen hatte, blieb für ihn unauffindbar.

An Aufgeben hatte Tommy jedoch nie auch nur im Entferntesten gedacht. Grits kleine Seele würde erst ihren Frieden finden, wenn ihr Bruder die Mutter gefunden und bestraft hatte.

Und seine eigene Seele ebenfalls. So er denn eine besaß.

Petra S.

Irgendwann, nachdem er auf die Zeitungsartikel über die Ereignisse seiner frühen Kindheit gestoßen war, hatte er entschieden, in das Dorf zurückzukehren, in dem er geboren worden war. Hier hatte alles angefangen. Es gab keine andere Lösung. So schwer es auch sein würde, er musste sich noch einmal mit der Vergangenheit konfrontieren, um in der Zukunft weiterleben zu können.

Tommy hatte beschlossen, sich zuerst den Alteingesessenen zuzuwenden. Die waren den ganzen Tag zu Hause, hatten viel Zeit zum Tratschen und erinnerten sich gewiss an die dramatischen Vorfälle damals.

Nur wenige Stunden nach seiner Entscheidung hatten die Schmerzen angefangen. Rasende Kopfschmerzen, die durch Medikamente nicht zu bändigen gewesen waren. Hinzu kamen körperliche Qualen, sein Rücken fühlte sich zuweilen an, als breche er durch, in den Muskeln zog es, nach jeder Mahlzeit marterte ihn Brechreiz, und nachts erwachte er durch akuten Luftmangel und die Angst zu ersticken.

Die Ärzte fanden nichts. Die Symptome seien wohl psychisch bedingt. Er arbeite zu viel. Mehr Muße, gesunde Ernährung und ausgleichende Freizeitbeschäftigungen würden zu einer Besserung führen. Eine Psychotherapie hatte er abgelehnt. Psychologen waren Quacksalber, die diesen Studiengang nur wegen eigener Defizite – derer sie sich nicht einmal bewusst waren – gewählt hatten. Diese Scharlatane richteten nur noch mehr Schaden an, wühlten in den Gehirnen der Leute wie in Innereien herum, brachen alte Wunden wieder auf und sezierten die Gedanken ihrer Patienten bis ins qualvollste Detail.

Irgendwo tief in seinem Innern hatte Tommy gewusst, dass eine lang anhaltende, tief greifende Heilung nur durch Wiedergutmachung zu erreichen sein würde. Das wiederum bedeutete, dass er die Mutter aufspüren musste, und dies ließ sich nicht ohne diesen Ausflug in die Vergangenheit bewerkstelligen.

»*Du* bist der kleine Tommy?« Der Alte hatte ihn angesehen wie einen Geist. »Jetzt, wo du es sagst … Die Mundpartie und die Augen hast du von deinem Vater. Du siehst ein bisschen krank aus.«

»Heuschnupfen. Sie kannten ihn?« Heuschnupfen war die Ausrede, die er sich für sein verquollenes Aussehen zurechtgelegt hatte. Die Leute fragten nicht nach, wenn sie die Diagnose hörten. Allergien und die Medikamente, die man dagegen einnahm, erklärten von geschwollenen Augen über eine gerötete Nase bis hin zu Kopfschmerzen fast alles.

»Gerald war ein guter Mann. Aber viel zu weich für diese Frau. Komm doch rein.« Der Alte hatte mit dem Stock auf sein Haus gezeigt und war vorangehumpelt, während Tommy sich gefragt hatte, ob das hier überhaupt etwas bringen würde.

»Setz dich. Ich darf doch ›du‹ sagen?«

Tommy hatte genickt und sich auf die Eckbank gezwängt, während der alte Mann hin und her schlurfte und Kaffegeschirr aufdeckte. In der Küche roch es nach Essen vom Vortag und Kamillentee.

»Erna ist schon vor vier Jahren gestorben. Jetzt muss ich mich allein durchwurschteln.« Erna war dann wohl die Frau des Alten. Der hatte inzwischen mit einem Ächzen Platz genommen und fuhr fort.

»Ich kenne dich nur, als du noch so klein warst.« Er hob seine knotige Hand in Höhe des Tisches. »Eigentlich haben wir dich ganz selten gesehen. Du warst fast immer im Haus.«

Tommy schwieg. Der Alte sollte nicht durch zu viele Informationen verwirrt werden.

»Und jetzt willst du deine Mutter finden?«

»Ich möchte die Vergangenheit aufarbeiten.«

»Nach so langer Zeit?«

War der Alte etwa misstrauisch? Tommy zauberte ein Lächeln in sein Gesicht. »Es ändert sich vieles, wenn man selbst Kinder hat.«

»Du hast Kinder?«

»Zwei Mädchen. Ein und drei Jahre alt. Zwei Zuckerpüppchen und Papas Lieblinge.«

Jetzt lächelte auch der Alte. *Ja, lüg ihm die Taschen voll.*

Du siehst ihn eh nie wieder. »Ich möchte mit den Ereignissen abschließen und vergeben.« Tommy warf einen schnellen Blick auf das Bild von Maria mit dem Jesuskind, das über der Tür hing. Vergebung kam neben kleinen Kindern auch immer gut. Besonders bei diesen erzkatholischen Menschen. Der Kaffee schmeckte bitter. Stand wohl schon seit dem Morgen auf der Warmhalteplatte.

Nachdem er dem Alten ein paar Lügen über seinen Wohnort, die angebliche Ehefrau und seine Arbeit erzählt hatte, beschloss er, dass es an der Zeit war, zur Sache zu kommen.

»Was können Sie mir über meine Mutter erzählen?«

»Friedrich und Maria konnten keine eigenen Kinder bekommen. Damit hat alles angefangen.« Tommy versuchte, sich zu erinnern, wer Friedrich und Maria waren, bis ihm einfiel, dass die Eltern seiner Mutter, seine Großeltern also, so geheißen hatten. »Der liebe Gott hat ihnen keine beschert. Und dann war auf einmal Petra da.«

»Es hat also doch noch geklappt?« Sosehr sich Tommy auch bemühte, er konnte sich nicht darauf besinnen, dass die Frau, die seine und Grits Mutter war, auch nur ein einziges Mal über ihre eigenen Eltern gesprochen hatte. Nur, dass sie in diesem gottverlassenen Dorf aufgewachsen war, wo sie alles und jeden hasste, hatte er einmal aufgeschnappt, als sie seinen Vater bei einem ihrer Wutanfälle angeschrien und ihn für alles verantwortlich gemacht hatte.

»Hat es nicht.« Der Alte sah Tommys überraschten Blick und fügte hinzu: »Petra war nicht ihr eigenes Kind. Sie haben sie aus irgendeinem Heim geholt. Genau wussten wir es nie. War wohl ein uneheliches Ding, das jemand dort abgegeben hatte.«

»Ach was. Davon hatte ich keine Ahnung.« Das Erstaunen über die Parallelität der Ereignisse kreiste noch immer in seiner Brust. Die Mutter war adoptiert worden, ihn hatten ebenfalls Fremde als Kind zu sich geholt.

»Haben auch nie drüber geredet. Aber wie das so ist – jemand findet irgendwann immer die Wahrheit heraus. Die anderen Kinder nannten deine Mutter ›Wechselbalg‹. Nicht sehr nett, ich weiß.« Der Alte zuckte schicksalsergeben die Schultern, als wolle er sagen, dass dies eben in ihrer Gegend so sei. Tommy überlegte, ob er dem Geschwafel ein Ende bereiten sollte. Das Herumwühlen in der Vergangenheit seiner Mutter schien ins Nichts zu führen. Was nützte es ihm, wenn sie eine schwierige Kindheit gehabt hatte? Er brauchte Informationen, wo sie sich *jetzt* aufhielt. Andererseits, vielleicht förderte das Geschwätz des Alten doch noch etwas zutage.

»Das Kind war schwierig. Verschlossen, redete kaum, grüßte nie. Wenn man Petra ansprach, zog sie den Kopf ein und rannte davon. Später wurde sie bei jeder Gelegenheit zornig. Hat andere Kinder verprügelt, Sachen gestohlen, gelogen, dass sich die Balken biegen.« Der Alte schlürfte einen Schluck Kaffee. Seine Tasse hatte dunkle Ränder, die nicht von diesem Tag stammten. Tommy schluckte den Ekel hinunter und wandte den Blick ab.

»Wir dachten, dass Friedrich und Maria anfangs vielleicht sogar vorhatten, noch mehr Kinder zu adoptieren, diese Idee aber nach den Problemen mit Petra schnell aufgaben. Wie man an ihrem Beispiel gesehen hat, kann man nie wissen, was man sich da ins Haus holt. Nicht?« Er sah zu dem Marienbild hinüber und setzte fast triumphierend hinzu: »Man darf Gott eben nicht ins Handwerk pfuschen.«

Das war es also. Seine Großeltern hatten sich dem göttlichen Urteil widersetzt und waren dafür bestraft worden. Tommy unterdrückte ein Schaudern. »Wie ging es dann weiter?«

»Ich weiß nicht, ob du das wirklich hören möchtest.« Der Alte verknotete seine zittrigen Finger ineinander, und Tommy beeilte sich, ihm zu versichern, dass das doch alles lange her sei und er seiner Mutter vergeben wollte. Nur deswegen sei er hier. Seine Beteuerungen schienen zu wirken.

»Als sie älter wurde, hat Petra mit Jungs rumgemacht. Schon sehr zeitig fing das an. Sie hatte mit allen Burschen hier was, hieß es. Und auch mit denen aus dem Nachbardorf.« Ein galliger Unterton in seiner Stimme verriet, was der Alte von solch einem Verhalten hielt. »Wir haben uns gewundert, dass sie nicht viel eher schwanger wurde. Aber damals gab es ja schon diese Verhütungsmittel. Wahrscheinlich hat sie die geschluckt. Irgendwann war es dann aber doch so weit und Petra lief mit einem Babybauch durch die Gegend. Sie hat Gerald Suchard aus dem Nachbardorf geheiratet. Es gab nicht einmal eine kirchliche Trauung. Nur auf dem Standesamt waren sie. Nicht lange darauf sind sie weggezogen. Der Tratsch über ihren leichtfertigen Lebenswandel hat deine Mutter so sehr genervt, dass sie Gerald dazu gebracht hat, das Dorf zu verlassen. Du musst etwa drei gewesen sein. Deine Großeltern haben ziemlich unter der Trennung gelitten. Sie hatten dich in ihr Herz geschlossen. Endlich hatten sie den Sohn, der ihnen verwehrt worden war, und nun wurde er ihnen wieder genommen. Ich glaube, wenn sie geahnt hätten, was später geschehen würde, hätten sie dich hierbehalten.«

Tommy betrachtete den schwarzen Bodensatz in seiner Tasse und rührte gedankenverloren darin herum. Wie von selbst war der Alte mit dem Nachnamen der Frau herausgerückt, die seine Mutter gewesen war. Suchard. Sosehr er sich vorher auch bemüht hatte, dieser Nachname – der ja bis zur Umbenennung auch seiner gewesen war – war nie in seinem Gedächtnis aufgetaucht.

Petra war also schwanger geworden und hatte danach geheiratet. Wer aber sagte denn, dass der Mann, den sie genommen hatte, auch der Vater des ungeborenen Kindes war?

War Gerald Suchard womöglich gar nicht sein richtiger Vater? Und spielte das für seinen Plan, die Mutter zu finden, eine Rolle? Aber hatte der Alte nicht vorhin gesagt, er sähe dem Vater ähnlich? Die Gedanken wirbelten durch seinen Kopf wie welkes Laub im Herbststurm. »Ich hatte noch eine Schwester. Sie hieß Grit.«

»Ich weiß.« Die Stimme des Alten zitterte jetzt genau wie seine Finger. »Gesehen haben wir die Kleine allerdings nie. Deine Eltern waren ja nie zu Besuch hier im Dorf. Nicht ein einziges Mal. Alles, was wir von Friedrich und Marias Enkeln wussten, haben wir nur von anderen gehört.«

Tommy hasste es, wie der Alte »deine Eltern« sagte, nahm den Begriff jedoch schweigend hin. Wie könnte es anders sein. Jeder im Dorf erinnerte sich an das, was wenige Jahre später geschehen war. So ein Drama vergaßen die Leute nicht.

»Meine Mutter ist bei ihrem Verschwinden angeblich mit einem neuen Freund mitgegangen.« Tommy schloss den Mund und grub die Zähne in die Zunge. Noch immer wollte das Wort »Mutter« ihm nur widerwillig über die Lippen kommen. Sein Mund sperrte sich, die Kiefer pressten sich wie von selbst aufeinander.

»Das haben wir auch gehört. Petra hat ihre Kleinen allein zurückgelassen.« Dass Grit verhungert war, erwähnte der Alte nicht. Er musste es auch nicht sagen.

»Sie hat wohl gedacht, die Nachbarn kümmern sich.« *Hat sie nicht!* Grit trommelte im Innern seines Schädels an die Knochen. *Sie wollte, dass wir sterben! Damit sie ihre Ruhe hat!*

All diese Lügen. Und nur, um dem Alten Informationen zu entlocken. *Es geht leider nicht anders, mein Püppchen.*

»Haben Sie eine Ahnung, wohin sie damals ging?«

Der Alte wackelte mit dem Kopf, was wohl »Nein« heißen sollte.

Tommy faltete die Hände, als wolle er beten, und sah seinem Gegenüber dabei in die Augen. »Ich möchte sie wirklich gern finden. Gibt es noch jemanden hier im Dorf, der wissen könnte, was später passierte, oder der danach noch Verbindung zu meiner Mutter hatte?«

»Hm …« Der Alte spielte mit der Zunge an seinem Gebiss herum, während er nachdachte.

»Hatte sie Freundinnen?«

»Mit Mädchen hat sich Petra nicht abgegeben. Immer nur mit Jungs.«

Dann eben Freunde, mein Gott. Tommy atmete scharf ein und zähmte das zornige Tier, das in ihm an seiner Kette rüttelte. »Das ist auch O.K. Schulkameraden vielleicht?«

»Hm. Die meiste Zeit hat sie mit Georg verbracht.«

»Georg wie?«

»Büttner. Ein Freund von Gerald.«

»Wohnt er noch hier?«

»Drüben an der Kirche.«

Tommy öffnete die Augen und starrte ein paar Sekunden lang verwirrt auf den großen Flachbildfernseher an der gegenüberliegenden Wand. Es dauerte eine Weile, bis sein Geist in der Gegenwart angekommen war. Der Besuch bei dem alten Nachbarn seiner Großeltern vor vielen Jahren war so real gewesen, als hätte er eben erst stattgefunden. Inzwischen war der Alte längst tot, das Gehöft wahrscheinlich verfallen oder von Städtern, die das Landleben ausprobieren wollten, kaputtmodernisiert worden.

Kurz nach der Information über den Vertrauten von Petra Suchard hatte er die Unterhaltung beendet, obwohl der Alte bestimmt zu gern noch weitergeschwafelt hätte. Doch der hatte für ihn alles preisgegeben, was er brauchte. Eine weitere Unterhaltung wäre Zeitverschwendung gewesen.

Nach diesem Gespräch hatte Tommy beschlossen, dass der Vater nicht relevant war. Die Erinnerung an Gerald Suchard weckte keine Emotionen in ihm. Da war nur Schwärze. Nichts Negatives, nichts Positives. Der Vater hatte sich zwar nicht mit Ruhm bekleckert, war aber auch nicht so böse gewesen wie die Mutter. Und er war vor den Ereignissen verschwunden, hatte also nichts mit Grits Tod zu tun und konnte aller Wahrscheinlichkeit nach nicht dabei helfen, seine Exfrau zu finden.

Tommy massierte sich die Schläfen und kniff dann mit Daumen und Zeigefinger die Nasenwurzel zusammen. Ein Akkupressurpunkt, der Kopfschmerzen lindern sollte. Vor ein paar Monaten waren die Anfälle schlimmer geworden, hatten sich inzwischen zu regelrechten Migräneattacken ausgeweitet. Medikamente halfen nur selten. Das Hämmern im Kopf klang nur ab, wenn er auf Strafmission war. In der Vorbereitungszeit wurde es schwächer, verschwand ganz, wenn er das Opfer bei sich hatte, und meldete sich erst Tage später wieder zurück. Wenn er die Richtige gefunden hatte, würde es ganz ausbleiben. Dessen war er sich sicher.

Tommy erhob sich.

Zeit, sich um die Linderung der Kopfschmerzen zu kümmern.

41

Staatsanwaltschaft Leipzig
z. H. Frau Oberstaatsanwältin Lisa Rotsamt
Straße des 17. Juni 2
04107 Leipzig

Maja scrollte das Dokument nach unten. Der Kopfbogen ihrer Obduktionsgutachten war immer gleich. Ganz oben stand der Name des Direktors, dann kamen Logo und Anschrift des Instituts für Rechtsmedizin, das Kürzel des verantwortlichen Obduzenten – in diesem Fall »Rei« für Ingrid Reichmann und das Aktenzeichen. Unter der Überschrift »Gutachten zur gerichtlichen Sektion« folgten dann Angaben zum Verstorbenen, zur Obduktion und zu den Anwesenden.

Hastig überflog sie die Zeilen. Das vierte Opfer des Blutsaugers hieß Vanessa Joppig, wohnte in Leipzig am Goerdelerring und war am 20.04.1983 geboren worden. Maja las die Angaben noch einmal und rechnete nach. Die Frau war deutlich älter als die ersten drei. Älter und laut Medienberichten auch schlimmer zugerichtet. Aber das würde sie ja gleich mit eigenen Augen sehen. Sie war heute früh um halb sechs losgefahren, um rechtzeitig vor allen anderen in Leipzig zu sein und genug Zeit zu haben, sich die Befunde und die Leiche selbst anzusehen.

Als Sterbedatum hatte Ingrid »Sonnabend, den 24.05.« eingetragen.

Also war die Frau in der Nacht von Freitag auf Samstag irgendwann in den frühen Morgenstunden ermordet worden. Im Gegensatz zu den ersten beiden war die Identifizierung der Toten diesmal schnell gegangen. Vorgestern früh erst hatte man die Leiche in Güldengossa gefunden, und der SoKo war es noch am gleichen Tag gelungen, herauszufinden, um wen es sich bei der Frau handelte.

Im unteren Teil des Deckblattes standen das Datum und der Ort der Obduktion: 24.05., Institut für Rechtsmedizin der Universität Leipzig. Als Uhrzeit des Obduktionsbeginns war 16:30 Uhr angegeben, und dann folgten die Namen der Anwesenden: Zuerst die der beiden Obduzenten, Dr. med. Oliver Brand und Dr. med. Ingrid Reichmann, dann der des Sektionsassistenten Gunnar Kunz und schließlich die der »Gäste« von Staatsanwaltschaft und SoKo, Lisa Rotsamt, Egbert Knoll und Wulf Preck.

Olli, der Verräter hatte also gemeinsam mit Ingrid die Leiche seziert. *Und du hast keinen Ton gesagt, mein Freund.* Maja schluckte die aufkommende Bitterkeit hinunter und scrollte zur nächsten Seite. Ingrid hatte alles vorbildlich nach Vorschrift aufgeschrieben.

Der Leichenöffnungsbefund begann immer mit der »Äußeren Besichtigung«. Man listete Alter, körperlichen Ernährungs- und Pflegezustand, Größe und Gewicht auf. Dann kamen äußerlich sichtbare Zeichen des Todes, wie Totenflecken und Ausprägung der Totenstarre.

Bei den nun folgenden äußeren Verletzungen ging man von oben nach unten vor, untersuchte also zuerst die Kopfhaut, Gesicht, Hals und Dekolleté, Ohren und Mittelgesicht, Augen, Nase und Mund.

Erst jetzt wurde Maja bewusst, dass sie noch gar kein Bild von der toten Frau gesehen hatte. »Am Kopf mittellanges, bis 15 cm langes blondes Haar« hatte Ingrid geschrieben. Wie sah diese Vanessa aus? Glich sie den anderen? Die Tote lag in der Leichenaufbewahrung. Nach dem Studium des Obduktionsgutachtens würde Maja hinuntergehen und sich die Frau ansehen.

Außer den schon bekannten Besonderheiten wie den Bissspuren an der linken Halsseite, der Schnittwunde am rechten Unterarm, den fixierten Augenlidern und dem verklebten Mund hatte die äußere Besichtigung noch diverse tief klaffende Wunden im Brust- und Bauchbereich ergeben.

Maja überflog die Ergebnisse der inneren Besichtigung. Ingrid hatte zuerst die Mundhöhle freipräpariert und – wie erwartet – eine Fledermaus gefunden, die sich im Rachen verbissen und zu entsprechenden Verletzungen geführt hatte; danach Brust-, Bauch- und Rückenweichteile schichtweise präpariert und passend zu den Hautunterblutungen die zugehörigen Fettgewebs-, Weichteil- und Muskeleinblutungen dokumentiert. Kehlkopfskelett und Zungenbein wiesen keine Brüche auf, was dafür sprach, dass der Täter Vanessa Joppig nicht gewürgt hatte. Brust- und Bauchorgane waren altersentsprechend und ohne Befund gewesen, Skelettsystem und Organgewichte der Norm entsprechend.

Als Todesursache hatte Ingrid den erheblichen Blutverlust und das Polytrauma angegeben, als Todesart »nicht natürlich«.

Bei Obduktionen wurden zudem Gewebeteile für feingewebliche – das hieß mikroskopische Untersuchungen – entnommen, sowie Körperflüssigkeiten und Teile von Organen ans hauseigene Labor gegeben, wo sie chemisch und toxikologisch untersucht wurden.

Vanessa Joppig hatte keinen Alkohol im Blut gehabt. Das Labor hatte jedoch Spuren von Betäubungsmitteln gefunden.

Peter hatte also recht gehabt. Peter Holzing war tatsächlich der perfekte Serienmörder. *In seiner Fantasiewelt.*

Maja las den letzten Satz. Er war Standard. »Ein abschließendes Gutachten behalten sich die Obduzenten bis nach Kenntnisnahme sämtlicher Ermittlungsergebnisse ausdrücklich vor.«

»Dann wollen wir uns die Gute mal ansehen.« Maja speicherte das Word-Dokument auf dem mitgebrachten USB-Stick und fuhr den Rechner herunter. Sie würde in Teufels Küche kommen, wenn Ingrid herausbekam, dass sie ihr Passwort kannte. Jeder Kollege hatte ein eigenes für seinen Rechner und nur der, der das Passwort kannte, kam an die Dokumente heran. Lediglich der IT-Systemadministrator hatte Zugang zu allen PCs.

Und Gernot natürlich. Der konnte alle Gutachten auf dem internen Server abrufen.

Die Papierkopien waren zwar später im Archiv für alle wissenschaftlichen Mitarbeiter zugänglich, aber es dauerte immer eine Weile, bis die Sekretärin dies erledigt hatte.

Auf dem Weg zur Leichenaufbewahrung dachte Maja über die Unterschiede zwischen den vier Fällen nach. Die ersten drei hatten sich bis hin zum Alter der Opfer in fast allem geähnelt. Der Fall Vanessa Joppig wich in einigen Punkten davon ab. Vielleicht war ihr Aussehen das verbindende Kriterium. Bis auf die Angaben aus dem Obduktionsbericht zu Größe, Gewicht und Haarfarbe wusste Maja noch nicht, ob die vierte Tote den anderen entsprach. »Das werden wir ja gleich sehen.«

»Morgen.« Gunnar Kunz war auf der untersten Stufe stehen geblieben und sah zu, wie sie die Treppen herunterkam. »So zeitig schon am Arbeiten?«

»Bin auch grad erst gekommen. Bis dann.« Mehr brauchte

der Sektionstechniker nicht zu wissen. Maja lief um ihn herum und zog die schwere Stahltür auf. Auf dem Gang war es kühl, die Luft roch klinisch. Wenn man sich anstrengte, konnte man die Desinfektionsmittel riechen.

Im Leichenaufbewahrungsraum herrschte wie immer Totenstille. Die großen Metalltüren spiegelten das grelle Neonlicht wider.

Maja zog sich die Handschuhe über, klinkte die äußerste rechte Tür auf und zog das mittlere Rollenregal heraus. Die Leiche von Vanessa Joppig kam herausgefahren, die Füße mit dem Schildchen voran. Ihre blauen Augen starrten mit geweiteten Pupillen an die Decke. Strähnen blonder Haare klebten an den Schläfen.

Maja ließ den Blick über den Körper gleiten. Gunnar Kunz hatte ganze Arbeit geleistet. Bis auf die Nähte war bei flüchtiger Betrachtung kaum zu erkennen, dass man sie komplett auseinandergenommen und wieder zusammengefügt hatte.

»Was machst du hier?«

Maja konnte nicht verhindern, dass sie zusammenzuckte. Ingrid Reichmann hatte sich lautlos angeschlichen und stand jetzt mitten im Raum.

»Was ich hier mache?« Sie drehte sich um und zog die Augenbrauen hoch. »Ich *arbeite* hier. Schon vergessen?«

»Das meinte ich nicht.«

Natürlich meintest du das nicht. Aber ich bin dir auch keine Rechenschaft schuldig. »Ich wollte mir die Tote vom Wochenende ansehen. Berufliche Neugier. Schließlich hatte ich auch mit dem Fallkomplex zu tun.« Maja schob das Rollenregal zurück und schloss die Tür. Wie gut, dass Ingrid nicht mitbekommen hatte, dass sie schon seit einer Stunde im Institut war und vor ihrem Besuch in der Leichenaufbewahrung das gesamte Gutachten gelesen und abgespeichert hatte. »Ihr hättet mich anrufen können.«

Ingrid drückte die Hände in die Kitteltaschen. »Wir wollten dich nicht belästigen. Schließlich hatten wir Wochenende. Außerdem wohnst du in Zwickau. Du hättest hin und zurück insgesamt drei Stunden Fahrt auf dich nehmen müssen.« *Und vielleicht warst du auch nicht nüchtern.* Das sprach sie nicht aus, aber Maja konnte sehen, wie die Kollegin das dachte. Oder ihr schlechtes Gewissen redete ihr solche Hirngespinste ein. Und wer war eigentlich »wir«? Hatte Ingrid mit Olli ausgemacht, Maja fernzuhalten?

»Überleg mal, hättest *du* mich an einem Sonnabend in aller Herrgottsfrühe angerufen, wenn *du* Rufbereitschaft gehabt hättest und ich frei?«

»Vielleicht, wenn du vorher schon mit dem Fall zu tun gehabt hättest …«

»Nun, tut mir leid. Das nächste Mal werde ich mich bemühen, daran zu denken. Wobei ich damit nicht sagen möchte, dass es hier …« Ingrid zeigte auf die Tür, hinter der die Leiche von Vanessa lag »… ein nächstes Mal geben soll.«

»Was ist mit der Fledermaus?« Noch ehe der Satz ganz ausgesprochen war, klingelte in Majas Kopf die Alarmglocke. Ohne das Gutachten konnte sie gar nicht wissen, dass der Täter dem Opfer ein solches Tier in den Rachen gestopft hatte. Sie sah, wie Ingrid den Mund öffnete, um ihr zu antworten, und setzte schnell hinzu: »Ich gehe davon aus, dass eine da war?«

»Deine Annahme ist richtig.« Der misstrauische Ausdruck in Ingrids Augen war verschwunden.

»Hatte sie einen Zettel im Bauch?«

»Genau wie bei den anderen.«

»Wo ist das Tier?« Maja ging um die Kollegin, die noch immer wie ein Ölgötze mitten im Raum stand, herum zur Tür.

»Wo soll es schon sein. Im E-Abfall natürlich.« Scheinbar widerwillig setzte sich auch Ingrid in Bewegung.

In einer der schwarzen Plastiktonnen also, in denen sie den ethisch bedenklichen Abfall entsorgten. Während sie vor Ingrid Reichmann die Treppe hinaufeilte, dachte Maja an Peter Holzings Recherchen. Wahrscheinlich war keiner der Kollegen hier auf die Idee gekommen, die Art der Fledermaus zu bestimmen. Und wenn sie es getan hatten, hieß das noch lange nicht, dass sie diese bei allen Opfern verglichen hatten. Sie würde nachsehen müssen, ob das Tier noch auffindbar war. Der E-Abfall wurde nur alle vierzehn Tage abgeholt. Sie hatten Montag früh, das bedeutete, dass die Tonnen noch voll waren. Leicht würde das allerdings nicht werden. Waren die Deckel einmal geschlossen, konnte man sie nicht so ohne Weiteres wieder öffnen.

In ihrer Erinnerung sah Maja die Fledermäuse aus Opfer zwei und drei vor sich. Sie waren exakt gleich gewesen. Wenn die dritte diesen jetzt glich, konnte sie Fotos davon machen und damit die Art bestimmen. Manche dieser Tiere kamen nur in eng begrenzten Lebensräumen vor. Danach würde sie die Kripo von ihren Erkenntnissen informieren. Das konnte die Suche nach dem Täter eingrenzen. Ingrid öffnete die Tür zum Besprechungsraum, und Maja folgte ihr hinein. Das Erste, was sie sah, war Ollis schuldbewusstes Gesicht.

»Diese blöde Schlampe!« Tommy schlug die Faust aufs Lenkrad. Jetzt verbrachte er schon seine gesamte freie Zeit damit, Anne Sturm hinterherzufahren oder ihr nachzugehen, und sie war nie ohne Begleitung. Gestern hatte er nach der Arbeit sämtliche Geschwindigkeitsrekorde auf der Autobahn gebrochen, um rechtzeitig in Leipzig sein zu können. Im Nachhinein hatte sich herausgestellt, dass das Rasen gar nicht nötig gewesen war, denn auch Anne Sturm arbeitete länger. Danach war sie mit einem Kollegen aus dem Unihochhaus gekommen und hatte sich nach einem kurzen Restaurantbesuch von ihm bis vor die Haustür chauffieren lassen.

Heute war sie relativ pünktlich erschienen, doch noch ehe er den Lieferwagen angelassen hatte, erschien eine andere Frau, fiel Anne Sturm um den Hals, und die beiden waren, ohne sich länger aufzuhalten, schnatternd losmarschiert. Wohin auch immer. Im Moment verspürte er keinerlei Lust, den zwei Tratschtanten zu folgen.

Es blieb nur die Option, mit dem Auto vorauszufahren, um an ihrer Aussteige-Haltestelle auf sie zu warten. Die Gefahr jedoch, dass irgendeinem Anwohner der weiße Kastenwagen auffiel, der nun schon zum wiederholten Male dort parkte, wuchs von Tag zu Tag. Er würde sich etwas anderes einfallen lassen müssen.

Du musst sie dir endlich vornehmen! Grits Stimme hatte seit Tagen einen drängenden Unterton, der immer stärker wurde. *Wir können nicht ewig warten!*

»Nein, Schatz. Das können wir nicht.« Tommys Murmeln verlor sich im Innern des Autos. Anne Sturm stand stellvertretend für die Frau, die seine und Grits Mutter gewesen war. Das war ihm in den letzten Tagen klar geworden. Ihr Tod würde vieles glätten. Langsam ließ er sich zurücksinken und lehnte den Hinterkopf an die Kopfstütze.

Petra Suchard war mit ihrem algerischen Liebhaber in dessen Heimatland gegangen. Das hatte ihm Georg Büttner erzählt, Petras vermeintlicher Vertrauter aus der Jugendzeit. Der groß gewachsene Mann mit den buschigen Augenbrauen war anfangs ziemlich zugeknöpft und misstrauisch gewesen und hatte sich erst ein wenig geöffnet, als Tommy ihm erklärt hatte, wer er sei und welche Informationen er suche. Nach längerem Nachdenken war Georg dann der Name des Gesuchten eingefallen: Armand. Der Nachname sei Lapat gewesen, jedenfalls habe er das so verstanden. Die exakte Schreibweise kannte er nicht. Petra habe Armand in einer Disko in Sindelfingen kennengelernt. Armand Lapat sei als Gastarbeiter in Deutschland gewesen.

Leider hatte Georg Büttner keine Ahnung gehabt, aus welchem Ort der Algerier stammte, nur, dass es in der Nähe von Annaba gewesen sei. So habe man sich das erzählt.

Nach dem Gespräch war Tommy klar geworden, warum man die Mutter damals nicht gefunden und zur Rechenschaft gezogen hatte. Sie war mit ihrem algerischen Lover in Nordafrika verschwunden. Nach der französischen Kolonialherrschaft war Algerien seit 1962 unabhängig, und die Algerier ließen sich nur ungern von den Europäern ins Handwerk pfuschen.

Es hatte nach einem nahezu unmöglichen Unterfangen ausgesehen, diesen Mann zu finden, und doch war Tommy von Anfang an klar gewesen, dass er es versuchen musste. Sein Seelenfrieden hing davon ab. Das war Antrieb genug. Die meiste Zeit hatten die Recherchen über den tatsächlichen Nachnamen – es stellte sich schließlich heraus, dass es Labbad und nicht Lapat war – und die darauffolgende Suche nach Familien gleichen Namens in der Nähe von Annaba, ihren Wohnorten und Familienverhältnissen in Anspruch genommen. Und so waren Monate und Jahre ins Land gegangen, in denen er einen Armand Labbad nach dem anderen ausgeschlossen hatte. Damals war er schon mit dem Studium fertig gewesen, hatte gearbeitet und nicht frei über seine Zeit verfügen können. Man konnte nicht eben mal schnell übers Wochenende nach Algerien fliegen und Leute ausfragen. Hinzu kam die fremde Sprache.

Jahre, in denen er sein Ziel nie aus den Augen verloren hatte, Jahre, in denen er jede Woche, jeden Tag an diese Frau gedacht und Grit geschworen hatte, dass er sie finden würde. Jeden Urlaub hatte Tommy in Algerien verbracht, schon bald kannte er jedes Dorf in dem Landstrich zwischen Skikda und El Tarf.

Den richtigen Armand Labbad hatte er schließlich durch die Tipps entfernter Verwandter aus Annaba in einem kleinen Nest namens El Kala gefunden.

Er war dort gewesen. Er hatte dieses El Kala besucht, in dem Petra Suchard, die damals längst Petra Labbad geheißen hatte, mit ihrem Typen ein paar Jahre gelebt hatte, er hatte die Einwohner in einem Kauderwelsch aus Französisch, Deutsch und Arabisch befragt, er war herumgefahren und hatte die Orte abgeklappert, an denen sie sich aufgehalten hatte.

Armand Labbad hatte beteuert, keine Ahnung davon gehabt zu haben, dass Petra seinetwegen ihre kleinen Kinder allein gelassen und dem Verhungern und Verdursten preisgegeben hatte. Armand Labbad war immer davon ausgegangen, dass sie solo gewesen war, als er sie kennengelernt hatte.

Als Tommy erfahren hatte, dass Petra Labbad auch diesen Mann verlassen hatte – zum Glück war diese Beziehung kinderlos geblieben –, hatte er fast aufgeben wollen. Genau wie bei ihrem ersten Mann Gerald war seine Erzeugerin eines Tages einfach verschwunden. Mit irgendeinem Fremden, den sie in der Stadt Constantine kennengelernt hatte.

Das Ganze schien Methode zu haben. In El Kala wusste niemand, wie der Fremde hieß, nur dass er aus Frankreich gewesen sei, und so hatte er wieder von vorn beginnen müssen. Wieder waren Monate ins Land gegangen, hatten sich zu Jahren summiert. Tommys Urlaubsreisen führten jetzt jedes Mal nach Frankreich. Die Kollegen hatten ihn schon mit seiner Eingleisigkeit aufgezogen. Und doch gab es keine Alternative für ihn. Er hatte sich und Grit geschworen, diese Frau zu finden, und wenn er dabei alt und grau werden würde.

Eines Tages würde er vor ihr stehen, in ihre Eisaugen blicken und sie fragen, ob sie sich noch an Tommy und Grit erinnerte. Zwei kleine Kinder auf einem Heuboden. Ob sie eine Ahnung hatte, was nach ihrem Verschwinden mit ihnen passiert war. Er wollte das Erschrecken in ihren Augen sehen, wenn sie erkannte, wer da vor ihr stand. Das Begreifen und die nachfolgende Furcht.

Erst vier Jahre darauf, endlose Besuchsfahrten und Gespräche später, als er selbst längst seinen vierzigsten Geburtstag hinter sich gebracht hatte, hatte sich eine heiße Spur ergeben.

Und dann hatte er sie tatsächlich gefunden. Vor wenigen Monaten. Die Frau, die seine und Grits Mutter gewesen war.

Tommy grub die Zähne in seine Unterlippe. Tränen rollten unter seinen geschlossenen Lidern hervor.

42

»... Als Wolfskinder oder wilde Kinder bezeichnet man Kinder, die in jungen Jahren eine Zeit lang isoliert von anderen Menschen aufwuchsen und sich deshalb in ihrem erlernten Verhalten von normal sozialisierten Kindern unterscheiden. Dabei sollen Wolfskinder (teilweise) von Tieren, etwa Wölfen, Hunden oder Bären, adoptiert worden sein und bei ihnen gelebt haben. Die meisten Berichte über solche Fälle werden jedoch von der Wissenschaft angezweifelt.«

»Das ist es!« Peter erschrak über die Lautstärke seiner eigenen Stimme. Leiser setzte er fort. »Du bist ein Wolfskind, Bluttänzer, hab ich recht?« Er ließ die Informationen über die Opfer vor seinem inneren Auge Revue passieren.

Opfer Nummer eins war die zweiundzwanzigjährige Jennifer Breithaupt aus Schwarzenberg gewesen. Sie hatte zwei kleine Kinder gehabt, Collin und Angelina. Die zweite, Madeleine Beck, hatte in Zwickau studiert. Ihre Tochter Celina wuchs bei der Oma in Hohenstein-Ernstthal auf.

Sina Reimert aus Plauen hatte einen Sohn, Yannick, den sie hin und wieder unter der Obhut der Nachbarin oder auch allein in der Wohnung zurückgelassen hatte.

Peter richtete den Blick auf den Spiegel. Es passte alles zusammen. Zur Bestätigung würde er noch ein wenig durchs Netz surfen und die Lebensumstände der drei Frauen erkunden, aber es gab jetzt schon kaum Zweifel daran, dass seine Theorie stimmte. Noch wusste er es nicht genau, aber es war sehr wahrscheinlich, dass das Opfer von vorgestern auch eine Mutter gewesen war, die ihre Kinder vernachlässigte.

Nach einem Blick auf die Uhr angelte er nach seinem Handy. Maja hatte gestern versprochen, ihn heute Abend anzurufen. Wenn man großzügig war, konnte halb sechs schon als Abend gelten. Sie würde Details zu Opfer Nummer vier wissen.

»Peter?« Majas Hüsteln ging im Geräusch des Automotors fast unter. »Was gibt es denn?«

»Ich brauche Informationen.« Er hatte keine Lust auf Small Talk.

»Ich habe dir doch versprochen, dass ich dich später anrufe. Hat das nicht noch ein Stündchen Zeit? Ich fahre gerade nach Zwickau rein und muss jetzt erst einmal was essen.«

»Hat es nicht, sorry. Wer war die vierte Tote, und wie hat sie gelebt?«

»Moment.« Peter hörte, wie sie bremste und der Wagen im Leerlauf tuckerte. »Hast du was zu essen im Haus?«

»Irgendwas wird schon da sein.« Noch bevor sie den nächsten Satz sprach, ging ihm ein Licht auf, was die Frage nach seinen Vorräten eben bedeutete.

»Gut, ich komme bei dir vorbei. Bin gleich da. Dann erfährst du alles aus direkter Quelle.«

Noch ehe er ein »Nein!« herausgepresst hatte, hatte sie auch schon aufgelegt. Peter sah sich um. Zehn Minuten höchstens. Er würde ganz schnell aufraumen müssen.

»Sie hieß Vanessa Joppig. Schlank, um nicht zu sagen, Untergewicht, sehr gepflegt, Typ Businessfrau. 1983 geboren.«

»Dann war sie schon einunddreißig. Businessfrau sagst du? Was hat sie denn gearbeitet? Hatte sie Kinder?«

Maja zeigte auf ihren Mund, kaute und schluckte. »Ja. Also, ›Ja‹ zur Mutterschaft. Sie muss mindestens ein Kind geboren haben. Das sieht man am Becken.«

»Was weißt du über das Kind oder die Kinder?«

»Nichts, tut mir leid. Ich bin Rechtsmedizinerin, nicht von der Kripo. Uns interessieren medizinische Befunde, nicht die Lebensumstände der Opfer. Es sei denn, diese tragen zur Klärung unserer Fachfragen bei.«

»Vanessa Joppig aus Leipzig also. Hast du ein exaktes Geburtsdatum und den genauen Wohnort für mich?«

Maja versuchte, sich an das Deckblatt des Obduktionsbefundes zu erinnern. »April 1983, wenn ich mich recht entsinne. Und Goerdelerring. Die Hausnummer weiß ich nicht mehr.«

»Das reicht mir!« Er sprang auf und ging hinaus. Vom Flur aus rief er ihr zu: »Iss du in Ruhe deine Pizza! Ich schau mal kurz ins Netz.«

Maja betrachtete die Salamischeiben, die unter dem zerlaufenen Käse hervorlugten, und griff sich noch ein Stück. Eigentlich war sie schon satt. Peter hatte nichts angerührt. Er habe bereits vor zwei Stunden gegessen, hatte er behauptet.

Die Besprechung heute Morgen war kühl und sachlich verlaufen. Ingrid, die ihr gegenüber gesessen hatte, hatte jeglichen Blickkontakt vermieden, Olli war unruhig auf seinem Sitz hin und her gerutscht, und Gernot war wie immer Punkt für Punkt alle Fälle durchgegangen. Im Grunde genommen war ja auch alles nach Vorschrift verlaufen. Niemand war verpflichtet, Kollegen, die keinen Dienst hatten, zu informieren. Genau für solche Zwecke gab es ja die täglichen Morgenbesprechungen.

Sofort nachdem sie alles geklärt hatten, war Ingrid aus dem Raum gestürmt. Gernot war zu Maja gekommen, hatte sie gefragt, ob alles in Ordnung sei, und ihr dabei prüfend in die Augen geschaut. In diesem Augenblick hatte sie beschlossen, das vergangene Wochenende nicht noch einmal zu thematisieren. Mehr als das, was Ingrid ihr vorhin in der Leichenaufbewahrung gesagt hatte, würde dabei eh nicht herauskommen, eher sah Gernot sie danach noch stärker als Problemfall oder Querulantin. Sie hatte ihm zugenickt und war in ihr Büro gegangen.

Maja erwachte aus ihren Grübeleien. Wo blieb Peter eigentlich? War er am Rechner eingeschlafen? Sie schob den Teller mit dem Rest Pizza von sich und erhob sich, um nach ihm zu sehen.

»Ich dachte, du bist eingenickt.« Sie kam näher und sah, wie Peter hastig ein paar Tasten drückte, ehe er sich zu ihr umdrehte.

»Nicht doch. Ich habe recherchiert. Vanessa Joppig war Juniorchefin in einer Internetfirma in Leipzig. Verheiratet ist oder, besser gesagt, *war* sie mit Rudolf Joppig, einem Rechtsanwalt aus München. Die zwei leben schon seit Jahren getrennt. Es gibt zwei Söhne aus der Beziehung, Torben, acht, und Finn, fünf. Torben lebt in einem Internat in Bayern, Finn ist in Leipzig und wird, da die Lady anscheinend sehr beschäftigt ist, von Au-pair-Mädchen betreut.«

»Das hast du alles in der kurzen Zeit herausgefunden?«

»Ich bin eben schnell. Und das Netz weiß alles, wenn man weiß, wie und wo man suchen muss. Das dürfte an Informationen fürs Erste reichen.«

Erst beim Anblick der unzähligen Bücher, die kreuz und quer übereinandergestapelt waren, war Maja bewusst geworden, dass sie noch nie in Peters Arbeitszimmer gewesen war. Obwohl es draußen noch hell war, hatte er die Rollos heruntergezogen. An den Wänden hingen seltsame Bilder, verschrobene Landschaften mit knorrigen Bäumen in düsteren Farben, Schwarz-Weiß-Fotos von Burgruinen im Mondschein, in einem Regal neben dem Schreibtisch lagen verschiedene Messer und Werkzeuge.

»Wozu brauchst du den Spiegel dort?« Sie konnte sehen, wie er den Kopf hob und kurz sein Gesicht im Spiegel fixierte, bevor er auf dem Stuhl herumschwang.

»Lass uns zurück in die Küche gehen. Ist noch Pizza da?«

»Ein Stück.« Also gab es keine Antwort auf ihre Frage.

»Jetzt habe ich auch Hunger.«

Maja hatte den Verdacht, dass Peter gar nicht hungrig war, sondern sie lediglich schnell aus seinem Arbeitszimmer heraushaben wollte.

»Wir müssen die Sache diskutieren. Ich habe noch etliche Fragen.« Er schob sie förmlich aus dem Raum.

»Echt lecker.« Peter wischte sich die fettigen Finger an einem Küchentuch ab, zerknüllte es und warf das Knäuel neben die Spüle. »An die Arbeit. Ich habe einiges herausgefunden. Aber bevor ich dir von meinen Erkenntnissen berichte, wüsste ich gern, ob es bei Opfer Nummer vier auch Bissspuren, eine Fledermaus und eine Botschaft in deren Bauch gegeben hat.«

Maja erklärte ihm, was sie im Obduktionsbefund gelesen hatte, und er nickte zufrieden.

»Hast du die Fledermaus gesehen?«

»Sie war schon im Bioabfall gelandet. Nicht sehr appetitlich, kann ich dir sagen. Die Behälter werden zum Glück nur alle zwei Wochen abgeholt, wir verwahren sie in einem verschlossenen Raum. Ich glaube, das war überhaupt das erste Mal, dass ich solch eine Tonne noch einmal öffnen musste, nachdem sie verschlossen wurde. Aber ja, ich habe sie angeschaut, und sie sah absolut gleich aus, genau wie die beiden ersten.«

»Hast du Fotos gemacht?«

»Auch das. Alles, wie du es mir befohlen hast.« Sie grinste.

»Genial! Das können wir gleich noch durch die Bildersuche laufen lassen. Wenn wir die genaue Art kennen, grenze ich das Verbreitungsgebiet ein. Spätestens morgen kannst du dann deinem Kripofreund die Neuigkeiten mitteilen.«

Maja atmete hörbar ein, aber Peter reagierte gar nicht auf ihre Empörung.

»Und dazu die anderen Informationen, die wir gesammelt haben. Damit müssten sie ein ganzes Stück weiterkommen.«

»Ich glaube nicht, dass Egbert begeistert ist, wenn ich ihn anrufe, um ihm mitzuteilen, dass ein Fremder Einblick in Interna hatte und der SoKo nun Ratschläge geben will.«

»Egbert? Wer ist *das* denn? Ich dachte, dein Verehrer heißt anders?«

»Egbert Knoll ist der stellvertretende Dienststellenleiter der Polizeidirektion Chemnitz. Er leitet die Mordkommission und das Ressort für Kapitalverbrechen.«

»Oh, wow! Ein ganz großes Tier also! Und den kennst du persönlich?«

»Wenn man sich seit Jahren an den verschiedensten Tatorten, im Institut und vor Gericht begegnet, lernt man sich zwangsläufig kennen. Ich schätze ihn sehr.« Hoffentlich hatte sie damit genug von Andreas Melzer abgelenkt.

»O.K., dann musst du es eben anders anstellen. Aber sie *müssen* diese Informationen bekommen. Vielleicht wissen sie das auch schon alles selbst und halten es nur unter Verschluss, umso besser. Du möchtest doch auch, dass dieser Killer gefasst wird?«

»Was denkst du denn?« Jetzt appellierte er auch noch an ihr Gewissen. Es musste ihm wirklich etwas bedeuten. »Was hast du denn inzwischen für brisante Neuigkeiten ausgegraben?«

»Hör zu.« Peter beugte sich nach vorn und sah sie an. »Wohnorte und Biografien der vier Frauen sind verschieden. Drei waren Anfang bis Mitte zwanzig, diese Vanessa Anfang dreißig. Keine von ihnen lebte in einer festen Beziehung. Alle Opfer waren blond. Von solchen Frauen gibt es in Sachsen Zehntausende. Das kann es also nicht sein. Es muss ein weiteres gemeinsames Kriterium geben, nach denen er seine Opfer auswählt.«

»Und du hast herausgefunden, was das ist.«

»Ich bin mir ziemlich sicher.« Peter hob den Zeigefinger und pochte damit zu seinen nächsten Worten einem virtuellen Gegner auf den Scheitel.

»Er bestraft sie. Für das, was sie ihren Kindern antun. Alle vier hatten ein oder mehrere Kinder. Um die sie sich nicht oder unzureichend gekümmert haben. Sie waren Rabenmütter, haben die Kleinen vernachlässigt. Weißt du, was mich darauf gebracht hat?« Jetzt pochte der Zeigefinger auf die Tischplatte. »›Findet Yannick Reimert‹. Diese Botschaft, die er dem dritten Opfer auf den Bauch geschrieben hat. Der Bluttänzer wollte, dass dieses Kind gefunden wird. Bevor dem Kleinen etwas zustößt. Er wollte nicht warten, bis die Kripo ermittelt hatte, wer das Opfer ist, denn dann hätte es vielleicht für das Kind zu spät sein können. Zumindest muss er das geglaubt haben. Der kleine Yannick war ihm außerordentlich wichtig.«

»Klingt einleuchtend …« Maja überlegte, ob dieses Kriterium auch für die SoKo von Belang sein könnte. Die Fallanalytiker waren gut ausgebildet. Wahrscheinlich waren sie schon längst selbst auf diese Zusammenhänge gekommen.

»Dann dieses ›Helft uns‹. Damit meint er sich selbst. Er hat die Botschaft als ›Geheimnis im Geheimnis‹, wie bei einer dieser russischen Matrjoschkas, verborgen. Wer würde sich so etwas ausdenken, wenn nicht ein Kind, das mit den Häschern Verstecken spielt?«

»Ein Kind?«

»Damit meine ich nicht, dass der Täter ein Kind ist. In ihm steckt aber eins. Ich glaube, es kommt immer dann hervor, wenn er mit den Opfern zusammen ist. Er bestraft diese Mütter stellvertretend für seine eigene Mutter. Der Bluttänzer ist ein Wolfskind.«

»Was ist das denn?«

Während Peter einen Absatz aus einer Internet-Enzyklopädie über Wolfskinder zitierte, sah Maja Romulus und Remus, Kaspar Hauser und Mowgli an ihrem inneren Auge vorüberziehen.

»Das muss nicht heißen, dass auch unser Bluttänzer bei Tieren aufgewachsen ist. Ich fand nur den Begriff so anschaulich. Zudem passt er zu den Zahnabdrücken, die ihr gefunden habt. Es geht hier eher um das Verlassenwerden durch die eigenen Eltern, den Aspekt der Isolation, die darauffolgenden abweichenden Verhaltensweisen. Wolfskinder sind nicht normal sozialisiert.«

Etwas, was du selbst nur zu gut kennst, nicht wahr? Maja sah Peter in die Augen und erkannte, dass er litt. Er schien zu spüren, was sie dachte, denn er vollführte eine abwehrende Handbewegung und sprach schneller.

»Dann habe ich mich gefragt, wie er die passenden Opfer findet. Wie er sie auswählt und kennenlernt. Woher wusste unser Freund vom Umgang dieser Mütter mit ihren Kindern?«

»Klingt logisch.« Maja ärgerte sich ein bisschen, dass sie nicht selbst auf diesen Ansatzpunkt gekommen war

»Was denkst du?« Peter sah sie schelmisch an.

»Da kommen mehrere Varianten infrage. Er könnte in einem sozialen Beruf arbeiten. Beim Jugendamt zum Beispiel.« Sie überlegte kurz, ehe sie fortfuhr. »Die verschiedenen Wohnorte sprechen jedoch dagegen. Außerdem würde es auffallen, wenn ausgerechnet immer die Schäfchen *eines* Mitarbeiters dahingerafft werden.«

»Ganz genau. Das trifft übrigens auch auf einige andere Szenarien zu, bei denen der Mörder seinen Opfern direkt begegnet. Möchtest du ein Wasser?«

Maja nickte, und während Peter eine Flasche und zwei Gläser holte, ließ sie ihren Gedanken freien Lauf. »Die Orte, an denen die Opfer lebten, sind über ganz Sachsen verteilt. Schwarzenberg, Zwickau, Plauen und Leipzig. Die gehören alle zu verschiedenen Kreisen. Sicher ist auch das Absicht. Nicht alles an einer Stelle stattfinden zu lassen, erschwert es, ein geografisches Profil zu erstellen.«

»Sehe ich auch so.«

»Wenn ich der Täter wäre, hätte ich das Internet genutzt. Heutzutage geben die Menschen dort doch alles von sich preis. Intimste Geheimnisse werden ausgebreitet, von konkreten Lebensumständen wie Hochzeiten, Scheidungen, neuen Partnern bis hin zu Urlaubsreisen, bevorzugten Musikrichtungen oder Lieblingsrestaurants. Facebook und Twitter machen es möglich.«

»Ich denke auch, dass er gezielt im Netz nach ihnen gesucht hat.«

»An seiner Stelle hätte ich mich bei diversen Flirtportalen angemeldet. Und dann gechattet, bis die Tasten glühen.«

»Ganz genau, Maja. Das machen nämlich viele. Sogar ich.« Er griff zum Glas.

»*Du* chattest?« Maja hörte den erstaunten Unterton in ihrer Stimme und musste lachen.

»Nicht mit Flirtpartnern natürlich, das kannst du doch nicht ernsthaft glauben.« Peter blieb ernst, und Maja fragte sich, mit wem und worüber er sich sonst austauschte. Vielleicht war es besser, das nicht zu wissen.

»Die Variante, die du eben skizziert hast, erscheint mir die einzig logische Möglichkeit. Die Auswahl an Frauen, die im Netz nach Partnern suchen, ist groß. Nehmen wir also an, dass er in einschlägigen Portalen nach potenziellen Opfern sucht. Jemand, der viel Zeit zum Chatten hat und an den Wochenenden mit den entsprechenden Frauen zugange ist, lebt höchstwahrscheinlich allein. Jeder normalen Ehefrau würde es doch auffallen, wenn ihr Mann die gesamte Freizeit am Rechner verbringt und an den Wochenenden mit anderen Frauen ausgeht.«

»Ich glaube, mich düster zu erinnern, dass die von der Kripo irgendetwas davon erzählt haben, dass diese Jennifer aus Schwarzenberg exzessiv gechattet hat. Unsere Theorie klingt jedenfalls überzeugend. Wir zwei könnten auch gute Profiler sein.«

»Das ist keine Kunst. Mit ein bisschen Nachdenken könnte jeder darauf kommen. Und Externe wie ich können leider nicht als Fallanalytiker arbeiten. Ausbilden lassen können sich Kriminalbeamte und wissenschaftliche Mitarbeiter von Operative-Fallanalyse-Dienststellen. Da falle ich durchs Sieb.«

»Wie ich sehe, hast du dich schon mit der Problematik befasst.«

»Reine Neugierde. Ich könnte das auch gar nicht. Ich bin ein Einzelgänger. Teamarbeit liegt mir nicht. Die Fallanalytiker agieren nämlich nicht wie in den amerikanischen Filmen als der sprichwörtliche einsame Wolf, sondern immer im Team von drei bis sechs Analytikern und Ermittlern.«

»Also wirst du wohl deine Fähigkeiten weiterhin für dich behalten.«

»Ich habe ja noch dich.« Peter war aufgestanden und zog die Küchengardinen zu. Auf dem Rückweg tätschelte er ihre Schulter. »Möchtest du jetzt einen Wein?«

»Nein, ich muss noch fahren.« Maja dachte an die Rotweinflaschen in ihrem Vorratsschrank.

»Ein kleines Gläschen?«

»Heute nicht.«

»Gezwungen wird niemand.« Er entkorkte eine Flasche und kam an den Tisch zurück. »Eins noch, dann sind wir mit der Sache für heute durch. Ich habe darüber nachgedacht, wo er die Taten begeht. Das Opfer muss gefesselt werden, er klebt die Augenlider fest …« Peter erhob wieder den Zeigefinger »… dazu habe ich übrigens auch eine Theorie – er präpariert die Fledermaus, beißt die Frauen mit dem Wolfsgebiss in den Hals und so weiter. Vielleicht trägt er dabei sogar eine Art Kostüm. Ein Hotelgast in Schöneck will ein ›Ungeheuer‹ in der Nähe des Spielplatzes gesehen haben. Es handelte sich bei dem Zeugen zwar um ein Kind, aber etwas wird an seiner Beobachtung schon dran gewesen sein. All das ist ja nicht in fünf Minuten erledigt. Bei sich zu Hause in einer Art Folterkeller wäre er wohl am ungestörtesten. Das hieße jedoch, er müsste die Opfer ziemlich weit durch die Gegend fahren. Zuerst vom Ort ihrer Verabredung zu sich nach Hause und, nachdem er seine Zeremonien durchgeführt hat, zurück an den Ort, wo sie dann gefunden werden. Das dauert viel zu lange. Was ist, wenn ihn eine Verkehrskontrolle anhält? Also der Keller im Eigenheim ist es nicht. Hast du eine Idee, wie er es anstellt?« Er sah Maja über den Rand des Glases mit leuchtenden Augen an. »Wie würdest du es machen, wenn du der Bluttänzer wärst?«

»Wie wäre es mit einer rollenden Folterkammer? Zum Beispiel einem größeren Auto, wie einem Transporter?«

»Genau meine Idee, Maja! Gib mir fünf!« Er hob die Hand mit der Handfläche zu ihr und wartete, bis sie abgeklatscht hatte, ehe er fortfuhr: »In einem Transporter ist hinten viel Platz. Kostüm und Utensilien kann er hier aufbewahren, ohne dass es auffällt, und es gibt die Möglichkeit, die Frauen an Ort und Stelle zu präparieren. Mit dem Auto kann er auch auf Fledermausfang gehen, wenn er Nachschub braucht. Er bestellt seine Opfer zu einem Treffpunkt, betäubt sie und kann dann ganz gemütlich im Laderaum seinen Obsessionen fronen.«

»Ganz ›gemütlich‹?«

»Du weißt schon, was ich meine. Nimm mal das Beispiel von Sina Reimert aus Plauen. Er muss sie nach Schöneck bestellt haben. Es wäre doch aber idiotisch, die Frau zu diesem Hotel fahren zu lassen, sich dort mit ihr zu treffen, sie zu betäuben, sie dann im Anschluss irgendwo anders hinzukarren, wo er sie in Ruhe präparieren kann, nur um sie danach wieder zum Hotel zurückzubringen.«

»Du hast absolut recht. Das wäre unlogisch, zeitaufwendig und zudem gefährlich.«

»Siehst du! Es kommt eigentlich nur die Variante Lieferwagen infrage.«

Ein Gedanke hatte sich in Majas Kopf festgesetzt und ließ sich nicht vertreiben. »Du sagtest eben, zu den festgeklebten Augenlidern hättest du auch eine Theorie?«

»Ach ja, richtig! Ich werde senil. Gut, dass du genau zuhörst!« Er prostete ihr zu und fuhr fort, nachdem er genüsslich einen Schluck Wein im Mund herumgewälzt hatte. »Die Frauen dürfen keinesfalls die Augen verschließen. Er zwingt sie, etwas zu sehen, bevor sie sterben. Vielleicht einen Film oder Fotos.«

»Was könnte das sein?«

»Wenn wir das wüssten, liebe Maja … Dann hätten wir ihn bald gefunden. Ich kann nur spekulieren. Es könnte etwas sein, das mit ihrer Bestrafung zu tun hat. Etwas mit Kindern. Das jedenfalls würde *ich* verwenden.« Sein Gesicht bekam einen nachdenklichen Ausdruck. »Jetzt bleibt noch die Frage, wer die Nächste sein könnte. Dazu müsste man in den Rechnern der vier bisherigen Opfer schauen, ob sie alle in den gleichen Flirtportalen angemeldet waren und mit wem sie dort häufig gechattet haben. Dann könnte man die Identität des Chatpartners aufdecken. Manche Singlebörsen sind kostenpflichtig. Die Gebühren werden abgebucht. Obwohl ich nicht glaube, dass er so dumm ist, sich mit seinem echten Namen und der Adresse dort anzumelden. Aber es wäre ein Anfang. Die Kripo hat doch sicher Mittel und Wege, ein paar Leute darauf anzusetzen.«

»Falls sie es nicht schon längst getan haben. Ich werde gleich morgen versuchen, das herauszufinden.«

»Wunderbar. Ich fasse zusammen.« Peter hob bei jedem Satz einen weiteren Finger. »Er muss in seiner Kindheit Schreckliches erlebt haben. Er rächt sich stellvertretend an Müttern, die ihre Kinder vernachlässigen. Er findet seine Opfer über das Internet, in Flirtportalen. Er lebt höchstwahrscheinlich allein. Und er fährt einen Lieferwagen.« Mit den fünf ausgestreckten Fingern wackelte er in der Luft herum. »Langer Rede kurzer Sinn: Du solltest die Kripo über unsere Erkenntnisse informieren. Wenn sie alles schon wissen – gut. Wenn nicht, könnten sie zumindest darüber diskutieren. Tu so, als hättest du dir das alles selbst überlegt. Und jetzt werde ich mich um die Fledermaus kümmern. Wo hast du die Bilder von dem Flattertier?«

»Hier sind sie drauf.« Maja reichte ihm den Speicherstick. »Ich muss jetzt auch los.«

»Morgen früh hast du die Informationen!« Peter hatte sein halb volles Weinglas gegriffen und stand schon in der Tür zum Flur. Man konnte förmlich sehen, wie er darauf brannte loszulegen. »Und dann informierst du gleich diesen Egbert Dingsbums.«

»Zu Befehl, Chef.« Maja ging ihm nach. Sie würde Peter den Gefallen tun, obwohl sie sich fast schon sicher war, dass Egbert sauer über ihre Einmischung sein würde.

43

»Fertig für heute.« Jan Häberle nickte den Kollegen zu und setzte sich an seinen Schreibtisch. »Nur noch schnell ein paar Informationen mit den Kollegen von *Investigativ und exklusiv* abgleichen, damit die sich kümmern können.«

Investigativ und exklusiv nannte sich die zentrale Recherche-Redaktion des *MDR*. Sie bearbeitete seit 2009 schwierige und komplexe Themen, die medienübergreifend in *MDR* und *ARD* umgesetzt wurden. »Ich hab da was, was sie sich anschauen sollen.«

»Gehst du noch mit auf einen Drink?« Jeannine Krabbe hatte einen kleinen Handspiegel hervorgeholt und malte ihre Lippen nach.

»Ich wollte eigentlich essen gehen.« Jan sah sich im Büro um. »Sushi. Wo ist Anne?«

»Die musste ganz schnell weg.«

»Ganz schnell? Vorhin hat sie mir noch gesagt, dass sie mitkommt.«

»Tja«, Jeannine verzog ihren Puppenmund, »sie hat einen Anruf bekommen, und plötzlich hatte sie es ziemlich eilig.«

»Was Schlimmes?« Wenn es jemand plötzlich »sehr eilig« hatte, bedeutete das meist etwas Ungutes.

»Das glaube ich nicht. Ich glaube, es war der Informant.«

»Seit wann rufen die denn direkt bei uns an?« Jan schickte die Informationen ab und überlegte, ob er den Rechner herunterfahren sollte. »Dafür gibt es doch die Zuschauerhotline. Wie ist der Anrufer denn an Annes interne Nummer gekommen?«

»Keine Ahnung. Irgendwer wird ihn schon durchgestellt haben. Ist das wichtig?«

»Wichtig nicht unbedingt, aber zumindest befremdlich.«

»Wahrscheinlich wollte der Informant nur mit ihr sprechen, mit niemandem sonst.«

»Schön und gut, aber von denen rufen doch täglich Dutzende an. Mich wundert, dass sie sich darauf eingelassen hat. Das ist absolut unüblich.« Jan Häberle sah auf seine Notizen hinab und zog dabei das Kinn an die Brust, sodass sich ein Doppelkinn bildete. *Es sei denn, Anne kannte den Anrufer.*

»Du kennst sie doch. Wenn sich eine Gelegenheit bietet, sich mit Insiderwissen oder besonders gründlicher Arbeit hervorzutun, nutzt sie die. Egal, was die Vorschriften sagen.«

»Und was heißt bitte *der* Informant? Weißt du, wer es war?«

»Dieser Typ aus der Rechtsmedizin wahrscheinlich.«

»Hast du mitgekriegt, worum es ging?«

»Nein.« Jetzt machte Jeannine kurz einen Schmollmund, und Jan überlegte, ob er ihr sagen sollte, dass ihn ihr Getue nervte. »Ihrer Reaktion nach muss es jedenfalls etwas ziemlich Spannendes gewesen sein. Sie hat sehr genau zugehört und an ihrem Zeigefinger genagt. Danach hat sie sich etwas aufgeschrieben. Jeannine zeigte mit einer ihrer Plastikkrallen zu Anne Sturms Schreibtisch.

»Auf den Zettelblock?« Die Kollegin nickte, und Jan ging hinüber, um sich den Papierklotz anzusehen. Manchmal drückten sich Buchstaben auf die darunterliegenden Seiten durch. »Dann komme ich vielleicht doch mit auf einen Drink. Wer geht denn noch mit?«

Während Jeannine drei Namen aufzählte und ihm erklärte, welches hippe neue Restaurant sie für ihren Absacker ausgewählt hatten, suchte Jan auf Annes Tisch nach einem Bleistift und begann dann vorsichtig, die oberste Seite des Zettelblocks zu schraffieren, wobei er sich dicht über die Tischplatte neigte, um sein Tun vor der Kollegin zu verbergen. Dann schaute er verblüfft auf die hastig hingekritzelten Buchstaben, die sich allmählich herausschälten.

B O R N A

S p e i c h e r b e c k …

K r e u z i g u n g s m ö r … L e i c h

»Versprichst du mir, dass du die Augen offen halten wirst?«

Die Frau nickte. In ihren Augen stand Angst, und das gefiel ihm. Seit ein paar Minuten zerrte sie auch nicht mehr an ihren Fesseln, gurgelte wütend unter dem Knebel hervor oder versuchte, sich mit dem Stuhl – dessen Metallbeine am Boden verschraubt waren – vorwärtszubewegen. Sie schien zu der Einsicht gekommen zu sein, dass all das Gezappel ihn nur noch wütender machte, und wollte es nun anscheinend mit Kooperation versuchen.

Natürlich hatte er nicht vor, sie entkommen zu lassen, aber für das, was er als Nächstes plante, war es nützlich, wenn sie sich nicht zu stark zur Wehr setzte.

Ihre Nasenflügel blähten sich in dem Bemühen, Luft einzusaugen. Auf einen Hinweis, dass sie weniger Sauerstoff brauchte, wenn sie ruhig bliebe, hatte er verzichtet. Sie würde schon bald von selbst darauf kommen.

Er hatte beschlossen, ihr die Oberlider noch nicht festzukleben. Diese hier wollte er gern ein bisschen länger als die anderen bei sich behalten, ein paar kleine Experimente mit ihr machen und schauen, wie das auf ihn wirkte. Das hieß zwar, dass sie einige Zeit in seinem Lieferwagen würde zubringen müssen, aber das stellte kein Problem dar. In seiner Abwesenheit konnte er sie sedieren, damit sie keine Dummheiten machte.

»Gut. Dann schau her. Und denk bitte daran: Ich möchte nicht, dass du die Augen schließt. Sieh dir alles an und denk darüber nach. Dann reden wir darüber.« Er drehte den Laptop so, dass sie den Bildschirm sehen konnte, und ließ das erste Filmchen ablaufen.

Eine kleine Frau mit weißblondem Kurzhaarschnitt kam ins Bild. Sie war übermäßig geschminkt, ihr Gesicht wirkte hart. »Schlagersängerin Michelle, einundvierzig, zieht zu ihrem fünfunddreißigjährigen Freund Mike nach Holland«, kommentierte die Stimme des Sprechers. Das Foto wurde von einem überblendet, auf dem Michelle neben einem großen Mann mit breitem Unterkiefer in die Kamera strahlte. Tommy beobachtete Anne Sturm, die dem Video aufmerksam folgte. Sie sah aus, als habe sie keine Ahnung, was der Bericht über ein Schlagersternchen mit ihrer momentanen Lage zu tun hatte. Aber das würde sie schon noch begreifen. »Die Schlagersängerin und ihr Feuerwehrmann sind seit drei Jahren ein Paar«, setzte die Stimme aus dem Off fort. »Doch von ihren drei Töchtern nimmt sie nur die fünfjährige Mia mit. Marie-Louise, gerade mal dreizehn, kommt zu Pflegeeltern, die sechzehnjährige Celine wird in eine eigene Wohnung ziehen. Alle Kinder haben unterschiedliche Väter. Michelles Umzug löst bei ihnen keine Begeisterung aus.« Jetzt kam Matthias Reim ins Bild. Er sei der Vater der dreizehnjährigen Marie-Louise, wurde erklärt. Sie hatten ein ungeschöntes Foto des Sängers verwendet. Drei Querfalten furchten die Stirn, tiefe Kerben zogen links und rechts der Knollennase zum Kinn hinunter, der Hals glich einem alten Tabaksbeutel. Mittelscheitel und grauweiß gesträhnte Haare machten den Möchtegern-Star noch älter. Tommy dachte kurz darüber nach, dass der Mann schlechte Stylingberater hatte, und betrachtete dann wieder Anne Sturm, die noch immer mit Schafsblick auf den Laptop schaute.

»Besonders hart trifft es Michelles Exehemann Josef Shitawey, den Vater der kleinen Mia. Aus Sorge um seine kleine Tochter hat er beim Familiengericht Pulheim Klage auf Erhalt des Aufenthaltsbestimmungsrechtes eingereicht.«

Tommy hielt das Video an.

»Ich werde dir gleich den Knebel abnehmen, damit wir über die Sache diskutieren können.« In Anne Sturms Augen blitzte ein Lichtfünkchen auf, und er versetzte ihr zur Sicherheit eine Kopfnuss. »Komm gar nicht erst auf dumme Gedanken! Wenn du versuchst zu schreien, muss ich dir wehtun. Nicke, wenn du mich verstanden hast.« Noch ein Stüber gegen die Schläfe. Der Funke war erloschen. Anne Sturm nickte zweimal.

»Gut.« Mit einem Ruck riss er ihr das Gewebeband vom Mund und beobachtete, wie sie im letzten Augenblick einen Schmerzensschrei unterdrückte. Mit erhobenem Zeigefinger begann er zu dozieren. »Schlagersängerin Michelle. Besser wäre die Bezeichnung ›Schlampe‹. Drei Kinder von drei verschiedenen Vätern, alles Mädchen. Eine Dreizehnjährige, die von Michelle zu Pflegeeltern gegeben wird. Eine Sechzehnjährige, die eine eigene Wohnung bekommt. Haben Eltern in Deutschland denn nicht das Sorgerecht, bis die Kinder volljährig sind?«

Anne Sturm leckte sich mit der Zunge über die Lippen, räusperte sich und sprach dann. Ihre Stimme klang kratzig, und sie lispelte stärker als in ihren Fernsehbeiträgen.

»Vielleicht übernimmt der Vater das Sorgerecht. Soweit

ich weiß, ist das der ehemalige Sänger der Band *Wind*, Albert Oberloher.«

»Aha. Und die Dreizehnjährige? Was muss ein Kind denken, wenn die Mutter einfach mit ihrem neuen Lover verschwindet und sie zu Pflegeeltern gibt?«

»Es sind wohl die Pateneltern von Marie-Louise. Wir haben darüber berichtet.« Anne Sturm holte tief Luft. In ihrer Kehle rasselte es. Zum ersten Mal, seit sie wieder voll da war, sah sie ihm direkt in die Augen. »Michelle hat es sehr schwer gehabt. Als Zehnjährige kam sie selbst zu einer Pflegefamilie. Sie litt einige Zeit unter schweren Depressionen und wollte sich nach eigenen Angaben umbringen.«

»Du entschuldigst das alles also? Nach ›eigenen Angaben‹! Dass ich nicht lache!« Tommy sah die Verwirrtheit in ihrem Gesicht und fügte mehr zu sich selbst hinzu: »Ist eine schwere Kindheit also ein Freibrief, sich selbst später ebenso zu verhalten?«

»Entschuldigen Sie bitte.« Jetzt klang sie weinerlich. »Ich weiß nicht, was Sie hören wollen.«

»Du verstehst nicht? Das war auch nur zur Einstimmung. Behalte das einfach für später im Gedächtnis. Versuchen wir den nächsten Beitrag.«

»... Eins ist jedoch sicher: Der Fundort ist nicht der Tatort.« Anne Sturm konnte jetzt sehen, wie ihr eigener Name auf dem Bildschirm eingeblendet wurde. Sie stand vor einem Feld und lispelte mit betroffenem Gesicht in ein pelziges Mikrofon. Im Hintergrund erkannte man den First einer großen Scheune. »Die Kripo geht davon aus, dass die junge Frau schon im Sterben lag, als er sie hierherbrachte, zumindest war sie bewusstlos oder gefesselt oder beides.«

Tommy drückte auf »Stopp« und wartete, bis sich die Erkenntnis in ihr Bahn gebrochen hatte. Er konnte es an ihren Augen sehen.

»Schläfst du eigentlich mit deinem Chef? Oder wie kommt man mit so einem Sprachfehler vor die Kamera?«

»Sie sind der *Kreuzigungs-Mörder*!« Anne Sturm hatte das böse Wort herausgeschleudert und dabei ein bisschen Speichel versprüht.

»Ach ja? Da kommst du erst jetzt drauf?« Er zwinkerte ihr zu. »Ganz schön begriffsstutzig unsere kleine Reporterschlampe! Die Bezeichnung, die ihr mir verliehen habt, habe ich übrigens nicht so gern. Das, was ich mache, hat nämlich nur ganz entfernt mit Kreuzigungen zu tun. Man müsste das mal richtigstellen. Vielleicht kannst du diese Aufgabe ja übernehmen.« Ein Hoffnungsschimmer huschte über ihr Gesicht. Tommy ließ ihr den Glauben an eine etwaige Freilassung. Das würde sie zugänglicher machen. Wenn sie nicht andauernd gegen ihn ankämpfte, würde das, was er mit ihr vorhatte, leichter sein.

»Außerdem: Was hast du denn gedacht, wer ich sein könnte? Ein Stalker? Ein heimlicher Verehrer?« Obwohl sie nicht antwortete, konnte er sehen, dass sie genau das angenommen hatte.

»Hast du denn meine Stimme nicht erkannt? Ich habe dich mehrfach angerufen und dir Informationen übermittelt!«

Jetzt klingelte es bei ihr. »Der Sektionsassistent!«

»Ich sehe, es dämmert allmählich.«

»Was wollen Sie denn von mir? Ist es, weil ich über diese Fälle berichtet habe?«

»Das ist nicht der Hauptgrund, aber richtig ist, dass du mir dadurch aufgefallen bist. Ich habe gesehen, wie du mit deinen gefärbten Haaren und den nachgemachten Emotionen an den Fundorten standest und den Zuschauern Blödsinn erzählt hast.«

Begreifen flackerte in ihren Augen auf, wandelte sich in

Entsetzen, als die Erinnerung in ihr aufloderte. »Sie waren in Güldengossa! Ich habe Sie dort gesehen!«

»Sicher war ich dort. Ich habe dich beobachtet. Die ganze Zeit schon.« Er kniff ihr in die Wange und genoss es, wie sie zurückzuckte. »So, und nun reden wir mal ernsthaft. Warum wohl habe ich dir den Beitrag über diese Schlagertussi gezeigt? Und was könnte das mit den vier Frauen zu tun haben, die bisher bestraft wurden?« Er konnte sehen, wie ihr mechanischer Denkapparat klapperte, während sie sich anstrengte, Parallelen zwischen Michelle und den vier Opfern herzustellen.

»Sie haben Sie *bestraft*?«

Sieh da, sie hatte zugehört. Jetzt brauchte sie nur noch die richtigen Schlüsse zu ziehen. Tommy verzichtete auf eine Antwort. Ein kleines bisschen musste sie schon selbst mitmachen. Es war spannender, wenn sie von allein darauf kam. Anne Sturm öffnete den Mund und schloss ihn gleich wieder. Beide Wangen waren stark gerötet, Hautfetzen hatten sich gelöst. Vielleicht war er beim Abreißen des Paketbandes etwas zu grob gewesen.

»Geht es um die Kinder?«

»Heiß.«

»Sie bestrafen die Frauen, weil die sich Ihrer Meinung nach nicht richtig um ihre Kinder kümmern.« Eine Aussage, keine Frage. Das »Ihrer Meinung nach« würde er ihr durchgehen lassen. Es spielte keine Rolle, was sie von seinen Handlungen hielt.

»Sie waren schlechte Mütter. Du hast es erfasst. Und die anderen werden schon bald auch darauf kommen.«

»Aber warum gerade *diese* vier?« Als Nächstes würde sie fragen: »Warum gerade ich?«

Tommy hörte, wie die Fledermaus in ihrem abgedeckten Käfig mit den Flügeln schlug. Auch Anne Sturm vernahm das Flattern und schloss kurz die Augen, wohl um das Geräusch besser identifizieren zu können, riss sie jedoch sofort wieder auf. Wahrscheinlich war ihr eingefallen, was er vorhin über das Augenschließen gesagt hatte.

»Mit irgendeiner musste ich ja anfangen, nicht? Es gibt so viele von ihnen …« Er ließ seinen Blick über den knochigen Körper der gefesselten Frau gleiten. »Du darfst nicht glauben, dass ich jede x-Beliebige nehme. Der Test ist immer der gleiche: Werfen sie all ihre Beteuerungen über Bord, sobald sich eine interessante Männerbekanntschaft anbahnt? Sind sie, ohne zu zögern, bereit, ihre Kinder zurückzulassen, wenn es in ihren Augen nötig wird? Jetzt verstehst du auch den Bezug zu dieser Michelle.« Er ließ seinen Mund lächeln. »Es hat tatsächlich ein paar Probandinnen gegeben, die trotz meiner Anfragen für ein baldiges ›ungestörtes Wochenende zu zweit‹ oder gar eine gemeinsame Urlaubsreise der Stimme ihres Gewissens gefolgt sind und mir mitgeteilt haben, dass sie so lange nicht von zu Hause wegbleiben könnten. Die habe ich verschont. Wahrscheinlich haben sie sich gewundert, dass sie nie wieder etwas von mir gehört haben, aber egal. Diese Frauen wissen gar nicht, welches Glück sie hatten.«

»Aber ich …« Sie holte tief Luft und setzte neu an: »… Ich habe doch gar keine Kinder!«

Eine neue Variante. Nicht »Warum ich?«, sondern: »Ich passe nicht ins Beuteschema.« Als ob das etwas ändern würde.

»Das ist in deinem Fall auch nicht relevant. Denk nach. Was sonst könnte es sein, das dich für mich interessant macht?« Tommy zündete sich eine Zigarette an, inhalierte genussvoll und blies ihr dann den Rauch ins Gesicht.

»Weil ich über die Fälle berichtet habe?« Sie hustete kurz. »Sind Sie dadurch auf mich aufmerksam geworden?«

»Im Prinzip schon. Da bist du mir das erste Mal aufgefallen.« Jetzt überlegte sie wahrscheinlich, wie sie aus der Nummer wieder herauskommen konnte. Aber dazu war es zu spät. »Eigentlich hat Grit mich darauf gebracht.« Er trat dicht vor sie hin. »Die ganze Zeit haben wir dich gesucht, Grit und ich. Als wir dich das erste Mal gefunden hatten, konnten wir nichts mehr ausrichten. Aber dann bist du zum *zweiten* Mal aufgetaucht.« Tommy rang nach Luft. »Und diesmal wirst du dich nicht ungestraft davonmachen, *MUTTER*!« Er tätschelte ihr Gesicht und schlug dann so hart zu, dass ihr Kopf zur Seite geschleudert wurde.

Verwundert betrachtete Tommy den herabgebrannten Zigarettenstummel in seiner Linken. Anscheinend war er für kurze Zeit geistig abwesend gewesen. Vor ihm wimmerte seine Mutter. Er griff nach dem Paketband und dem Stoffball, um seine Gefangene erneut zu knebeln. Die Frau jaulte auf und versuchte, sich aus ihren Fesseln zu befreien.

Sie presste die Lippen aufeinander, und er musste ihr die Nase zuhalten, damit sie den Mund wieder öffnete und er den Knebel hineinpressen konnte. Wenige Sekunden später war Mutter verschnürt wie ein Weihnachtspaket. »Ich muss kurz an die Luft. Verhalte dich ruhig, ich höre es, wenn du Dummheiten machst.«

Lautlos glitt die Schiebetür beiseite und gab den Blick auf die Lichtung frei. Tommy stieg hinaus, schob die Tür zu und ging ein paar Schritte in die Dunkelheit. Der Wald stand schwarz, stumm schauten die Bäume auf ihn herab. Er setzte sich auf den weichen Boden, ließ sich nach hinten sinken und starrte nach oben auf die samtschwarze Decke über sich, an die jemand unzählige weiße Leuchtknöpfchen angenäht hatte.

In seinen Gedanken watete er durch den Schnee, damals, vor zweieinhalb Jahren, über ihm lastete ein bleigrauer Himmel, Kälte fraß sich durch Mantel und Schuhe. Bei jedem Schritt entströmten seinem Mund stoßweise weiße Wölkchen, die in der Eisluft zerfaserten und sich auflösten. Niemand hatte geschippt. Der ganze Ort schien verlassen, als lebte hier schon seit Jahrzehnten kein Mensch mehr. Es war dennoch nicht schwierig gewesen, den Friedhof zu finden. Die Grabstätten befanden sich fast immer in der Nähe von Kirchen. Düster hatten die knorrigen Nadelbäume auf ihn herabgeschaut, das heisere Krächzen eines Vogels untermalte die schwarz-weiße Szenerie, begleitet vom Knirschen seiner Stiefel im Schnee.

Und dann stand Tommy vor dem schneebedeckten Hügel und starrte auf das schlichte Holzkreuz mit der Aufschrift »Petra Montelieux, 2.10.1951 – 28.2.2004, Requiescat in Pace.«

Er hatte seine Mutter gefunden.

Hier hatte es also für sie geendet. Vor zehn Jahren. In diesem schwäbischen Nest in den Bergen, abgeschieden von jeglicher Zivilisation, wo es frühestens im April grün wurde und die Sommer kurz waren. Auf dem Friedhof in einem Nest namens Lauffen.

Mutters französischer Ehemann hatte Tommy erzählt, dass Petra ihn verlassen habe. Eines Tages sei sie plötzlich weg gewesen. Schon Monate vorher habe er das Gefühl gehabt, sie sei seiner überdrüssig geworden. Pierre Montelieux war jedoch kein Mann, der ohne Gegenwehr aufgab. Er hatte sich aufgemacht, seine Frau zu suchen, und war schließlich in Deutschland fündig geworden. Petra hatte sich in ihre alte Heimat zurückbegeben, die ihr jedoch kein Glück gebracht hatte.

Sie sei wenige Monate später an einer Entzündung des

Herzmuskels verstorben, hatte Pierre Montelieux ihm erklärt. Man habe seine Frau auf dem alten Friedhof in Lauffen begraben.

Zuerst hatte Tommy nicht glauben wollen, was ihm der große hagere Mann mit den schwarz glühenden Augen erzählt hatte, war den Verdacht nicht losgeworden, dass die Geschichte vom plötzlichen Ableben seiner Mutter eine Mär sei, eine Erfindung, um ihn abzulenken und von weiteren Nachstellungen abzubringen. Doch er hatte sich schnell eines Besseren belehren lassen.

Petra Suchard – oder Petra Montelieux, wie sie bei ihrem Tod geheißen hatte –, hatte keine Ahnung von den Nachforschungen ihres Sohnes gehabt. Ihr dritter Ehemann wusste genauso wenig wie der zweite, dass seine Frau in Deutschland zwei Kinder zurückgelassen hatte, als sie sich nach Algerien aus dem Staub gemacht hatte. Mutter lag auf diesem Friedhof unter dem Erdhügel, sie war einfach gegangen und hatte sich aus der Verantwortung gestohlen.

Tommy konnte sein Versprechen Grit gegenüber nicht mehr einlösen. Er war zu spät gekommen.

Der Zorn darüber war so überwältigend gewesen, dass Tommy wochenlang wie gelähmt gewesen war. Er wusste nicht, wie er von Frankreich wieder nach Deutschland gekommen war, er hatte keine Ahnung, wie viele Tage er in seiner Wohnung bei heruntergelassenen Jalousien dahinvegetiert war, nur das Nötigste an Lebensmitteln und Getränken zu sich nehmend, katatonisch vor Verbitterung. Sein Hausarzt, zu dem er sich schließlich geschleppt hatte, weil die besorgten Anrufe seiner Kollegen sich häuften, hatte ihn wegen schwerer Erschöpfung krankgeschrieben.

Irgendwann war das Bewusstsein für den Alltag zurückgekehrt, und Tommy hatte begonnen nachzudenken. Es gab nur eine Möglichkeit, wieder zu funktionieren – er würde stellvertretend für Petra Suchard andere Mütter bestrafen müssen. Das würde nicht nur *seinen* Zorn lindern, das erwartete auch Grit von ihm.

Tommy öffnete die Augen und betrachtete die Sterne über sich. Ein feiner Wind war aufgekommen und ließ die Wipfel der Bäume wispern. Im Lieferwagen neben ihm war es ruhig. Er spürte, wie ein zärtliches Lächeln sich in seine Mundwinkel stahl. Eine höhere Macht hatte ein Einsehen gehabt und ihm und Grit eine zweite Chance gegeben. Und dieses Mal musste er alles richtig machen. Tommy erhob sich und klopfte ein paar Nadeln von seinen Hosenbeinen.

Er musste sich um Mutter kümmern.

44

»Guten Morgen, Kollegen.« Gernot hatte sich entgegen seinen Gewohnheiten nicht an die Stirnseite des Besprechungstisches gesetzt, sondern war stehen geblieben. Seine vor dem Bauch gefalteten Finger verschlangen sich ineinander und lösten sich gleich wieder. Auf der Stirn glänzte ein feiner Schweißfilm. Während Maja auf ihren Notizblock schaute und überlegte, was heute alles auf dem Plan stand, platzte die Tür auf, und Alfred Walden stürmte mit hochrotem Kopf herein. *Fast pünktlich, mein Lieber.* Sie verbarg ein Grinsen hinter der hohlen Hand.

Gernot wartete, bis der Kollege Platz genommen hatte, und fuhr dann fort. »Wir müssen zuerst etwas sehr Wichtiges besprechen.« Der Prosektor schien jetzt auch zu bemerken, dass er schwitzte, denn er fuhr sich mit dem Ärmel seines Kittels über die Stirn.

»Olli, sag den Studenten, dass das heutige Leichenschaupraktikum 15 Minuten später beginnt. Sie sollen vor dem Sektionssaal warten. Dann kommst du auf schnellstem Weg zurück.«

»Aye, aye, Sir!« Oliver Brand salutierte und eilte hinaus. Maja sah in die Runde und begegnete nachdenklichen und verwunderten Blicken. Anscheinend wusste keiner außer Gernot, was es so Dringliches gab. Den Gedanken, es könne etwas mit ihr selbst zu tun haben, verwarf sie ganz schnell wieder. Ihr schlechtes Gewissen war kein guter Berater. Niemals hätte Gernot persönliche Probleme Einzelner vor allen Kollegen in der allmorgendlichen Besprechung aufs Tapet gebracht.

Gegenüber kritzelte Ingrid Spiralen auf ihren Zettel. Sie hatte eben als Einzige keine Miene verzogen. Niemand sprach. Die Stille im Raum schien zu summen wie altertümliche Telegrafendrähte. Als die Tür aufgestoßen wurde, richteten sich alle Augenpaare auf Olli, der zu seinem Platz sprintete und ein atemloses »Kann losgehen, Chef!« herauspresste.

»Hört zu.« Gernot hielt sich nicht mit Präliminarien auf. »Gestern Abend ist eine *MDR*-Reporterin verschwunden, Anne Sturm.«

Maja sah zu Ingrid hinüber, die eine Ich-weiß-auch-nichts-Bewegung mit beiden Händen machte, und dachte darüber nach, wo sie den Namen schon einmal gehört hatte.

»Die Frau wurde aller Wahrscheinlichkeit nach nach Borna gelockt. Seitdem ist sie spurlos verschwunden.«

Alfred runzelte die Stirn. Wahrscheinlich fragte er sich gerade dasselbe wie Maja, nämlich, ob die Rechtsmedizin jetzt die Aufgaben der Kripo übernahm.

»Was hat das mit uns zu tun, Chef?« Olli, der schon bei Gernots ersten Sätzen auf seinem Stuhl hin und her gerutscht war, hielt die Spannung nicht mehr aus.

»Das werde ich euch jetzt sagen. Jemand hat gestern gegen achtzehn Uhr beim *MDR* angerufen und diese Anne Sturm verlangt. Ein Informant, wie man mir mitgeteilt hat. Der Mann hat sich als Mitarbeiter unseres Instituts ausgegeben.«

»*Wie* bitte?« Olli machte Anstalten aufzuspringen, setzte sich aber nach einer unwirschen Handbewegung seines Chefs wieder hin.

»Es ging anscheinend um den Fallkomplex, den die Medien die ›Kreuzigungs-Morde‹ nennen. Wie man mir gesagt hat, war das nicht das erste Mal, dass Frau Sturm Kontakt mit diesem Mann hatte. Er hat ihr wohl schon ab und an vertrauliche Informationen geliefert.«

»Ich habe mich schon gefragt, woher die beim Sender immer die vertraulichen Details hatten!« Ingrid schien die Berichte der *MDR*-Reporterin gesehen zu haben. »Gibt es denn einen Anhaltspunkt, wer der Informant gewesen sein könnte?«

»Gunnar.«

»Was … *ich*?« Gunnar Kunz, der Sektionsassistent, schluckte hörbar. Er legte die Linke wie zum Schwur auf die Brust und schaute ungläubig. »Nie im Leben würde ich …«

»Der Anrufer hat gesagt, sein Name sei Gunnar Kunz. Das sind die Informationen der *MDR*-Kollegen.« Gernot, der die ganze Zeit gestanden hatte, zog seinen Stuhl heraus und ließ sich schwer darauf sinken.

»Glauben die denn im Ernst, dass jemand, der vertrauliche Informationen an die Presse oder das Fernsehen herausgibt, seinen richtigen Namen benutzt?« Olli hatte sich zum Wortführer aufgeschwungen. Ingrids Kopf zuckte von rechts nach links, als verfolge sie ein Tennisspiel.

»Davon gehe ich nicht aus. Ich denke auch nicht, dass du …« – Gernot sah zu Gunnar – »diese Anrufe getätigt hast. Es gibt eigentlich nur zwei Möglichkeiten. Entweder jemand anderes aus dem Institut hat Gunnars Namen verwendet, oder der Informant hat überhaupt keinen Bezug zu uns.«

Ingrid hatte mit dem Hin- und Herschauen aufgehört und fixierte den Sektionsassistenten, als sähe sie ihn zum ersten Mal.

»Ungeachtet dessen will die Kripo mit dir reden. Jemand

von der SoKo kommt halb neun zur Befragung. Ich habe ihnen mein Büro zur Verfügung gestellt.«

»Aber ich kann nichts dazu sagen!« War Gunnar eben noch verblüfft gewesen, so klang er jetzt weinerlich.

»Weiß ich doch. Sprich bitte trotzdem mit ihnen.«

»Was hat dieser Informant der Reporterin denn mitgeteilt? Hat er sie irgendwohin bestellt?« Olli, der Gunnars Ausbruch mit mitleidigem Blick verfolgt hatte, schaltete sich wieder ins Gespräch ein.

»So ähnlich. Viel weiß ich auch nicht darüber. Diese Anne Sturm hat wohl bereits mehrfach über die Fälle berichtet.«

»Woher weiß man, dass er sie nach Borna bestellt hat?«

»Kollegen im Sender haben Notizen des Gesprächs gefunden. Anscheinend hat der Mann einen weiteren Leichenfund gemeldet. Die Frau war wohl karriere…, äh …« Gernot hüstelte, als er seinen Fauxpas bemerkte und verbesserte sich »ist wohl sehr ehrgeizig und hat sich allein auf den Weg gemacht.«

»Wie dumm von ihr!« Olli blickte in gespielter Empörung über so viel Unvernunft kurz an die Zimmerdecke. »Wenn der Anrufer mal nicht der Mörder selbst war …«

»Schluss jetzt mit den Spekulationen!« Gernot hatte die Stimme erhoben. »Ich frage euch jetzt alle miteinander: Hat irgendjemand etwas mit der Sache zu tun?« Er wartete, bis alle verneint hatten und setzte hinzu: »Davon bin ich auch nicht ausgegangen, Kollegen. Lasst uns das Tagesgeschäft besprechen. Da ich nicht weiß, wie lange Gunnars Befragung dauern wird, legt Lutz nachher die Leichen auf.« Der zweite Sektionsassistent nickte.

»Der Anrufer könnte Gunnars Namen von unserer Institutswebseite haben.« Olli hatte noch nicht mit der Sache abgeschlossen. »Alle Angestellten sind dort namentlich aufgeführt.«

»Guter Tipp. Das werden wir den Ermittlungsbeamten sagen. Ich komme kurz mit dir hoch.« Gernot sah auf seine Uhr. »Die Zeit drängt, Leute. Was steht heute an?«

Während die Sektionen des Tages besprochen und Teams eingeteilt wurden, dachte Maja an Peters gestrige Ermahnungen, gleich heute Morgen die Kripo anzurufen, um sie von ihren Erkenntnissen zu informieren. Natürlich hatte sie seine Order nicht befolgt. Ihre gemeinsame Theorie war ihr heute Morgen gar nicht mehr so schlüssig wie noch am Abend zuvor vorgekommen. Nun jedoch war alles anders. Sie konnte schauen, wer vom Ermittlerteam gleich im Institut aufkreuzte. Handelte es sich um jemanden, den sie kannte, würde sie ihrer Pflicht Genüge tun und die Informationen als ihre alleinigen Gedankenspiele ausgeben.

Aber vorher musste sie Peter anrufen.

»Hi!« Maja, die im Eingangsbereich des Instituts stand, zuckte zusammen und drehte sich um, den Hörer am Ohr. Sie blickte direkt in Andreas Melzers grinsendes Gesicht. Er hob die Hand und wollte hinter seinem Kollegen hinaufgehen, doch sie zog ihn am Ärmel und bedeutete ihm zu warten.

»Einen Moment, Peter.« Der Freund am anderen Ende der Leitung murmelte etwas Unverständliches. Sie drückte das Display an ihre Schulter und sah den Kriminaloberkommissar an. Andreas Melzers Augen wirkten im Neonlicht fast olivgrün.

»Kann ich nachher kurz mit euch reden?«

»Klar. Wo finden wir dich?«

»In meinem Büro.«

»Bis dann.« Andreas Melzer eilte seinem Kollegen nach, und Maja nahm das Handy wieder ans Ohr. »Bist du noch dran?«

»Na sicher. Mit wem hast du gerade gesprochen?« Peter keuchte, als habe er gerade einen Hundertmeterlauf absolviert.

»Mit der Kripo. Sie sind hier im Institut, und ich werde nachher deinen Befehlen folgen und sie über unsere Theorien aufklären.«

»*Deine* Theorien, liebe Maja, *deine,* vergiss das nicht, wenn du mit denen sprichst.« Erst jetzt schien ihm aufzugehen, was sie davor gesagt hatte. »Was macht denn die Kriminalpolizei im Rechtsmedizinischen Institut?«

Maja erzählte Peter vom Verschwinden der Fernsehreporterin und dass der Informant sich als Sektionsassistent ausgegeben hatte, wobei sie immer wieder von seinen erstaunten Ausrufen unterbrochen wurde.

»Das muss ich erst mal verdauen.« Peters Atem hatte sich beruhigt. »Wieso entführt er jetzt diese Fernsehmoderatorin? Und wieso an einem Dienstag? Das weicht doch komplett von seiner bisherigen Vorgehensweise ab!«

»Du scheinst davon auszugehen, dass der Blutsauger dahintersteckt?«

»Bluttänzer, meine Liebe, nicht Blutsauger. Wer sollte denn sonst dahinterstecken? Ich muss nachdenken …«

»Kannst du gleich. Ich muss auch wieder hoch. Die Arbeit wartet. Du wolltest mir doch noch berichten, was du über die Fledermaus herausgefunden hast.«

»Mache ich später. Das ist jetzt nicht so wichtig.« Und schon hatte er aufgelegt. Keine Verabschiedung, kein: »Ich ruf nachher wieder an«. Maja steckte das Handy ein und machte sich auf den Weg in ihr Büro.

Ein *Da-da-da-dah!*-Trommeln von der Tür riss Maja aus ihren Obduktionsberichten. *Beethoven. So klopft das Schicksal an die Pforte.* Nach ihrem »Herein!« öffnete sich die Tür langsam, und Andreas Melzer erschien, gefolgt von Nussknackergesicht Wulf Preck.

»Wir wurden hierherbestellt, Madame.« Andreas Melzer deutete eine Verbeugung an, während sein wie immer grantiger Kollege keine Miene verzog.

Obwohl zwei Stühle zur Verfügung standen, nahm nur Andreas Melzer Platz. Wulf Preck verschränkte die Arme vor der Brust, den griesgrämigen Blick auf Maja gerichtet.

»Ist diese Fernsehreporterin ein Opfer des Kreuzigungs-Mörders?«

»Davon gehen wir aus. Sie hat während des gestrigen Anrufs im Sender auf einem Zettel die Worte ›Borna‹, ›Speicherbecken‹, ›Kreuzigungs-Mörder‹ und ›Leichenfund‹ notiert. Danach ist sie sehr schnell verschwunden. Zwei Kollegen vom *MDR* sind ihr nachgefahren. Leider ist das Speicherbecken in Borna ziemlich groß, und Anne Sturm ging nicht mehr an ihr Handy. Die Kollegen haben sich Sorgen gemacht und uns informiert. Bis jetzt gibt es keine Spur von der Frau. Zu Hause ist sie nicht, ihr Handy ist abgeschaltet. Sie ist heute auch nicht zum Dienst erschienen.«

»Ist das nicht furchtbar leichtsinnig, allein zu solch einem Treffen zu fahren?«

»Wir nehmen an, dass sie davon ausgegangen ist, dass man die angekündigte Leiche schon gefunden hat und es am Fundort von Spurensicherung und Kripo nur so wimmeln würde. Schließlich kam die Information ja von einem vermeintlichen Mitarbeiter der Rechtsmedizin, von dem sie schon vorher mehrfach Interna erfahren hat. Da waren die Zweifel wahrscheinlich gering. Wenn sie die einzige Journalistin war, die von der neuen Leiche Kenntnis hatte, stand ein Exklusivbericht für sie ins Haus.«

»Aber ohne Kamerateam … Was wollte sie da ausrichten?«

»Das hätte sie immer noch anfordern können. Natürlich ist vieles von dem, was ich gesagt habe, Spekulation, aber ich denke, sie wollte allen Ruhm für sich einheimsen.«

Wulf Preck verzog missbilligend den Mund, schwieg aber. Andreas Melzer rollte mit dem Stuhl dichter an Majas Schreibtisch. »Was wolltest du uns denn mitteilen?«

»Ich habe nachgedacht.« Das war gar nicht so einfach, wie sie es sich vorgestellt hatte. »Über die Fälle. Schließlich hatte ich mit dreien direkt zu tun. Man kommt ins Grübeln. Über die Opfer und so.« *Maja, was redest du da? Nimm dich zusammen!* »Was den Mörder bewogen haben könnte, diese Taten zu begehen.« Sie blickte hoch, direkt in Andreas Melzers grüngraue Augen, die sie fasziniert fixierten.

»Ich weiß, das ist nicht die Aufgabe der Rechtsmediziner, aber die Opfer sind allesamt junge Frauen … sie hatten Kinder …« Sie verrannte sich immer mehr. »Also, meiner Meinung nach geht es gar nicht direkt um die Frauen.« Sie hielt kurz inne, um Luft zu holen. Im Hintergrund löste Wulf Preck seine Armbarriere und stemmte die Hände in die Hüften.

»Ich habe über Parallelen zwischen den Opfern nachgedacht. Wohnorte, Arbeitsstätten oder Berufe können es nicht gewesen sein.« Langsam kam sie in Fahrt. »Das Aussehen war zwar ähnlich, und sie waren alle recht jung. Wenn man sich jedoch näher mit ihnen befasst, sieht man, dass sie alle Probleme mit ihren Kindern hatten. Besser gesagt, sie haben sich nicht besonders gut um diese gekümmert. *Das* könnte das verbindende Merkmal sein.« Jetzt musste auch der Rest noch heraus: »Er bestraft die Mütter.«

»Warum sollte er das tun?« Andreas Melzer schaute, als nehme er Maja das erste Mal bewusst wahr.

»Es könnte jemand sein, der in seiner Kindheit selbst vernachlässigt wurde. Dessen Mutter sich nicht um ihn gekümmert hat. Und nun ist er auf einem Rachefeldzug. Wahrscheinlich findet er seine Opfer in Singlebörsen im Internet. Habt ihr nicht gesagt, die Erste hätte ständig gechattet? Jemand, der mit mehreren Frauen intensiven Mail- oder Chatkontakt hat, braucht viel Zeit für seine Planungen und für die Taten, lebt wahrscheinlich allein. Vielleicht hat er ein Haus, wo er die Handlungen an den Opfern ungestört vornehmen kann. Ich persönlich glaube jedoch eher, dass er es in einem Lieferwagen erledigt. Das mobile Folterstudio sozusagen. »Das klingt wohl etwas wirr?«

»Nein, ich verstehe, was du meinst. Interessante Theorie.« In Andreas Melzers Gesicht lag noch immer ein verblüffter Ausdruck. Hinter ihm schnaufte Wulf Preck. Maja konnte nicht sagen, ob es ein genervtes oder ein interessiertes Schnaufen war. Jedenfalls hatte sich seine Haltung von missgelaunt zu wissbegierig gewandelt. War der alte Griesgram doch noch aus seiner Lethargie erwacht?

»Das hast du alles allein herausgefunden?«

»Ich hatte viel Zeit zum Nachdenken. Aber wahrscheinlich seid ihr schon selbst auf all das gekommen.«

»Wir werden deine Ideen mit den Kollegen besprechen.« Sie ließen sich nicht in die Karten schauen.

»Ich wollte nicht den Eindruck erwecken, euch belehren zu wollen. Aber wenn ich es nicht erzählt hätte, würde ich mir vielleicht hinterher Vorwürfe machen.«

»Verstehe.« Andreas machte Anstalten, sich zu erheben. Maja fühlte den Stich der Enttäuschung. Ihre Ausführungen hatten keinen sichtbaren Eindruck hinterlassen. Wahrscheinlich hielt er sie jetzt für eine Spinnerin.

»Eins noch.«

»Ja?«

»Diese Fledermäuse … Dem Aussehen nach war es immer die gleiche Art. Sie kommen meist nur in eng begrenzten Verbreitungsgebieten vor.«

Wulf Preck, der die Hand schon nach der Klinke ausgestreckt hatte, hielt inne, und auch Andreas blieb auf seinem Weg zur Tür stehen.

»Man könnte über die exakte Art und deren Lebensraum eingrenzen, wo sich der Täter aufhält oder wohnt. Zumindest muss er das Gebiet gut kennen.«

»Welche Art ist es denn?« Der erste Satz, den Wulf Preck an diesem Tag herausbrachte.

»Tut mir leid, aber dazu bin ich noch nicht gekommen. Es war auch nur eine Idee.«

»Dann übernehmen wir das.« Der zweite Satz. Maja sah im Aufstehen ein Funkeln in Wulf Precks Augen. »Danke für den Tipp.« Nummer drei. Jetzt streckte er sogar die Hand aus, um sich zu verabschieden. Zwar ohne die Andeutung eines Lächelns, aber immerhin. Andreas Melzer tat es ihm nach. Dann schloss sich die Tür mit einem leisen Klicken. Auf dem Weg zu ihrem Schreibtisch dachte Maja darüber nach, ob sie sich eben komplett zum Affen gemacht hatte.

»Du wirst mir Gesellschaft leisten, Mutter. Länger als Jennifer, Maddie, Sina und Vanessa. Wir haben einiges zu klären.«

»Ich bin nicht Ihre Mutter!«

Kaum hatte er ihr den Knebel entfernt, widersprach sie ihm auch schon. Sie war trotz ihrer Lage noch immer renitent. Er versetzte ihr einen weiteren Stoß gegen die Schläfe. »Leugnen nützt nichts! Du bist doch nicht dumm. Kooperation könnte mich besänftigen. So weit reicht dein Verstand doch noch, oder?«

Wahrscheinlich brachten seine Argumente nichts. Er hatte sich keine Mühe gegeben, nicht erkannt zu werden. Sie wusste, wer er war, kannte sein Gesicht, und mit ihren Mitteln dürfte es kein Problem sein, seine wahre Identität herauszufinden, wenn sie es nicht sogar schon wusste. Ließe er sie frei, wäre er in kürzester Zeit geliefert. Das hatte sie sich mit Sicherheit auch schon überlegt.

Aber wenn sie bockig war oder zu heftig Widerstand leistete, würde er sich nicht mit ihr unterhalten können. Und er *musste* mit Mutter reden, bevor sie ihre gerechte Strafe bekam. Es gab so viel zu besprechen.

Sie nickte langsam. Ob sie ihm glaubte, ob sich ihr Überlebenswille an seine Aussagen klammerte wie ein Ertrinkender an einen Strohhalm oder ob sie einfach beschlossen hatte, eine Weile mitzumachen, um dabei nach einem Ausweg zu suchen, war letztlich egal.

»Dann schau. Und denk immer dran: Nicht die Augen schließen. Sonst sorge ich dafür, dass sie offen bleiben.«

Er klickte sich durch den Ordner mit den Scans, rief den ersten Zeitungsartikel auf und betrachtete das vergilbte Foto des Pferdestalls mit dem Heuboden. Im Hintergrund thronte das Haus, starr blickten die Fenster den Betrachter an. Der alte Birnbaum vor dem rückwärtigen Eingang schien mahnend seine knorrigen Äste zu schütteln.

»Hier lebten die Heuboden-Kinder!« verkündete die fette Balkenüberschrift. Darunter kleiner: »Mutter überließ ihre beiden Kinder dem sicheren Tod!« Er hatte den Text so oft gelesen, dass er ihn auswendig konnte.

Gespickt mit Ausrufezeichen, ohne die der Verfasser seiner Empörung wahrscheinlich keine Luft verschaffen konnte, war beschrieben, wie aufmerksame Nachbarn nach drei Tagen auf das Grundstück vorgedrungen waren, weil sie sich gewundert hatten, dass die Jalousien Tag und Nacht heruntergelassen waren. Wie sie nur durch einen Zufall auch den Heuboden durchsucht hatten, weil einer von ihnen ein Wimmern gehört haben wollte.

Dort waren sie dann auf die beiden Kinder gestoßen – Grit tot, Tommy so ausgezehrt und entkräftet, dass er sich nicht mehr von allein hatte bewegen können und über einen längeren Zeitraum künstlich ernährt werden musste. Die Mutter hingegen, Petra S. – der Artikel nannte ihren vollen Namen nicht –, war längst über alle Berge. Sie hatte nur das Nötigste mitgenommen. Ein Großteil ihrer Sachen war zurückgeblieben. Petra S. sei unauffindbar, schrieb die Zeitung, wahrscheinlich sei sie noch am Tag ihres Verschwindens ins Ausland gegangen. Der kleine Tommy werde in die Obhut des Jugendamtes gegeben. Man versuche, ihn nach seiner Genesung an eine Pflegefamilie zu vermitteln.

Der Heuboden schien ihn von dem körnigen Schwarz-Weiß-Bild herab zu verhöhnen. Tommy schluckte. Dann drehte er den Bildschirm so, dass Mutter ihn sehen konnte. Doch statt zu lesen, schaute sie wie ein ängstliches Kaninchen zu ihm.

»Kommt dir das Haus bekannt vor?«

Mit festem Griff packte er ihr Kinn und drehte es von sich weg. »Sieh auf den Bildschirm! Erinnerst du dich? An Tommy, deinen Sohn, und Grit, deine kleine Tochter? Erinnerst du dich, was du ihnen angetan hast?«

Jetzt überflog sie hastig den Text, wahrscheinlich, um ihm die gewünschte Antwort geben zu können.

»Ich habe sie, äh … euch zurückgelassen?«

»Bingo! Hast du eine Erklärung?«

»Nein, ich … Hören Sie … Das ist eine Verwechslung! Mein Name ist Anne Sturm, ich lebe in Leipzig. Ich bin weder verheiratet, noch habe ich Kinder. Ich war auch nie in meinem Leben …« sie schielte noch einmal auf den Artikel »in Waldenbuch.«

»Klar, dass du das abstreitest. Ich an deiner Stelle hätte auch meine Probleme, das, was du getan hast, zuzugeben.«

»Hören Sie mir doch bitte zu! Ich. Bin. Nicht. Ihre. Mutter.« Sie betonte jedes einzelne Wort. Uneinsichtig, wie er es gedacht hatte.

»Ich habe noch etwas für dich. Vielleicht hilft dir das auf die Sprünge.« Tommy drehte den Laptop wieder zu sich, drückte ein paar Tasten, und ein neuer Zeitungsartikel poppte auf.

»Wer hat Petra S. gesehen?« Unter der Überschrift prangte ein grobkörniges Foto der Mutter. Petra Suchard trug ihr blondes Haar in einer Pagenfrisur. Die hellen Augen schauten direkt auf den Betrachter, der Mund lächelte nicht. »Das ist die Heuboden-Mutter!« lautete die Bildunterschrift. Der Text beschrieb noch einmal, weswegen Petra S. gesucht wurde, forderte alle Leser auf, »sachdienliche Hinweise« zum Verbleib der Frau abzugeben, und nannte die Telefonnummern der zuständigen Behörden.

Er schob den Bildschirm ins Blickfeld der gefesselten Frau. Ihre Augen weiteten sich, als sie das Foto sah. Sie schluckte mehrfach. Es dauerte einige Sekunden, in denen sie zweimal zum Sprechen ansetzte und immer wieder abbrach, ehe die Worte aus ihrem Mund kamen.

»Sie sieht mir ein bisschen ähnlich.«

»Sie sieht dir ähnlich?« Diesmal schlug er richtig zu. Fest mit der gesamten Hand auf ihre linke Wange. »Das *bist* du!«

Noch ein Schlag. Mutter gurgelte. Tränen rollten über ihr Gesicht. Und doch startete sie unter andauerndem Schniefen einen neuen Versuch, ihre Identität zu leugnen. »Überlegen Sie doch bitte! Das kann doch gar nicht sein! Die Frau auf dem Bild ist vielleicht Mitte zwanzig. Da steht, das alles habe sich Anfang 1977 zugetragen.« Ein dünner Rotzfaden lief aus Mutters Nasenlöchern nach unten. »Dann wäre die Frau doch jetzt *mindestens* Ende fünfzig! Schauen Sie mich an.«

Tommy hatte Mühe, seinen Ekel zu unterdrücken. Das ganze Flehen würde ihr nichts nützen.

»Ich bin Anfang dreißig! Das da auf dem Bild kann ich gar nicht sein!«

»Genug dummes Zeug gefaselt!« Seine Hand wollte noch einmal in ihr Gesicht fahren, aber er verbot es sich. Schläge waren zu einfach. »Wir haben noch einiges vor. Ich möchte, dass du dich persönlich bei Grit entschuldigst. Sie ist jetzt nicht hier, aber wir werden später an den Ort fahren, an dem sie sich aufhält.«

»Aber …« Mutter schloss den Mund und zog die Nase hoch. Sie schien nachzudenken. Wahrscheinlich über den Widerspruch, dass man Grit tot aufgefunden hatte und sie die Schwester nun besuchen wollten.

»Du wirst schon noch verstehen, Mutter. Etwas Geduld.« In Tommys Kopf ertönte eine feine Kinderstimme, die ein Lied aus längst vergessenen Zeiten sang.

Hänsel und Gretel verliefen sich im Wald.
Es war so finster und auch so bitter kalt.
Sie kamen an ein Häuschen,
von Pfefferkuchen fein.
Wer mag der Herr nur
von diesem Häuschen sein?

Huhu, da schaut eine alte Hexe raus.
Sie lockt die Kinder ins Pfefferkuchenhaus.
Sie stellte sich gar freundlich,
oh Hänsel welche Not!
Sie will dich braten im Ofen braun wie Brot.

Doch als die Hexe zum Ofen schaut hinein,
ward sie gestoßen von unserm Gretelein.
Die Hexe musste braten,
die Kinder geh'n nach Haus.
Nun ist das Märchen von Hans und Gretel aus.

45

»Anne Sturm«. Majas Mittelfinger hackte die Buchstaben in die Tastatur. Die Google-Personensuche gab über 200.000 Einträge zu dem Namen an. Kein Wunder bei einer Fernsehreporterin.

Eine eigene Webseite hatte sie nicht, aber einen Eintrag bei Wikipedia. Schnell überflog Maja die Angaben. Anne Sturm war am 20. Februar 1981 in Berlin als Anne Feldmann geboren worden. Sie wohnte in Leipzig und arbeitete als Fernsehmoderatorin. Es folgten Angaben zu Jugend und Ausbildung, ihrem Engagement im Fernsehen, dem Engagement als Autorin – Anne Sturm schrieb seit drei Jahren Kolumnen in der *SuperIllu* – und ausgewählte Kritiken zu einigen ihrer Sendungen, die allesamt positiv waren. Höchstwahrscheinlich hatte die Gute die alle selbst eingetragen. So machte man das heutzutage. Eigenlob stank nicht mehr, sondern war nutzbringend.

Das Privatleben folgte als Vorletztes, vor den Weblinks und den Einzelnachweisen.

Die Moderatorin war geschieden und hatte keine Kinder. Der Name ihres Exmannes war nicht verzeichnet. »Vorname und dann Sturm, schätze ich.« Maja leckte sich mit der Zunge über die obere Zahnreihe und betrachtete dabei das Foto der Frau. Das hellblonde Haar war länger als in Wirklichkeit, die kunstvoll gesträhnten Haare reichten fast bis auf die Schultern. Unter dem ärmellosen roten Kleid ragten knochige Ärmchen hervor. Dass sie so klapperdürr war, sah man sonst nicht, da sie bei ihren Moderationen fast immer Blazer trug.

Sie vergrößerte Anne Sturms Foto und blickte in die wasserblauen Augen. »Warum du? Warum konnte er nicht bis Freitag warten? Was macht dich so besonders für den Bluttänzer?«

Ohne dass sie es wollte, schabten Majas Fingernägel über ihr Kinn und kratzten dann am Hals weiter. Ein Zufallsopfer war die Frau keinesfalls, obwohl sie nicht ins Schema passte. Auch wenn niemand die These bestätigt hatte, war sich Maja inzwischen sicher, dass das verbindende Kriterium bisher die Vernachlässigung der Kinder gewesen war. Aber Anne Sturm hatte keine Kinder. »Sie ist ein Spezialfall, stimmt's?«

Die Frau musste für den Täter etwas ganz Besonderes darstellen, etwas, das nur indirekt mit den bisherigen Opfern zu tun hatte. Vielleicht war er auf sie aufmerksam geworden, weil sie über die Taten berichtet hatte? Schickten die Sender eigentlich immer die gleichen Reporter zu solchen Fällen, oder wechselten sich die Kollegen ab? An den Fundorten der vier toten Frauen hatte es von Presse nur so gewimmelt. Ab Leiche Nummer drei war der Hype ins Unermessliche gewachsen. Ein *Serienmörder* in Sachsen! Wie Schmeißfliegen von vergammeltem Fleisch wurden Journalisten von solch spektakulären Ereignissen angezogen. Maja rief die Mediathek des *MDR* auf und klickte auf die Sendemitschnitte der Nachrichten. Zuerst musste sie sich vergewissern, ob Anne Sturm an allen Fundorten gewesen war. Danach würde sie sich die Berichte, die die Moderatorin über die Fälle gemacht hatte, genauer zu Gemüte führen und die jeweils anwesenden Personen checken. Es war doch möglich, dass der Täter auch dort gewesen war. Vielleicht hatte er die Reporterin nicht nur im Fernsehen gesehen, sondern live vor Ort. Jeder, der Anne Sturm nahegekommen war, kam infrage. »Und dann sehen wir weiter.« Ihre Finger huschten über die Tasten.

»Nichts, nichts und nichts.« Maja schlug mit der Handfläche den Takt zu den Worten auf die Tischplatte. Sie hatte jetzt drei Stunden lang Nachrichtensequenzen durchgesehen, und allmählich flimmerten ihr die Augen. Auch ihr sonst wunderbar funktionierendes Gedächtnis war nicht unbegrenzt belastbar.

Anne Sturm vor der Scheune in Wüstenbrand, Anne Sturm in Schöneck, Anne Sturm am schmiedeeisernen Zaun in Güldengossa. Immer perfekt geschminkt, immer mit derselben Betonfrisur, immer in einem hellen Blazer, hatte sie mit falscher Betroffenheit ihren Text in die Kamera gelispelt. Genau wie zehn weitere Journalisten von Konkurrenzsendern. Im Hintergrund waren stets Kripobeamte und Spurensicherer scheinbar ziellos hin- und hergelaufen, in einem der Beiträge von Güldengossa war sogar ein erregter Kripobeamter zu den Journalisten gekommen, um sie zur Zurückhaltung zu ermahnen. Maja lächelte versunken, als sie an das erzürnte Gesicht von Andreas Melzer dachte, der den vor dem Zaun Versammelten die Leviten gelesen hatte.

Die Berichterstattung konnte es nicht sein. Es musste direkt etwas mit der Person Anne Sturm zu tun haben. Ihre Biografie gab nichts Passendes her. Und Majas Möglichkeiten waren hiermit erschöpft.

Eine Sache kannst du noch versuchen. Ein bisschen im Trüben fischen. Sie kopierte Anne Sturms Foto von der Wikipedia-Seite und schnitt es so zurecht, dass nur das Gesicht zu sehen war. Dann setzte sie es in die Google-Bildersuche ein. Das Programm verglich Farben und Strukturen und lieferte Bilder, die ähnlich waren. Es ähnelte ein wenig einer

Bilderkennungssoftware. Nicht immer fand man dabei zum Original passende andere Abbildungen, aber auch die Analogien brachten Denkanstöße.

Die ersten zehn Seiten zeigten Anne Sturms Puppengesicht in allen nur erdenklichen Variationen. Mit längeren und kürzeren Haaren, mit dunklem und hellem Lippenstift, lächelnd und ernst. Nach dem fünfzigsten Foto der Moderatorin begann ihr Gesicht Maja zu nerven, nach dem hundertsten ließ sie die Reihen nur noch der Form halber durchlaufen und schaute nur flüchtig hin.

Noch bevor ihre Augen das Bild richtig erfasst hatten, explodierte in ihrem Kopf schon die Granate. Das Kribbeln in den Fingerspitzen lief die Arme hinauf bis in den Nacken und ließ die feinen Härchen aufstehen. Mit einem Zischen sog Maja die Luft ein.

Vom Bildschirm starrte sie eine grob gerasterte Anne Sturm in Schwarz-Weiß an. Die Frau hatte dem Fotografen kein Lächeln geschenkt, im Gegenteil, sie wirkte zornig. Zornig und arrogant. Obwohl sich das Foto sofort in ihre Netzhaut eingebrannt hatte, fixierte Maja es so lange, bis ihre Augen zu tränen begannen. Erst dann zwinkerte sie, noch immer fassungslos. »Das ist die Heuboden-Mutter!«, hatte unter dem Foto gestanden. Und natürlich war die Frau dort *nicht* Anne Sturm.

Hastig rief sie die dazugehörige Seite auf und las den Zeitungsartikel. In ihrem Schädel summte ein Hornissenschwarm, das Gehirn schien sich aufzublähen, während Maja die spärlichen Artikel überflog, die es zu den »Heuboden-Kindern« und ihrer Mutter gab. Nach zehn Minuten hatte sie alles in einem Dokument gespeichert.

Als sie gerade den Rechner herunterfahren wollte, surrte das Handy auf ihrem Schreibtisch.

»Peter? Kannst du Gedanken lesen?«

»Wieso?« Er klang abgehetzt. »Hast du mit der Kripo geredet?«

»Ja, gleich heute Vormittag im Institut. Begeistert waren sie von meiner Einmischung nicht gerade. Andreas Melzer hat mir aber zugesagt, dass sie es mit dem Team besprechen wollen.«

»Na siehst du. Manchmal ist es doch nützlich, wenn man jemanden von denen näher kennt.« Dieses Mal sparte er sich den »Kripofreund«, und Maja war überrascht, dass sich eine kleine Enttäuschung darüber in ihr breitmachte.

»Und was ist mit dem Gedankenlesen?«

Es dauerte einen Moment, bis ihr einfiel, was sie mit ihrem ersten Satz gemeint hatte. »Ich habe herausgefunden, warum er sich gerade Anne Sturm als nächstes Opfer ausgesucht hat. Das wird dich umhauen!«

»Was ist es?« Eindeutig: Er klang gehetzt. Während Maja ihm ihre Erkenntnisse über die »Heuboden-Kinder« erläuterte, konnte sie ihn atmen hören. Nachdem sie fertig war, schwieg er ein paar Sekunden. »Du hast alles gespeichert?«

»Ja, klar.«

»Schick's mir auf mein Handy. Sofort!«

»Zu Befehl, Chef!«

»Ich lese es schnell durch und melde mich dann wieder.« Schon hatte er aufgelegt. Während die E-Mail lud, dachte Maja darüber nach, dass Peter immer wortkarg wurde, wenn er aufgeregt war.

Die Abendsonne blendete durch die Küchenfenster. Sie zog die Vorhänge zu, schaute probehalber in den Schrank mit den Rotweinvorräten und schloss die Tür ganz schnell wieder. Wie lange würde es dauern, bis Peter das Dokument gelesen und die Bilder angeschaut hatte?

Der Freund war schnell. Einmal überfliegen und schon

hatte er den Inhalt intus. Wahrscheinlich würde er in einer Minute anrufen und sie für ihren Einfallsreichtum loben.

Eine halbe Stunde später legte Maja die Zeitung, die sie nun bereits zum dritten Mal überflogen hatte, beiseite und kniff die Augen zusammen. Wozu brauchte Peter so lange? Kurzentschlossen griff sie nach ihrem Handy und rief seine Nummer auf. Sie brauchte jetzt ein Lob.

»Peter? Hast du …«

»Stopp!« Er ließ Maja nicht ausreden. »Ich kann jetzt nicht. Muss ganz schnell weg. Ich ruf dich später an. Ciao!« Sie hörte sich empört schnaufen, aber das schien ihn nicht zu stören. Peter Holzing hatte einfach aufgelegt.

Der Zorn über das Verhalten ihres Freundes fraß sich wie Säure in Majas Magen. Irgendwann war es genug. Und *irgendwann* war genau jetzt erreicht. Sie wählte Peters Nummer erneut. *Diesmal kommst du mir nicht so einfach davon, Freundchen!* Sie würde ihm die Meinung sagen, und zwar ordentlich. Nach dem achten Klingeln meldete sich Peters Anrufbeantworter, und Maja legte ohne ein Wort auf und probierte es erneut. Nach vier weiteren Versuchen gab sie auf. Peter wollte anscheinend nicht mit ihr reden, aber er würde sehen, dass sie ihn mehrfach angerufen hatte. Den Rest konnte er sich denken.

Während sie mehrfach tief ein- und ausatmete, marschierte sie zum Vorratsschrank, nahm eine Flasche Dornfelder heraus und entkorkte sie. Der erste Schluck rann warm die Kehle hinab, der zweite erzeugte in ihrem Bauch ein warmes Glimmen. *Du kannst mich mal, Peter Holzing!* Das Glas in der einen, die Flasche in der anderen, ging Maja ins Wohnzimmer.

Erst, als sie auf dem Sofa saß und sich das zweite Glas eingoss, meldete sich die Stimme in ihrem Kopf erneut. *Solltest du nicht die Kriminalpolizei von deinen neuesten Erkenntnissen informieren?*

Und ehe sie es sich versah, wählte sie schon.

»Maja? Was für eine Überraschung!« Andreas Melzers Stimme klang warm und tief, und Maja fühlte, wie sich wohlige Wärme von ihrem Bauch nach oben hin ausbreitete. »Gibt es einen Grund, warum du mich anrufst, oder willst du nur ein bisschen plaudern?«

»Ich plaudere immer gern mit dir, Andreas.« *Was zum Teufel faselst du da, Maja? Komm zur Sache!* Sie hörte ihn am anderen Ende atmen und setzte schnell hinzu: »Aber eigentlich rufe ich wegen etwas anderem an.«

»Schade.« Er schien zu lächeln. »Worum geht es denn?«

»Nun, ich will nicht nerven, aber ich glaube, ich habe etwas sehr Wichtiges herausgefunden. In Bezug auf Anne Sturm. Hat man sie schon gefunden?«

»Nein.« Jetzt klang er barsch. »*Was* ist es?«

»Parallelen. Ich habe mehrere Dateien zusammengestellt. Es ist allerhand. Vielleicht können wir uns irgendwo zum Essen treffen?« Sie fand, dass ihre Stimme ein bisschen flehend klang. Hatte sich ja fast angehört, als brauche sie unbedingt Gesellschaft. Das konnte nur am Rotwein liegen.

»Oh, das ist schlecht, Maja. Sonst immer gern, aber heute Abend geht es leider nicht. Ich habe noch einiges zu erledigen. Aber du kannst mir gern die Dateien per E-Mail schicken, ich schaue sie mir an, und wenn es etwas Interessantes ist, bespreche ich das gleich morgen früh mit den Kollegen.«

Noch einer, der nichts von ihr wissen wollte. Maja griff zur Flasche und schenkte sich noch ein Glas ein. »Meldest du dich dann wieder bei mir?«

»Versprochen. Sei nicht böse. Aber es geht wirklich nicht.«

»Ist schon gut. Ich schick die Mail gleich raus.« Maja legte auf und seufzte unhörbar. Dies war wohl der Abend der vergeudeten Anrufe. *Und des tröstenden Rotweins.*

Peter schloss seine Finger um die Eisenstäbe und rüttelte vorsichtig daran. Ziemlich marode das Ganze. Hier hatte seit Jahren niemand mehr Hand angelegt. In einem der unteren Fenster des Wohnhauses brannte Licht. Von seinem Standpunkt aus konnte er nicht sehen, ob sich mehr als eine Person dort aufhielt. Das Gebäude sah bis auf ein paar Kleinigkeiten noch immer so aus wie auf dem körnigen Foto von vor fünfunddreißig Jahren.

Nachdem er den genauen Ort der schrecklichen Tat ermittelt hatte, was aufgrund der Zeitungsartikel nicht schwer gewesen war, hatte Peter sich sofort auf den Weg gemacht. Bis hinunter nach Stuttgart waren es von Zwickau aus über vierhundert Kilometer, und er wollte unbedingt noch heute Abend ankommen, um sich das Dorf, in dem die Heuboden-Kinder gelebt hatten, ungestört ansehen zu können.

Mit einem einzigen Zwischenstopp war er durchgefahren und kurz nach neun hier angekommen. Um nicht vorab unnötig auf sich aufmerksam zu machen, hatte er sich entschieden, die Dorfbewohner erst morgen nach den Ereignissen zu befragen. In so einem Nest wie diesem war man Auswärtigen gegenüber noch immer misstrauisch, und womöglich hätten die Einwohner verhindert, dass der Fremde das ehemalige Wohnhaus und das dazugehörige Grundstück näher inspizierte. Sein Plan war, sich zuerst selbst ein Urteil über die Gegebenheiten zu bilden. Er wollte Haus und Scheune mit eigenen Augen sehen, die Luft an diesem Ort riechen, die Geräusche aufsaugen, den Garten inspizieren. Und so hatte Peter Holzing sein Auto außerhalb des

Dorfes abgestellt und war durch ein Waldstück an einem Zeltplatz vorbei zu dem abseits gelegenen Haus marschiert. Einen Lageplan brauchte er nicht. Sein Gehirn hatte die Karte des Ortes in allen Details abgespeichert.

Beim ersten Anblick des Hauses war ihm schwindelig geworden, und er hatte sich kurz an einen schorfigen Baumstamm lehnen müssen. Es war etwas anderes, ob man eine zweidimensionale, noch dazu unscharfe Abbildung von etwas sah oder sich am Originalort befand. Fast konnte er die Schmerzen körperlich spüren, die dieser Ort aussandte.

Das Gebäude war bewohnt. Über sein Smartphone hatte Peter lediglich herausgefunden, dass hier ein älterer Mann lebte, wahrscheinlich allein, der anscheinend nichts mit den Vorbesitzern zu tun hatte.

Bis der Alte ins Bett ging, würde wahrscheinlich noch etwas Zeit vergehen. Jetzt war es zu gefährlich, auf das Grundstück vorzudringen. Wenn der Mann ihn bemerkte, sich bedroht fühlte und Hilfe rief, war sein Plan geplatzt.

Also hieß es warten. Peter hatte hastig zwei trockene Brötchen und eine Knackwurst hinuntergewürgt und eine Flasche Wasser dazu getrunken, ehe er sich auf den Weg gemacht hatte, das Grundstück zu umrunden, um nach eventuellen Sicherheitsvorkehrungen Ausschau zu halten. Eine Dreiviertelstunde später war er wieder an seinem Ausgangspunkt in der Fichtenschonung neben dem Bretterschuppen angelangt. Es gab weder Anzeichen für einen Hund noch dafür, dass der alte Mann Bewegungsmelder oder Alarmanlagen installiert hatte. Hier gab es ganz offenbar nichts zu holen.

Zwei Stunden später war Peter aus einem komatösen Schlaf erwacht. Sein Nacken hatte geschmerzt, im Rücken spürte er die scharfen Zähnchen der Fichtenrinde. Der Himmel über ihm hatte eine samtschwarze Farbe angenommen, in den Wipfeln der Bäume summte der Nachtwind ein leises Liedchen. Peter betrachtete die Ausrüstung in seinem Rucksack, ehe er sich mit steifen Knien erhob. Es war so weit, er konnte nun über den maroden Zaun steigen und auf den Heuboden klettern. Seine Finger umkrampften noch immer die beiden rostigen Eisenstäbe, während er zum Haus hinüberspähte. Hinter den zugezogenen Gardinen war alles finster. Wenn der Alte nicht gerade in jenem Moment erwachte und ans Fenster trat, um hinauszusehen, in dem Peter die Holzleiter hinaufkraxelte, würde niemand bemerken, dass ein Fremder sich anschickte, eine Nacht über dem baufälligen Pferdestall zu verbringen.

Mit tiefen Atemzügen sog Peter die Luft ein, bemüht, das flaue Gefühl in seinem Magen zu verdrängen. Mondschein tauchte den verwilderten Garten in ein unwirkliches Licht, der schwarze Schatten einer Fledermaus flatterte mit unbeholfenen Schlägen über ihn hinweg.

Peter Holzing setzte den Fuß auf die erste Stufe der Stiege und zog vorsichtig die Brettertür hinter sich zu. Auf zur persönlichen Vor-Ort-Recherche.

»Nun, wie war dein Tag?« Er versetzte ihr einen Nasenstüber. Mutter schaute ihn mit trüben Augen an. Sie sah deutlich derangierter aus als heute früh. Ihre Fesseln waren noch fest, obwohl es so wirkte, als habe sie ein bisschen daran herumgezerrt. Lange konnte sie noch nicht wieder wach sein.

Die Dosis des Mittels richtete sich nach dem Gewicht, und wenn er sich nicht komplett verschätzt hatte, musste sie mindestens sieben Stunden »geschlafen« haben. Tommy beugte sich nach vorn und musterte Mutters Gesicht. Ihre Haut hatte einen grauen Ton bekommen, der ihm gar nicht gefiel, die Augen waren eingesunken und ein bisschen trüb.

Das Atmen schien ihr schwerzufallen. Hoffentlich hatte sie sich noch nicht aufgegeben.

»Morgen habe ich frei. Wir machen einen kleinen Ausflug. Ich muss noch ein paar Dinge zusammenpacken. In einer Stunde geht es los. Es ist besser, abends zu fahren, da sind die Autobahnen nicht so voll. Außerdem möchte ich es nicht riskieren, dich tagsüber zu Grit zu bringen. Manch ein Außenstehender würde wohl nicht verstehen, was wir da tun. Hörst du zu?«

Erst jetzt bewegte sie wie ein alter Waran den Kopf. Als sei er zu schwer für die Halsmuskulatur, schwankte er langsam von links nach rechts. Mit den Augen gab sie ihm ein Zeichen, den Knebel zu entfernen. Das scharfe Ratschen des Klebebandes wurde von ihrem Stöhnen untermalt. Er ließ es am Hinterkopf einfach herabhängen. Die festgeklebten Haare konnte er nachher abschneiden, wenn sie für die Fahrt neu verschnürt wurde.

Mutter hatte links und rechts des Mundes einen breiten roten Streifen, der sich über die Wangen bis zu den Ohren zog. Sie sah ein bisschen aus wie ein Clown, dessen Schminke verschmiert war. Ein unglücklicher Clown. Der traurige Clown krächzte jetzt undeutliche Worte hervor. Tommy verstand »Trinken« und »Toilette«. Obwohl sie so erschöpft war, verwendete sie den Begriff Toilette statt Klo. Immer die feine Dame. Mutter hatte also Durst. Mit unbewegtem Gesicht betrachtete er den ausgemergelten Körper und dachte darüber nach, ob er ihren Wünschen nachgeben sollte. Von Hunger hatte sie nichts gelispelt. Wahrscheinlich war sie es gewöhnt, tagelang nichts Vernünftiges zu essen.

Was würde es ihm bringen, wenn er sie sich erleichtern ließ? Spielte das überhaupt noch eine Rolle? War es nicht stattdessen eine nette kleine Zusatzstrafe, wenn sie sich einmachte und dann darunter litt?

Andererseits – sie würde stinken. Während der Fahrt würde es nicht ins Gewicht fallen – er saß am Steuer, sie lag hinten im Laderaum –, aber wenn sie Grit besuchten, würden er und seine Schwester die Ausdünstungen ertragen müssen. Allerdings roch Mutter jetzt schon. Nach ranzigem Angstschweiß und saurem Atem.

Sie nach draußen zu bringen, war umständlich. Er würde ihre Fesseln entfernen müssen; wer weiß, ob sie nach all den Stunden überhaupt laufen konnte. In ihrem Blick fand er keine Anzeichen dafür, dass sie vorhatte, ihm Schwierigkeiten zu machen, wenn er sie hinausbrachte, aber es konnte sein, dass sie sich verstellte. Mutter war raffiniert.

Dass sie Durst hatte, nahm er ihr ab. Sie war jetzt schon gut 24 Stunden bei ihm.

Die alles entscheidende Frage war doch, ob sie durchhalten würde, bis sie bei Grit waren. Tommy fällte ein – wie er fand – rätselhaftes Urteil. Er würde ihr etwas zu trinken geben, die Toilette aber verweigern. Beim Öffnen der Wasserflasche amüsierte er sich über die sichtliche Erleichterung, die über ihr Gesicht huschte. Ohne weitere Kommentare hielt er ihr die Flasche an den Mund und beobachtete das Auf und Ab ihres Kehlkopfes. Nach einigen Schlucken nahm er sie wieder weg und schraubte sie zu.

»Das muss fürs Erste reichen. Wenn du schön brav bist, gibt es nachher noch etwas. Jetzt muss ich Reisevorbereitungen treffen.«

»Ich … wollte … bitte …«

»Zur Toilette?« Weil ihr Mund gerade so schön offen war, nutzte er die Gelegenheit, ihr den vollgespeichelten Knebel erneut hineinzustopfen und dem Gestammel so ein abruptes Ende zu bereiten. »Das geht leider nicht. Zu aufwendig. Wir müssen los. Grit wartet.« Gemächlich führte er den Paketbandabroller um ihren Kopf herum.

Helft uns!

Peter öffnete die Augen und versuchte, die Dunkelheit mit Blicken zu durchdringen, doch alles blieb schwarz. Absolute Finsternis umgab ihn. Die Stille war allumfassend, schien sich wie ein pulsierender Ballon um ihn herum zusammenzuziehen und wieder auszudehnen. Er bewegte sich nicht, dachte darüber nach, wo er sich befand und von wem diese Kinderstimme gekommen war.

In seinem Rücken piekSten Halme. Der Geruch nach Heu umgab ihn wie zäher Sirup, legte sich auf seine Bronchien, nahm ihm die Luft.

Zart flüsterte das Stimmchen noch einmal. *Helft uns!*

Peter schloss die Augen wieder, als ihm einfiel, wo er war. Auf einem Heuboden in einem Nest namens Waldenbuch. Auf demselben Heuboden, auf dem Petra S. ihre beiden Kinder tagelang ohne Nahrung und Getränke eingesperrt hatte.

Irgendetwas hatte ihn geweckt. Ein böser Traum? Aber hier wimmelte es nur so von bösen Träumen. Der ganze Raum strahlte eine böse, fast dämonische Atmosphäre aus, die Wände summten wie Telegrafendrähte von den hier geweinten Tränen, Kinderstimmen wisperten Unverständliches.

Peter spürte, wie sich seine Ohren bewegten, als es über ihm raschelte. Dieses Geräusch eben war echt gewesen. Obwohl er wusste, dass es stockfinster war, öffneten sich seine Lider wie von selbst, und er schaute nach oben. Es hatte sich angehört, als ob man dünnen Batist zusammenfaltete. Das Rascheln war von der Zwischendecke gekommen. Wahrscheinlich rumorte irgendein Tier da oben herum, vielleicht eine der Fledermäuse, die vorhin ums Haus geschwirrt waren. Er drehte den Kopf zur Seite, schob die Nase in das Heu und wurde zu einem kleinen Jungen von sechs Jahren, den seine Mutter an diesem abgelegenen Ort eingesperrt hatte. Neben ihm lag seine kleine Schwester. Peter korrigierte sich. *Im Arm* wiegte er seine kleine Schwester. Die Kälte kniff in sein Gesicht, schnitt ihm in die dünne, empfindliche Kinderhaut. Er konnte nicht sagen, wie lange sie schon hier oben waren, seine Schwester und er, es konnten Stunden, es konnten aber auch Tage sein. Die Zeit spielte keine Rolle mehr an diesem finsteren, gespenstischen Ort. Das Hungergefühl war schon seit Langem verschwunden, und auch der quälende Durst hatte sich verflüchtigt. Er neigte das Gesicht hinab zu seiner Schwester und lauschte. Atmete sie noch? Das Einzige, was noch immer da war, war der ungezügelte Zorn auf die Frau, die ihn hier eingesperrt hatte, die ihn und die Kleine diesen Bedingungen ausgesetzt hatte. Die Frau, die sich seine Mutter nannte und ihn seit seiner Geburt vernachlässigte und misshandelte.

Es blieb nur eins. Dies würde der letzte Gedanke sein, mit dem er einschlief, sein letzter Gedanke überhaupt, der letzte sehnsüchtige Wunsch seines kurzen Kinderlebens: Die Frau musste bestraft werden.

Peter setzte sich auf. Sein Flüstern prallte in dem leeren Raum an die Bretterwände und kam als Echo zu ihm zurück.

»Hast du deine Mutter umgebracht, kleiner Junge? Bringst du immer wieder deine Mutter um?«

Das Rascheln über ihm verwandelte sich in das Flattern winziger Flügel. Die Fledermäuse waren erwacht und spendeten ihm Beifall.

Peter tastete nach seiner Taschenlampe, knipste sie an und leuchtete an die Decke. Die gesamte Balkenkonstruktion hing voller Fledermäuse, Körper an Körper pelziger kleiner Fellbeutel, die zarten Flügel um den Körper gewickelt, schliefen sie mit den Köpfen nach unten. Aufgestört durch den Lichtschein fingen die Tiere an, sich zu bewegen, und Peter löste den Strahl von ihnen und richtete ihn auf die Tür, die zur Treppe nach unten führte. »Lebt wohl, ihr kleinen Flattertiere. Ich werde nicht wiederkommen.« Stufe für Stufe kletterte er die schmale Stiege hinunter. »Ich muss herausfinden, wie diese Kinder hießen.«

Die Sterne funkelten über ihm, als Peter Holzing sein Auto erreichte.

Er hatte keine Ahnung, dass der Junge von damals nur wenige Kilometer von ihm entfernt in einem weißen Lieferwagen saß und darauf wartete, dass die gefesselte Frau im Laderaum zu sich kam.

»Da wären wir.« Tommy bremste und hielt direkt vor dem Seiteneingang. Er hatte sich das gesamte Gelände bei Google-Maps angeschaut. Segnungen der neuen Technik. Auf dem Satellitenbild hatte man gut erkennen können, dass die der Mauer gegenüberliegende Straßenseite unbebaut war. Keine Häuser, keine Zuschauer. Zwar war um diese Uhrzeit nicht zu erwarten, dass jemand hinter Gardinen nach ungewöhnlichen Begebenheiten Ausschau hielt, aber auch schlaflose Menschen neigten dazu, in ihren Wohnungen herumzuwandern und auf die Straße zu schauen. Hier würde niemand aus Versehen den weißen Lieferwagen mit den auswärtigen Kennzeichen bemerken. Zur Sicherheit hatte er sie erst gestern Abend noch gegen andere ausgetauscht. Die Digitalzahlen der Uhr blinkten: 1:40 Uhr. Tommy schaltete den Motor ab, stieg aus und ging um das Auto herum.

Aus dem Laderaum schlug ihm ein durchdringender Uringeruch entgegen. Mutter hatte nicht mehr an sich halten können. Obwohl er genau das erwartet und ihr die

Scham darüber gegönnt hatte, kämpfte Tommy jetzt mit dem Würgereiz. Seine Hände weigerten sich, die gefesselte Frau anzufassen. Erst nachdem er sich die Latexhandschuhe übergezogen hatte, gehorchten sie ihm wieder. Mutter schlief noch halb. Natürlich schlief sie nicht wirklich, sondern litt noch unter den Nachwirkungen des Betäubungsmittels.

Tommy bugsierte den faltbaren Rollstuhl auf die Straße und klappte ihn auf. Er hatte das Gefährt extra besorgt, um Mutter zu Grit fahren zu können. Unter der karierten Decke würde es nicht auffallen, dass die Frau darin an Armlehnen und Fußstützen gefesselt war. Den Knebel würde er natürlich entfernen, aber erst an Ort und Stelle. Schließlich sollte sie zu Grit sprechen. Sich für ihr unentschuldbares Verhalten entschuldigen. Der Schwester ihren Seelenfrieden zurückgeben. Und damit auch ihm. Er würde wieder schlafen können. Ruhig und friedlich. Die Albträume wären verschwunden, der Drang, andere Mütter zu bestrafen, ebenso. Alles wäre gut. Geheilte Wunden. Tommy lächelte ein Kinderlächeln und leckte sich mit der Zungenspitze salzige Tränen von der Oberlippe.

Dann machte er sich daran, Mutter in den Rollstuhl zu heben. Sie war leichter, als er gedacht hatte. Ihre Augen rollten verständnislos von links nach rechts, der Kopf kippte wie der einer Lumpenpuppe nach vorn. Irgendwie musste er sie dazu bringen, sich zu konzentrieren, ihm ihre volle Aufmerksamkeit zu schenken, sich zusammenzureißen. Vielleicht reichte aber auch die kalte Nachtluft aus. Sie hatten noch ein Stückchen zu gehen. Er fixierte ihre Unterarme an den Lehnen und die Beine an den Fußstützen und zog den Rollstuhl mitsamt Mutter aus dem Auto auf den Gehsteig.

Die Schiebetür des Lieferwagens schloss sich mit einem Klicken. Tommy breitete die Decke über Mutter und zog sie hinauf bis zum Hals. Nun glichen sie Sohn und pflegebedürftiger Mutter oder Mann und pflegebedürftiger Ehefrau, die einen nächtlichen Spaziergang machten. Nur bei näherem Hinsehen würde man erkennen, dass die Frau im Rollstuhl nicht friedlich schlief, aber es gab hier niemanden, der näher hinsah. Zudem war es finster. Tommy schloss die Finger um die Handgriffe und setzte sich in Bewegung.

Der Friedhof war gesichert. Eine zwei Meter hohe Mauer aus Ziegelsteinen umgab das Gelände neben der Dorfkirche, die Tore aus dicken Holzbrettern verwehrten den Blick ins Innere. Aber Tommy hatte vorgesorgt. Massive Bretter nützten nichts, wenn das Schloss ausgeleiert und marode war. Nach wenigen Sekunden war es aufgebrochen. Tommy schob Mutter nach innen und zog das Tor wieder zu. Sie schien langsam zu sich zu kommen. Ihr Blick war aufmerksamer geworden, folgte dem Strahl seiner Taschenlampe, der über die Umrisse der mannshohen Grabmale in den schwarzen Nischen an der Innenseite der Mauer glitt und dann zum Boden zurückkehrte.

»Nur noch ein paar Minuten. Dann sind wir bei Grit. Und ich rate dir eins: Bereite dich darauf vor, Mutter. Ich möchte, dass du *gut* bist. Grit hat lange darauf gewartet, dass du zu uns zurückkommst. Jahrzehnte. Und ich auch.« Tommy beschleunigte seine Schritte im Takt seines Atems. Noch hundert Meter geradeaus, dann zweimal links abbiegen. Er selbst war eine Ewigkeit nicht hier gewesen. Seine Gedanken hingegen hatten Grits Grab jede Woche besucht und ihr jedes Mal versprochen, Mutter zu finden, um sie Buße tun zu lassen und sie anschließend zu bestrafen.

Tommy sah nach oben. Winzige Sterne blinkten vom schwarzen Himmel herab. Vor ihm schwankte Mutters gebleichter Haarschopf hin und her. Wenn sie hier fertig waren, würde er sie wieder zum Auto bringen und mit ihr zurück nach Sachsen fahren. Dort würde sie dann das fünfte und letzte Opfer des Täters abgeben, den sie den »Kreuzigungs-Mörder« nannten. Eine Fledermaus hatte er noch, und die Rückfahrt würde sie wohl auch noch lebend überstehen. Danach würde Schluss sein. Für immer. Tommy lächelte und schritt noch etwas schneller aus.

Der Weihnachtsmann schwang den Arm und trieb seine Rentiere an. Die kleinen Glöckchen an ihren Geschirren bimmelten fröhlich, Schnee stob in weißen Wölkchen von den Kufen. Das Bimmeln verstärkte sich, wurde fordernder, während der Rentierschlitten mit Santa Claus verblasste, bis er ganz verschwunden war. Das Läuten allerdings blieb.

Maja schnaufte unwillig und schob sich die Decke vom Kopf. Gelbes Sonnenlicht leuchtete ihr direkt ins Gesicht, und sie blinzelte. Das Klingeln kam aus der Küche. Und es hörte nicht auf.

Nach kurzem Überlegen war sie sich sicher, heute keine Rufbereitschaft zu haben. Vielleicht war etwas passiert? Weswegen würde jemand sonst an einem Mittwochmorgen um fünf Uhr dreißig anrufen? Ihr Herz ratterte los wie ein Dampfhammer, und sie schwang die Beine aus dem Bett und tappte barfuß in die Küche, wo ihr Handy noch immer klingelte und dabei surrend hin und her rutschte. Auf dem Display stand »Peter H.«, und noch ehe Maja den Anruf abgenommen hatte, kochte auch schon der Zorn in ihr hoch.

»Ich hoffe sehr, dass es etwas Wichtiges ist, Peter! Wir haben es halb sechs in der Früh, ich arbeite heute in Chemnitz und hätte noch eine Stunde schlafen können. Du hast mich geweckt.«

»Jaja. Beruhige dich. Es ist wichtig. Außerordentlich wichtig!«

»Ich bemühe mich.« Maja zog einen Stuhl hervor, setzte sich und angelte nach der halb vollen Wasserflasche. Ihr Herz galoppierte noch immer vor sich hin. »Schön, dass du endlich geruhst, mich zurückzurufen. Wo bist du? Ich habe gestern, nachdem du einfach aufgelegt hattest, mindestens fünfmal bei dir angerufen, aber du warst nicht mehr erreichbar.«

»Ist jetzt nicht wichtig. Hör mir zu.«

Wichtig ist immer nur das, was du willst. Maja trank einen Schluck von dem schalen Wasser und beschloss, Peter die Leviten zu lesen, wenn sie ihn das nächste Mal sah. Er hatte keine Manieren. Andere Menschen kümmerten ihn nur so weit, wie sie seinen Interessen dienen konnten.

»Ich bin in Waldenbuch. Stell dir vor, was ich herausgefunden habe …«

»Halt, halt!« Noch immer köchelte der Zorn in Maja. »*Wo* bist du? In Waldenbuch?« Es dauerte einen Augenblick, bis sich ihre Gedanken sortiert hatten. »Dem Ort, wo damals diese Heuboden-Kinder gefunden worden sind?«

Sie erhob sich, und während Peter ihr in seinem üblichen Telegrammstil erklärte, dass er im Anschluss an ihr gestriges Gespräch in den Heimatort der Frau gefahren war, um dort Recherchen anzustellen, ertappte sich Maja dabei, wie sie aufgeregt hin und her rannte. Ob Andreas Melzer schon wach war?

»Ich habe die Dateien mit den Zeitungsartikeln gestern Abend noch an Kriminaloberkommissar Melzer gemailt.«

»Deinen Kripofreund?« Es klang nicht ironisch. »Was hat er dazu gesagt?«

»Nun, er konnte sie sich nicht gleich anschauen, weil er unterwegs war, hat aber versprochen, heute mit den Kollegen darüber zu reden, falls es relevant für den Fall ist.«

»Es *ist* relevant!«

»Das wissen wir beide. Und die Leute von der SoKo werden das auch erkennen.« Maja trank noch einen Schluck Wasser. Ihr Mund war ausgetrocknet wie eine Wüstenlandschaft. Und in ihrem Kopf hämmerte es schon wieder.

»Du rufst ihn doch nachher bestimmt gleich an?« Peter wartete ihr zustimmendes Brummen ab und fuhr dann fort. »Hör zu, ich war auf diesem Dachboden. Und er war voller Fledermäuse ... Maja, der Junge von damals ist unser Täter, ich bin mir hundertprozentig sicher! Ich mache mich jetzt auf die Suche nach jemandem, der die Familie kannte. Soweit ich bisher recherchieren konnte, wurde der überlebende Sohn von einer Pflegefamilie adoptiert. Ich versuche, den Namen dieser Leute herauszufinden, und werde dann dorthin fahren. Bin bestimmt erst heute am späten Abend zurück oder, wenn es länger dauert, morgen. Ich brauche Fotos von diesem Jungen. Im Internet war nichts zu finden. Wahrscheinlich hat man damals mit Absicht darauf verzichtet, das überlebende Kind abzubilden, um es zu schützen. Aber auf alten Klassenfotos oder bei den Adoptiveltern gibt es mit Sicherheit Fotos. Mit Bildbearbeitungsprogrammen kann man den Abgebildeten älter machen. Dann wissen wir, wie er heute aussieht.«

»Gib mir Bescheid, sobald du etwas herausgefunden hast.« Sie konnte hören, wie Peter hastig Luft holte, ehe sie hinzusetzte: »Der Bluttänzer muss der Sohn von dieser Petra S. sein. Ich glaube, jetzt kriegen wir ihn.«

46

»Hier ist Maja Heuberger.« Im Hintergrund summte ein Automotor. »Bist du schon auf Achse?«

»Auf dem Weg zur Arbeit. Ich habe Frühdienst.« Andreas Melzer klang gehetzt.

»Hast du dir die Dateien angeschaut?«

»Ja.«

»Und was sagst du dazu?« Maja änderte ihre Einschätzung. Er war nicht gehetzt, sondern genervt. Wahrscheinlich ging sie ihm allmählich auf den Geist mit ihren ständigen Hinweisen.

»Es scheint weit hergeholt, aber da könnte was dran sein. Die Ähnlichkeit zwischen dieser Heuboden-Mutter und Anne Sturm ist tatsächlich verblüffend.« Der Motor brummte lauter, im Hintergrund war ein Rauschen wie von vorbeifahrenden LKWs zu hören. Maja saß vor dem Rechner und starrte auf das Bild der Frau, die aussah wie eine Zwillingsschwester der verschwundenen Fernsehmoderatorin. »Für mich sind die Parallelen unübersehbar. Könnte es nicht sein, dass der überlebende Sohn dieser Kreuzigungs-Mörder ist? Er bestraft Mütter, die ihre Kinder vernachlässigen, weil er in seiner Kindheit selbst solche Erfahrungen gemacht hat.« Maja nahm schnell einen Schluck Kaffee. Fast wäre ihr die Bezeichnung »Bluttänzer« herausgerutscht.

»Du hast dich ja regelrecht in die Sache hineingesteigert ... aber wenn ich so darüber nachdenke, klingt es schlüssig.« Andreas Melzer schien seine Abwehrhaltung aufgegeben zu haben.

»Man müsste herausfinden, was aus dem Jungen geworden ist. Wer ihn adoptiert hat und wie er heute heißt. Einen Versuch ist das doch zumindest wert, oder?« Andreas' Schweigen irritierte Maja, und sie dachte darüber nach, ob er ihre Thesen für Blödsinn hielt. Andererseits musste es jedem, der ein bisschen darüber nachdachte, schwerfallen, die verblüffende Ähnlichkeit als Zufall abzutun.«

»Rufst du eigentlich von zu Hause an?«

»Ja. Ich wollte euch Bescheid sagen, bevor ich ins Institut aufbreche, sonst wäre ich nicht vor heute Nachmittag dazu gekommen.«

»Das war genau richtig. Wann fährst du nach Leipzig?«

»Ich bin heute in Chemnitz. In einer Viertelstunde muss ich los.«

»Chemnitz ist gut, ich bin gerade auf dem Weg zu einer dienstlichen Besprechung dorthin. Wollen wir uns schnell auf einen Kaffee treffen, bevor du ins Institut fährst? Ich könnte Egbert anrufen, er kann dazukommen. Dann kannst du dem Chef deine Erkenntnisse gleich selbst berichten.«

»Gute Idee. Ich habe alles gespeichert. Soll ich meinen Laptop mitbringen? Wollen wir uns bei euch in der Dienststelle treffen?«

»Nicht unbedingt. Wir könnten vielleicht gemeinsam einen Kaffee trinken. Wie wäre es mit *Burger King* im Hauptbahnhof? Das hat schon geöffnet und liegt zentral, von da aus haben wir drei es alle nicht weit zur Arbeit.«

»Wenn ich gleich losfahre, müsste ich gegen halb acht da sein. In Ordnung?«

»Wunderbar. Wir sehen uns dort.« Andreas Melzer legte auf, und Maja begann ihre Sachen zusammenzupacken, wobei sie erwog, Peter eine SMS zu schicken, um ihm mitzuteilen, dass sie seinem Wunsch entsprochen und mit der Kripo telefoniert hatte, entschied sich dann aber dagegen. Er hatte gesagt, er wolle sich auf die Suche nach den Adoptiveltern des Heuboden-Jungen machen, und wahrscheinlich störte sie ihn dabei nur. Spätestens, wenn es neue Erkenntnisse gab oder er sich auf dem Rückweg nach Zwickau befand, würde er so oder so bei ihr anrufen.

Auf der Neefestraße herrschte der übliche Morgenstau. Es war seit Jahren das Gleiche. Zwar hatte sich die Lage etwas entschärft, nachdem man das überdimensionierte Straßenkreuz gebaut hatte, das die Einheimischen »Überflieger« nannten, aber zu bestimmten Zeiten reichte auch das nicht aus, um die Verkehrsströme zu entzerren. Maja sah zur Uhr. Auch auf der A 72 hatte es heute Morgen das sogenannte »hohe Verkehrsaufkommen« gegeben, und sie war langsamer vorangekommen als sonst. Sie würde sich um mindestens zehn Minuten verspäten, und wahrscheinlich bliebe ihr keine Zeit für einen entspannten Kaffee und ein Schwätzchen mit den beiden Kripomännern, aber da sie es versprochen hatte, wollte sie wenigstens kurz im Café vorbeischauen und vor allem Egbert die neuen Informationen liefern.

Maja bog nach rechts ab und überflog im Näherkommen die Kurzzeitparkplätze rechts vor dem Hauptbahnhof. Um diese Uhrzeit war es keine Kunst, hier einen Parkplatz zu finden, es gab zahlreiche freie Nischen. Sie bog gleich in die erste Parktasche ein, holte sich ein Ticket und machte sich dann, Laptop und Handtasche über der Schulter, auf in Richtung Eingangshalle. Am Himmel, der bei ihrer Abfahrt in Zwickau noch strahlend blau gewesen war, hatten sich Wolken versammelt. Vielleicht würde der Wetterdienst mit seiner Regenankündigung für heute doch recht behalten.

Neben ihr quietschten hinter dem Metallzaun die Bremsen eines einfahrenden Zuges. Maja sah kurz hinüber und richtete ihren Blick dann nach vorn auf das Bahnhofsgebäude. Ein leiser Ruf ließ sie innehalten.

»Maja?«

Sie blieb einen Moment lang stehen, um sich umzuschauen, aber der Bahnhofsvorplatz war wie ausgestorben. *Du halluzinierst schon.* Maja hatte sich gerade wieder in Bewegung gesetzt, als ihr Name erneut ertönte. Diesmal war sie sich ganz sicher, dass es kein Irrtum gewesen war. Der Ruf war von rechts gekommen. Etwa von dort, wo dieser weiße Lieferwagen mit Mittweidaer Kennzeichen parkte.

»Maja?« Egbert Knoll trat hinter dem Lieferwagen hervor und lächelte. »Da bist du ja. Ich dachte schon, du kommst nicht.« Er streckte die Hand aus, um sie zu begrüßen.

»Wollten wir uns nicht …?« Maja ergriff die kalten Finger des Ermittlungsleiters. »Wo ist Andreas? Und waren wir nicht im Café verabredet?«

»Es hat sich was geändert.« Egbert Knoll ging zwei Schritte zurück und sah sich um. »Andreas konnte nicht herkommen. Er hat vorgeschlagen, dass du mir die Sachen übergibst und ich alles mitnehme. Hast du alles dabei?«

»Klar doch.« Maja tippte auf ihren Laptop. »Hier ist alles drin.«

»Wunderbar. Steig ein und zeig mir die Dateien.« Egbert Knoll machte Anstalten, die Schiebetür aufzuziehen.

»Was ist das eigentlich für ein Wagen?«

»Den habe ich mir von meinem Nachbarn ausgeliehen. Ich muss heute Nachmittag in den Baumarkt.«

»Warte.« In Majas Kopf hatte ein feines Glöckchen zu klingeln begonnen.

»Steig ein, bitte. Wir haben nicht so viel Zeit.« Egbert zog die seitliche Tür des Lieferwagens beiseite.

Fassungslos starrte Maja auf die menschlichen Umrisse unter den karierten Decken am Boden des Transporters, während das Glöckchen in ihrem Kopf zu einer Sirene wurde, doch noch ehe sie den Mund öffnen konnte, um zu protestieren, erhielt sie auch schon einen festen Stoß in den Rücken, fiel nach vorn und konnte sich gerade noch mit den Händen abfangen. Dann wurden ihre Füße angehoben, und sie wurde mit einem kräftigen Ruck in den Lieferwagen geschoben.

Peter verließ das Gehöft und wählte noch im Gehen Majas Nummer, aber sie ging nicht ans Telefon. »Wenn du das hörst, musst du mich *unbedingt* zurückrufen, Maja! Sofort!« Er überlegte kurz, wie viel er am Telefon verraten sollte und fügte dann hinzu: »Ich weiß jetzt, wer der Bluttänzer ist. Auch wenn du es nicht glauben wirst, aber es ist einer der Kripobeamten, und zwar der Dienststellenleiter! Er heißt Egbert Knoll! Halte dich von ihm fern! Der Mann ist gefährlich. Ich komme zurück, so schnell ich kann. Informiere sofort deinen …« Ein langer Piepton zeigte an, dass die Zeit für den Ansagetext abgelaufen war.

»Mist!« Das Wort »Kripofreund« fehlte am Schluss. Peter überlegte, ob er noch einmal anrufen sollte, beschloss aber, es nicht zu tun. Er hatte Maja alle relevanten Informationen durchgegeben, und sie würde wissen, wen sie in Kenntnis setzen musste.

Wenn er sich beeilte, wäre er mittags wieder in Zwickau. Immer noch genug Zeit, die Beweise zur Kriminalpolizei zu bringen. Es war sowieso besser, wenn Maja das nicht allein tat. Während der Fahrt konnte er sich in Ruhe überlegen, wie er den Polizisten seine »Mitwirkung« am besten verklickern konnte, ohne die Freundin in Verruf zu bringen.

Peter warf das Handy auf den Beifahrersitz und fuhr,

ohne sich anzuschnallen, los. Die Einwohner dieses schwäbischen Nestes waren nicht sehr auskunftsfreudig gewesen.

Wahrscheinlich waren sie Fremden gegenüber generell ziemlich zugeknöpft. Manche hatten gar nicht erst die Tür geöffnet, und nur am Wackeln der Gardinen hatte er gesehen, dass jemand da gewesen war. Erst der Vierte – ein alter Mann mit fleckigem Hemd – hatte aufgemacht und sich mit ihm aus sicherer Entfernung von der Eingangstür über den Zaun hinweg unterhalten. Mehr, als dass der Junge vom Heuboden »Tommy« geheißen hatte, wusste er jedoch auch nicht. Zumindest war das ein Anfang gewesen. Den Namen der Adoptiveltern jedoch hatte Peter auch nach längerem Herumfragen nicht herausbekommen. Auch beim Gespräch mit dem Pfarrer hatte er auf Granit gebissen, alle Akten seien unter Verschluss und er nicht befugt, Auskünfte zu erteilen. Da könne ja jeder kommen und Informationen verlangen. Der Name des Kindes sei nicht umsonst geändert worden.

Wenigstens den Nachnamen der Mutter hatte er erfahren: Suchard. Der Heuboden-Junge hieß also Tommy Suchard. Mithilfe seines Smartphones hatte Peter den Namen durch verschiedene Suchmaschinen gejagt, leider ohne Ergebnis.

Erst eine weitere Bildersuche hatte ein altes Foto zutage gefördert, auf dem eine Gruppe von Kindern abgebildet war. Lea Gräser aus Waldenbuch hatte auf ihrer Facebook-Seite ein Bild ihrer Tagesgruppe aus dem Sommer 1976 gepostet und alle Kinder von links nach rechts fein säuberlich benannt. Neben einem dicken blondbezopften Mädchen stand ein schmächtiger Junge mit traurigem Blick. »Tommy Suchard – war nur selten da« stand in der Bildunterschrift.

Peter bog auf den Autobahnzubringer ab und rief sich das Foto noch einmal ins Gedächtnis. Er hatte etwa fünf

Minuten lang auf den Jungen gestarrt und die Rädchen in seinem Kopf rattern lassen. Irgendetwas an dem Foto kam ihm bekannt vor. Er hatte dieses Gesicht schon gesehen – älter, markanter und gereifter zwar, aber bestimmte Merkmale verloren sich nie. Und es war noch nicht lange her.

Ich kenne dich.

Klick.

Wer bist du?

In seinem Kopf war Peter alle Männer durchgegangen, die er in den letzten Wochen getroffen hatte, aber es war keiner dabei gewesen, der zu dem Kinderbild von Tommy Suchard gepasst hätte.

Bis es ihm einfiel. Es war keine *persönliche* Begegnung gewesen. Er hatte den Mann in einem Film gesehen. Einem Fernsehbeitrag, um genauer zu sein. Jetzt blitzten die Details wie Wetterleuchten vor seinem inneren Auge auf.

Der vierte Leichenfund.

Güldengossa.

Anne Sturm, die vor dem Zaun in ihr Mikrofon sprach.

Ein Kripobeamter, dem ein Reporter ein Mikro vors Gesicht hielt und der verärgert in die Kamera blaffte: »Kein Kommentar.«

Peter hatte das Gesicht des Mannes vor seinem inneren Auge vergrößert und mit dem Foto des kleinen Tommys verglichen, während er innerlich über das kleine Display seines Handys fluchte. Beim nächsten Mal musste er sein Notebook mitnehmen. Man wusste nie, wann man die Technik benötigte.

Die Nase war breiter, das Haar dunkler, das runde Gesicht mit dem Schnauzbart faltiger. Und doch: Es gab keinen Zweifel. Der Mann in Güldengossa war Tommy Suchard.

Ein Kripobeamter. Es war so simpel. Jemand, der direkt an der Quelle saß. Jemand, der an alle Informationen herankam. Jemand, der an den Fundorten nicht auffiel, weil er dorthin gehörte.

Der Rest war ein Kinderspiel gewesen. Eine halbe Stunde später hatte er den Namen von Tommy Suchard gehabt: Egbert Knoll.

Ermittlungsleiter der SoKo Egbert Knoll.

Erst jetzt war Peter auch der Rest eingefallen. Kannte Maja nicht eben jenen Egbert Knoll recht gut, weil sie seit Jahren ab und an mit ihm zusammenarbeitete? War Maja in Gefahr? Er hatte versucht, sie anzurufen, jedoch nur den Anrufbeantworter erreicht. Aber wenn sie im Institut war, schaltete sie ihr Handy ab oder ließ es im Büro. Sie würde sehen, dass er angerufen und eine Nachricht hinterlassen hatte.

Peter trat das Gaspedal bis zum Anschlag durch. In vier, spätestens fünf Stunden war er wieder in Sachsen. Er würde gleich nach Chemnitz in die Rechtsmedizin fahren und sich dann mit Maja gemeinsam auf den Weg zur Kripo machen.

Am liebsten würde ich dich vor der Kripo finden, Tommy. Dann könnten wir ein kleines Gespräch unter Fachleuten führen. Von der Theorie zur Praxis gewissermaßen.

»Aber das wird wohl leider nicht möglich sein.« Peter sah seine Augen im Rückspiegel. Klein-Tommy alias Egbert Knoll zwinkerte ihm ironisch zu.

»Weiß noch jemand außer Andreas von deinen Erkenntnissen?« Die klassische Frage des ertappten Täters. Maja kniff die Augen zusammen und öffnete sie gleich wieder. Ihr Schädel brummte. Egbert Knoll musste ihr vorhin irgendein schnell wirkendes Betäubungsmittel eingeflößt haben. Sie erinnerte sich, dass er in den Laderaum gesprungen war, die Tür hinter sich zugezogen hatte, sich auf ihren Rücken gekniet und ihr den Mund zugehalten hatte. Noch ehe sie darüber nachdenken konnte, ob sie ihn beißen oder treten sollte, war ihr auch schon schwindelig geworden. Jetzt saß sie in einem Rollstuhl, Arme und Beine an das Gestänge gebunden. Egbert Knoll hatte vor ihr auf einem Hocker Platz genommen, die Ellenbogen auf die Oberschenkel gestützt, und sah ihr in die Augen. In der Luft lag ein Geruch nach Chemikalien, etwas in der Art wie Farbverdünner oder Reinigungsmittel.

»Nein.« Sollte er glauben, dass sie von ganz allein auf das alles gekommen war. Peter war jetzt ihre einzige noch verbliebene Chance, dem hier zu entfliehen. Nur, dass er noch gar nichts von seiner Rolle als Retter wusste.

Egbert Knoll schien ihre Überlegungen, ob Schreien etwas bringen würde, zu spüren, denn er hob den Zeigefinger und drohte ihr. »Wenn du Lärm machst, muss ich dich knebeln. Hören kann dich hier sowieso keiner. Du glaubst doch nicht, dass wir uns noch auf dem Bahnhofsvorplatz befinden?«

»Nein.«

»Etwas einsilbig, meine Liebe. Ich habe übrigens die Dateien auf deinem Rechner angeschaut. Sehr interessant, das Ganze.«

Maja verfluchte ihren Leichtsinn. Seit Monaten hatte sie die Einrichtung eines Passwortes für ihren Laptop aufgeschoben. Aber vielleicht hätte ihn so ein Hindernis auch nur wütend gemacht.

»Du bist schlauer, als ich dachte, Maja Heuberger. Eine richtige kleine Ermittlerin.« Er lächelte sie an, und Maja überlegte, ob das ein gutes Zeichen war. Aber wahrscheinlich wollte er sie nur ausquetschen, bevor er ihr den Garaus machte; wollte in Erfahrung bringen, was sie konkret herausgefunden hatte und ob noch jemand davon wusste.

Unauffällig schielte sie zum Boden, wo sich links von ihr noch immer die beiden Gestalten unter der karierten Decke abzeichneten. Die nächsten Opfer? War eine davon Anne Sturm? Lebte sie womöglich noch und war nur bewusstlos? Und wer verbarg sich unter dem anderen Umriss?

»Andreas hat mich vorhin nur kurz am Telefon über deine Erkenntnisse informiert. Ich muss zugeben, dass ich ganz schön überrascht war.« Egbert streckte einen Fuß aus und tippte mit der Spitze an die ihm am nächsten liegende Gestalt. Noch ehe Maja den Mund öffnen und ihre Erkenntnis, dass der Mensch unter der Decke Andreas Melzer war, herausposaunen konnte, redete er schon weiter. »Ich musste mir schnell etwas für ihn und dich überlegen. Gut, dass mein übereifriger Kollege ein Treffen auf quasi neutralem Gebiet vorgeschlagen hat! Als hätte er es geahnt, dass ich euch beide mit euren Erkenntnissen in der Dienststelle nicht gebrauchen konnte!« Er grinste breit, und sie erkannte, dass das, was sie bisher immer für ein gutmütiges Lächeln gehalten hatte, einen hinterlistigen Zug trug. *So viel zu deiner Menschenkenntnis, Maja Heuberger.*

Egbert Knoll stupste sie am Knie an. »Was passiert, wenn du nicht pünktlich im Institut erscheinst?«

»Man wird mich natürlich vermissen. Wie spät ist es denn?« Maja hatte keine Ahnung, wie viel Zeit inzwischen verstrichen war oder wo sie sich befanden.

»Halb neun.«

So war sie also nur eine gute halbe Stunde bewusstlos gewesen. »Ich müsste schon längst dort sein. Der Dienst beginnt um acht.«

»Dann rufst du jetzt gleich dort an und entschuldigst dich für heute. Nicht, dass noch jemand auf die Idee kommt, nach dir zu suchen.« Er lachte meckernd, und das machte Maja mehr Angst als sein Lächeln vorhin. *Denk nach, Maja!*

Das hier ist kein fröhliches Versteckspiel. Vor dir sitzt ein Mörder. Jemand, der bereits vier oder gar – noch ein schneller Blick nach unten – fünf Frauen umgebracht hat. Auf bestialische Art und Weise.

Egbert Knoll hatte ihre Handtasche auf dem Schoß und kramte darin herum. Jetzt zog er ihr Handy heraus und checkte das Menü.

»Was soll ich als Grund angeben?«

»Ich wähle für dich. Sag, du fühlst dich nicht wohl. Eine Grippe oder so etwas. Erzähl nicht zu viel. Du bist ganz schlapp und wirst dich wieder hinlegen.« Zu sich selbst gewandt, fügte er hinzu: »Nicht, dass die noch zurückrufen.«

Maja beobachtete, wie er nach der Nummer suchte. Die vorgeschlagene Ausrede würde ihr wohl niemand abnehmen. Gestern in Leipzig war sie noch mopsfidel gewesen, und heute Morgen hatte die Grippe sie erwischt? Unglaubwürdig. Die Kollegen würden etwas ganz anderes annehmen, egal was sie beteuerte: Dass sie wieder zu viel getrunken hatte. Aber sie hatte keine Wahl.

»*Institut Chemnitz*? Ist das die richtige Nummer?« Egbert Knoll wartete, bis sie genickt hatte, und setzte hinzu: »Denk dran, keine Spielchen!« Er tippte auf das Display und hielt ihr das Telefon ans Ohr. Maja hörte, wie es am anderen Ende klingelte. In ihrem Kopf flogen die Gedanken durcheinander, aber ihr wollte in der Eile einfach keine Möglichkeit einfallen, eine versteckte Botschaft unterzubringen. »Geht keiner ran.«

»Wieso nicht?« Egbert Knoll hatte jetzt einen unheilvollen Zug um den Mund. Er nahm das Telefon beiseite, das noch immer in Majas Ohr dudelte und legte auf.

»In Chemnitz gibt es nur wenige Angestellte. Normalerweise arbeiten wir nur an zwei oder drei Tagen die Woche dort. Vielleicht haben sie zu tun.«

»Was können die zu tun haben, wenn du nicht da bist? *Du* gibst doch die Anweisungen, sehe ich das richtig?«

»Meist schon. Ich weiß nicht, warum keiner ans Telefon geht. Lutz Hortenbach, das ist der Chemnitzer Sektionsassistent, müsste zumindest da sein.«

»Dein Chef ist in Leipzig?«

»Richtig.«

»Dann versuch es dort.« Schon bearbeitete er das Display. »*Institut Leipzig* nehme ich an? Wer geht ran, wenn man diese Nummer wählt?«

»Einer meiner Kollegen.«

»Fein. Dann los.« Die Prozedur wiederholte sich. Egbert Knoll wählte und hielt ihr dann das Mobiltelefon vors Gesicht. Diesmal dauerte es nur wenige Sekunden, bis jemand abnahm.

»Reichmann.« Ingrids Stimme hallte scharf aus dem Lautsprecher. Maja spulte ihren Spruch ab und ärgerte sich, dass ausgerechnet die Kollegin abgehoben hatte. Olli oder sogar Gernot wären ihr lieber gewesen. Vielleicht hätten die bemerkt, dass etwas an ihrer Geschichte nicht stimmte. Ingrid hingegen hörte sich die Story von der plötzlichen Grippe ohne einen Kommentar an. Lediglich ihr gereiztes Schnaufen zeigte Maja, dass sie ihr nicht ein Wort abnahm. »…Jedenfalls komme ich heute nicht zur Arbeit. Sag bitte Gernot Bescheid.« Noch ehe sie ganz ausgesprochen hatte, zog Egbert Knoll auch schon das Telefon zurück und legte auf.

»Ist mit Gernot dein Chef, Professor Hagen, gemeint?«

»Ja.«

»Und wer war die grantige Frau eben?«

»Ingrid Reichmann, meine Kollegin.«

»Hat sie dir die Story abgekauft?«

»Ich denke schon.«

»Gut.« Egbert Knoll manipulierte noch ein wenig an Majas Handy herum, dann legte er es neben sich auf einen Klapptisch, lehnte sich zurück und faltete die Hände vor der Brust. Maja verbot sich destruktive Gedanken. Sie musste Zeit gewinnen. Vielleicht rief Gernot zurück. Hatte er nicht letztens beteuert, er stehe auf ihrer Seite? Würde er stutzig werden, wenn sie nicht ranging? Was aber, wenn Gernot nicht anrief?

»Ich mochte dich, Egbert. Es war immer ein Vergnügen, mit dir zusammenzuarbeiten.« Sie konnte sehen, dass die Aussage ihn überraschte. Richtig so. Rede mit ihm, Maja. Verwickele ihn in ein Gespräch. Vielleicht kommt Peter dir zu Hilfe. Er ist der Einzige, der die Identität des Bluttänzers kennt. Peter würde sofort wissen, dass etwas faul war, wenn er sie nicht erreichte. Egbert Knoll wusste nichts von Peter. Das konnte ihre Rettung sein.

Nur, dass auch Peter nichts davon wusste, dass der Bluttänzer Maja schon in seiner Gewalt hatte.

Egbert Knoll kratzte sich hinter dem Ohr. Zum ersten Mal, seit sie in diesem Lieferwagen saßen, hatten seine Augen jenen fiebrigen Glanz verloren.

»Ich mochte dich auch, Maja. Wirklich. Nicht so sehr wie der da …«, er versetzte der Gestalt am Boden einen leichten Tritt, »… aber doch. Ich fand dich interessant. Du bist anders als all diese Weiber.« Das zweite Bündel am Boden erhielt ebenfalls einen bekräftigenden Tritt. »Du hast liebevoll ein Kind großgezogen. Dir wurde die Tochter ohne eigenes Verschulden genommen. Du vermisst sie noch heute, habe ich recht?«

Vor Majas innerem Auge tauchte das Bild von Hannah und Caspar in Budapest auf und, ohne dass sie es wollte, lösten sich zwei Tränen aus ihren Augen und rollten langsam die Wangen hinab. Sie nickte still. Dann fasste sie sich wieder. Sie schämte sich dafür, diesem Mann ihre Gefühle zu zeigen, und bat Hannah im Stillen um Verzeihung. »Sagtest du nicht, du bist verheiratet?«

»Wir leben getrennt. Sophia hat sich schon vor langer Zeit aus meinem Leben davongemacht, aber wir haben uns nie scheiden lassen. Meine ganzen Fahrten zur Erkundung der Vergangenheit ohne sie haben unserer Ehe nicht gut getan. Tja … Ich trauere ihr nicht nach. Es war sicher gut, dass wir keine Kinder hatten.« Er schien kurz nachzudenken. »Um zu dir zurückzukommen: Es war jedenfalls immer ein nettes Miteinander, wenn wir gemeinsame Fälle hatten. Schade, dass das nun auf diese Weise enden muss.«

»Das muss es nicht.«

»Was ist denn die Alternative, liebe Maja?« Er sah zu, wie sie nachdachte, und nickte dann. »Siehst du, es gibt keine.« Jetzt kehrte der unstete Ausdruck in sein Gesicht zurück, und Maja überlegte kurz, wie sie das Gespräch am Laufen halten konnte.

»Wer ist das dort?« Mit dem Kinn deutete sie auf die zwei Gestalten unter der Decke. »Das da ist Andreas Melzer, aber der andere?«

»Mutter.«

»Deine *Mutter*? Ich dachte, es wäre …« Maja verschluckte den Rest. *Mach ihn nicht wütend.*

»Ich habe sie erst vor wenigen Tagen wiedergefunden. Heute Nacht waren wir bei Grit. Mutter sollte sich entschuldigen, damit Grit endlich ihren Frieden findet.«

»Grit ist deine Schwester?«

Egbert Knoll nickte stumm. Die Feststellung, dass die kleine Schwester des Heuboden-Jungen tot gewesen war, als man die Kinder gefunden hatte, sparte Maja sich. Das da war weder seine Mutter, noch lebte diese Grit noch. Der Mann schien in eine Fantasiewelt abgeglitten zu sein, aus der er nicht mehr zurückfand. Fast hatte sie Mitleid mit ihm, bis ihr wieder einfiel, was er getan hatte. *Lenk ihn ab.*

»Warum bist du zur Kriminalpolizei gegangen?« Wieder dauerte es einen Augenblick, bis er antwortete.

»Ich musste diesen Beruf ergreifen, du verstehst? Schon als Teenager wusste ich, dass ich eines Tages Nachforschungen darüber anstellen würde, was aus meiner Mutter geworden war, und dieser Beruf erschien mir die beste Möglichkeit, um an Informationen zu kommen. Niemand war bereit, mir Details von damals zu verraten; die Akten seien für immer versiegelt, hieß es, und das alles nur zu meinem Besten.« Egbert Knoll rieb sich die Augen. »Ich wollte wissen, wo Mutter mit ihrem neuen Freund hingegangen war, nachdem sie Grit und mich dort auf dem Heuboden zurückgelassen hatte. Ich wollte wissen, ob sie ihre Tat jemals bereut hat, ob sie nachts von Schuldgefühlen geplagt wurde, ob sie überhaupt noch manchmal an ihre beiden Kinder dachte. Das – so glaubte ich – würde Grit und mir den Seelenfrieden zurückbringen. Außerdem hat mir die Arbeit Befriedigung verschafft. Ich konnte schlechte Menschen aufspüren und zu ihrer Verurteilung beitragen.«

»Du hast doch aber erst vor wenigen Wochen damit angefangen, diese Frauen zu…« Maja stockte, weil sie keine Ahnung hatte, wie er auf das Wort »töten« reagieren würde, aber Egbert Knoll nahm ihr die Entscheidung ab.

»Zu bestrafen? Bis vor ein paar Monaten hatte ich ja immer noch die Hoffnung, Mutter zu finden. Leider hatte sie sich aber schon vor Jahren vom Acker gemacht, sich einfach davongestohlen, wie ich feststellen musste. Und so bin ich zu dem Entschluss gekommen, stellvertretend für sie andere Frauen ausfindig zu machen und deren Kinder von dem Elend zu erlösen. Ich habe bewusst junge Mütter ausgesucht, um die Zeit der Vernachlässigung für ihre Kinder so kurz wie möglich zu halten. Die Qualen der Kleinen sollten nicht Jahre und Jahre dauern.«

»Und nun ist deine Mutter doch wieder aufgetaucht.« Maja hatte verstanden. Seine verdrehte Fantasie hatte ihm vorgegaukelt, Anne Sturm sei seine Mutter. »Jetzt hast du dein Ziel erreicht. Du warst schon mit ihr bei deiner Schwester, sagtest du vorhin.«

Egbert Knoll nickte stolz. Sein Blick schweifte in die Ferne, er legte die Hände an den Kopf und wiegte sich wie ein kleines Kind hin und her.

Gerade als Maja ihm sagen wollte, dass er damit doch seine Aufgabe erfüllt habe, dass er jetzt aufhören und sie freilassen könne, gab ihr Handy das unverkennbare Surren von sich, das einen eingehenden Anruf anzeigte. Es klingelte nicht, wahrscheinlich hatte Egbert Knoll vorhin auf »Stumm« geschaltet. Sie täuschte einen plötzlichen Hustenanfall vor und hoffte, dass ihm das Vibrieren nicht aufgefallen war. Außer an den Wochenenden rief vormittags nie jemand auf ihrem Handy an. Entweder war es jemand aus dem Institut, oder Peter hatte neue Informationen.

»Wir machen jetzt eine kleine Fahrt. Hier können wir nicht bleiben.« Egbert Knoll war aufgestanden und hantierte auf dem Tisch herum. »Du wirst ein bisschen schlafen, bis wir ankommen.« Obwohl er jetzt leiser sprach, konnte Maja verstehen, was er sagte. »Dort habe ich einfach mehr Möglichkeiten. Ihr drei müsst weg.«

»Wozu dienten eigentlich diese Fledermäuse?«

Egbert Knoll drehte sich um und schaute verwirrt. In der Rechten hielt er ein kleines Fläschchen. Maja versuchte es noch einmal. »Hatten die Fledermäuse eine Bedeutung?« Natürlich hatten sie die, aber sie musste ihn von dem, was er gerade vorhatte, ablenken. Insgeheim zerrte sie an ihren Fesseln, um zu erkunden, wie fest diese waren. Vielleicht konnte sie sich während der Fahrt befreien und aus dem Auto springen?

»Der Nebeldämon sollte Mutter fressen. Er war auf dem Heuboden. Er hat Grit getötet. Ist in sie hineingekrochen und hat ihre Seele ausgesaugt. Das Gleiche sollte mit diesen Frauen geschehen.« Egbert Knoll sprach jetzt mit einer Kinderstimme. Er zeigte auf den verhüllten Käfig. »Eine habe ich noch. Für Mutter.« Maja fragte sich insgeheim, ob er in diesem Moment tatsächlich in den Kopf des kleinen Tommy zurückgekehrt war oder ob er nur so tat. Eigentlich hätte es lächerlich wirken müssen, wenn ein erwachsener Mann mit Kinderstimme seltsame Dinge erzählte, aber es war eher unheimlich.

»Und die Zahnspuren?«

»Ein Wolfsgebiss. Wolfskinder wehren sich mit ihren eigenen Mitteln.«

Noch immer stand er, das Fläschchen in der Hand, vor ihr. Maja wusste nicht, ob sie zu ihm durchdrang und ob das ganze Gespräch überhaupt einen Sinn hatte. Und doch machte sie weiter.

»Und dieses Monster, das das Kind in Schöneck nachts gesehen haben will?«

»Ein Affenkostüm aus dem Verleih. Ich konnte Sina ja schlecht ohne Tarnung am Klettergerüst befestigen. Was, wenn mich jemand dabei beobachtet hätte?« Jetzt sprach er wieder mit seiner normalen Stimme. »Kriminaloberkommissar Knoll bringt eine Frauenleiche auf einem Kinderspielplatz an. Da hätte ich mich ja gleich offenbaren können, nicht?«

»Genau, wie wir es vermutet haben …« Maja dachte an Peter. Er hatte in fast allem recht behalten.

»Wer ist *wir*?«

»Ich meinte natürlich mich. Manchmal rede ich von mir und habe in Gedanken Hannah dabei.« Das würde er verstehen. Die verschwundene Tochter war immer bei ihr. Genau wie seine Schwester.

»Verstehe. Tut mir echt leid, Maja.« Egbert Knoll öffnete das Fläschchen. »Ich finde dich wirklich außergewöhnlich. Aber du verstehst doch – ich kann dich nicht einfach freilassen. Auch wenn du mir sympathisch bist.« Er trat auf sie zu. »Mach den Mund auf, bitte. Du brauchst nicht alles zu trinken, wenn du möchtest. Wir fahren nicht weit.« Mit der Linken griff er nach ihrer Nase und hielt sie zu. Maja bewegte den Kopf hin und her und versuchte vergeblich zu strampeln. »Wenn wir angekommen sind, werde ich mich zuerst um Mutter kümmern.« Die Luftnot ließ rote Kreise vor ihren Augen Ringelreihen tanzen, aber noch hielt sie den Mund fest geschlossen.

»Du brauchst keine Angst zu haben. Dich werde ich nicht quälen. Mit etwas Beruhigungsmittel im Blut hat man kaum Schmerzen. Du wirst es gar nicht merken, wenn ich dir die Armvenen öffne. Und dann wirst du deine Tochter treffen, ist das nicht schön?« Maja hielt es nicht mehr aus. Sie riss den Mund auf, um nach Luft zu schnappen, und Egbert Knoll gönnte ihr diesen Atemzug, ehe er die geschmacklose Flüssigkeit hineingoss. Es wirkte fast sofort. Die Müdigkeit überfiel Maja in Sekundenbruchteilen, und sie dachte, dass das ein schönes Gefühl war. Sich nicht mehr wehren zu müssen. Einfach aufzugeben und sich auszuruhen.

Ihr letzter Gedanke war, dass es gar nicht schlimm war. Weißer, wolkiger Frieden umgab sie und erfüllte ihr Herz. Während ihr Kopf zur Seite sank, dachte sie noch, dass Egbert recht gehabt hatte. Sie würde Hannah wiedersehen. Aller Kummer war ausgelöscht.

»Haut rein, Leute!« Konrad goss voller Schwung ein und stieß ein leises »Huch« aus, als der Schaum über den Rand hinausstieg. Dann winkte er mit einer schwungvollen Bewegung ab. »Ach, egal! Heute achten wir nicht auf die Etikette. Prost!« Er wartete, bis alle ein Glas gegriffen hatten und erhob seines mit abgespreiztem kleinem Finger. »Alkoholfrei! Auf Wunsch einer einzelnen Dame!« Er kniff ein Auge zu und stieß mit Maja an. »Wenn jemand was Alkoholisches möchte, dann muss derjenige sich selbst bedienen. Im Kühlschrank sind noch andere Getränke.«

Maja lauschte dem melodischen Klirren der Gläser und betrachtete ihre Wohnung. Überall hingen Girlanden, in Doreens schwarzem Haar leuchteten Konfettischnipsel, Peter hatte ein albernes Hütchen auf dem Kopf, und Andreas Melzer trug keinen Schlips.

Kurz – es sah aus wie bei einer Silvesterfeier, nur dass draußen die Sonne schien und sie mindestens 30 Grad hatten.

Konrad hatte eine, wie er es nannte, »Maja Willkommen daheim«-Party organisiert, mit viel Chichi, Türgirlanden, alkoholfreiem Rotkäppchen-Sekt und Fingerfood, und sogar Peter hatte sich nicht entzogen, sondern war – für eine halbe Stunde, wie er betont hatte – vorbeigekommen.

Maja nahm einen Schluck. Der sogenannte Sekt schmeckte scheußlich. Aber sie hatte es so gewollt. Außerdem nahm sie noch Medikamente, und Alkohol hemmte die Wirkung. Sie stellte das Glas ab, und ihr Blick fiel auf die roten, wulstigen Narben an ihren Unterarmen. Es würde Monate dauern, ehe sie verblassten. Als man sie gefunden hatte, war mindestens schon ein Liter Blut aus ihr herausgelaufen, schön langsam durch die Kanüle und den Schlauch in die beiden am Boden stehenden Glasgefäße. Nicht mehr lange, und sie wäre dahingedämmert und nie wiedergekommen. Andreas hatte identische Narben.

»Erzähl noch mal, wie du darauf gekommen bist, dass da

was nicht stimmen kann.« Doreen hatte sich ein Glas Wein aus der Küche geholt und saß jetzt neben Peter.

»Eigentlich war es keine Kunst.«

Maja beobachtete, wie Peter den Teppich studierte, als sähe er ihn zum ersten Mal. Er stellte mal wieder sein Licht unter den Scheffel. Es war ihm unangenehm, gelobt zu werden. Vielleicht wollte er auch nicht, dass die anderen über seine überbordenden Fantasien nachdachten. Und doch tat er Doreen den Gefallen und sprach über die Ereignisse der vergangenen Woche.

»Nachdem ich Maja letzten Mittwochvormittag nicht erreicht und ihr meine Erkenntnisse über Egbert Knoll auf Band gesprochen hatte, bekam ich ein mulmiges Gefühl. Ich hatte sie aufgefordert, sofort die Kripo zu informieren. Ich wusste nicht, ob sie meine Nachricht rechtzeitig abhören würde. Vielleicht war sie den ganzen Tag im Obduktionssaal und würde erst am Nachmittag wieder auf ihr Telefon schauen. Vielleicht wäre Tommy oder, besser gesagt, Egbert Knoll dann schon verschwunden? Also beschloss ich, selbst bei der Kripo anzurufen. Es war nicht ganz einfach, das kann ich dir verraten, aber schließlich hatte ich diesen kompetenten Kollegen hier dran.« Wulf Preck, der etwas verloren neben Majas Couchtisch stand, nickte würdevoll.

»Egbert Knoll sei nicht zum Dienst erschienen, hat er mir gesagt. Gestern habe er frei gehabt und heute Morgen habe er sich plötzlich krank gemeldet. Als ich nach Majas Verehrer …« Maja sah, wie Peter schnell zu ihr schielte und ein Grinsen verbarg, »… nach Andreas Melzer fragte, sagte Kollege Preck mir, der wäre *auch* nicht zum Dienst erschienen.«

»Da wäre mir auch ganz anders geworden.« Doreen nippte an ihrem Glas.

Daraufhin habe ich im Rechtsmedizinischen Institut angerufen und erfahren, dass auch Maja nicht aufgetaucht sei. Ein angeblicher Infekt. Ihr könnt euch vorstellen, was das in mir ausgelöst hat. Ich glaube, ich bin noch nie so schnell gefahren. Kollege Preck hat inzwischen alles mobil gemacht, und sie haben schließlich den weißen Lieferwagen entdeckt. In einem Waldstück nicht weit von Egbert Knolls Hof. Er muss sich sehr sicher gefühlt haben.«

»Und dann haben Sie Maja gefunden?« Doreen wandte sich direkt an Wulf Preck.

Maja blickte zu dem Kripobeamten hinüber, der den Kopf schüttelte. »Nicht sofort. Zuerst hatten wir damit zu tun, alles abzusichern. Was, wenn wir uns getäuscht hatten? Es durfte niemand in Gefahr gebracht werden. Die Kripo kann nicht einfach so ein Auto aufbrechen oder ein Haus stürmen.«

Jetzt sah Maja den Ausdruck in Peters Augen und wusste, was der Freund dachte. *Aber es war doch schon jemand in Gefahr. Wenn ihr noch eine halbe Stunde länger dort herumgetrödelt hättet, wären Maja und Andreas Melzer auch tot gewesen.* Sie machte ihm ein Zeichen und legte den Zeigefinger auf die Lippen. Es war ja alles gut gegangen.

Nun ja, nicht ganz.

Anne Sturm hatte es nicht geschafft. Die Kollegen hatten den Todeszeitpunkt nicht genau eingrenzen können, weil die Temperatur im Transporter so hoch gewesen war. Ob sie schon tot gewesen war, als Egbert Knoll Maja am Hauptbahnhof in sein Auto verfrachtet hatte, oder erst später gestorben war, hatte man nicht exakt sagen können. Maja schwenkte ihr Glas und betrachtete das langsame Perlen der winzigen Bläschen.

Fünf tote Frauen. Sechs Kinder, die ihre Mutter verloren hatten. Egbert Knoll hatte ganze Arbeit geleistet. Und doch spürte sie ganz tief im Herzen ein Fünkchen Mitleid mit dem Sechsjährigen, der er damals gewesen war.

»Lasst uns endlich damit aufhören, Leute, und den Tag genießen! Maja ist hier, Andreas ist hier, es geht ihnen gut. Der Bösewicht sitzt in U-Haft und wird seinen Prozess bekommen. Das sollte für heute reichen.« Konrad hob erneut das Glas, und die anderen taten es ihm nach.

Maja ließ den Blick über ihre Freunde schweifen. Konrad hatte vollkommen recht. Genug über die Vergangenheit geredet.

Nur eins würde sie jetzt so bald nicht erfahren: ob Hannah da drüben auf sie wartete.